三國演義
(6)

三國演義 (6)

초판 1쇄 발행 ▪ 2014년 11월 26일
초판 2쇄 발행 ▪ 2016년 8월 16일

저 자 ▪ 나관중 원저, 모종강 평론 개정
역 자 ▪ 박기봉
펴낸곳 ▪ **비봉출판사**
주 소 ▪ 서울 금천구 가산디지털2로 98, 2동 808호(롯데IT캐슬)
전 화 ▪ (02)2082-7444
팩 스 ▪ (02)2082-7449
E-mail ▪ bbongbooks@hanmail.net
등록번호 ▪ 2007-43 (1980년 5월 23일)
ISBN ▪ 978-89-376-0414-0 04820
978-89-376-0408-9 04820 (전12권)

값 13,500원

나관중 원저
모종강 평론·개정
박기봉 역주

비봉출판사

차 례

▌제 6 권 ▌ 七擒孟獲 칠금맹획

농우
(隴右)
강
(羌)
석성
(石成)
안정
(安定)
금성
북지
포한
위魏
적도
가정(街亭)
진천
공명六出
기산지구
농서
천수(天水)
진주
지양
고릉
포판
북원
(北原)
기성
신평
경양
풍익
포주
조양
위(渭)
무공
옹주
화음
위남
동관
상방곡
상군
진창
(陳倉)
한흥
목문
수(水)
부풍
함양
화산
철롱산
산관
오장원
미
주질
장안
남전
기산
무도
하판
진창산
야곡
야곡관
청니애구
울평
침령
자아곡
(子牙谷)
종남산
답중
략양
기곡
낙곡
(駱谷)
무관
(武關)
정군산
양주
단(丹)
문산
양평관
백마수
(白馬戍)
포성(褒城)
면수
성고
(城固)
한중
가맹
남정(南鄭)
강유
광원
한(漢)
수(水)
상용
(上庸)
방릉
신성
(면양)
부성
재동
검각(劍閣)
남강(南江)
경산
면죽
파서
(랑중)
파주
(巴州)
낙봉파(落鳳坡)
광한
서충
수정
파동
기관
(夔關)
백제성
청성산
익주
성도
촉蜀
점
임강
팔진도
장(長)
건위
민(岷)
택
강
(내수)
강(江)
아미산
가릉
강(江)
(외수)
강
(중수)
파군
부릉
(涪陵)
강양
주제
약수
월준
오(五)
계(谿)
서창
노주
회천
장가
로(瀘)
수(水)
노진관
사구
교주
건녕
서이호
운남
곤명호
유원
팔
(八
번
番)
계림
공명칠금
맹획 지구
답랑전

(양곡)
모성
광평
한단
신(莘)
하
수(水)
장구
하밀
창읍
북해
항(行)
양평
제북
역성
태산
평창
양(揚)
상당
호관
위군(魏郡)
범(范)
제남
태안
태산
낭야
내황
동아
거평
양도
평양
산(山)
박양
동안
동무성
복양
동평
업성(鄴城)
여양
문(汶)
사(泗)
노국
동완
조가
도전 지구
연주
동군
수(水)
창려
즉구(卽丘)
화성
목야
수(水)
임성
하내
평구
백마
제음
기관
야왕
연진
견성
거야
등(滕)
비(費)
동해
하남
호뢰관
오소(烏素)
정도
산양
하비
기수
낙양
관도
대량
기향
구리산
패(沛)
구(朐)
민지
형양
중모
귀덕
상구
유(留)
소(疏)
서주
팽성
영령
진류
양군
망탕산
장사
허창
무평
상(相)
회음
염독
관양
숭산
허전
초군
세양
사(泗)
회안
철극산
영천
양인
영양
영(潁)
홍택호
백마호
남돈
수(水)
하채
양성
형주
남양
육(淯)
엽(葉)
채(蔡)
항성
여음
영상
완성(宛城)
노산
고성(古城)
예주
여남
회남
수춘
성덕
우이(임회)
안풍진
양주
도중
안중
안락
갈파
절(浙)
수(水)
수(水)
하(河)
려강(廬江)
합비(合肥)
역양
도당
광릉
강도
사두창
건업
곡아
북고산
작미파
등(鄧)
회(淮)
고시
거소
소현
황강
서(舒)
소호
단도(남서)
곤릉
신정령
신야(新野)
번성
의양
평춘
광주
안풍
사독
석자강
(말릉)
유수(濡須塢)
탑교
오군
석정
협석
무위
태평
진회하
태호
조양
잠산(潛山)
오
삼산
무호
송강
양(襄)
강(江)
여강(廬江)
환성(皖城)
호림(虎林)
경현(涇縣)
오흥
오정(烏程)
가흥
맥성
경릉
석양
하구(夏口)
삼강구(三江口)
여항
전당(錢唐)
호로곡구
황주
장(長)
형주
남군
면구(한양)
강하(江夏)
기춘
신도(新都)
부춘(富春)
회계
산음
여요
화용(華容)
면양
오림(烏林)
번구
무창
팽택
강(江)
절(浙)
유(油)
호구(湖口)
강(江)
적벽
구강(九江)
시상(柴桑)
파양
동양
임해
강(江)
파릉
건창
파양호
파구
오 吳
동정호
적벽전 지구
남창
예장
온주
장사(長沙)
임천
상담
안성
상향
상(湘)
유현
여릉
수(水)
증양
형양(衡陽)
건안
연평
뢰양
계양
시흥
삼국연의지도
三國演義地圖

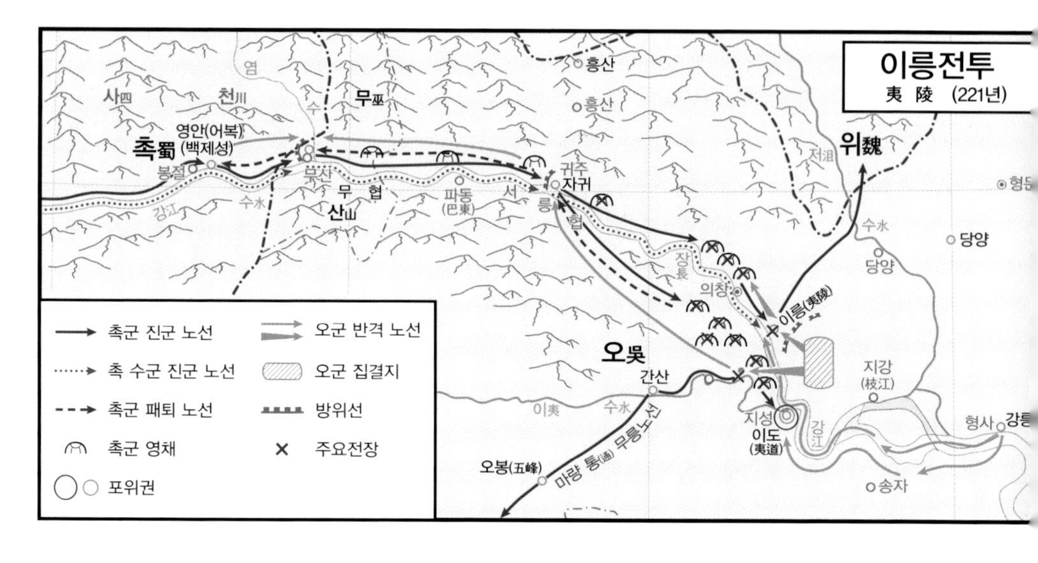
이릉전투
夷陵 (221년)
촉군 진군 노선
촉 수군 진군 노선
촉군 패퇴 노선
촉군 영채
포위권
오군 반격 노선
오군 집결지
방위선
주요전장
촉蜀
오吳
위魏
영안(어복)
(백제성)
무巫
무 협
산山
파동
(巴東)
귀주
자귀
이릉(夷陵)
지강
(枝江)
간산
이도
(夷道)
지성
오봉(五峰)
마량 통(通) 무릉노선
당양
형사
송자

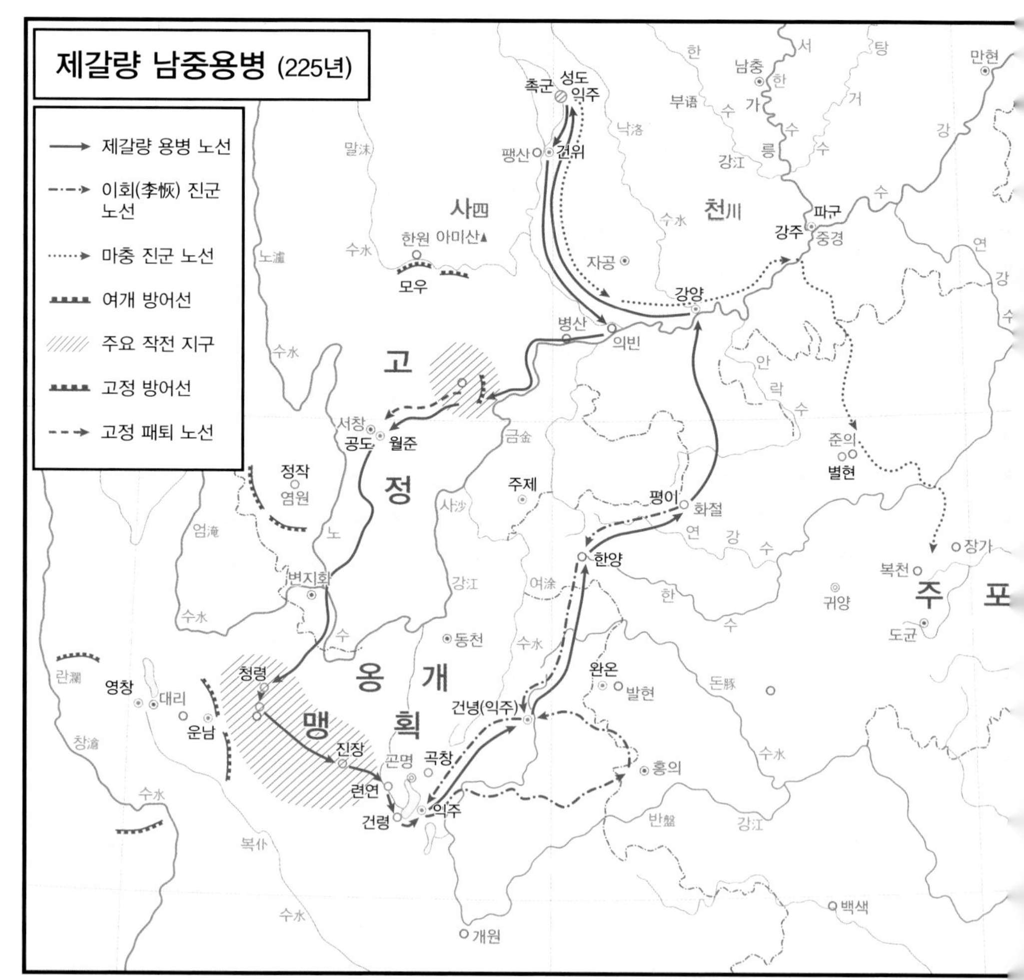
제갈량 남중용병 (225년)
제갈량 용병 노선
이회(李恢) 진군 노선
마충 진군 노선
여개 방어선
주요 작전 지구
고정 방어선
고정 패퇴 노선
촉군
성도
익주
팽산
건위
사四
천川
한원
아미산
모우
자공
강양
병산
의빈
강주
파구
중경
고
정
서창
공도
월준
정작
염원
변지획
준의
별현
주제
평이
화절
한양
장가
복천
주
포
귀양
도균
옹
개
맹
획
청령
영창
대리
운남
진장
곤명
곡창
련연
건령
익주
건녕(익주)
완온
발현
흥의
백색
개원

제76회

서황, 면수에서 크게 싸우고
관운장, 패하여 맥성으로 달아나다

〖 1 〗 한편 미방糜芳은 형주가 함락되었다는 소식을 듣고 어찌해야 할지 모르고 있었다. 그때 갑자기 공안公安 수장守將 부사인傅士仁이 찾아왔다고 알려 왔다. 미방은 황망히 그를 맞이하여 성 안으로 들어가서 어찌된 일인지 물었다.

부사인曰: "내가 불충不忠해서가 아니라 형세가 위태롭고 힘이 다 빠져서 버텨낼 수 없었소. 나는 지금 이미 동오에 항복하였소. 장군도 빨리 항복하는 게 좋을 거요."

미방曰: "우리는 한중왕漢中王의 두터운 은혜를 입었는데 어찌 차마 그를 배반할 수 있소?"(*이 사람은 아직 양심이 있다.)

부사인曰: "관공이 떠나던 날 우리 두 사람을 몹시 원망했었소. 만약 이기고 돌아오는 날에는 틀림없이 쉽게 용서해 주지 않을 것이오.

공은 잘 생각해 보시오."

미방曰: "우리 형제는 오랫동안 한중왕을 섬겨왔는데 어찌 하루아침에 배반할 수 있단 말이오?"(*차마 현덕을 배반할 수 없고 또 미축糜竺을 배반할 수가 없다.)

미방이 한창 주저하고 있을 때 갑자기 관공이 보낸 사자가 이르렀다고 알려 와서 그를 대청 위로 맞아들였다.

사자曰: "관공의 군중에 양식이 떨어져서 특히 남군南郡과 공안公安 두 곳에 가서 백미 10만 석을 가져오라고 하시면서, 두 분 장군께서는 밤낮을 가리지 말고 운반해 가서 군에 인계하되 만일 지체하면 곧바로 목을 벨 것이라고 하셨소이다."

미방이 크게 놀라서 부사인을 돌아보며 말했다: "지금 형주는 이미 동오의 손에 떨어졌는데, 그렇게 많은 군량을 어떻게 구해 간단 말인가?"

부사인이 언성을 높여 말했다: "고민할 필요도 없소!"

그리고는 칼을 빼서 찾아온 사자를 당장 베어버렸다.

미방이 놀라서 말했다: "공은 어쩌자고 그를 죽였소?"

부사인曰: "이런 지시를 하는 관공의 뜻은 바로 우리 두 사람을 죽이려는 것이오. 우리가 어찌 손발을 묶고 가만히 앉아서 죽기를 기다릴 수 있소? 공은 지금 빨리 동오에 항복하지 않으면 반드시 관공의 손에 죽고 말 것이오."

한창 이야기하고 있을 때, 갑자기 여몽이 군사를 이끌고 성 아래까지 쳐들어 왔다고 알려 왔다. 미방은 크게 놀라서 마침내 부사인과 함께 성을 나가 투항했다. (*유장의 처남 비관費觀은 자기 매부를 배반하고 현덕을 따랐고(제65회), 현덕의 처남 미방은 매부를 배반하고 동오를 따르니, 두 가지 일은 서로 비슷하다.)

여몽은 크게 기뻐하며 그를 데리고 손권에게 가서 뵈었다. 손권은 두 사람에게 중상을 내리고, 백성들을 안심시킨 다음 삼군을 위로하고 배불리 먹였다.

〖 2 〗 이때 조조는 허도에서 여러 모사들과 형주에 대한 일을 상의하고 있었는데, 그때 갑자기 동오에서 보낸 사자가 글을 가지고 왔다고 알려 왔다. 조조가 사자를 불러들이자 그가 서신을 올렸다. 조조가 그것을 뜯어보니, 서신에서는 동오의 군사들이 장차 형주를 습격하려는 일을 자세히 말한 다음, 조조에게 운장을 협공해 달라고 하면서 또 이 일을 누설해서 운장이 대비하게 하지 말아 달라고 부탁하고 있었다. (*서신은 형주를 습격하기 전에 쓴 것으로, 여기에서 앞의 글과 서로 조응하고 있다.)

조조가 여러 모사들과 상의하자 주부主簿 동소董昭가 말했다: "지금 번성은 포위당해 있으면서 구원해 주기를 눈이 빠지게 기다리고 있습니다. 사람을 시켜서 이 편지를 번성 안으로 쏘아 보내서 군사들의 마음을 느긋하게 해주고, 또 관공으로 하여금 동오가 장차 형주를 습격하려고 하는 것을 알게 해준다면, 그는 형주를 잃을까봐 두려워서 틀림없이 속히 군사를 물릴 것입니다. 그런 다음에 서황에게 기세를 타고 그 뒤를 몰아치도록 명한다면 완전한 승리를 얻을 수 있을 것입니다."(*동오에서는 편지 내용이 새나가게 하지 말라고 부탁했으나, 위魏에서는 그것을 일부러 새나가도록 해서 관공의 마음을 혼란시키려고 한다. 각자 자신을 위해 서로를 배반하고 있는데, 양편의 속내는 똑같이 간사하다.)

조조는 그 계책을 좇아서 한편으로는 사람을 서황에게 보내서 급히 싸우도록 재촉하고, 또 한편으로는 직접 대병을 거느리고 곧장 낙양 남쪽에 있는 양릉파(陽陵坡: 삼국시대에는 이런 지명이 없었음 — 역자)로 가서 조인을 구하기로 했다.

한편, 서황이 마침 막사 안에 앉아 있을 때 갑자기 위왕의 사자가 왔다고 알려 왔다. 서황이 맞아들여 무슨 일인지 물었다.

사자曰: "지금 위왕께서는 군사를 이끌고 낙양을 이미 지나오셨는데, 장군께 급히 관공과 싸워서 번성의 포위를 풀라고 하셨습니다."

한창 이야기하고 있을 때 정탐꾼이 들어와서 보고했다: "관평은 군사들을 언성(偃城: 호북성 양번시襄樊市 북쪽)에 주둔시켜 놓았고 요화廖化는 군사들을 사총(四冢: 호북성 양번시襄樊市 부근)에 주둔시켜 놓았는데, 앞뒤로 모두 열두 개의 영채들이 서로 끊어지지 않고 연이어져 있습니다."

서황은 즉시 부장 서상徐商과 여건呂建에게 가짜 서황의 깃발을 들고 언성으로 가서 관평과 싸우도록 하고, 서황은 곧바로 직접 정예병 5백 명을 이끌고 면수(沔水: 섬서성을 흐르는 한수漢水의 지류)를 돌아서 언성 뒤쪽을 습격하기로 했다. (*여몽이 형주를 습격할 때에는 가짜 여객선(客船)을 썼는데, 서황이 언성을 습격할 때에는 가짜 대장 깃발을 사용한다.)

〖 3 〗 한편 관평은 서황이 직접 군사들을 이끌고 왔다는 말을 듣고 곧바로 휘하 군사들을 데리고 적을 맞아 싸우러 나갔다. 양편이 마주 보고 진을 치고 나서 관평이 말을 타고 나가 서상과 싸웠는데, 겨우 3합 싸우고 서상은 대패해서 달아났다. 여건이 또 나가서 싸웠는데, 그 역시 5,6합 싸우고는 패해서 달아났다.

관평은 승리한 기세를 타고 20여 리를 추격해 갔는데, 갑자기 성 안에서 불길이 솟아오르고 있다고 보고해 왔다. 관평은 적의 계략에 걸려든 것을 알고 급히 군사를 돌려 언성偃城을 구하러 돌아오다가 벌려서 있는 한 떼의 군사들과 마주쳤다. 서황이 문기門旗 아래에 말을 세우고 있다가 큰소리로 외쳤다: "관평 조카야, 너는 참으로 죽을 줄을 모르는구나! 너희 형주는 이미 동오한테 빼앗겼는데 여전히 여기에서 미친 짓을 하고 있다니!" (*일부러 군사들 앞에서 이런 말을 함으로써 군사들의 마음을 어지럽히려는 것이다.)

관평은 크게 화가 나서 칼을 휘두르며 말을 달려서 곧바로 서황에게 덤벼들었다. 그러나 3,4합도 싸우지 않았을 때 모든 군사들이 큰 소리로 외쳤다: "언성 안에서 불길이 크게 치솟고 있습니다."

관평은 계속 싸울 마음이 없어져 싸우며 크게 길을 열어 곧장 사총四冢에 있는 영채로 달아났다. 요화가 그를 맞이했다.

요화曰: "형주가 이미 여몽에게 기습을 당했다는 소문이 퍼져서 군사들이 놀라 당황하고 있는데, 이를 어찌 하면 좋겠소?" (*전부 위군魏軍들이 퍼뜨린 소문인데, 이것이 도리어 요화의 입으로 말해지고 있다.)

관평曰: "그것은 틀림없이 유언비어일 것이오. 또다시 그런 말을 하는 자는 목을 베어 버릴 것이오."

그때 갑자기 통신병이 와서 알리기를, 정북 쪽에 있는 첫 번째 주둔지가 서황이 거느린 군사들에게 공격당하고 있다고 했다. (*이것은 가짜 서황이고 진짜 서황이 아니다.)

관평曰: "만약 첫 번째 주둔지를 잃어버리면 다른 영채들을 어떻게 보전할 수 있겠는가? 이곳은 면수沔水 가에 있으므로 적병이 감히 이리로 오지 못할 테니, 나와 장군은 같이 첫 번째 주둔지를 구하러 갑시다."

요화는 자기 부하 장수를 불러서 분부했다: "너희들은 영채를 굳게 지키고 있되 적병이 오거든 곧바로 봉화烽火를 올려 연락하라."

부장曰: "사총의 영채는 녹각鹿角이 열 겹으로 둘러쳐져 있어서 나는 새도 들어올 수 없습니다. 어찌 적병을 염려하십니까!"

관평과 요화는 사총 영채의 정예병들을 전부 동원하여 첫 번째 주둔지로 달려갔다. 관평은 위魏의 군사들이 야트막한 산 위에 주둔하고 있는 것을 보고,(*이는 적을 유인하려는 계책이다.) 요화에게 말했다: "서황은 군사들을 지형상 불리한 곳에다 주둔시켜 놓았소. 오늘 밤 군사를 이끌고 가서 영채를 습격하도록 합시다."

요화曰: "장군은 군사를 나누어 그 반을 데리고 가시오. 나는 본채를 잘 지키고 있겠소."

〖4〗 이날 밤 관평은 한 떼의 군사들을 이끌고 위군의 영채로 쳐들어갔으나 영채 안에는 한 사람도 보이지 않았다. 관평이 계략에 걸려든 줄 알고 화급히 군사를 물리려고 할 때 왼편에서는 서상徐商이, 오른편에서는 여건呂建이 양쪽에서 협공해 왔다. (*두 장수만 보이고 서황은 보이지 않는다. 서황은 이때 이미 사총의 영채에 가 있었다.)

관평이 대패해서 영채로 돌아오자 위병魏兵들은 승리한 기세를 타고 추격해 와서 사방으로 에워쌌다. 관평과 요화는 버텨내지 못하고 첫 번째 주둔지를 포기하고 곧장 사총四冢의 영채로 달아났다. 영채에 도착하기 훨씬 전에 멀리 바라보니 영채 안에서 불길이 솟아오르고 있어서 급히 달려가서 영채 앞에 이르러 보니 영채에 꽂혀 있는 것은 전부 위병의 깃발이었다.

관평 등은 군사를 물려서 황급히 번성樊城으로 가는 큰길로 달아났다. 전면에 한 떼의 군사들이 길을 막고 있었는데, 그 우두머리 대장은 곧 서황이었다. 관평과 요화는 있는 힘을 다해 죽기 살기로 싸워 길을 뚫고 달아나 대채大寨로 돌아가서 관공을 보고 말했다: "지금 서황이 언성偃城 등 여러 곳을 빼앗았고, 또 조조가 직접 대군을 이끌고 세 방면으로 나뉘어 번성을 구하러 오고 있습니다. 여러 사람들이 말하기를, 형주는 이미 여몽에게 기습을 당했다고 합니다."

관공이 호통을 쳤다: "그것은 적들이 우리 군사들의 마음을 어지럽히려고 지어낸 거짓말이다! 동오의 여몽은 병이 위중하여 어린애 육손이 그를 대신하고 있으므로 염려할 필요 없다!" (*여기서 비로소 육손이 계책을 교묘하게 쓰고 있음을 알게 된다.)

〖 5 〗 말이 끝나기도 전에 갑자기 서황의 군사들이 쳐들어 왔다고 보고해 왔다. 관공이 말을 준비하라고 하자, 관평이 간했다: "아버님의 몸이 아직 다 낫지 않아서 적과 싸우셔서는 안 됩니다."

관공曰: "서황과 나는 서로 알고 지낸 지 오래이므로 그의 능력을 잘 알고 있다. 만약 그가 물러가지 않는다면 내 먼저 그의 목을 베어서 위魏의 장수들에게 경고해 줄 것이다."

그리고는 갑옷과 투구를 갖춰 입고 칼을 들고 말에 올라 분연히 나갔다. 위군魏軍들은 그를 보고 놀라고 두려워하지 않는 자가 없었다. (*관공의 위엄은 죽은 후에도 여전했는데, 하물며 당일에야 어떠했겠는가?)

관공이 말을 세우고 물었다: "서공명(徐公明:서황)은 어디 있느냐?"

위군 영채의 문기門旗가 열리더니 서황이 말을 타고 나와서 몸을 굽혀 인사를 하고 말했다: "장군과 헤어진 뒤로 어느덧 여러 해가 되었습니다. 뜻밖에도 장군의 머리와 수염이 벌써 반백이 되었군요. 예전에 한창 때 장군을 따라다니면서 많은 가르침을 받았는데, 잊지 않고 감사하고 있습니다. 지금 장군의 영웅다우신 위풍은 온 나라 안을 뒤흔들고 있는데, 저는 그것을 들을 때마다 마음에 감탄과 부러움을 이길 수 없었습니다. 이제 다행히 한 번 뵙게 되니 그간 보기를 갈망해오던 마음에 심히 위로가 됩니다." (*이는 조조가 한수韓遂를 보고 했던 말과 비슷하다.)

관공曰: "나와 공명의 교분은 다른 사람과는 비교할 수 없을 정도로 몹시 두터운데, 이번에는 무슨 이유로 내 아이를 여러 번이나 궁지에 몰아 넣었는가?"

서황은 여러 장수들을 돌아보며 언성을 높여 크게 외쳤다: "만약 운장의 수급을 취하는 자에겐 천금의 중상이 있을 것이다!" (*갑자기 안면을 싹 바꿔서, 먼저는 공손하다가 나중에는 거만한 태도로 나오는데, 이는 조조가 한수를 대하던 모습과는 크게 다르다.)

관공이 놀라며 말했다: “공명이 어찌 이런 말을 한단 말인가?”

서황曰: “오늘은 나라의 일을 하고 있으므로(今日乃國家之事), 사사로운 인정 때문에 공사公事를 그만둘 수는 없습니다(不敢以私廢公).” (*관공이 화용도에서 조조를 만났을 때의 일과 비교하면 어찌 천양지차뿐이겠는가!)

말을 마치자 서황은 큰 도끼를 휘두르며 곧바로 관공에게 달려들었다. 관공은 화가 몹시 나서 역시 청룡도를 휘두르며 그를 맞이하여 80여 합 싸웠다. 관공의 무예가 아무리 절륜絕倫하다고 해도 화살을 맞은 오른팔엔 힘이 없었다.

관평은 관공이 혹시 실수라도 할까봐 두려워서 급히 징을 쳤다. 관공은 말머리를 돌려서 영채로 돌아왔다.

〖 6 〗 그때 갑자기 사방에서 함성이 진동하는 소리가 들렸다. 그것은 원래 번성에 있던 조인이 조조의 구원병이 이르렀다는 말을 듣고 군사들을 이끌고 성에서 뛰쳐나와 서황과 만나서 양쪽에서 협공해온 것이다. 형주의 군사들은 크게 어지러워졌다. 관공은 말에 올라 여러 장수들을 이끌고 급히 양강襄江 상류로 달아났다. 뒤에서는 위병들이 추격해 왔다. 관공은 급히 양강을 건너서 양양襄陽을 향해 달아났다.

그때 갑자기 통신병이 와서 보고했다: “형주는 이미 여몽에게 빼앗겼고 가솔들도 적의 손에 떨어졌습니다.”(*관공은 이때 와서야 비로소 형주의 일을 알게 되었다.)

관공은 크게 놀라서 감히 양양으로 달아나지 못하고 군사들을 데리고 공안公安으로 찾아갔다.

정탐꾼이 또 알려왔다: “공안의 부사인傅士仁은 이미 동오에 항복해 버렸습니다.”(*이때 와서야 비로소 공안의 일을 알게 되었다.)

관공은 크게 화가 났다. 그때 또 갑자기 군량을 재촉하러 갔던 사람

이 와서 보고했다: "공안의 부사인이 남군으로 가서 사자를 죽이고는 미방을 설득하여 함께 동오에 항복하러 가버렸습니다." (*이때 와서야 비로소 남군의 일을 알게 되었다.)

관공은 이 말을 듣고 노기怒氣가 가슴에 꽉 차올라 상처가 찢어지면서 혼절하여 땅에 넘어졌다. 여러 장수들이 구해서 다시 깨어나자 관공은 사마司馬 왕보王甫를 돌아보고 말했다: "내가 자네 말을 듣지 않아 결국 오늘 이런 일을 당하고 만 것이 후회된다!" (*제73회에 나오는 말이다.)

그리고는 정탐꾼에게 물었다: "강 연안의 위아래에서는 왜 봉화를 올리지 않았느냐?"

정탐꾼이 대답했다: "여몽이 수군들에게 전부 흰 옷을 입혀서 행상으로 분장시켜 강을 건너왔는데, 정예병들을 선창 안에 매복시켜 두었다가 먼저 봉화대를 지키는 졸병들부터 사로잡아 버렸습니다. 그래서 봉화를 올릴 수 없었다고 합니다."

관공은 발을 동동 구르며 탄식했다: "내가 간사한 도적놈의 꾀에 속았구나! 이제 무슨 면목으로 형님을 뵙는단 말인가!"

군량 관리 총책임자 조루趙累가 말했다: "지금 사정이 급합니다. 한편으로는 사람을 성도로 보내서 구원을 청하시고, 다른 한편으로는 육로로 해서 형주를 취하러 가도록 하시지요."

관공은 그의 말에 따라 마량과 이적伊籍에게 글 세 통을 가지고 밤낮없이 성도로 달려가서 구원을 청하도록 하고, 한편으론 군사들을 이끌고 형주를 취하러 갔는데, 자신은 직접 선두부대를 거느리고 앞장서 가고, 요화와 관평은 뒤에서 적의 공격을 차단하도록 했다.

〖 7 〗 한편 번성의 포위가 풀리자 조인은 여러 장수들을 이끌고 가서 조조를 만났는데, 울면서 절을 하고 죄를 청했다.

조조曰: "이는 천수天數지 너희들의 죄가 아니다."

조조는 전군에 큰 상을 내린 후 직접 사총四冢의 영채로 가서 주위를 빙 둘러보고는 여러 장수들에게 말했다: "형주의 군사들이 주위로 해자를 깊이 파고 녹각鹿角을 여러 겹 쳐놓았는데도 서공명이 그 속으로 깊숙이 들어가서 마침내 완전한 승리를 거두었구나. 나는 30여 년간 용병用兵을 하면서 감히 적의 포위망 속으로 곧장 쳐들어가보지는 못했다. 공명은 참으로 담력膽力과 식견識見 둘 다 뛰어난 사람이구나!" (*현덕은 조자룡을 칭찬하면서 다만 온 몸이 담膽으로 이루어져 있다고만 했는데, 지금 조조는 서황을 칭찬하면서 "識(식견)"자 하나를 더 보태고 있다.) 많은 사람들이 다 탄복했다. 조조는 군사를 돌려서 마파(摩陂: 하남성 겹현郟縣 동남)로 가서 진을 쳤다.

서황의 군사가 당도하자 조조는 친히 그를 맞이하러 영채를 나갔다. 조조는 서황의 군사들이 대오를 정연하게 유지하면서 행군해 오는데 대오가 전혀 헝클어지거나 들쑥날쑥하지 않은 것을 보고 크게 기뻐하며 말했다: "서장군은 참으로 주아부(周亞夫: 서한의 명장으로 주발周勃의 아들. 한漢 문제文帝가 그를 진정한 장군이라고 칭찬했다.)의 풍도風度가 있구나!"

그리고는 서황을 평남장군平南將軍에 봉하여 하후상夏侯尙과 같이 양양襄陽을 지키면서 관공의 군사를 막도록 했다. 그리고 조조 자신은 아직 형주가 평정되지 않았으므로 (*형주는 이미 평정되었는데도 평정되지 않았다고 말한 것은 관공이 아직도 살아 있기 때문이다.) 그대로 군사를 마파에 주둔시켜 놓고 전황 소식을 기다렸다.

한편 관공은 형주로 가는 길 위에서 진퇴양난進退兩難에 빠져서 조루趙累에게 말했다: "지금 앞에는 동오의 군사가 있고, 뒤에는 위魏의 군사가 있으며, 우리는 그 가운데 있는데 구원병은 오지 않으니, 이를 어찌하면 좋겠나?"

조루曰: "전에 여몽이 육구陸口에 있을 때, 그가 군후께 글월을 올리면서 양가兩家가 우호관계를 맺고 함께 역적 조조를 죽이자고 했습니다. (*전문에서는 다만 육손이 글을 보낸 것만 말하고 여몽이 글을 보낸 것은 말하지 않았다. 이는 앞의 글에서 언급하지 않은 것을 보충한 것이다.) 그래 놓고서는 지금 와서 도리어 조조를 도와 우리를 기습하였으니, 이는 맹약을 어긴 것입니다. 군후께서는 잠시 이곳에 군사를 주둔시켜 두고 사자 편으로 여몽을 꾸짖는 글을 보내시고, 그가 어떻게 대답하고 나오는지 한번 보도록 하시지요."

관공은 그의 말을 좇아서 곧바로 글을 써서 사자에게 주어 형주로 달려가도록 했다.

〖 8 〗 한편 여몽은 형주에서 널리 호령號令을 전했다: "무릇 형주의 모든 군郡에서 관공을 따라 출정나간 장졸(壯士)들의 집안에 동오의 군사들이 들어가서 못살게 구는 것을 금한다. 그들에게도 매월 일정량의 양곡(糧米)을 급료로 지급할 것이다. 또 병을 앓고 있는 사람이 있으면 의원을 보내서 치료해 줄 것이다."

출정나간 장졸들의 집에서는 그 은혜에 감격하여 안심하고 전혀 동요하지 않았다. (*이는 여몽의 호의가 아니라 바로 그의 간사한 점이다.)

그때 갑자기 관공의 사자가 이르렀다고 보고해 왔다. 여몽은 성 밖으로 나가서 그를 맞이하여 성 안으로 들어와서 그를 손님을 대하는 예로 깍듯이 대접했다. 사자는 여몽에게 글을 올렸다.

여몽은 글을 다 보고 나서 사자에게 말했다: "내가 이전에 관 장군과 우호관계를 맺고자 했던 것은 곧 나 한 사람의 개인적인 생각이었소. 그러나 오늘의 일은 주군의 명령을 받들어 하는 것이므로 내 마음대로 할 수가 없소. 수고스럽지만 사자는 돌아가서 관 장군께 좋은 말로 이런 뜻을 여쭈어 주시오."

그리고는 연석을 베풀어 융숭하게 대접한 다음 관사로 보내서 편히 쉬게 했다.

이리하여 관공을 따라 출정을 나간 장졸들의 집에서는 전부 관사로 찾아와서 자식들의 안부를 물었는데, 가서家書를 전해 달라고 부탁하는 사람도 있었고, 혹은 말로 소식을 전해 달라는 사람도 있었는데, 모두들 말하기를 집안은 다 무고하고 의식衣食에도 문제가 없다고 했다. (*이 모두 여몽이 계산했던 것이다.)

사자가 여몽에게 하직인사를 올리자 여몽은 친히 성 밖까지 나와서 바래다주었다. 사자는 돌아와서 관공을 보고 여몽의 말을 자세히 전한 다음 아울러 말했다: "형주 성 안의 군후의 가솔들과 여러 장수들의 가솔들은 다 무고하였고 의식衣食의 공급도 계속되었습니다."

관공은 그 말을 듣자 크게 화를 내며 말했다: "이것은 간사한 도적놈의 계책이다! 내 살아서 이 도적놈을 죽이지 못하면 죽어서라도 반드시 이놈을 죽여서 내 한을 풀 것이다!"(*후문에 대한 복선이다.)

그리고는 사자를 물러가라고 호통쳤다. 사자가 영채에서 나가자 많은 장수들이 다 와서 각자 저희 집안 소식을 물었다. 사자는 일일이 집안은 무고하고 여몽이 그들을 아주 잘 돌봐주고 있더라는 말을 해주고, 아울러 가지고 온 편지들을 각 장수들에게 전해 주었다. 장수들은 기뻐하면서, 모두들 싸울 마음이 없어지고 말았다. (*이 모두 여몽이 계산했던 것이다.)

〖 9 〗 관공이 군사를 거느리고 형주를 취하러 가는데, 행군하는 사이에도 장수와 군사들 가운데 도망쳐서 형주로 돌아가는 자들이 많았다. 관공은 더욱 화가 나서 마침내 군사를 재촉해서 앞으로 나아갔다. 그때 갑자기 함성이 크게 진동하며 한 떼의 군사들이 나와서 앞길을 가로막았는데, 앞선 대장은 장흠蔣欽이었다.

장흠은 말을 멈춰 세우고 창을 꼬나 잡으며 큰소리로 외쳤다: "운장은 왜 빨리 항복을 하지 않는가?"

관공이 꾸짖어 말했다: "나는 한漢의 장수다. 어찌 도적에게 항복하겠느냐?"

그리고는 말에 박차를 가하여 칼을 휘두르며 곧바로 장흠에게 달려들었다. 미처 3합도 못 되어 장흠은 패하여 달아났다. 관공은 칼을 들고 그 뒤를 20여 리나 추격해 갔다.

바로 그때 갑자기 함성이 일어나면서 왼편 산골짜기에서는 한당韓當이 군사들을 거느리고 짓쳐 나왔고, 오른편 산골짜기에서는 주태周泰가 군사들을 이끌고 짓쳐 나왔다. 장흠도 다시 싸우기 위해 말을 돌려와서 세 길로부터 협공해 왔다.

관공은 급히 군사를 풀어서 왔던 길로 되돌아 달아났다. 그러나 몇 마장(里) 못 가서 문득 보니 남쪽의 야트막한 산 위에 주민들이 모여서 흰색 깃발 하나를 흔들어 댔는데, 깃발에는 "荊州土人"(형주토인: 형주 토박이 사람들)이란 네 글자가 씌어 있었다. 여러 사람들은 모두 큰 소리로 외쳐댔다: "이곳 사람들은 빨리빨리 투항하라!"

관공은 크게 화가 나서 언덕 위로 올라가서 그들을 죽이려고 했다. 그러나 바로 그때 산굽이로부터 또 두 부대의 군사들이 짓쳐 나왔는데 왼편은 정봉丁奉, 오른편은 서성徐盛이었다. 이들은 장흠 등 세 길로부터 나온 군사들과 합쳐서 땅이 흔들릴 정도로 고함을 지르고 하늘이 진동할 정도로 시끄럽게 북을 치고 나팔을 불면서 관공을 가운데 두고 에워쌌다. 수하 장수와 군사들의 수가 점점 줄어드는 가운데 황혼녘이 될 때까지 싸우다가 관공이 멀리 사방의 산 위를 바라보니 거기에는 전부 형주 출신의 병사들만 있었는데, 그들이 서로 형을 부르고 아우를 부르고, 아들을 찾고 아비를 찾느라 시끄럽게 떠드는 소리가 끊이지 않았다. 따르던 군사들의 마음도 모조리 변하여 다들 부르는 소리를 따라서 가버렸다. 관공이 가지 말라고 야단을 쳐도 듣지 않았다. 나중에는 수하 군사라고 남은 것은 겨우 3백여 명뿐이었다.

그런 상태로 싸우기를 삼경(三更: 저녁 11시~새벽 1시)에 이르렀을 때 정동正東 쪽에서 함성 소리가 하늘에 닿을 정도로 크게 일어났는데, 그것은 관평과 요화가 관공을 구하기 위해 두 길로 군사들을 나누어 겹겹의 포위를 뚫고 들어온 것이었다.

관평이 관공에게 아뢰었다: "군사들의 마음이 어지러워졌으니 성(城池)을 얻어서 잠시 군사들을 주둔시켜 놓고 구원병이 오기를 기다려야 합니다. 맥성麥城은 비록 작기는 하나 잠시 주둔하고 있을 만합니다."

관공은 그의 말을 좇아 남아있는 군사들을 재촉해서 맥성으로 들어가서 (*관공이 이때 맥성으로 달아난 것은 25회에서 토산으로 달아난 것과 비슷하다.) 군사들을 나누어 네 성문들을 굳게 지키도록 하고는 장수와 군사들을 모아놓고 상의했다.

조루趙累가 말했다: "이곳은 상용(上庸: 호북성 죽산현竹山縣 서남)과 가까운데 그곳에는 현재 유봉과 맹달孟達이 지키고 있습니다. 속히 사람을 보내서 구원병을 청하십시오. (*성도로부터의 구원은 멀고, 상용으로부터의 구원은 가깝다. 급하면 가까운 것부터 취하게 마련이다.) 만약 그곳 군사들의 지원을 얻어서 서천의 군사들이 대거 오기를 기다린다면 군사들의 마음도 자연히 안정될 것입니다."

〖 10 〗 한창 의논하고 있을 때 갑자기 동오의 군사들이 이미 당도하여 성을 사방으로 포위하고 있다고 보고해 왔다.

관공이 물었다: "누가 감히 포위를 뚫고 나가 상용으로 가서 구원병을 청하겠느냐?"

요화曰: "제가 가겠습니다."

관평曰: "자네가 겹겹의 포위를 뚫고 나가도록 내가 호송해 주겠

네."

관공은 즉시 편지를 써서 요화에게 주었다. 요화는 편지를 받아서 몸에 단단히 지닌 다음 배불리 먹고 말에 올라 성문을 열고 나갔다. 그때 바로 앞길을 가로막고 있는 동오의 장수 정봉丁奉과 마주쳤다. 그러나 관평이 힘껏 쳐나가자 정봉은 패해서 달아났다. 요화는 그 틈을 타서 포위를 뚫고 나가서 상용으로 갔다. 그를 보내놓고 관평은 성으로 들어와서 굳게 지키고 나가지 않았다.

한편 유봉과 맹달이 상용을 취하고 나자 태수 신탐申耽이 무리들을 거느리고 항복해 왔다. 그래서 한중왕은 유봉의 직위를 높여서 부장군副將軍으로 삼고 맹달과 같이 상용을 지키도록 했던 것이다. (*제72회의 일을 이야기하고 있다.)

이날 관공이 싸움에 패했다는 소식을 알아내서 두 사람이 한창 대책을 상의하고 있을 때 문득 요화가 왔다고 알려 왔다. 유봉은 들어오라고 해서 어찌된 일인지 물었다.

요화曰: "관공께서는 싸움에 패하시어 현재 맥성麥城에서 곤경에 처해 계시는데, 적의 포위가 매우 위급한 상황입니다. 촉으로부터의 구원병이 아침저녁 사이에 즉시 당도할 수는 없으므로 특별히 저에게 포위망을 뚫고 나가서 이곳으로 가서 구원병을 청하라고 하셨습니다. 부디 두 분 장군께서는 속히 상용의 군사들을 동원하여 이 위급함을 구해 주시기 바랍니다. 만약 조금이라도 지체한다면 관공께서는 적들의 손에 떨어질 것입니다."

유봉曰: "장군은 잠시 쉬고 계시오. 우리가 상의해 보겠소."(*이처럼 위급한 순간에 무슨 상의를 한단 말인가. 상의해 보겠다는 것은 참으로 꼴불견이다.)

요화는 이에 역참으로 가서 쉬면서 오로지 출병 소식을 기다렸다.

〖 11 〗 유봉이 맹달에게 말했다: "숙부께서 곤경에 처해 계시는데 어떻게 하면 좋겠소?"

맹달曰: "동오는 군사들은 정예롭고 장수들은 용맹하며, 또 형주의 아홉 개 군郡은 전부 동오가 이미 차지했으며, 유일하게 남아 있는 맥성은 송곳 하나 겨우 꽂을 만한 땅입니다. 또한 듣기로는 조조가 직접 사오십만 명의 대군을 거느리고 와서 마파摩陂에 주둔시켜 놓고 있다고 합니다. 이곳 산성에 있는 얼마 되지도 않는 우리 군사들로 어찌 동오와 위魏의 강한 군사들을 대적할 수 있겠습니까? 경솔하게 움직여서는 안 됩니다."(*여기 또 한 사람의 부사인이 있다.)

유봉曰: "나 역시 그런 줄은 알고 있소. 그러나 관공은 나의 숙부이신데 어찌 차마 가만히 앉아서 보기만 하고 구해드리지 않을 수 있겠소?"

맹달이 웃으면서 말했다: "장군께서는 관공을 숙부로 생각하고 계시지만, 관공은 장군을 조카로 여기지 않는 것 같아 안타깝습니다. 제가 들은 바로는, 한중왕께서 처음 장군을 양자로 들이실 때 관공은 좋아하지 않았다고 합니다. 그리고 나중에 한중왕께서 왕위에 오르신 후 후사를 세우려고 공명에게 물어보자, 공명께선 말씀하시기를: '이는 집안의 일이니 관 장군과 장 장군에게 물어 보십시오' 라고 했다고 합니다. 그래서 한중왕은 마침내 사람을 형주로 보내서 관공에게 물어보셨는데, 그때 관공은 장군께서는 양자養子이므로 과분하게도 후사로 세워서는 안 된다고 생각하고 (*전문에서 언급하지 않은 것을 보충하고 있다.) 한중왕에게 장군을 멀리 상용上庸의 산성山城 땅으로 보내서 후환을 끊어버리도록 권했다고 합니다. (*이는 맹달이 모함하기 위해서 지어낸 말이다.) 이 일은 모든 사람들이 다 알고 있는 일인데, 어찌 장군은 모르고 계십니까? 그런데도 오늘 어찌 숙질간의 정리에 집착하여 위험을 무릅쓰고 경솔하게 군사를 움직이려 하십니까?"

유봉曰: "자네 말이 비록 맞기는 하나, 다만 무슨 말로 그 청을 물리친단 말인가?"

맹달曰: "다만 이렇게만 말하십시오. 이 산성은 갓 귀순해온 곳이어서 민심이 아직 안정되지 못하여 감히 함부로 군사를 일으켰다가 혹시 이 성까지 지켜내지 못할까봐 두렵다고 하십시오."

유봉은 그의 말에 따르기로 작정했다.

다음날 요화를 청해 와서 말했다: "이 산성은 갓 귀순해온 곳이어서 군사를 나누어 구원하러 갈 수가 없소."(*여기 또 한 사람의 미방이 있다. 현덕은 공융孔融과 친한 사이가 아니었고 또 도겸陶謙과도 친한 사이가 아니었다. 그런데도 태사자太史慈의 청을 받고 공융을 구해 주었고, 또 공융의 청을 받고 도겸을 구해 주었다. 지금 유봉은 맹달의 말을 듣고 요화의 청을 거절하는데, 이 어찌 제 아비를 닮았다고 하겠는가?)

요화는 크게 놀라서 머리를 땅에 찧으며 말했다: "만약 이렇게 하시면 관공께서는 끝장나고 맙니다!"

맹달曰: "우리가 지금 즉시 가더라도, 한 잔의 물로써 어찌 한 수레의 땔나무에 붙은 불을 끌 수 있겠소?(一杯之水, 安能救一車薪之火乎?) 장군은 속히 돌아가서 조용히 촉의 군사들이 오기를 기다리도록 하시오."

요화는 통곡을 하면서 구원병을 보내 달라고 했으나 유봉과 맹달은 둘 다 소매를 떨치고 안으로 들어가 버렸다. (*이는 유봉이 죽임을 당하게 되는 조짐이다.) 요화는 더 있어 봐야 일이 되지 않을 줄 알고 깊이 생각한 끝에 한중왕께 가서 구원을 청해야겠다고 결론을 내리고 곧바로 말에 올라 크게 욕을 하면서 성을 나가 성도를 향해 달려갔다.

〖 12 〗 한편 관공은 맥성麥城에서 상용上庸의 군사들이 오기를 눈 빠지게 기다렸으나 끝내 아무런 소식이 없었다. 수하에 남은 군사라고는

겨우 5,6백 명뿐이었는데 그나마 태반은 부상을 당했고, 성 안에는 양식까지 떨어져서 고생이 이만저만 아니었다.

그때 갑자기 보고해 왔다: "성 아래에서 한 사람이 화살을 쏘지 말라고 하면서, 와서 군후를 뵙고 드릴 말씀이 있다고 합니다."

관공이 들여보내라고 하면서 누구인지 물어보도록 했더니, 바로 제갈근諸葛瑾이었다.

인사를 마치고 차를 다 마신 후, 제갈근이 말했다: "이번에 오후의 명을 받들고 특히 장군께 권유하러 왔소이다. 옛부터 말하기를: '때에 맞춰 해야 할 일을 아는 자가 준걸(識時務者爲俊傑)' 이라고 했습니다. 지금 장군께서 다스리셨던 한수漢水 위쪽 지역의 아홉 개 군은 전부 이미 다른 사람의 손에 넘어가 버리고 단지 고립된 성 하나만 남아 있는데, 성 안에는 양식도 마초도 없고, 성 밖에는 구원병도 없어서 그 위급함이 반나절도 넘기기 어려운 실정입니다. 그런데 장군께서는 어찌하여 이 사람의 말대로 오후吳侯께 귀순하여 다시 형주와 양양 지방을 맡아 다스리면서 모든 가솔들을 보전하려고 하지 않으십니까? 부디 군후께서는 깊이 생각해 보십시오." (*장료張遼가 관공을 설득할 때에는 올바른 도리(理)로써 설득을 했는데(*제25회의 일), 제갈근은 관공을 설득하려 하면서 형세(勢)로써 설득하려고 한다. 관공은 도리에는 굴복했지만 형세나 세력 앞에서는 굴복하지 않았다.)

관공은 정색을 하고 말했다: "나는 해량解良 출신의 한낱 무부武夫에 지나지 않았는데 나의 주공께서는 이런 나를 마치 당신의 손발처럼 대우해 주셨소. 그러니 내 어찌 의리를 저버리고 적국에 몸을 맡기려 하겠소? 성이 깨지면 죽음이 있을 뿐이오. 옥은 깨트릴 수는 있어도 그 흰색을 바꿀 수는 없고(玉可碎而不可改其白), 대나무는 불태울 수는 있어도 그 마디를 휘게 할 수는 없다(竹可焚而不可毁其節)고 하였소. 이 몸은 비록 죽더라도 이름만은 역사책(竹帛)에 남길 수 있을 것이오. 그대는 여러 말 말고 속히 성에서 나가시오. 내 손권과 더불어 결사전을 한 번 벌여볼 것이오."

제갈근曰: "저희 오후께서는 군후와 더불어 옛날 진秦나라와 진晉나라처럼 혼인을 통한 우호관계(秦晉之好)를 맺고 힘을 합쳐서 조조를 깨뜨리고 함께 한漢 황실을 붙들어 세우려는 것이지 다른 뜻은 없습니다. 그런데 군후께서는 왜 이처럼 고집을 부리십니까?"

말이 미처 끝나기도 전에 관평이 칼을 빼어들고 앞으로 나와서 제갈근의 목을 베려고 했다.

관공은 이를 말리며 말했다: "저분의 아우 되시는 공명 군사軍師께서 촉에서 너의 백부를 도와주고 계신다. 지금 만약 저분을 죽인다면 그분의 형제간의 정의를 상하게 할 것이다."(*스스로 자기 형제를 소중히 여기는 마음이 있을 때 비로소 남의 형제도 소중히 여길 수 있으며, 충성스런 마음을 가질 수 있는 사람이 남도 용서할 수 있는 것이다.)

그리고는 좌우의 사람들을 시켜서 제갈근을 쫓아 보내라고 했다.

제갈근은 얼굴 가득히 부끄러운 기색을 띠고 말에 올라 성을 나가 돌아가서 오후를 보고 말했다: "관공의 마음은 철석鐵石같아서 설득할 수가 없었습니다."

손권曰: "참으로 충신이다! 그렇다면 이를 어찌해야 하지?"

여범呂範曰: "제가 한 번 그 길흉吉凶 여부를 점쳐 보겠습니다."

손권은 즉시 그에게 점을 쳐보도록 했다.

여범이 시초를 뽑아서 괘 하나를 얻었는데 곧 "지수사(地水師: 下坎上坤: ☵☷)"란 괘였다. 거기다가 현무玄武가 있어서 임기응변하는 것으로 나왔는데, 이는 적이 멀리 달아날 조짐을 말하는 것이었다.

손권이 여몽에게 물었다: "괘는 적이 멀리 달아날 것임을 말하고 있는데, 경은 어떤 계책을 써서 달아나는 적을 사로잡으려 하는가?"

여몽이 웃으며 말했다: "괘상卦象은 바로 제가 생각하는 계책과 일치합니다. 관공에게 비록 하늘 높이 오를 수 있는 날개가 있다 하더라도 제가 쳐놓은 그물에서 빠져나가지 못할 것입니다." 이야말로:

용이 도랑에서 놀면 새우들이 놀리고　　　龍遊溝壑遭蝦戲
봉황이 조롱 속에 있으면 잡새들이 깔본다.　　　鳳入牢籠被鳥欺

결국 여몽의 계책이란 어떤 것인가, 다음 회를 읽어보기 바란다.

제76회 모종강 서시평序始評

(1). 관공이 형주를 회복하지 못한 것은 여몽呂蒙이 성 안의 사람들을 잘 위무해줄 수 있었기 때문이다. 장량張良이 초가楚歌로써 초楚의 병사들을 흩으려고 한 것은 초나라 사람들로 하여금 돌아가도록 하려는 것이었으나, 여몽이 형주의 병사들로써 형주의 병사들을 부른 것은 형주 사람들을 형주로 돌아오도록 하려는 것이었다. 이는 그 일은 비슷하면서도 상반된 것이다.

관공은 양陽을 사용했으나 여몽은 음陰을 사용했고, 관공은 강함(剛)을 사용했으나 여몽은 부드러움(柔)을 사용했다. 그가 관공 수하 장사들의 집안을 잘 보살펴주고 찾아온 사자를 극히 후하게 대해준 점이 바로 그가 극도로 간사하고 교활한 점이다.

(2). 부사인傅士仁에 대한 여몽呂蒙의 계산은 미방糜芳에 대한 부사인의 계산과 동일한 계략이다. 여몽은 부사인이 항복해온 뜻이 굳건하지 못하다고 의심하여 만약 그가 미방을 불러와서 항복을 시킨다면 부사인에게 두 마음이 없음이 증명된다고 생각했고, 부사인은 미방이 결심하지 못할까봐 두려워서, 사자를 죽인다면 미방에게 돌아갈 길이 없을 것이고 그리되면 항복하지 않을 수 없을 것으로 생각했다.

형주荊州에 대한 손권의 계책과 번성樊城에 대한 조조의 계책은 각기 다른 계략이었다. 동오가 위魏에 서신을 보내면서 누설하지 말아달라고 부탁했던 것은 관공이 그것을 알게 되면 형주를 구하러 돌아올 것이고, 그리 되면 형주에 대한 습격이 불확실해지기 때문이다. 위가 동오의 서신을 받고 나서 일부러 관공이 그것을 알도록 한 것은 형주의 군사들이 그것을 알게 되면 집으로 돌아가려는 마음이 생길 것이고, 그리 되면 번성에 대한 포위가 저절로 풀릴 것으로 생각했기 때문이다. 같기도 하고 다르기도 한 것, 이 점이야말로 계략이 극도로 묘한 점이다.

(3). 혹자는 말하기를, 관공이 맥성麥城으로 달아난 일은 전에 토산土山에 주둔하고 있었던 일(*제25회의 일)과 다를 게 없는데, 왜 전에는 장료의 말을 거부하지 않았으면서 나중에 와서 제갈근의 말만은 거부하였는가?

나는 말한다: 관공은 원래 한漢에 항복한 것이지 조조에게 항복한 것은 아니다. 조조가 한漢의 이름을 빌려서 그를 부르지 않았다면 그는 끝까지 가지 않았을 것이다. 관공은 다만 한漢이 있는 줄만 알았고 조씨曹氏가 있음은 알지 못했다. 조씨曹氏가 있음을 알지 못했는데 또 어찌 손씨孫氏가 있음을 알겠는가? 그러므로 맥성을 지키려는 마음은 곧 토산을 지키려는 마음과 같았던 것이다.

(4). 유봉劉封에게 구원병을 보내지 말도록 한 것은 실은 맹달의 가르침이다. 그렇다면 유봉의 죄는 맹달의 죄와 견주어 볼 때 줄어들지 않을까?

나는 말한다: 그것은 그렇지 않다. 맹달은 본래 촉의 항장降將으로, 유장도 배반할 수 있었는데 관공은 왜 배반할 수 없겠는가? 그

래서 나는 그를 책망하지 않는다. 그러나 유봉으로 말하면, 그는 한중왕의 양자이고, 한중왕과 관공은 한 몸(一體)이므로, 관공을 배반하는 것은 곧 한중왕을 배반하는 것이다. 관공만을 배반하는 일이라면 그래도 말은 되겠지만, 한중왕을 배반하는 일은 말도 안 되는 일이다. 그러므로 유봉은 용서받을 수 없는 것이다.

제 77 회

관공, 혼령 되어 옥천산에 나타나고 조조, 낙양성에서 혼령을 만나다

〖 1 〗 한편 손권이 여몽에게 계책을 묻자 여몽이 대답했다: "제가 예상하기로는, 관 모는 군사가 적기 때문에 틀림없이 큰길로 도망치지 않고, 맥성麥城 정북 쪽에 험준한 소로小路가 있는데, 반드시 그 길로 달아날 것입니다. 그러니 주연朱然으로 하여금 성예병 5천 명을 이끌고 맥성 북쪽 이십 리 되는 지점에 매복해 있도록 하되 적의 군사가 이르거든 같이 싸우지 말고 다만 뒤따라가서 기습하도록 하십시오. 적의 군사들은 틀림없이 싸울 마음이 없으므로 반드시 임저(臨沮: 호북성 안원현安遠縣 서북)로 달아날 것입니다.

그리고 반장潘璋에게는 정예병 5백 명을 이끌고 가서 임저의 산골짜기 좁은 길에 매복해 있으라고 명한다면 관 모를 사로잡을 수 있을 것입니다. (*손권의 뜻이 형주를 얻는 데 있다면 왜 반드시 관공을 해쳐야만 속이 후련한가? 만약 노숙이 살아 있다면 결코 이렇게는 하지 않을 것이다.)

지금 장수들을 보내서 각 성문을 치도록 하시되 다만 북문은 비워 놓아 저들이 그리로 나가서 달아나도록 하십시오."(*조조는 관공을 토산에서 포위했을 때 그가 달아나지 못하도록 했으나, 손권은 맥성에서 관공을 포위하고선 그가 달아나도록 하려고 한다.)

손권은 계책을 듣고 여범呂範에게 다시 점을 쳐보도록 했다. 점괘(卦)가 이루어지자 여범이 아뢰었다: "이 괘에 의하면 적은 서북쪽으로 달아날 것인데, 오늘 밤 해시(亥時: 밤 9시~11시)에 반드시 사로잡을 것입니다."

손권은 크게 기뻐하며 마침내 주연과 반장에게 각기 두 부대의 정예병들을 거느리고 각자 군령에 따라 매복하러 떠나가도록 했다.

〖 2 〗 한편 관공은 맥성에서 기병과 보병들을 점고했는데, 남은 군사들은 겨우 3백여 명뿐이었고, 군량과 마초도 다 떨어졌다.

이날 밤 성 밖에서 동오의 군사들이 큰 소리로 이쪽 군사들의 이름을 부르면서 투항을 권하자, 성벽을 타넘어 달아나는 자들이 매우 많았다. 구원병이 오는 것도 보이지 않자, 관공은 속으로 어떤 계책도 생각나지 않아서 왕보에게 말했다: "나는 전에 공의 말을 듣지 않은 것이 후회된다. 오늘 이처럼 위급한 상황에서 다시 어찌하면 좋겠는가?"

왕보가 울면서 대답했다: "오늘의 일은 비록 자아(子牙: 주周의 강태공)가 다시 살아나더라도 역시 어찌해 볼 수 없을 것입니다."(*공명이 있지만 너무 멀리 있어서 구해줄 수 없다.)

조루曰: "상용上庸에서 구원병이 오지 않는 것은 유봉과 맹달이 군사를 가만히 두고 출동시키지 않기 때문입니다. 차라리 이 외따로 떨어진 성을 버리고 서천으로 달려가서 군사들을 다시 정비해 가지고 와서 잃은 땅을 회복하는 것이 어떻겠습니까?"

관공曰: "나 역시 그렇게 하려고 하네."

그리고는 성 위로 올라가서 살펴보니, 북문 밖에는 적병들이 많지 않아서 성안에 사는 주민에게 물어보았다: "여기서 북쪽으로 가면 지세가 어떤가?"

그가 대답했다: "여기서 나가면 전부 산골짜기 좁은 길인데 서천으로 통합니다."

관공曰: "오늘 밤에 이 길로 달아나야겠다."

왕보가 간했다: "좁은 길에는 매복이 있을 테니 큰길로 가셔야 합니다." (*이때 만약 왕보의 말을 들었으면 혹시 죽음을 면할 수 있었을지도 모른다.)

관공曰: "설령 매복이 있다 한들 내 어찌 겁내겠느냐!"

그리고는 즉시 명령을 내려서 기병과 보병과 관군(馬步官軍)들에게 여장을 단단히 꾸려서 성을 나갈 준비를 하도록 했다.

왕보가 울면서 말했다: "군후께서는 도중에 부디 조심하시어 귀하신 몸 보중保重하십시오. 저는 부하 군사 1백여 명을 데리고 죽기로 싸워서 이 성을 지키겠습니다. 성이 비록 깨지더라도 이 몸은 항복하지 않을 것입니다. 오직 군후께서 저희를 구원하러 속히 돌아와 주시기만 기다리겠습니다."

관공 역시 눈물을 흘리며 그와 삭별했다. 그리고 주창에게는 남아서 왕보와 함께 맥성을 지키도록 하고, 관공 자신은 관평, 조루와 함께 남은 군사 2백여 명을 이끌고 북문을 빠져 나갔다.

〖 3 〗 관공은 칼을 비껴들고 앞으로 나아갔다. 초경(初更: 저녁 7시~9시)까지 행군해 간 후에 또 약 20여 리쯤 달아났는데, 그때 문득 골짜기에서 징소리와 북소리가 일제히 울리면서 함성이 크게 진동하더니 한 떼의 군사들이 쫓아왔다. 우두머리 대장은 주연朱然이었다. 그는 창

을 꼬나들고 말을 달려 오면서 외쳤다: "운장은 도망치지 말고 빨리 투항해서 죽음을 면하시오!"

관공은 크게 화가 나서 말에 박차를 가하고 칼을 휘두르며 싸우러 갔다. 주연은 곧바로 달아났다. 관공이 기세를 몰아 그 뒤를 추격하는데 갑자기 북소리가 울리더니 사방에서 복병들이 모조리 일어났다.

관공은 감히 싸울 생각을 하지 못하고 임저臨沮의 소로를 향해 달아났다. 주연이 군사를 거느리고 그 뒤를 들이쳤다. 관공을 따르던 군사들의 수는 점점 줄어들었다. (*군사들이 점점 줄어든 것은 반드시 다 죽었기 때문이 아니라 대부분 형주 군사들이 불러서 간 것이다.)

4,5마장(里)을 못 가서 전면에서 또 함성이 크게 울리고 불길이 크게 치솟더니 반장潘璋이 칼을 휘두르며 말을 몰아 쳐들어왔다. 관공은 크게 화가 나서 칼을 휘두르며 맞이해 싸웠다. 겨우 3합 싸우고 반장은 패하여 달아났다. 관공은 감히 계속 싸울 생각을 하지 못하고 급히 산길을 향해 달아났다. 뒤에서 관평이 쫓아오더니, 조루가 혼전을 벌이는 중에 이미 죽었다고 알렸다.

관공은 슬프고 당황함을 이기지 못하여 마침내 관평에게 뒤에서 적을 막으라고 하고 자신은 앞에 서서 길을 열고 나갔다. 뒤를 따르는 자들은 겨우 10여 명밖에 남지 않았다.

가다가 협석夾石에 이르러 보니 양쪽은 모두 산인데, 산 옆으로는 갈대와 마른 풀들과 나무들이 빽빽했다. 시간은 이미 오경(五更: 오전 3시~5시)이 다 끝나가고 있었다. (*여범은 점을 쳐서 관공이 해시(亥時: 밤 9시~11시)에 붙잡힌다고 했는데 이때 벌써 도리어 오경(五更: 오전 3시~5시)이 되었다.)

한창 달아나고 있는데 함성이 일어나더니 양편에 있던 복병들이 전부 뛰어나와 긴 갈고리와 올가미를 일제히 들어 올려 먼저 관공이 타고 있는 말의 발을 걸어 넘어뜨렸다. 관공도 몸이 벌렁 뒤집히며 말에서 떨어져 반장의 부장部將 마충馬忠에게 사로잡히고 말았다.

관평은 부친이 사로잡힌 것을 알고 급히 구하러 갔는데, 등 뒤에서 반장과 주연이 군사를 거느리고 일제히 쫓아와서 관평을 사방으로 에워쌌다. 관평은 혼자 몸으로 그들과 싸웠으나 힘이 다 떨어져 그 역시 사로잡히고 말았다.

〖 4 〗 날이 밝았을 때 손권은 관공 부자가 이미 사로잡혔다는 소식을 듣고 크게 기뻐하며 여러 장수들을 막사 안으로 불러 모았다.

잠시 후 마충과 그 군사들이 무리지어 관공을 에워싸고 당도했다.

손권曰: "나는 오랫동안 장군의 성덕盛德을 사모해 오면서 우리 양가의 자식들을 혼인시켜 서로 사이좋게 지내고 싶었는데, 왜 공은 내 청을 거절했소? 공은 평소 스스로 천하무적이라고 생각했는데, 오늘은 어찌하여 우리에게 사로잡히고 말았소? 장군은 지금도 여전히 이 손권에게 복종하지 않겠소?" (*조조는 관공을 예를 다해 존경했으나 손권은 그를 비웃고 있다. 손권은 조조에게 한참이나 못 미친다.)

관공은 언성을 높여 욕을 했다: "이 눈알 새파란 자식아! 자주색 수염을 한 쥐새끼야! 나는 유황숙과 도원결의桃園結義를 맺으면서 한漢 황실을 붙들어 세우기로 맹세했었다. 그런데 어찌 나라를 배반한 역적 놈 너와 한 패가 될 수 있겠느냐? (*조조는 한漢의 역적인데, 조조를 도와 관공을 공격하였은즉 동오 역시 한을 배반한 역적이다. 통쾌한 욕이다.) 내 지금은 잘못해서 간사한 계략에 걸려들고 말았으니, 죽음이 있을 뿐, 여러 말 할 필요가 어디 있느냐!"

손권은 여러 관원들을 돌아보고 말했다: "운장은 천하의 호걸인지라 내 그를 심히 아끼고 있다. 지금 내가 예로써 대우하여 항복해 오도록 권해 보려고 하는데 어떻게들 생각하는가?"

주부主簿 좌함左咸이 말했다: "안 됩니다. 옛날 조조가 이 사람을 얻었을 때 그를 후작侯爵으로 봉해주고, 사흘마다 작은 연회를 베풀어주고 닷새마다 큰 연회를 베풀어 주고, 말에 오르내릴 때마다 황금덩어리와 은덩어리를 주었습니다. 이처럼 큰 은혜를 베풀어주고 극진히 예우해 주었지만 결국 붙들어두지 못하고, 그가 다섯 관문의 장수들을 죽이고 떠나갔다는 보고만 들었습니다. (*제27회의 일.) 그리고 오늘날에 와서는 도리어 그에게 내몰려서 그의 예봉을 피하려고 도읍을 옮기려고까지 했습니다. 지금 주공께서는 이미 그를 사로잡으셨는데, 만약 즉시 없애버리지 않으신다면 후환을 남기게 될까 두렵습니다."

손권은 한동안 깊이 생각하고 나서 말했다: "그 말이 맞다."

그리고는 마침내 그를 끌어내 가라고 명했다.

이리하여 관공 부자는 다 죽임을 당했다. (*조조는 관공을 죽이지 않았으나 손권은 그를 죽였다. 이 점에서도 그는 조조에게 한참이나 못 미친다.) 때는 건안 24년(서기 219년. 신라 나해 이사금 23년) 겨울 섣달이었다. 관공이 죽을 때 그의 나이는 58세였다.

〖 5 〗 후세 사람이 그의 죽음을 탄식해서 지은 시가 있으니:

한 말에 그 재주 필적할 자 없을 정도로	漢末才無敵
운장의 재주 무리들 중에서 홀로 뛰어났지.	雲長獨出群
신비한 위엄으로 무예 떨쳤고	神威能奮武
선비의 풍도에 학문까지 높았지.	儒雅更知文
해처럼 밝은 마음 거울과 같았고	天日心如鏡
춘추의 의기는 하늘 높이 뻗쳤지.	春秋義薄雲
만고에 전해지는 빛나는 그의 이름	昭然垂萬古
삼국 중에서만 으뜸이 아니었네.	不止冠三分

또 이러한 시도 있으니:

인걸이라면 옛날 관우 떠올리며　　　　　　人傑惟追古解良
사람들은 그의 영정 앞에 다투어 절을 한다.　　士民爭拜漢雲長
도원에서 어느 날 형과 아우로 맺어진 후　　　　桃園一日兄和弟
사당에서 천년 동안 황제와 왕으로 모셔졌다.　俎豆千秋帝與王
그 기개 천둥과 바람 같아 필적할 자 없었고　　氣挾風雷無匹敵
그 뜻은 해와 달처럼 밝은 빛 드리운다.　　　　志垂日月有光芒
지금도 관묘와 관우상 천하에 가득하나　　　　至今廟貌盈天下
석양 때마다 고목에는 까마귀만 우짖는다.　　　古木寒鴉幾夕陽

관공이 죽은 후 그가 타던 적토마는 마충에게 붙잡혀서 손권에게 바쳐졌는데, 손권은 즉시 그것을 마충에게 주어 타도록 했다. 그 말은 여러 날 동안이나 먹이를 입에 대지 않더니 죽고 말았다. (*이 말은 여포를 위해서는 죽지 않고 관공을 위해 죽었으니, 죽을 자리를 찾은 것이다. 말 역시 주인을 택할 줄 아는 것인가?)

한편, 왕보는 맥성에 있었는데 뼈가 떨리고 살이 꿈틀거려서 주창에게 물었다: "지난밤 꿈에 주공께서 온몸이 피투성이가 되어 내 앞에서 계시기에 내가 급히 그 까닭을 물어보려다가 그만 깜짝 놀라서 꿈을 깼는데, 이것이 무슨 길흉의 조짐인지 혹시 아시오?" (*앞에서는 관공의 꿈 이야기가 있었는데, 여기서는 또 왕보의 꿈 이야기가 나온다.)

한창 말하고 있을 때 갑자기 동오의 군사들이 성 아래에 와서 관공 부자의 수급을 가지고 와서 항복하라고 권하고 있다고 알려왔다. 왕보와 주창은 크게 놀라서 급히 성 위로 올라가서 보니 과연 관공 부자의 수급이었다. 왕보는 크게 외마디 소리를 지르고는 그대로 성 위에서 떨어져 죽었다. 주창은 스스로 칼로 목을 찔러서 죽었다. (*두 사람의 죽음 또한 불후의 죽음임에도 불구하고 지금 사람들은 다만 관평과 주창의 얼굴만 빚어서 관공 옆에 세우고 왕보와 조루에 대해서는 생각하지 못하는데,

이는 잘못이다.) 이리하여 맥성 역시 동오의 속지屬地로 되고 말았다.

〖 6 〗 한편 관공의 혼魂은 흩어지지 않고 흔들흔들 움직이더니 곧바로 형문주(荊門州: 호북성의 현縣 이름. 남군南郡 부근) 당양현當陽縣에 있는 한 산으로 갔다. 그 산의 이름은 옥천산玉泉山이다. 산 위에는 늙은 중(老僧)이 하나 있었는데, 법명法名은 보정普靜으로, 원래 기수관沂水關에 있던 장로長老였다. (*제27회에 나오는 사람이다.) 후에 그는 천하를 구름처럼 떠돌아다니다가 이곳에 이르러 산수山水가 수려秀麗한 것을 보고 이곳에다 풀을 엮어 암자 하나를 지어 놓고 매일 좌선坐禪을 하며 도를 닦았다. 그는 몸 곁에 다만 어린 행자(行者: 중이 되지 않고 불도를 공부하는 사람) 하나만 두어 탁발托鉢해 오도록 해서 지내고 있었다. (*어린 행자에게 잔인하게도 밥을 얻어오게 하고 있는바, 이는 오늘날의 자기 제자들을 아끼고 돌봐주는 화상和尙들과는 다르다.)

이날 밤, 달은 밝았고 바람은 맑고 선선했다. 삼경(三更: 밤 11시~새벽 1시)이 지난 후 보정이 암자 안에 조용히 앉아 있는데 갑자기 공중에서 어떤 사람이 큰소리로 외치는 소리가 들렸다: "내 머리를 돌려다오!"

보정이 얼굴을 들고 자세히 보니 공중에서 한 사람이 적토마를 타고 청룡도를 들고, 왼편에는 얼굴이 흰 장군(즉, 관평)을, 오른편에는 얼굴이 검고 수염이 곱슬곱슬한 사람(즉, 주창)을 데리고 같이 구름을 타고 옥천산 꼭대기로 내려오는 것이었다. 보정은 그가 관공임을 알아보고는 곧바로 손에 들고 있던 주미(麈尾: 고라니 꼬리털로 만든 먼지떨이)로 지게문(戶)을 탁 치면서 말했다: "운장은 어디 있느냐?" (*이 말은 참선을 할 때 죽비로 내려치는 봉갈棒喝에 해당하는 말이다.)

관공의 영혼이 문득 깨닫고는 즉시 말에서 내려 바람을 타고 암자 앞으로 와서 두 손을 맞잡고 물었다: "사부師父께서는 뉘신지요? 법명法名을 말씀해 주십시오."

보정曰: “이 늙은 중은 보정입니다. 옛날 사수관 앞의 진국사에서 군후를 뵌 적이 있는데, 오늘은 어찌하여 끝내 잊어버리셨습니까?”

관공曰: “전에 이 사람을 구해 주신 은혜를 명심銘心하여 잊지 않고 있습니다. 저는 이번에 화를 당하여 이미 죽었으니 부디 길을 헤매고 있는 제게 올바른 길을 가르쳐 주십시오.”

보정曰: “지난날은 잘못이 많았으나 지금은 바른 길로 들어섰으니(昔非今是), 다른 일들은 일체 말하지 마시오. 나중의 결과는 이전의 원인 때문입니다(後果前因). 이 원인과 결과는 서로 어긋나는 법이 추호도 없습니다. 지금 장군께서는 여몽에게 해를 당하고서 큰 소리로 ‘내 머리를 돌려다오’ 하고 외치시는데, 그렇다면 안량顔良과 문추文醜와 다섯 관문에서 장군의 손에 죽은 여섯 장수 등 수많은 사람들은 또 누구를 향해 머리를 돌려달라고 해야 합니까?”

이에 관공은 문득 크게 깨닫고는 고개를 숙여 절을 하고 상제上帝에게 귀의歸依하러 떠나갔다.

그 뒤로 옥천산에서는 가끔 관공의 신령이 나타나서 백성들을 보호해 주는 일이 있어서 그 고장 사람들은 그 덕을 감사하여 산 정상에 사당을 지어놓고 봄, 여름, 가을, 겨울 사철마다 제사를 지냈다. 후세 사람이 그 사당에다 연구聯句를 지어서 붙였으니, 그 내용은 이러했다:

붉은 얼굴에 붉은 마음	赤面秉赤心
적토마 타고 달릴 때엔 바람이 일었고	騎赤兎追風
말 몰아 달릴 때에도	馳驅時
적제赤帝를 잊은 적 없었다네.	無忘赤帝
푸른 등 밝혀 놓고 사서史書 읽을 때에도	青燈觀青史
청룡언월도는 손에 잡고 있었고	仗青龍偃月
남들이 보지 않는 은밀한 곳에서도	隱微處
푸른 하늘 향해 부끄러운 일 하지 않았다네.	不愧青天

〖7〗 한편 손권은 관공을 죽이고 나서 마침내 형양荊襄의 땅들을 전부 얻고서는 전군全軍에 상을 내리고 배불리 먹이고, 연석을 베풀어 여러 장수들을 대거 모아놓고 전공戰功을 축하했다.

그는 여몽呂蒙을 상좌에 앉히고 여러 장수들을 돌아보고 말했다: "나는 오랫동안 형주를 얻지 못했는데, 이번에 힘 안 들이고 쉽게 얻은 것은 모두 자명(子明: 여몽)의 공이다."

여몽이 재삼 사양했다.

손권曰: "예전에 주랑(周郎: 주유)은 그 훌륭한 계략이 다른 사람들보다 뛰어나서 조조를 적벽赤壁에서 깨뜨렸으나 (*주랑은 조조와 손을 잡은 적이 없었는데, 이 점에서 그는 여몽보다 뛰어났다.) 불행하게도 일찍 죽어서 노자경(魯子敬: 노숙)이 그를 대신하게 되었다.

자경은 처음 나를 만났을 때 곧바로 제왕帝王이 되기 위한 큰 계략을 일러주었는데, 이것이 첫 번째로 통쾌한 일이었다.

조조가 강동으로 쳐 내려올 때 많은 사람들은 다들 나에게 항복하라고 권했으나 자경 혼자서만 나에게 공근(公瑾: 주유)을 불러와서 적을 맞아 치도록 권했는데, 이것이 둘째로 통쾌한 일이었다. (*노자경은 조조와 손을 잡은 적이 없었는데, 이 점에서 그는 여몽보다 뛰어났다.) 다만 나에게 유비에게 형주를 빌려주도록 권했는데, 이것 하나는 자경의 잘못이었다. (*유비에게 형주를 빌려주어 힘을 합쳐서 조조에 대항하도록 한 것은 훌륭한 계책이었는데 어찌 잘못이라고 말하는가?)

그런데 이제 자명子明이 계책을 세우고 책략을 써서 단번에 형주를 되찾았으니, 자명은 자경과 주랑보다도 훨씬 뛰어나다고 할 것이다."(*역적 조조를 치는 것의 대의大義를 몰랐던 것이 여몽이 두 사람보다 못한 점인데 어찌 반대로 뛰어나다고 말할 수 있는가?)

이리하여 친히 술을 따라서 여몽에게 주었다.

여몽이 잔을 받아 술을 마시려 하다가 갑자기 잔을 땅에 내던지고 한 손으로 손권을 움켜잡고서는 언성을 높여 마구 욕을 하며 말했다: "이 눈알 파란 자식아! 자주색 수염의 쥐새끼야! 아직도 나를 몰라보겠느냐?"

여러 장수들이 깜짝 놀라서 급히 그를 구하려고 하자, 여몽은 손권을 밀어 넘어뜨리고는 성큼성큼 앞으로 걸어 나가서 손권의 자리에 앉아서 양쪽 눈썹을 거꾸로 세우고 두 눈을 부릅뜨고 큰 소리로 호통을 쳤다: "나는 황건적을 깨뜨린 이래 30여 년 동안 천하를 주름잡고 다녔는데, 지금 네놈이 하루아침에 간계를 써서 나를 죽이고 말았다. 내 살았을 때 네놈의 살코기를 씹어 먹지 못했으니, 죽은 후에 마땅히 여몽놈의 혼을 쫓아다닐 것이다. 나는 한수정후漢壽亭侯 관운장關雲長이다!"

손권은 크게 놀라서 정신없이 대소 장사將士들을 거느리고 모두 엎드려 절을 했다. 그때 문득 보니 여몽은 땅 위에 쓰러져서 일곱 구멍으로 피를 쏟고 죽고 말았다. 모든 장수들로 그것을 보고 두려워하지 않는 사람은 하나도 없었다.

손권은 여몽의 시신을 관에 넣어 안장安葬해 준 후 그에게 남군南郡태수·잔릉후孱陵侯의 작위를 추증追贈하고, 그 아들 여패呂霸에게 작위를 물려받도록 했다. 손권은 이로부터 관공의 일을 생각할 때마다 놀라고 의아해 하기를 마지않았다.

〖 8 〗 그때 갑자기 건업建業으로부터 장소張昭가 왔다고 보고해 왔다. 손권은 그를 불러들여 무슨 일로 왔는지 물었다.

장소曰: "이번에 주공께서 관공 부자를 죽이셨으므로 머지않아 강동에 화가 미칠 것입니다! 관공은 유비와 도원에서 형제의 의를 맺을 때 생사生死를 같이 하기로 맹세했습니다. 지금 유비에게는 이미 서천과 동천의 군사들이 있는데다 제갈량의 지모와 장비·황충·마초·조운의 용맹까지 겸하여 가지고 있습니다. 유비가 만약 운장 부자가 해를 당한 것을 알면 반드시 나라 안의 군사들을 전부 동원해서 힘을 다해 원수를 갚으려고 할 것입니다. 그리 되면 우리 동오로서는 대적해내기 어려울까봐 두렵습니다."(*사세가 그리 되는 것은 필연적이다.)

손권은 이 말을 듣고 크게 놀라서 발을 동동 구르며 말했다: "내가 잘못 생각했구나! 일이 이렇게 되었으니, 이를 어찌해야 좋겠소?"

장소曰: "주공께서는 염려하지 마십시오. 제게 한 가지 계책이 있는데, 이대로만 하신다면 서촉의 군사들이 동오를 침범하지 못하도록 하여 형주를 반석처럼 안전하게 할 수 있습니다."

손권이 어떤 계책인지 물었다.

장소曰: "지금 조조는 백만 명의 대군을 지니고 천하를 호시탐탐 노리고 있는데, 유비는 급히 원수를 갚으려고 틀림없이 조조와 강화講和를 맺으려고 할 것입니다. (*현덕이 조조와 강화를 맺지 않을 것은 틀림없는 일이다. 그러나 동오의 입장에서는 모름지기 이렇게 생각할 것이다.) 만약 두 곳에서 군사를 합쳐 쳐들어온다면 동오는 위험합니다.

그러니 차라리 우리가 먼저 사람을 조조에게 보내면서 관공의 수급을 전해주고, 유비로 하여금 동오가 관공을 죽인 것은 조조가 시켜서 한 일인 줄 알도록 한다면, 유비는 조조를 몹시 원망할 것이며, 서촉의 군사들은 동오를 향해 오지 않고 위魏로 향해 갈 것입니다. 우리는 그때 저들 둘의 승부가 어떻게 나는지 살펴보면서 그에 따라서 대처하는 것입니다. 이것이 상책입니다."(*이미 남에게 화禍를 전가시키려 하면서도 또 그 중간에서 이익을 취하려고 하는 것, 인정人情이란 대체로 이와 같은 것이다.)

손권은 그 말에 따라 곧 사자를 보내면서 나무 상자에 관공의 수급을 넣어 가지고 밤낮 없이 달려가서 조조에게 바치도록 했다.

〖 9 〗 이때 조조는 마파摩陂로부터 군사를 철수하여 낙양으로 되돌아와 있었는데, 동오에서 관공의 수급을 보내왔다는 말을 듣고 기뻐서 말했다: "운장이 이미 죽었으니 내 이제부턴 밤에 뒤척이지 않고 푹 잘 수 있게 되었구나!"

그때 계단 아래에서 한 사람이 나서며 말했다: "이는 동오가 자신들에게 닥칠 화를 우리에게 전가하려는 계책, 즉 '이화지계移禍之計' 입니다."(*동오의 계획은 일찌감치 간파되었다.)

조조가 보니 주부主簿 사마의司馬懿였다.

조조가 그 까닭을 물었다.

사마의曰: "전에 유비·관우·장비 세 사람은 도원에서 결의형제를 맺으면서 죽고 살기를 같이 하자고 맹세했습니다. 지금 동오에서는 관공을 죽여 놓고 복수당할까봐 두려워서 그 수급을 대왕께 바침으로써 유비로 하여금 그 분노를 대왕께 옮기도록 하려는 것입니다, 그리하여 동오를 공격하지 않고 위魏를 치도록 함으로써 자기들은 도리어 그 중간에서 형편을 봐가면서 일을 도모하려는 것입니다."

조조曰: "중달仲達의 말이 옳다. 그러면 나는 어떤 계책으로 이 문제를 풀어야 하지?"

사마의曰: "이 일은 극히 쉽습니다. 대왕께서는 관공의 머리에다 향나무로 그의 몸을 조각해서 붙이시고 대신大臣에 대한 예로 장사지내 주십시오. 유비가 이를 알면 반드시 손권을 몹시 원망하며 있는 힘을 다해 동오를 칠 것입니다. 우리는 도리어 그 승부가 어떻게 나는지 살펴보면서 촉이 이기면 동오를 치고, 동오가 이기면 촉을 치면 됩니다. 둘 중에서 하나만 얻으면 나머지 하나도 오래 가지 못할 것입니다." (*영리한 자는 또 영리한 상대를 만나는 법이다.)

조조는 크게 기뻐하며 그 계책대로 하기로 하고 마침내 동오에서 온 사자를 불러들였다. 사자가 들어와서 나무 상자를 바치자 조조가 그

상자를 열고 보니, 관공의 얼굴은 마치 살아 있을 때와 같았다.

조조가 웃으며 말했다: "운장공께서는 그간 별고 없으셨소?" (*화용도華容道에서 만났을 때의 인사말과 같다. 그러나 전에는 공경스런 말투였으나 이번에는 희롱의 말투이다.)

말이 끝나지도 않았는데 관공의 입이 벌어지고 눈알이 움직이고 수염과 머리카락이 전부 곤두섰다. 조조는 깜짝 놀라서 그만 뒤로 나자빠지고 말았다. (*방금 전에는 손권을 놀라자빠지게 하더니 또 조조를 놀라자빠지게 한다. 관공은 결국 죽지 않았던 것이다.) 여러 관원들이 급히 구호해서 한참 만에 겨우 깨어난 조조는 여러 관원들을 돌아보고 말했다: "관 장군은 정말로 천신天神이시다!"

이때 동오 사자가 조조에게 또 관공의 혼령이 여몽의 몸에 붙어서 손권을 욕하고 여몽을 죽게 만든 일들을 이야기해 주었다. 조조는 더욱 겁이 나서 마침내 희생의 제물과 단술을 차려놓고 제사를 지낸 다음 침향목沈香木을 깎아서 몸통을 만들어 가지고 머리에 이어붙인 다음 왕후王侯를 장사지내는 예로써 낙양성 남문 밖에다 장사지내 주었는데, 대소 관원들에게 영구를 모시고 가게 하고 조조 자신도 절을 하고 제사를 지냈다. 그리고는 그를 형왕荊王으로 추증하고, 관원을 보내서 묘를 지키도록 했다. 그리고는 즉시 동오의 사자를 강동으로 돌려보내 버렸다.

〖 10 〗 한편 한중왕이 동천東川에서 성도로 돌아오자, 법정이 아뢰었다: "주상의 부인夫人께서는 세상을 떠나셨고, 손孫 부인은 또 동오로 돌아가신 후 다시 돌아오실 것 같지 않습니다. (*미糜 부인이 죽자 미방이 배반하여 떠났고, 손 부인이 돌아가자 손권이 쳐들어왔다.) 인륜人倫의 도道는 폐할 수 없사오니 왕비를 맞아들이시어 내정內政을 돕도록 하셔야 하옵니다."

한중왕이 그렇게 하자고 했다.

법정이 다시 아뢰었다: "오의吳懿에게 누이 한 분이 있는데 용모도 아름답고 또 현숙합니다. 예전에 관상쟁이가 그 관상을 보고 후에 반드시 크게 귀하게 될 것이라고 말한 적이 있다고 들었습니다. 이전에 유언劉焉의 아들 유모劉瑁에게 허혼許婚한 적이 있었으나 유모가 일찍 죽는 바람에 여태 혼자 지내고 있습니다. 대왕께서 그녀를 맞아들이시어 왕비로 삼도록 하시지요."

한중왕曰: "유모는 나와 같은 종친인데 도리상 안 될 일이다."

법정曰: "친소親疎 관계로 말하자면, 진晋 문공(文公: 중이重夷)이 자기 조카의 처였던 회영懷嬴을 아내로 맞아들인 것과 무엇이 다릅니까?" (*법정은 중매를 서면서 상당히 잘못하고 있다.)

한중왕은 마침내 법정의 건의대로 오씨를 맞아들여 왕비로 삼았다. 오씨는 후에 아들 형제를 낳았는데 장자의 이름은 유영劉永, 자는 공수公壽였고, 차자의 이름은 유리劉理, 자는 봉효奉孝였다.

〖 11 〗 한편 동서東西 양천兩川은 백성들은 편안하고 나라는 부유하고 농사는 풍년이 들었다. 그때 갑자기 어떤 사람이 형주로부터 와서 말하기를, 동오에서 관공에게 두 집안 간에 혼사를 맺자고 청해 왔으나 관공이 그것을 극력 거부했다고 하였다.

공명曰: "형주가 위험합니다! 다른 사람을 보내서 관공을 대신하도록 하고 관공은 돌아오도록 해야겠습니다."(*만약 이렇게만 했었더라면 형주를 잃어버리지 않았을 것이다. 애석하게도 이런 말만 하고 그렇게 하지는 않았다.)

한창 상의하고 있을 때 형주로부터 싸움에서 이긴 소식을 알리는 사자가 끊이지 않고 잇달아 당도했다. 하루가 못 지나서 또 관흥關興이 와서 양강襄江의 둑을 터뜨려서 조조의 칠군七軍을 몰살시킨 일을 자세히 이야기했다. 갑자기 또 파발마(報馬)가 와서 관공이 장강 연안에 돈대(墩臺: 봉화대)를 많이 설치해서 방비가 매우 엄밀하기 때문에 만에 하나도 잘못되는 일이 없을 것이라고 했다. 그래서 현덕은 마음을 놓고 있었다.

어느 날 갑자기 현덕은 온몸의 살이 덜덜 떨리면서 앉으나 서나 불안했다. 밤이 되어도 잠을 잘 수가 없어서 일어나 앉아 방안에서 등불을 밝혀놓고 글을 읽고 있는데, 정신이 혼미하여 책상에 엎드려 있었다.

바로 그때 방안에 찬바람이 불더니 등불이 꺼졌다 다시 켜졌다. 현덕이 고개를 들어 보니 사람 하나가 등불 아래에 서 있었다.

현덕이 물었다: "너는 누구인데 이 깊은 밤에 내 방안에 들어왔느냐?"

그 사람은 대답을 하지 않았다.

현덕이 괴이하게 여기면서 스스로 일어나 자세히 보니 바로 관공이 등불 그림자 아래에서 왔다 갔다 하다가 몸을 피하는 것이었다. (*옥천산 위에서와 손권의 의자 위에서 벌어진 광경과 또 하나의 동일한 광경이다.)

현덕이 말했다: "아우는 그간 별고 없었는가! 깊은 밤중에 여기 찾아온 걸 보니 틀림없이 무슨 연고가 있는 모양이군. 나와 자네 사이는 친형제와 똑같은데 무슨 이유로 나를 피하느냐?"

관공이 울면서 아뢰었다: "형님께선 부디 군사를 일으켜서 이 아우의 원한을 갚아 주시오!"

말이 끝나자 찬바람이 휙 불더니 관공은 보이지 않았다.

현덕이 깜짝 놀라서 깨어보니 바로 꿈이었다. (*앞에서는 왕보王甫의 꿈 이야기를 하고 여기서는 또 현덕의 꿈 이야기를 한다.) 그때 시간은 삼경(三更: 밤 11시~1시)이 되어 있었다.

현덕은 크게 의심이 들어 급히 대전大殿으로 나가서 사람을 시켜 공명을 청해 오도록 했다.

공명이 들어와서 보자 현덕은 자세히 꿈자리 이야기를 해주었다.

공명曰: "주상께서 마음으로 관공을 많이 생각하고 계시기에 이런 꿈을 꾸시게 된 것입니다. 의심하실 필요가 어디 있습니까?" (*사람들 역시 말한다: "반신반의하면서 마음의 눈으로 곁눈질을 하면 오매寤寐간에 그것을 보게 된다(將信將疑, 眴眴心目, 寤寐見之.)" 라고.)

현덕이 재삼 의심하고 걱정을 하자 공명은 좋은 말로 그 의심을 풀어주었다. (*독자들은 여기에 이르면 공명에게도 잘 모르는 면이 있다고 틀림없이 의심할 것이다.)

〖 12 〗 공명이 하직인사를 하고 물러나오다가 중문 밖에 이르렀을 때 그를 기다리고 있던 허정許靖을 만났다.

허정曰: "저는 방금 기밀사항을 보고하기 위해 군사軍師의 사무실로 갔었는데, 군사께서 궁에 들어가셨다는 말을 듣고 일부러 이리로 왔습니다."

공명曰: "무슨 기밀이오?"

허정曰: "저는 방금 외부 사람들이 전하는 말을 들었는데, 동오의 여몽이 이미 형주를 습격했고, 관공은 이미 전사하셨다고 합니다. 그래서 특별히 군사께 은밀히 보고하러 왔습니다."

공명曰: "나도 밤에 천문을 보다가 장수별이 형주荊州와 초楚 지역에 떨어지는 것을 보고 운장이 틀림없이 화를 당한 줄 이미 알고 있었소. 다만 주상께서 우려하실까봐 감히 말씀드리지 못하였소." (*비로소 공명도 속으로 이미 다 알고 있었음을 알 수 있다.)

두 사람이 한창 이야기하고 있을 때 갑자기 대전 안에서 한 사람이 돌아 나오더니 공명의 소매를 잡아당기며 말했다: "그런 흉한 소식이 있는데도 공은 어찌하여 나를 속이셨소?"

공명이 보니 바로 현덕이었다.

공명과 허정이 아뢰었다: "방금 말한 것들은 모두 전해들은 일들이므로 깊이 믿을 바가 못 됩니다. 주상께서는 마음을 느긋이 하시고 근심하지 마십시오."

현덕曰: "나와 운장은 생사를 같이 하기로 맹세하였소. 그에게 만일 무슨 일이 생긴다면 내 어찌 홀로 살아 있을 수 있겠소?" (*이런 말이 있었기에 공명과 허정은 더욱 사실대로 말을 하려고 하지 않았다.)

〖 13 〗 공명과 허정이 한창 현덕을 위로하고 있을 때 갑자기 근시近侍가 아뢰었다: "마량과 이적伊籍이 왔습니다."

현덕이 급히 불러들여서 물어보니, 두 사람은 형주를 이미 잃은 일과 관공이 싸움에 패해서 구원을 청하는 일을 다 말했다. (*그는 단지 반만 알고 있고 아직도 그 후의 일은 모르고 있다.) 그리고 나서 가지고 온 관공의 서찰을 올렸다.

현덕이 받아서 미처 뜯어보기도 전에 근시가 또 형주의 요화가 이르렀다고 아뢰었다. 현덕이 급히 그를 불러들였다. 요화는 땅에 엎드려 울면서 유봉과 맹달이 구원병을 보내주지 않은 일을 자세히 아뢰었다. (*그 역시 단지 반만 알고 아직도 그 후의 일은 모르고 있다.)

현덕이 크게 놀라며 말했다: "만일 그렇다면 내 아우는 끝장이구나!"

공명曰: "유봉과 맹달이 이처럼 무례하다니! 그들의 죄는 죽이는 것만으로는 부족합니다! 주상께서는 마음을 느긋이 잡수십시오! 제가 직접 한 부대의 군사들을 데리고 가서 형양荊襄의 위급함을 구하겠습니다."

현덕이 울며 말했다: "운장에게 무슨 일이 있으면 나는 결단코 혼자 살아가지는 않을 것이다. 내가 내일 직접 일군一軍을 거느리고 가서 운장을 구할 것이다."

마침내 낭중閬中으로 사람을 보내서 익덕에게 알리도록 하는 한편, 다른 한편으로는 사람을 시켜서 군사들을 모으도록 했다. 날이 미처 밝기 전까지 연달아 여러 차례 보고가 들어왔는데, 관공이 밤에 임저臨沮로 달아나다가 동오의 장수에게 사로잡혀서 의리를 지키며 절개를 굽히지 않아 부자가 함께 죽임을 당했다는 것이었다.

현덕은 듣고 나서 크게 외마디 소리를 지르고는 혼절하여 땅에 쓰러졌다. 이야말로:

그때 같이 죽기로 맹세한 일 생각하니 爲念當年同誓死
차마 오늘 혼자서 죽게 할 수 없네. 忍教今日獨捐生

현덕의 목숨이 어찌될지 모르겠거든 다음 회를 읽어보기 바란다.

제77회 모종강 서시평序始評

(1). "운장은 어디에 있는가?(雲長安在)?"란 이 한 마디 말은 〈금강경金剛經〉의 깊은 뜻에 해당한다. "어디에 있는가(安在)?"란 두 글자를 미루어 생각하면 운장만이 그런 것이 아니다. 오吳는 어디에 있는가(吳安在)? 위魏는 어디에 있는가(魏安在)? 촉蜀은 어디에 있는가(蜀安在)? 천하삼분의 사업이나 삼국의 인재들은 모두 어디에 있는가?(三分事業, 三國人才皆安在).

무릇 있는 것은 없고(凡有在者不在), 그리고 없는 것만이 항상 있는 것이다(而惟無在者常在). 이 "어디에 있는가(安在)"의 의미를 알았기 때문에 운장은 천고의 세월에 걸쳐 "마치 있는 것처럼(如在)" 보일 수 있었던 것이다.

(2). 옛날의 중(和尙)들은 귀신과 감통할 수 있었으나 지금의 중들은 귀신을 팔 줄만 안다. 보정普靜이 홀로 옥천산에서 수행한 것을 보면 그는 청정淸淨한 법사法師였음을 알 수 있으며, 그렇기 때문에

그는 운장을 교화敎化시킬 수 있었던 것이다.

근래 스스로 도를 터득할 능력이 없는 무뢰배들을 보면, 그들은 다심경多心經 몇 구절을 외워서는 문득 높은 자리에 올라서서 설법說法을 하려고 하며, 야호선(野狐禪: 제멋대로 도통했다고 하는 자들의 말. 현대어로 사이비 교주들의 말) 몇 구절을 훔쳐서는 곧바로 종문宗門으로 자처하고 봉갈棒喝하면서 신도들을 모아 무리지어 이 도시 저 나라로 옮겨 다니며 남녀가 거리와 동네를 가득 메우고 시끄럽게 떠들며 금전 보시를 요구한다. 이런 무뢰배들이 귀신 이야기를 하면 그를 따르는 자들은 귀신을 보았다고 말하니, 결국 다 같이 야단법석野壇法席을 떨면서 못된 짓을 하고 있는 것이다. 운장의 청룡도를 빌려서 이런 악마들을 단칼에 베어 없애지 못하는 게 한이다.

(3). 혹자는 의심하기를, 관우와 장비는 다 같은 영웅인데 운장의 신령은 곳곳에 나타났는데 장비張飛의 신령이 나타났다는 말은 들어보지 못했으니 그 이유가 무엇인가?

내가 말한다: 장비의 신령인들 어찌 나타난 적이 없겠는가? 전해오기로는, 당唐 나라 때는 장張이란 성으로 나타났고, 송宋 나라 때는 비飛라는 이름으로 나타났다고 한다. 지금 장수양張睢陽과 악무양(岳武陽: 악비岳飛)은 그 신령스러움이 널리 알려져 있고, 그들의 사당은 매우 엄숙하니, 이 어찌 장비가 아직 죽지 않고 있음이 아니겠는가? 하물며 도원에서 결의한 세 사람은 본래 세 사람이 아니라 한 사람이다. 운장의 혼령이 살아있다는 것은 곧 익덕이 살아있다는 말과 같고, 또한 현덕과 함께 살아있다고 말하더라도 안 될 게 없다.

제78회

신의 화타, 풍병 고치다 비명에 죽고
간웅 조조, 유언을 남기고 죽다

〖1〗 한편 한중왕은 관공 부자가 죽임을 당했다는 말을 듣고 울다가 땅에 쓰러졌는데, 여러 문무 관원들이 급히 구해서 한참 만에 겨우 깨어나자 부축하여 내전內殿으로 들어갔다.

공명이 권했다: "주상께서는 걱정하지 마십시오. 예로부터 이르기를 '죽고 사는 것은 명이다(死生有命)' 고 했습니다. 관공은 평소 성격이 강剛하고 자긍심이 셌기 때문에 오늘 이런 화를 당한 것입니다. (*군사軍師가 동으로 손권과 사이좋게 지내야 한다고 당부했던 말을 기억하고 있지 않았기에 이런 화를 당했다고 원망하는 뜻이 담겨 있는 것 같다.) 주상께서는 마땅히 귀하신 몸을 보중하시고 천천히 원수 갚을 방도를 찾으셔야 합니다."

현덕曰: "나는 관우, 장비 두 아우와 도원결의桃園結義를 할 때 죽고 살기를 같이 하기로 맹세하였소. 이제 운장이 죽었는데 내 어찌 혼자서 부귀를 누릴 수 있겠소!"

말이 끝나지 않아 관흥關興이 대성통곡을 하며 들어오는 것이 보였다. 현덕은 그를 보고 큰 소리로 부르더니 또 울다가 기절하여 땅에 쓰러졌다. 여러 관원들이 구호해서 다시 깨어났다. 하루에 이처럼 울다가 기절하기를 네댓 차례나 했고, 사흘 동안 물 한 모금도 안 마시고 통곡만 했는데, 눈물이 옷깃을 적셔서 그 얼룩이 핏자국처럼 변했다. 공명이 여러 관원들과 함께 거듭 위로했다.

현덕曰: "나는 동오와 맹세코 같은 하늘 아래 살지 않을 것이다!"

공명曰: "듣자니, 동오는 관공의 수급을 조조에게 갖다 바쳤는데, 조조는 왕후의 예로써 그를 장사지냈다고 합니다."

현덕曰: "그렇게 한 의도가 무엇입니까?"

공명曰: "이는 동오가 관공을 죽임으로써 발생할 수 있는 화를 조조에게 전가시키려 했던 것인데, 조조가 그 의도를 알아채고는 후한 예로 관공을 장사지내 주어 주상의 원망을 동오로 돌리려고 한 것입니다."(*장소와 사마의의 계책도 결국 공명의 밝은 통찰을 벗어날 수 없었다.)

현덕曰: "나는 지금 즉시 군사를 데리고 가서 동오에 죄를 물어 나의 한을 풀어야겠소!"

공명이 간했다: "안 됩니다. 방금 동오는 우리로 하여금 위魏를 치도록 하려고 하며, 위魏 역시 우리로 하여금 동오를 치도록 하려고 하면서 저마다 흉측한 계책을 품고 그 틈만을 노리고 있습니다. 주상께서는 군사를 눌러 놓고 움직이지 마시고 우선 관공을 위해 발상發喪을 하십시오. 그리고는 동오와 위가 서로 불화해지기를 기다렸다가 그 틈새를 노려 치도록 해야 합니다."

여러 관원들도 거듭 권고해서 현덕은 그제야 식사를 하고, 동천과 서천의 장사들에게 전부 상복을 입으라고 명했다. 한중왕은 친히 남문 밖으로 나가서 초혼제招魂祭를 지내고 하루 종일 호곡號哭을 했다.

〖 2 〗 한편 조조는 낙양에서 직접 관공을 장사지낸 뒤로 밤마다 눈만 감으면 관공이 보였다. (*손책이 눈만 감으면 우길于吉이 보였던 것과 서로 흡사하다.) 조조는 몹시 놀라고 두려워서 여러 관원들에게 물었다.

여러 관원들이 말했다: "낙양성 행궁行宮의 옛 궁전에는 요귀妖鬼들이 많으니 새 궁전을 지어 그곳에서 지내도록 하소서." (*조조 자신이 장차 죽으려 하는데 이것이 궁전과 무슨 상관이 있단 말인가?)

조조曰: "나는 궁전을 하나 짓고 그 이름을 건시전建始殿이라고 부르고 싶다. (*그 이름을 "종명전終命殿"이라고 지었어야 했다.) 다만 뛰어난 목수가 없는 게 한이다."

가후曰: "낙양의 뛰어난 목수로 소월蘇越이란 자가 있는데, 기발한 생각이 엄청 많습니다."

조조는 그를 불러와서 새로 지을 궁전의 도면을 그리도록 했다. 소월은 앞뒤로 낭하와 곁채, 그리고 누각이 있는 아홉 칸짜리 대전大殿의 도면을 그려서 조조에게 바쳤다.

조조가 그것을 보고 말했다: "자네가 그린 도면이 내 마음에 아주 든다. 다만 기둥과 대들보(棟梁)로 쓸 재목이 없는 게 걱정이다." (*큰 집을 짓기 위해서는 반드시 목수로 하여금 큰 나무를 구하도록 해야 한다.)

소월曰: "여기서 성 밖으로 삼십 리 떨어진 곳에 약룡담躍龍潭이란 못이 하나 있는데, 그 앞에 약룡사躍龍祠라고 하는 사당이 하나 있습니다. 그 사당 옆에 큰 배나무가 한 그루 있는데 그 높이가 십여 길(丈)이나 됩니다. 그것이면 건시전의 대들보로 쓸 수 있습니다."

조조는 크게 기뻐하며 즉시 그것을 벨 공인工人들을 그곳으로 보냈다.

다음날, 그 나무는 톱으로 켤 수도 없고 도끼로 찍어도 들어가지 않아서 벨 수가 없다고 보고해 왔다. 조조는 그 말을 믿을 수가 없어서 직접 수백 명의 기병들을 거느리고 곧바로 약룡사 앞까지 가서 말에서 내려 그 나무를 쳐다보니 우뚝 솟은 모양이 마치 수레를 덮는 일산(華蓋)과 같았다. 마치 하늘을 찌를 듯이 높이 쭉 솟아 있었고 굽은 데나 마디 진 데가 전혀 없었다.

조조가 그것을 베라고 명하자 그 마을의 노인들 몇 명이 앞으로 나와서 간했다: "이 나무는 이미 수백 년이나 되었습니다. 신인神人이 언제나 그 위에 앉아 있으므로 벨 수 없을까봐 염려됩니다."

조조는 크게 화를 내며 말했다: "내 평생에 사십여 년 동안이나 온 천하를 누비고 다녔지만, 위로는 천자로부터 아래로는 서민들에 이르기까지 나를 두려워하지 않는 자가 없었다. 여기 있는 것이 어떤 요망한 귀신이라고 감히 내 뜻을 어긴단 말이냐?"

말을 마치고는 차고 있던 칼을 빼서 직접 그 나무를 치자 쟁! 하고 쇳소리가 나면서 피가 뻗쳐 나와 조조의 온몸에 튀었다. 조조는 깜짝 놀라서 칼을 내던지고 말에 올라 궁 안으로 돌아와 버렸다.

이날 밤 이경二更, 조조가 자려고 드러누웠으나 불안해서 잠을 잘 수 없었다. 그는 다시 일어나 궁전 안에 앉아 있다가 탁자에 엎드려 깜빡 잠이 들었다. 그때 갑자기 머리카락은 풀어헤치고 손에는 칼을 들고 몸에는 검은 옷을 입은 한 사람이 곧바로 앞으로 오더니 손으로 조조를 가리키며 호통을 쳤다: "나는 바로 배나무의 신령이다. 네가 건시전建始殿을 지으려는 것은 곧 반역하여 왕위를 빼앗으려는(簒逆) 것인데, 그러면서도 오히려 내 신목神木을 베려고 들다니! 나는 네 명命이 다한 줄 알고 일부러 너를 죽이려 왔다!"(*초목은 사람이 아닌데도 오히려 역적을 칠 줄 아는데, 사람은 초목이 아니면서도 오히려 역적을 따르는 자들이 많으니, 한탄할 노릇이다.)

조조가 매우 놀라서 급히 불렀다: "무사들은 어디 있느냐!"

검은 옷을 입은 사람은 손으로 칼을 잡고 조조를 내리쳤다. 조조는 크게 외마디 소리를 지르면서 문득 놀라서 깨어났으나 골머리가 쑤시고 아파서 견딜 수가 없었다. 급히 명을 내려 널리 뛰어난 의원을 찾아와서 치료를 받았으나 병이 낫지 않았다. 많은 관원들은 모두 근심에 빠졌다.

〖 3 〗 화흠華歆이 들어와서 아뢰었다: "대왕께서는 혹시 신의神醫 화타華佗를 알고 계십니까?"

조조曰: "바로 강동에서 주태周泰를 고쳐주었다는 사람 아닌가?" (*제15회의 일이다.)

화흠曰: "그러하옵니다."

조조曰: "내 비록 그 이름은 들어 보았으나 그의 의술에 대해서는 알지 못한다."

화흠曰: "화타는 자를 원화元化라 하는데, 패국沛國 초군譙郡 사람입니다. 그처럼 신통한 의술은 세상에 드뭅니다. 그는 환자가 있으면 혹은 약을 쓰고, 혹은 침을 놓고, 혹은 뜸을 뜨는데, 그의 손만 닿으면 곧바로 낫는다고 합니다. 만약 오장육부五臟六腑에 병이 있어서 약으로 고칠 수 없는 환자의 경우에는 마폐탕麻肺湯을 먹여서 환자를 마치 술 취해 죽은 것처럼 만들어 놓은 후 끝이 뾰족한 칼로 배를 가른 다음 탕약(藥湯)으로 그 장부臟腑를 씻어내는데, 환자는 아픈 줄을 거의 모른다고 합니다. 다 씻어낸 다음에는 약실(藥線)로 칼로 짼 자리를 꿰매고 약을 붙여 두면 혹은 한 달, 혹은 20일이면 곧 병이 낫는다고 합니다. 그 신통하기가 이와 같습니다.

하루는 길을 가다가 한 사람이 신음하는 소리를 듣고 화타가 '이는 음식이 아래로 내려가지 않는 병이다' 라고 말했습니다. 그 사람에게 물어보니 과연 그랬습니다. 화타는 그 사람에게 마늘 즙 석 되를 마시도록 했는데, 그것을 마시고 나자 길이가 두세 자 되는 뱀 한 마리를 토해 냈고, 음식은 곧바로 내려갔다고 합니다. (*조조 뱃속에 있는 독사毒蛇는 한 마리뿐이 아닐 것이다.)

광릉태수 진등陳登이 가슴이 답답하고 얼굴이 벌겋게 달아올라서 음식을 먹을 수 없어서 화타를 불러와 치료해 달라고 했답니다. 화타가 약을 주어 마시게 했더니 벌레를 석 되나 토해냈는데, 전부 붉은 대가리의 벌레들로 머리와 꼬리가 꼼실꼼실 움직였다고 합니다. 진등이 어찌된 일인지 물어보자 화타가 말했다고 합니다: '비린내 나는 생선을 날로 많이 먹었기 때문에 이런 독이 생긴 것입니다. 오늘은 비록 병이 나았지만 3년 후에는 반드시 재발할 것이고, 그때에는 고칠 수 없습니다.' 후에 진등은 과연 3년 더 살고 죽었다고 합니다. (*서주徐州에서의 진등의 일은 이미 수십 회 앞에서 이야기했는데, 이때 와서 갑자기 한필閑筆로 이끌어내고 있는 것이 교묘하다.)

또 어떤 사람이 미간眉間에 혹이 하나 생겼는데 가려워서 견딜 수가 없어서 화타에게 봐달라고 했습니다. 화타가: '그 안에 날아다니는 것(飛物)이 들어 있소.' 라고 말했다고 합니다. 그 말을 듣고 사람들은 모두 그를 비웃었답니다. 그런데 화타가 칼로 그 혹을 째자 노란 참새(黃雀) 한 마리가 그 속에서 나와 날아가 버리니 환자의 병도 즉각 나았다고 합니다.

또 한 사람이 개한테 발가락을 물렸는데 그 후 살덩어리가 두 개 생기더니 하나는 아프고 하나는 가려워서 도저히 견딜 수가 없었습니다. 화타가 그것을 보고: '아픈 쪽에는 그 안에 침이 열 개 들어 있고, 가려운 쪽에는 그 안에 흑백 바둑알 두 개가 들어 있다.' 고 말했다고 합니다. 사람들은 아무도 그 말을 믿지 않았다고 합니다. 그런데 화타가 칼로 째서 보니 과연 그의 말대로였다고 합니다.

이 사람은 참으로 춘추시대의 명의인 편작扁鵲과 한漢 나라의 명의인

창공倉公과 같은 부류의 사람입니다. 그는 현재 이곳에서 멀지 않은 금성金城에 있는데 대왕께서는 어찌하여 그를 불러오지 않으십니까?"

〖 4 〗 조조는 즉시 사람을 보내서 그날 밤 안으로 화타를 불러와서 진맥診脈을 하고 병을 살펴보도록 했다.

화타曰: "대왕의 머리가 쑤시고 아픈 것은 풍風으로 인해 생기는 것입니다. 병의 뿌리가 머릿속(腦袋)에 있는데 풍연(風涎: '풍을 일으키는 끈적끈적한 액체' 란 뜻으로, 화타가 지어낸 일종의 병명이다.)을 끄집어내지 못하면 탕약을 잡수시더라도 소용없으며 고칠 수가 없습니다. 제게 한 가지 치료법이 있는데, 먼저 마폐탕(麻肺湯: 마취제)부터 마시어 전신마취를 한 다음에 날카로운 도끼로 두개골을 쪼개서 풍연風涎을 끄집어내야만 비로소 병의 뿌리를 제거할 수 있습니다." (*길평吉平이 약을 쓰려고 한 뜻(*23회의 일)과 같다.)

조조가 크게 화를 내며 말했다: "네놈이 나를 죽이려고 하는구나!"

화타曰: "관공이 독화살에 맞아서 오른팔을 다쳤을 때 제가 그 뼈를 긁어서 독을 치료했는데 관공은 전혀 두려워하는 빛이 없었다는 이야기를 대왕께서는 들어보신 적이 있으십니까? 지금 대왕의 병환은 너끈히 고질 수 있는 대단찮은 병인네 어찌 그리도 의심이 많으십니까?"

조조曰: "팔 아픈 것이야 째서 긁어낼 수도 있지만 머리를 어떻게 쪼갤 수 있단 말이냐? 네놈은 틀림없이 관공과 매우 친하므로 이번 기회를 이용해서 관공의 원수를 갚으려는 것이다!"(*관공의 원수를 갚기 위해서일 뿐만 아니라 천자를 위해 역적을 치려는 것이다.)

조조는 좌우에 있는 사람을 불러서 그를 붙잡아서 옥에 가두고 고문을 해서 실토를 받아내라고 했다.

가후가 간했다: "이처럼 훌륭한 의원은 세상에 필적할만한 자가 드

뭅니다. 그를 죽여서는 안 됩니다."

조조가 꾸짖어 말했다: "이놈은 기회를 틈타 나를 해치려고 하는 것이다. 이놈은 바로 길평吉平과 다를 게 없는 놈이다."(*제22회 중의 일.)

그리고는 급히 고문을 하여 실토를 받아내라고 명했다.

〖 5 〗 화타가 감옥에 갇혀 있을 때 성姓이 오씨吳氏인 한 옥졸이 있었는데, 사람들은 모두 그를 "오 옥졸(吳押獄)"이라고 불렀다. 이 사람은 매일 술과 음식을 가져다가 화타에게 주었다.

화타는 그 은혜에 감사하여 그에게 말했다: "나는 이제 죽을 텐데, 나의 〈청낭서(青囊書: 의서醫書)〉를 세상에 전하지 못하고 죽는 것이 한이오. 나는 공의 후의厚意에 감사하나 갚을 수가 없소. 내가 편지 한 통을 써드릴 테니, 공은 사람을 내 집으로 보내서 편지를 전하고 청낭서를 받아오도록 하시오. 내 그것을 공에게 줄 테니, 공은 나의 의술을 이어가 주시오."

오 옥졸은 크게 기뻐하며 말했다: "제가 만약 그 책을 얻게 되면 이런 옥졸 노릇을 그만두고 천하의 병자들을 치료해 주어 선생의 덕을 전하도록 하겠습니다."(*이런 마음만 있다면 화타를 계승할 수 있다. 책 같은 것은 없어도 된다.)

화타는 즉시 편지를 써서 오 옥졸에게 주었다. 오 옥졸은 곧바로 금성金城으로 가서 화타의 아내에게 물어서 〈청낭서〉를 받아 가지고 옥으로 돌아와서 화타에게 주자, 화타는 그 책을 처음부터 끝까지 죽 훑어보고 나서 오 옥졸에게 주었다. 오 옥졸은 그 책을 받아가지고 집으로 돌아가서 집안에 깊이 숨겨 두었다.

열흘 후, 화타는 결국 옥중에서 죽었다. 오 옥졸은 관을 사서 장사를 지내준 다음, 옥졸 노릇을 그만두고 집으로 돌아가서 청낭서를 가지고 의술을 공부하려고 했다. 그런데 집에 도착해 보니 아내가 마침 그 책을 불사르고 있는 것이었다. (*부인은 의술을 좋아하지 않았던 것이지 그 책을 좋아하지 않았던 것은 아니다.) 오 옥졸은 크게 놀라서 와락 달려들어 불타고 있는 책을 낚아챘으나 책 전권全卷이 이미 다 타버리고 겨우 한두 장만 남아 있었다. 오 옥졸은 화가 나서 자기 아내를 꾸짖었다.

그러자 아내가 말했다: "설령 당신이 의술을 배워 화타와 마찬가지로 신묘한 의원이 되더라도 결국에는 옥 속에서 죽고 말 텐데, 그딴 것은 배워서 뭣에 쓰려고 그러시오!"(*역시 달인達人의 말이다.)

오 옥졸은 탄식을 하고는 그만두었다. 이 일로 인해 〈청낭서〉는 세상에 전해져오지 못하고, 전해지는 것이라곤 겨우 닭이나 돼지 따위를 거세하는 것과 같은 하찮은 의술들뿐으로, 이것들은 바로 불에 타지 않고 남은 한두 장 속에 실려 있는 것이었다.

후세 사람이 이를 탄식하여 지은 시가 있으니:

화타의 의술 편작의 스승 장상군에 견주고	華佗仙術比長桑
신비스런 의술은 몸속까지 들여다보았네.	神識如窺垣一方
애석해라! 사람 없어지니 책마저 없어져서	惆悵人亡書亦絕
후세 사람들 다시는 청낭서를 볼 수 없구나.	後人無復見青囊

〖 6 〗 한편 조조는 화타를 죽인 후로 병세가 더욱 위중해진데다가 또 동오와 촉의 일들까지 걱정하고 있었는데, 그때 갑자기 가까이 있는 신하가 동오에서 온 사자가 서신을 올렸다고 아뢰었다.

조조가 그 서신을 받아서 뜯어보니, 그 내용은 대강 다음과 같았다:

"신臣 손권은 오래 전에 천명天命이 이미 주상께 돌아갔음을 알고 있습니다. 엎드려 바라오니, 속히 대위大位에 오르시고 장수를 파견하여 유비를 쳐 없애고 동천과 사천 지방을 평정하소서. 그리하시면 신은 즉시 수하의 무리들을 거느리고 땅을 바치고 항복하겠나이다."

조조는 다 보고 나서 큰 소리로 웃으며 그것을 여러 신하들에게 보여주고 말했다: "이 자식이 나더러 화로 위에 올라가 앉으라는군!"

시중侍中 진군陳群 등이 아뢰었다: "한漢 황실이 쇠미해진 지는 이미 오래 되었습니다. 전하의 공덕이 높고 높아서 만백성들이 모두 우러러 바라보고 있사옵니다. 이제 손권이 스스로 신하를 자처하면서 귀순해 오려고 하는데, 이는 하늘과 사람이 이구동성으로 응답하는 것입니다. 전하께서는 마땅히 하늘의 뜻과 사람들의 기대에 응하시어 속히 대위에 오르셔야 하옵니다."(*사람들로 하여금 그래도 순욱과 순유는 오히려 양심이 있었다고 생각하도록 한다.)

조조가 웃으면서 말했다: "나는 여러 해 동안 한漢을 섬겨왔는데, 비록 나의 공덕이 백성들에게까지 미쳤다고는 하나 내 지위가 왕에까지 이르렀으니 명예와 벼슬(名爵)이 이미 극도에 다다랐다. 그런데 어찌 감히 다시 다른 것을 바랄 수 있겠느냐? 만일 천명天命이 나에게 있다면, 나는 주周 문왕文王처럼 될 것이다."(*슬그머니 찬역簒逆의 일은 아들 조비에게 떠넘기고 있다.)

사마의曰: "지금 손권은 이미 스스로를 신하라고 부르면서 귀순해 왔으니, 주상께서는 그에게 관직과 벼슬을 내리시면서 유비를 막으라고 명하시옵소서."(*손권은 조조가 유비를 공격하게 하려고 하고, 조조는 손권이 유비를 공격하게 하려고 한다. 양가의 뜻은 다만 여기에 있을 뿐이다.)

조조는 그 말을 좇아 천자에게 표문을 올려 손권을 표기장군驃騎將軍·남창후南昌侯로 봉하고 형주목荊州牧을 겸하도록 했다. 그날로 사신을 보내면서 사령장(誥敕: 토지나 작위를 내리는 사령)을 가지고 동오로 가도록 했다.

〖 7 〗 조조의 병세는 점점 더 심해져 갔다. 갑자기 어느 날 밤 그는

말 세 마리가 한 구유에서 먹이를 먹고 있는 꿈을 꿨다(三馬同槽之夢).

날이 밝자 그는 가후에게 물었다: "나는 옛날 말 세 마리가 한 구유에 있는 꿈을 꾼 적이 있는데, 그때 나는 혹시 마등馬騰 부자 셋이서 나를 해치려는 조짐이 아닐까 하고 의심했었다. (*이 꿈은 마등을 죽이기 전에 꾸었던 꿈이다.) 그런데 지금은 마등도 이미 죽고 없는데, 지난밤 꿈에 다시 말 세 마리가 한 구유에 있는 꿈을 꾸었다. 이것은 무슨 길흉吉凶의 조짐인가?"(*조비가 황제의 자리를 빼앗기도 전에 일찌감치 사마씨司馬氏의 일에 대한 조짐이 보인 것이다.)

가후曰: "그것은 복福을 상징하는 말, 즉 녹마祿馬로서 길조吉兆입니다. 녹마가 구유로 돌아왔는데(祿馬歸槽) 주상께서 의심하실 필요가 어디 있습니까?"(*관평이 꿈에 나타난 돼지를 용과 비슷하다고 해몽해준 것과 비슷하다. 지금 사람들은 남을 대신하여 악몽惡夢을 풀이할 때 대체로 이와 같은 식으로 한다.)

그 말을 듣고 조조는 더 이상 의심하지 않았다. 이 일에 대해 후세 사람이 지은 시가 있으니

한 구유에 말 세 마리 있는 꿈 의아했지만	三馬同槽事可疑
진晋나라 기틀 이미 심어진 줄 알지 못했다.	不知已植晉根基
조조에게 간웅의 지략 있어도 헛일인 것을	曹瞞空有奸雄略
조정 안에 사마사 있음을 어찌 알았으랴.	豈識朝中司馬師

이날 밤 조조가 침실에 누워 있는데, 삼경三更이 되자 머리가 어지럽고 눈앞이 캄캄해져서 일어나 탁자에 엎드려 있었다. 그때 갑자기 궁전 안에서 천을 찢는 듯한 소리가 들려서 조조가 놀라서 가만히 살펴보니 홀연 복황후伏皇后, 동귀인董貴人, 두 황자皇子, 복완伏完, 동승董承 등 20여 명이 온몸이 피투성이가 된 채 음산한 구름 속에 서 있었는데, 목숨을 돌려달라고 외치는 소리가 은은히 들려왔다.

조조는 급히 칼을 빼서 허공을 향해 내려쳤다. 그 순간 갑자기 우지직! 하는 소리가 나면서 전각의 서남쪽 모서리가 흔들리며 무너졌다. (*새 궁전이 완성되기도 전에 옛 궁전이 무너져 버렸다.) 조조는 놀라서 땅에 넘어졌다. 근시가 그를 구해 내서 별궁別宮으로 옮기고 병을 조리했다.

다음날 밤에 또 전각 밖에서 남자와 여자들의 곡성哭聲이 끊이지 않았다. (*여몽은 몸에 귀신이 붙었는데, 조조는 귀신이 집에 모여 있었다. 그러면 왜 조조의 경우는 몸에 붙지 않았을까? 曰: 귀신이 하나뿐이면 몸에 붙을 수 있지만, 많은 경우에는 다 붙을 수 없기 때문이다.)

날이 밝자 조조는 여러 신하들을 불러들여 말했다: "내가 지난 30여 년간 군사들과 같이 지내오면서 괴이한 일들을 믿은 적이 없었다. 그런데 오늘은 어찌하여 이런 일이 일어나는가?"

여러 신하들이 아뢰었다: "대왕께서는 도사道士에게 명하시어 액막이 제(醮祭)를 올리도록 하십시오."

조조가 탄식하며 말했다: "성인(공자)께서 이르시기를(출처: 〈논어·팔일八佾〉): '하늘에 죄를 얻으면 빌 곳이 없다(獲罪於天, 無所禱也)' 고 하셨다. (* "하늘에 죄를 얻었다"는 말은 스스로 자백한 것이다. 그러나 기왕에 문왕文王을 배우고자 했다면 왜 다시 공자孔子의 말을 배워서 "나는 기도한 지 오래 되었다(某之禱久矣)"라고 말하지 않는가?) 내 천명이 이미 다했는데 어떻게 이를 피하겠는가!"

그러면서 초제醮祭를 지내라는 말을 따르지 않았다.

〖 8 〗 다음날, 몸 안의 기운(氣)이 상초(上焦: 가슴의 횡경막 윗부분) 위로 치받고 올라와서 눈으로 아무것도 볼 수 없었다. 조조는 일들을 상의하려고 급히 하후돈을 불렀다. 하후돈이 궁전 문 앞에 이르렀을 때 갑자기 복황후, 동귀인, 두 황자, 복완, 동승 등이 음산한 구름 속에 서

있는 것이 보였다. (*조조는 이들을 두 눈으로 보았으나 하후돈은 한쪽 눈이 없어서 이들을 한 눈으로만 보았다.) 하후돈은 크게 놀라서 그만 혼절하여 넘어졌는데, 좌우 사람들이 부축해서 데려 나갔다. 그 후로 하후돈은 병이 들었다.

조조는 조홍曹洪, 진군陳群, 가후, 사마의 등을 다 같이 침상 앞으로 불러와서 뒷일을 부탁했다.

조홍 등은 머리를 조아리며 말했다: "대왕께서는 옥체를 보중하옵소서. 수일 내로 반드시 쾌차快差하실 것이옵니다."

조조曰: "내가 천하를 주름잡으며 누비기를 30여 년, 수많은 영웅들을 다 쳐 없앴으나 다만 강동의 손권과 서촉의 유비는 아직 쳐 없애지 못했다. 나는 지금 병이 위독하여 다시는 경들과 더불어 서로 이야기를 나눌 수 없을 것 같아서 특별히 집안일을 부탁하는 바이다. (*집안 일만 말하고 국사는 말하지 않는다. 이것이 늙은 역적의 간교한 점이다.)

나의 장자 조앙曹昻은 유씨劉氏 소생인데 불행히도 젊은 나이에 완성宛城에서 죽었다. (*제18회의 일.) 변씨卞氏는 아들 넷을 낳았는데, 비丕·창彰·식植·웅熊이 그들이다. 내가 평소에 사랑했던 것은 셋째 식植이었으나 그 사람됨이 겉치레만 좋아하고, 성실하지 못하고, 술을 좋아하고 행동이 방종하기 때문에 후사로 세울 수 없다. 둘째 조창曹彰은 용맹하기는 하나 지모가 없다. 넷째 조웅曹熊은 병을 많이 앓아 몸을 보전하기 어렵다. 오직 첫째 조비曹丕만이 성실하고(篤) 후덕하며(厚), 공손하고(恭) 신중해서(謹) 내 기업基業을 이어갈 만하다. 경들은 이 아이를 잘 보좌해줘야 할 것이다."

조홍 등은 울면서 명을 받고 밖으로 나갔다.

〖9〗 조조는 근시近侍에게 명하여 평소 감춰 두었던 이름난 향물香物들을 가져오도록 하여 여러 시첩侍妾들에게 나누어 주고 또 그들에게

당부했다: “내가 죽은 뒤에 너희들은 모름지기 여인들의 손재주(女工: 바느질, 자수, 다리미질 등)를 부지런히 익혀서 비단신(絲履) 등을 많이 만들어서 팔면 그것으로 돈을 벌어 자급自給할 수 있을 것이다.”

또 여러 첩들에게는 대부분 동작대銅雀臺 안에서 지내면서 매일 제祭를 지내되 반드시 여자 기녀(女妓)들을 시켜서 음악을 연주하면서 제사 음식을 올리도록 하라고 명했다. (*유표劉表 처의 질투는 귀신에게까지 미쳐서 첩의 귀신이 유표의 귀신을 즐겁게 해줄까봐 두려워했다. 그런데 지금 조조의 유언은 살아있는 사람으로 하여금 죽은 자기 귀신을 즐겁게 해주도록 하려고 한다.)

그리고 또 유언했다: “창덕부彰德府 강무성講武城 밖에다 가짜 묘 72개를 만들어 놓아 후세 사람들이 내가 묻힌 곳을 알지 못하도록 하라. 사람들이 내 무덤을 파헤칠까 두렵기 때문이다.” (*이렇게까지 하면서 스스로를 방어하려고 하는 것이 보기에도 심히 괴롭다! 만약 후세 사람들이 72개의 가짜 묘를 전부 파헤친다면 어찌 하겠는가?)

부탁하기를 마치고 길게 탄식을 하더니 눈물을 비 오듯이 흘렸다. 잠시 후 숨이 끊어져 죽었다. 이때 그의 나이 66세였다. 때는 건안 25년(서기 220년) 봄 정월이었다. (*이때가 자년(子年: 쥐) 인월(寅月: 범)이었으니, 바로 좌자左慈의 말대로 되었다.)

후세 사람이 조조를 탄식하는 〈업중가鄴中歌〉란 노래 한 편을 지었는데, 그 내용은 이렇다:

업鄴은 곧 업성鄴城이요, 물은 곧 장수漳水이니	鄴則鄴城水漳水
이곳에서 반드시 이인異人 태어나리.	定有異人從此起
웅모대략과 문장과 시부에 뛰어난	雄謀韻事與文心
군신, 형제, 부자들이 이곳에서 배출됐지.	君臣兄弟而父子
영웅의 가슴속 큰 뜻 속인과는 다르니	英雄未有俗胸中
그 삶과 죽음 어찌 범인의 눈으로 평가하리.	出沒豈隨人眼底

큰 공로와 큰 죄악 두 사람의 짓 아니고	功首罪魁非兩人
유취만년과 유방천고 본래 한 사람 일이라네.	遺臭流芳本一身
훌륭한 문장과 놀라운 패기 지닌 사람을	文章有神霸有氣
어찌 보통 사람과 한 무리로 논할 수 있으랴.	豈能苟爾化爲群
태항산 마주 보고 장수 따라 지은 동작대	橫流築臺距太行
그 규모와 기세는 태항산과 맞먹는다.	氣與理勢相低昂
이런 사람이 모반하여 기군망상 않고서	安有斯人不作逆
어찌 패자나 왕이 될 수 있으리.	小不爲霸大不王
패자나 왕 될 사람이 아녀자처럼 운 것은	霸王降作兒女鳴
불평한 그 심사를 어찌 하지 못해서이리.	無可奈何中不平
첩들의 제사 받아도 무익한 줄 알았지만	向帳明知非有益
향물 나누어 준 일 무정하다곤 말 못하리.	分香未可謂無情
아, 슬프도다!	嗚呼!
옛사람 큰일 하건 작은 일 하건	古人作事無鉅細
실의에 빠지건 득의하건 모두 뜻이 있었다네.	寂寞豪華皆有意
서생들 경망하게 죽은 사람 시비하지만	書生輕議塚中人
무덤 속의 사람은 너희 서생들을 비웃으리.	塚中笑爾書生氣

〖 10 〗 한편 조조가 죽고 나자 문무백관들은 전부 발상發喪을 하고, 한편으로는 사람들을 세자 조비曹丕·언릉후鄢陵侯 조창曹彰·임치후臨淄侯 조식曹植·소회후蕭懷侯 조웅曹熊에게 보내서 상사喪事를 알렸다. (*조조는 네 아들을 보지 못하고 죽었는데, 그 때문에 탄식이 나온다.)

여러 관원들은 조조의 시신을 금관金棺과 은곽銀槨에 넣어서 그날 밤 영구를 메고 업군鄴郡으로 갔다. (*조조는 업군에서 죽지 않고 낙양에서 죽었다. 이는 선주先主가 성도成都에서 죽지 않고 백제白帝에서 죽은 것과 흡사하다.)

조비는 부친이 돌아갔다는 소식을 듣고 방성통곡하면서 대소 관원들을 거느리고 성 밖 10리까지 나가서 길에 엎드려 영구를 맞이하여 성 안으로 들어가서 편전偏殿에 안치했다. 관원들은 상복을 입고 편전 위에 모여서 곡을 했다.

그때 갑자기 한 사람이 앞으로 나서며 말했다: "세자께서는 그만 슬퍼하시고 우선 대사부터 논의하도록 하십시오."

여러 사람들이 보니 바로 중서자中庶子 벼슬에 있는 사마부司馬孚였다.

사마부가 말했다: "위왕魏王께서 이미 돌아가셨으니 이제 천하가 진동할 것입니다. 마땅히 속히 왕위를 이으시어 모든 사람들의 마음을 안정시켜야 합니다. 어찌 곡만 하고 계십니까?"

여러 신하들이 말했다: "세자께서 마땅히 왕위를 이으셔야 하겠지만, 다만 천자의 칙명(詔命)을 아직 받지 못했는데 어찌 서둘러 즉위식을 거행할 수 있단 말이오?"(*이때 천자의 조서는 이미 문서로 작성되어 있었다. 그런데도 여전히 그것을 기다리자고 한 것은 사람들의 이목을 속이려는 것이다.)

병부상서兵部尙書 진교陳矯가 말했다: "왕께서 외부에서 돌아가셨는데, 만약 사랑하는 아들이 사사로이 왕위에 올라 서로 간에 변이라도 생긴다면 사직이 위태로워집니다."

그리고는 칼을 빼더니 조복朝服의 소매 자락을 자른 다음 언성을 높여 말했다: "오늘 즉시 세자께 왕위를 이으시도록 청합시다. 여러 관원들 가운데 이의異議를 제기하는 자는 이 조복처럼 될 것이다!"(*이때는 이미 천자의 조명 따위는 받들려고도 하지 않는다.)

모든 관원들은 두려워서 벌벌 떨었다.

〖 11 〗 그때 갑자기 화흠華歆이 허창許昌으로부터 말을 달려 왔다고

보고해 와서 모든 관원들은 다 크게 놀랐다. 잠시 후 화흠이 들어왔다. 여러 사람들은 그가 온 뜻을 물었다.

화흠曰: "지금 위왕께서 돌아가시어 천하가 진동하고 있는데, 왜 속히 세자께 청하여 왕위를 이으시도록 하지 않으시오?"

여러 관원들이 말했다: "아직 천자의 칙명이 내려오지 않아서 마침 왕후 변씨卞氏의 교지(慈旨)로 세자를 왕으로 세우려고 의논하던 중입니다." (*부친 조조의 명을 받지 못했으므로 모친의 명을 받들려고 한다. 그러나 조조가 명을 내리지 않은 까닭은, 천자로부터 조명을 받는 것이야 마치 맡겨두었던 것을 가져오는 것과 같으므로 여러 신하들이 자기를 대신하여 청할 수 있는 것이다. 따라서 굳이 자기 명령으로 자기 자식들이 왕위를 잇도록 할 필요가 없었던 것이다.)

화흠曰: "내 이미 한漢 황제로부터 칙명을 받아내서 여기 가지고 왔소이다."

사람들은 모두 좋아서 펄쩍펄쩍 뛰면서 경하했다.

화흠은 품에서 황제의 칙명을 꺼내서 큰 소리로 읽었다. 원래 화흠은 위왕을 아첨하며 섬겨 왔기 때문에 이 칙명의 초안을 작성한 다음 헌제를 위세로 눌러 칙명을 내리도록 했던 것이다. (*벽을 허물어가며 숨어 있는 황후를 찾아냈던 것과 같은 방식으로 충성을 다한 것이다.) 황제는 그가 시키는 대로 따르는 수밖에 없었기에 즉시 조비를 위왕魏王·승상丞相·기주목冀州牧에 봉하는 조서를 내리게 되었던 것이다.

조비는 그날로 왕위에 올라 조정에서 대소 관료들이 꿇어 엎드려 절을 하고 나서 덩실덩실 춤을 추면서 드리는 축하인사를 받았다.

한창 축하연을 베풀어 축하하고 있을 때 갑자기 언릉후 조창曹彰이 장안으로부터 10만 대군을 거느리고 왔다고 보고해 왔다.

조비는 크게 놀라서 곧바로 여러 신하들에게 물었다: "노란 수염의 내 아우는 평소 성격이 강剛한데다 무예 실력도 대단하다. 그가 지금 군사를 데리고 멀리서 온 것은 틀림없이 나와 왕위를 다투려는 것이다. 이 일을 어찌하면 좋겠는가?"

말이 떨어지자마자 계단 아래에서 한 사람이 나서며 말했다: "신이 가서 언릉후를 만나보고 한 마디 말로 그를 설득하겠습니다."

여러 사람들이 다 말했다: "대부大夫가 아니면 이 화禍를 풀 사람이 없습니다." 이야말로:

조비와 조창이 어떻게 할지 한번 두고 보자　　試看曹氏丕彰事
원담袁譚과 원상袁尙처럼 싸우려고 하는지.　　幾作袁家譚尙爭

이 사람이 누구인지 모르겠거든 다음 회를 읽어보기 바란다.

제 78 회 모종강 서시평序始評

(1). 조조가 화타를 죽인 이유는 화타가 조조를 죽이려고 했기 때문이라고 한다. 화타는 조조를 치료하려고 했는데 어째서 조조를 죽이려고 했다고 말하는가?

나는 말한다: 조조의 머리를 뚫으려고 한 것은 곧 그를 죽이려고 한 것이다. 팔의 독은 긁어낼 수 있지만 머리를 뚫을 수 있다는 말은 들어보지 못했다. 그의 머리를 뚫어서 살려내는 일은, 좌자左慈의 마술이라면 가능하겠지만, 의술로는 살려낼 수가 없다. 살려낼 수가 없다면, 그것은 그를 죽이려고 한 것임이 확실하다.

그렇다면, 왜 관공을 치료하면서는 그를 치료하고, 조조를 치료하면서는 그를 죽이려고 했는가?

나는 말한다: 의인義人을 사모할 수 있는 사람이라면 반드시 악인을 미워할 것이다. 관공의 의리를 사모해서 관공을 치료해 준 사람이라면, 그가 반드시 조조를 죽일 수 있는 사람임을 알 수 있다. 그러므로 화타의 죽음은 길평吉平의 죽음과(*제23회) 나란히 전해져

야 하는 것이다.

(2). 혹자는 조조가 시첩들에게 향물香物을 나눠주면서 비단신발을 만들어 팔도록 한 분부를 보고는 그가 평생 간사하고 거짓말만 하다가 죽음에 이르러 진성眞性을 보인 것이라고 생각한다. 그러나 이것은 조조의 진성眞性이 아니라 여전히 조조의 거짓말임을 모르고 하는 말이다. 이 일은 죽음에 이르러 진성을 보인 것이 아니라 죽어가면서도 여전히 거짓말을 한 것이다.

임종臨終을 맞아 유언을 하면서 자기 지위를 물려주는 일에 대한 유언보다 더 큰 일이 있겠는가? 그런데 집안의 시비와 처첩들에 대해서는 자세하게 일러주지 않은 것이 없으면서도 유독 자기 지위를 물려주는 일에 대해서는 한 마디 말도 없는데, 이는 천하 후세 사람들에게 자신에게는 나라를 찬탈하려는(簒國) 마음이 없었음을 믿도록 함으로써 찬국簒國의 악명을 자기 자손들이 뒤집어쓰고 자기는 그것을 피함으로써 자기 자신을 주 문왕文王에 비유되도록 하려는 것이었다.

그는 천하후세의 모든 사람들을 감쪽같이 속이려고 했으며, 천하후세의 무식한 자들은 마침내 그에게 속고 있으니, 조조야말로 참으로 간웅 중에서도 뛰어난 간웅이라 할 것이다.

(3) 조조는 이미 자기 생전의 몸을 잘 보호했고 또 그 사후의 몸까지 보호하려고 하는데, 가짜 묘 72개를 만들도록 한 유언이 그것이다. 이미 자기 사후의 형체를 잘 보호하려고 하면서 또 사후의 영혼까지 즐겁게 하려고 하는데, 동작대 안에다 휘장을 쳐놓고 매번 제사 음식을 올릴 때마다 음악을 연주하도록 한 것이 그 증거이다.

그가 생전에 나쁜 짓을 하면서도 사후에 책망당할 것을 두려워하지 않았던 것은 사람은 사후에는 지각知覺이 없다고 생각했기 때문이다. 그러나 죽은 후의 자기 영혼을 즐겁게 해주려고 한 것은 사후에도 지각이 있다고 생각했기 때문이다.

조조는 어찌하여 책망당할 일에 대해서는 사후에 지각이 없고, 자기 영혼을 즐겁게 해줄 일에 대해서는 사후에도 지각이 있다고 생각했는가? 그가 생전에 살인을 하면서도 사후에 보복당할 것을 두려워하지 않았던 것은 다른 사람들은 사후에는 지각이 없다고 생각했기 때문이다. 그러나 사후의 자기 영혼을 즐겁게 해주려고 한 것은 자기는 죽고 나서도 지각이 있다고 생각했기 때문이다. 어찌하여 자기는 죽은 후에도 지각이 있고, 남들은 죽은 후에는 지각이 없다고 생각했단 말인가?

결국 인과응보因果應報의 원리는 소연昭然하여 사나운 귀신들이 끝에 가서는 역적을 죽이게 된다. 지옥이 만약 있다면 떠도는 영혼이 동작대까지 찾아오기 어려울 것이다. 나는 조조의 영리함에 감탄했지만, 끝내는 그의 어리석음을 비웃게 된다.

(*참고: 이지李贄의 평)

O. 오吳 옥졸의 처는 성인聖人이자 신인神人이다. 그의 처는 말했다: "설령 당신이 의술을 배워 화타와 마찬가지로 신묘한 의원이 되더라도 결국에는 옥 속에서 죽고 말 것이다." 신인과 성인의 경계를 넘나드는 사람이 아니라면 어떻게 이런 말을 할 수 있겠는가! 가소롭게도 후세의 사람들은 무식해서 반대로 어리석은 여자가 책을 불태워 버렸다고 말한다. 이야말로 참으로 어리석은 사내들의 말이다. 화타의 〈청낭서青囊書〉가 세상에 전해지지 않은 지 오래 되었으므로 오늘날 못난 의원들이 사람을 죽이더라도 역시 핑계를 댈 수 있게 되었으니 다행이라고 해야 하나? 하! 하!

제 79 회

조식, 형의 핍박을 받아 시를 짓고 유봉, 관공을 위험에 빠뜨린 죄로 처벌받다

〖 1 〗 한편 조비는 조창曹彰이 군사들을 데리고 왔다는 말을 듣고 놀라서 여러 관원들에게 물었다. 한 사람이 앞으로 썩 나오더니 자기가 그를 설득하러 가겠다고 했다. 모두들 그 사람을 보니 간의대부諫議大夫 가규賈逵였다. 조비는 크게 기뻐하면서 즉시 가규에게 가라고 했다. 가규가 명을 받고 성을 나가서 조창을 만나보았다.

조창이 물었다: "선왕先王의 옥새(璽)와 인수(綬)는 어디 있소?"

가규가 정색을 하고 말했다: "집에는 장자長子가 있고 나라에는 세자世子가 계십니다. 선왕의 옥새와 인수에 대해서는 군후君侯께서 물어보실 일이 아닙니다." (*뜻이 바르고 언사(詞)가 엄하다.)

조창은 입을 다물고 아무 말도 못하고 마침내 가규와 같이 성 안으로 들어갔다.

궁문 앞에 이르렀을 때 가규가 물었다: "군후께서 이번에 오신 것은 분상(奔喪)하기 위해서입니까, 아니면 왕위를 다투기 위해서입니까?" (*본래는 군사를 물리도록 하려는 것이지만 우선 이 두 마디 말부터 묻는 것이 아주 묘하다.)

조창曰: "나는 분상을 위해 온 것이지 다른 뜻은 없소."

가규曰: "다른 뜻이 없다면 어찌하여 군사들을 데리고 성 안으로 들어가려고 하십니까?"

조창은 즉시 좌우 장병들에게 물러가라고 지시하고, (*그에게 군사를 물리라고 하지 않았는데도 스스로 물리는 것이 묘하다.) 혼자 몸으로 궁 안으로 들어가서 조비를 보고 절을 했다. 형제 둘은 서로 껴안고 대성통곡을 했다. 조창은 휘하 군사들을 전부 조비에게 넘겨주었다. 조비는 조창에게 언릉鄢陵으로 돌아가서 지키고 있으라고 명했다. 조창은 하직인사를 하고 돌아갔다.

〖 2 〗 이리하여 조비는 왕위에 안전히 오르고 나서 연호年號를 건안 25년에서 연강延康 원년(서기 220년)으로 바꾸고,(*황제 자리를 빼앗기 전에 연호부터 바꾸는 것이 기이하다. 속담에 말하기를, "자기 뱃속에서 연호를 고치는 것은 곧 왕위를 빼앗으려는 조짐이다"고 했다.) 가후賈詡를 태위太尉로 봉하고, 화흠華歆을 상국相國으로, 왕낭王郎을 어사대부御史大夫로 삼았다. 그리고 대소 관료들도 전부 벼슬을 높여주고 상급을 내렸다. 조조의 시호諡號를 무왕武王이라 하고, (*조조는 스스로를 주周 문왕文王에 견주었는데, 조비는 그에게 일부러 〈문왕文王〉이라는 시호를 주지 않고 일부러 무왕武王이라는 시호를 올리고 있다.) 업군鄴郡 고릉(高陵: 하북성 임장현臨漳縣 서쪽)에 장사지내고, 우금于禁에게 능묘 만드는 일을 감독하라고 명했다.

우금이 명을 받들고 그곳에 가서 보니 무덤 안 흰색 회칠을 한 벽에 관운장이 강물을 터뜨려 칠군七軍을 몰살시키고 우금을 사로잡은 일이 그려져 있었다. 그림에서는 관운장이 엄숙하게 윗자리에 앉아 있고, 방덕龐德은 화를 내면서 무릎을 굽히려 하지 않는데 우금은 땅에 엎드려 살려달라고 애걸하고 있었다.

원래 조비는 우금이 싸움에 패하여 사로잡힌 후 절개를 지켜 죽지 않고 항복했다가 나중에 다시 돌아온 것에 대해 그를 아주 비루한 사람으로 여겼다. 그래서 먼저 사람을 시켜 능 안의 회칠한 벽에다 그런 그림을 그리도록 한 다음 일부러 그에게 가서 보고 창피함을 느끼도록 했던 것이다. (*조비가 신하를 부끄럽게 한 것은 한 폭의 그림이었고, 형제를 곤란하게 만든 것은 한 수의 시詩였다. 그림을 보는 것은 즐거움을 느끼기 위해서이고, 시를 읊는 것은 흥을 돋우기 위해서다. 시와 그림이 있은 이래 우금과 조식처럼 그것을 감당해내기 어려웠던 사람도 없을 것이다.)

이때 우금은 그 그림을 보고 창피하고 또 괴로워하다가 마침내 울화병이 생겨서 오래 가지 않아 죽었다. (*죽는 것이 늦었다.) 후세 사람이 이를 탄식해서 지은 시가 있으니:

30년간이면 오래 사귀었다고 할 수 있는데	三十年來說舊交
불쌍하게도 어려울 때 조씨에게 불충했네.	可憐臨難不忠曹
사람을 알아도 그 마음속까진 알 수 없으니	知人未向心中識
범을 그리려거든 이후부턴 뼈부터 그리도록.	畫虎今從骨裏描

〖3〗 한편 화흠이 조비에게 아뢰었다: “언릉후는 이미 군사들을 인계하고 본국으로 돌아갔습니다. 그러나 임치후臨淄侯 식植과 소회후蕭懷侯 웅熊 두 사람은 끝내 분상奔喪을 오지 않으니, 도리상 죄를 물어야만 할 것입니다.”(*군신 간의 의義를 모르는 사람은 예외 없이 남의 형제 사이에서 잘 처신하지 못한다.)

조비는 그 말을 좇아서 즉시 사자 둘을 두 곳으로 보내서 죄를 묻도록 했다.

하루가 못 되어 소회후에게 갔던 사자가 돌아와서 보고했다: "소회후 조웅은 벌 받는 것이 두려워서 스스로 목을 매어 죽었습니다."

조비는 그를 후히 장사지내 주도록 하고 소회왕으로 추증했다.

또 하루가 지나서 임치후에게 갔던 사자가 돌아와서 보고했다: "임치후는 매일 정의丁儀, 정이丁廙 형제 두 사람과 술을 취하도록 마시고 행패를 부리고 무례하였습니다. 그는 사자가 왔다는 말을 듣고도 가만히 앉아서 일어나지도 않았습니다.

그리고 정의는 저에게 이렇게 욕을 했습니다: '전에 선왕께서는 본래 우리 주인을 세자로 세우고자 하셨으나 참소하는 신하들이 방해했다. 지금 선왕께서 돌아가신 지 얼마 되지도 않았는데 곧바로 형제간에 죄를 물으려 하다니, 그 이유가 무엇인가?'

또 정이는 말했습니다: '우리 주인께서는 세상에서 가장 총명하시므로 마땅히 대위大位를 이으셔야 했는데 지금 반대로 왕위에 오르시지 못하게 되었다. 너희 조정의 신하들은 어찌 이다지도 인재를 알아보지 못하는가?'

임치후는 화가 나서 무사들에게 호령하여 신을 곤장으로 마구 때려서 내쫓도록 했습니다."

조비는 그 말을 듣고 크게 화가 나서 즉시 허저許褚에게 호위군 3천명을 거느리고 급히 임치로 가서 조식 등 한 떼의 인간들을 붙잡아 오라고 했다. 허저가 명을 받들고 군사들을 이끌고 가서 임치성(臨淄城: 산동성 치박시淄博市 임치)에 이르자 성문을 지키는 장수가 가로막았다. 허저가 그 자리에서 그자를 베어버리고 곧바로 성 안으로 들어갔는데, 어느 한 사람 감히 그 날카로운 기세를 당해내지 못했다.

허저가 곧장 임치후의 부중府中 대청으로 가서 보니 조식은 정의, 정이 등과 함께 만취하여 쓰러져 있었다. (*상중喪中에 술에 취해 쓰러져 있다면 효자이기 어렵다. 조비가 비록 형 노릇을 못한다고 해도 조식 역시 자식 노릇을 못하고 있다.) 허저는 그들을 전부 묶어서 수레에 싣고 또 부중府中의 대소 관원들을 모두 붙잡아 업군鄴郡으로 압송해 와서 조비의 처분을 기다렸다.

조비는 먼저 정의와 정이 등을 전부 죽이도록 했다. 정의의 자는 정례正禮, 정이의 자는 경례敬禮인데, 패군沛郡 사람으로서 당시의 유명한 문사文士들이었다. 그들이 처형당하는 것을 보고 많은 사람들은 그들의 죽음을 안타까워했다.

〖4〗 한편 조비의 모친 변씨卞氏는 조웅曹熊이 목을 매고 죽었다는 소식을 듣고 마음이 몹시 슬프고 쓰렸다. 갑자기 또 조식이 잡혀왔는데 그의 일당인 정의丁儀 등은 이미 죽임을 당했다는 말을 듣고 크게 놀라서 급히 대전大殿으로 나가서 조비를 불러 만나보았다. (*많은 신하들 중에 조식의 목숨을 살려달라고 청하는 자가 하나도 없어서 결국 그 모친이 직접 나서야만 되었으니, 탄식할 노릇이다.)

조비가 모친이 대전으로 나온 것을 보고 황급히 가서 뵙자 변씨가 울면서 조비에게 말했다: "네 아우 식植은 평소 술을 좋아하여 하는 행동이 거칠고 제멋대로인데, 아마도 제 가슴속의 재주만 믿고 그처럼 방종하게 구는 모양이다. 너는 같은 어미 뱃속에서 나온 형제간의 정(同胞之情)을 생각해서 그의 목숨만은 살려 주거라. 그래야 내가 구천九泉에 가서도 눈을 감을 수 있을 것이다."(*오 국태는 자기 딸의 일로 손권을 꾸짖을 때 그 말이 매우 매서웠는데, 변씨는 조식의 일로 조비에게 부탁하면서 그 말이 매우 애처롭다.)

조비曰: "저 역시 그 재주를 몹시 사랑하는데 어찌 그를 해치려 하겠습니까? 지금은 그 성질을 좀 다스리도록 훈계하려는 것뿐이니 모친께선 걱정하지 마십시오."

변씨는 눈물을 뿌리면서 안으로 들어갔다.

조비는 편전偏殿으로 나와서 조식을 불러와서 만나 보려고 했다.

화흠이 물었다: "방금 태후께서는 전하에게 자건(子建: 조식)을 죽이지 말라고 권하지 않으셨습니까?"

조비曰: "그렇소."

화흠曰: "자건은 재주와 지모가 많아서 끝내 평범한 사람(池中物)으로 살아갈 수가 없습니다. 만약 빨리 제거해 버리지 않으면 반드시 후환後患이 될 것입니다." (*화흠의 눈에는 복황후伏皇后도 보이지 않았는데 어찌 변씨가 보이겠는가?)

조비曰: "모친의 명령은 어길 수가 없소."

화흠曰: "사람들은 모두, 자건子建의 입에서 나오는 말은 그대로 문장이 된다고들 말하지만, 신은 아무래도 그 말을 믿을 수가 없습니다. 주상께서는 그를 불러들이시어 그의 재주를 한번 시험해 보십시오. 만약 하지 못하거든 죽이시고, 과연 할 수 있거든 그 재주를 폄하함으로써 천하 문인들의 입을 막아버리도록 하십시오."

조비는 그렇게 하기로 했다.

〖5〗 잠시 후 조식이 들어와서 보고는 황공하여 엎드려 절을 하면서 죄를 청했다.

조비曰: "나와 너는 사사로운 정(情)으로는 형제간이지만, 의리(義)로 말하자면 군왕과 신하이다. 그런데 너는 어찌 감히 네 재주만 믿고 군신간의 예를 무시한단 말이냐? 전에 선군先君께서 생존해 계실 때 너는 항상 남들에게 네 글재주를 과시했지만, 나는 아무래도 네가 남에게 대필代筆시키고 있다는 의심을 떨쳐버릴 수가 없었다.

내 지금 너에게 일곱 걸음 걸어가는 동안에 시 한 수를 읊도록 명할텐데, 만약 할 수 있으면 죽음을 면해 주겠지만 하지 못할 때에는 최대한 무거운 죄로 다스리고 결코 조금도 용서해주지 않을 것이다."(*설령 남을 시켜서 대필代筆을 하도록 했다고 하더라도 죽을죄가 되지는 않을 것이다. 만약 이런 이유로 죽인다고 한다면 천하에 죽을죄를 범한 자들이 매우 많을 것이다.)

조식曰: "제목을 정해 주십시오."

그때 마침 대전 위에 수묵화水墨畵 한 폭이 걸려 있었는데, 그것은 소 두 마리가 흙 담장 아래에서 싸우다가 한 마리가 우물 속으로 떨어져 죽는 그림이었다.

조비는 손을 들어 그 그림을 가리키며 말했다: "이 그림을 시의 주제로 삼아라. 다만 시 안에 '소 두 마리가 담장 아래에서 싸우는데, 한 마리가 우물 속으로 떨어져 죽는다(二牛鬪墻下, 一牛墜井死)'는 말은 들어가서는 안 된다."(*형이 시험관이 되어 이렇게 어려운 주제의 문제를 내고 있다.)

조식이 일곱 걸음을 걷는 동안 그 시는 이미 다 완성되었다. 그 시는 이러했다:

고깃덩어리 두 개가 나란히 길을 가는데	兩肉齊道行
머리 위엔 우묵하게 휘어진 뼈가 달렸네.	頭上帶凹骨
볼록하게 솟은 산 아래에서 서로 만나더니	相遇凸山下
갑자기 둘이서 서로 들이받기 시작하네.	欻起相搪突
둘이 싸우는데 힘세기가 똑같지 않아	二敵不俱剛
고깃덩이 하나가 토굴 속으로 떨어졌네.	一肉臥土窟
힘이 모자라서 그런 게 아니라	非是力不如
성한 기운 다 쏟아내지 못해서였네.	盛氣不泄畢

조비와 여러 신하들은 모두 놀랐다.

조비가 또 말했다: "일곱 걸음에 시 한 수 짓는 것은 오히려 느리다

고 생각한다. 너는 말이 떨어지기 무섭게 시 한 수를 지을 수 있겠느냐?" (*면전에서 시험을 봐서 답을 맞혔는데도 뜻밖에 그것을 인정해주지 않고 또다시 시험하려고 한다.)

조식曰: "시의 주제主題를 주십시오."

조비曰: "나와 너는 형제다. 이를 주제로 삼되, 역시 시 속에 '형제兄弟' 라는 글자가 들어가게 해서는 안 된다."

조식은 전혀 생각하지 않고 즉각 입으로 시 한 수를 읊었는데, 그 시는 이러했다:

콩을 삶는데 콩대로 불을 때니 煮豆燃豆萁
콩이 솥 안에서 울고 있네. 豆在釜中泣
본래 같은 뿌리에서 태어났으면서 本是同根生
서로 들볶기를 어찌 이다지 심히 하는가. 相煎何太急

조비는 그가 읊는 시를 듣고 눈물을 줄줄 흘렸다. 그의 모친 변씨가 대전 뒤쪽에서 나오며 말했다: "형이 되어서 어찌 자기 아우를 이처럼 심하게 핍박한단 말이냐?"

조비는 황망히 그 자리를 뜨면서 아뢰었다: "국법國法을 폐지할 수 없기 때문입니다."

이리하여 조식의 벼슬을 안향후安鄕侯로 강등시켰다. 조식은 하직인사를 하고 말에 올라 떠나갔다.

〖 6 〗 조비는 왕위를 이어받은 후 법령法令을 일신一新하고, 한漢 황제를 위협하고 핍박하기를 자기 아비보다 더 심하게 했다. 일찌감치 첩자가 이 소식을 성도成都에 알렸다.

한중왕은 그 말을 듣고 크게 놀라서 즉시 문무 관원들과 상의했다: "조조는 이미 죽고 조비가 왕위를 이어받았는데 천자를 위협하고 핍박하기를 조조보다 더 심하게 한다고 하오. 그리고 동오의 손권은 두 손을 공손히 마주잡고 스스로 신하라 부르고 있다고 하오. 나는 먼저 동오를 쳐서 운장의 원수를 갚고, (*관공의 원수라고 해서 원수를 갚으려는 것은 사사로운 일(私)에 속하고, 동오가 위魏의 신하를 자처한 죄를 물으려는 것은 공적인 일(公)이다.) 그 다음에 중원을 쳐서 난적亂賊을 제거하려고 하오."

말이 끝나기도 전에 요화廖化가 반열班列에서 나와 땅에 엎드려 절을 하고 울면서 말했다: "관공 부자께서 해를 당하시게 된 것은 실은 유봉과 맹달의 죄입니다. 제발 이 두 역적 놈들을 죽여주십시오."

현덕은 곧바로 사람을 보내서 그들을 붙잡으려고 했다.

그러자 공명이 말렸다: "안 됩니다. 당분간 그 일은 천천히 도모해야지 급히 서두르면 변란이 일어납니다. (*그들이 동오에 항복하지 않으면 위魏에 항복할까봐 염려한 것이다.) 먼저 이 두 사람의 직급을 군수로 올려서 각기 다른 곳으로 발령을 낸 다음 사로잡도록 하는 것이 좋습니다."

현덕은 그 말을 좇아서 사자를 보내서 유봉의 직급을 올려 면죽(綿竹: 지금의 사천성 덕양현德陽縣 북쪽)을 지키도록 했다.

원래 팽양彭羕은 맹달과 교분이 두터웠는데, 그는 이 이야기를 듣고 급히 집으로 돌아가서 편지를 써서 심복에게 주어 맹달에게 전해주도록 했다. 그런데 심부름을 가던 그가 남문 밖으로 나가자마자 마초의 순시군巡視軍에게 붙잡혀서 마초한테 압송되어 갔다. 마초는 그를 심문하여 이 일의 전말을 알고 나서 즉시 팽양을 찾아갔다.

팽양은 그를 맞아들여 술상을 차려서 대접했다. 술을 여러 잔 마시고 난 후 마초가 말로 찔러 보았다: "예전에는 한중왕께서 공을 매우 융숭히 대우해 주셨는데, 요즘은 어찌하여 점점 박해지고 있습니까?" (*마초는 직설적인 성격인데 이때는 그 역시 거짓말을 할 줄 알았다.)

팽양은 술에 취하여 원망하고 욕을 했다: "그 늙어빠진 군인 말이야, 무례하고 순 엉터리야. 내 반드시 되갚아 주고 말 것이야!"

마초가 다시 또 떠보았다: "나 역시 속으로 원망하고 있은 지 오래되었소."

팽양曰: "공이 휘하 군사들을 일으켜서 맹달과 손을 잡아 그를 외부 지원 세력으로 삼고, 나는 서천의 군사들을 거느리고 안에서 호응한다면, 대사를 도모해볼 수 있을 것이오."(*전에는 유장에게 죄를 지어 머리카락을 깎였는데, 지금 머리카락이 길어진 지 얼마 되지도 않아 또 다른 마음이 생긴다. 이번에는 머리카락이 잘릴 뿐만 아니라 그 머리까지 잘릴까봐 염려된다.)

마초曰: "선생의 말씀이 심히 그럴 듯합니다. 내일 다시 상의해 봅시다."

마초는 팽양과 작별인사를 하고 나오는 즉시 팽양의 심복을 편지와 함께 한중왕에게 압송해 가서 사건의 전말을 자세히 보고했다. 현덕은 크게 화를 내며 즉시 팽양을 붙잡아다 하옥시키고 고문을 해서 그 내막을 조사하도록 명했다. 팽양은 옥중에서 후회했으나 이미 돌이킬 수 없는 상황이 되고 말았다.

현덕이 공명에게 물었다: "팽양에게 모반의 뜻이 있는데 그를 어떻게 처리하면 좋겠소?"

공명曰: "팽양은 미친 사람이지만, 오래도록 살려두면 반드시 화禍가 될 것입니다."

이리하여 현덕은 팽양을 옥중에서 죽여 버렸다.

〖 7 〗 팽양이 죽고 나자 어떤 사람이 이 소식을 맹달孟達에게 알려주었다. 맹달은 크게 놀라서 어찌해야 좋을지 몰랐다. 바로 그때 사자가 와서 사령장辭令狀을 전했는데, 유봉에게 면죽으로 돌아가서 그곳을 지

키도록 하라는 것이었다.

맹달은 급히 각각 상용上庸과 방릉(房陵: 호북성 방현房縣)의 도위都尉로 있는 신탐申耽과 신의申儀 형제를 불러서 상의했다: "나와 법효직(法孝直: 법정)은 똑같이 한중왕을 위해 공을 세웠는데, 지금 효직은 이미 죽었고, (*법정의 죽음이 맹달의 입으로 보충 설명되고 있다.) 한중왕은 나의 예전 공로를 잊어버리고 나를 죽이려고 하는데, 이 일을 어찌하면 좋겠는가?"

신탐曰: "제게 한중왕으로 하여금 공을 해치지 못하도록 할 한 가지 계책이 있습니다."

맹달은 크게 기뻐하며 급히 그 계책이 무엇인지 물었다.

신탐曰: "우리 형제는 오래 전부터 위魏로 투항할 생각을 해왔습니다. 공께서도 한중왕에게 사직 상소문을 올리고 위왕 조비에게 투항한다면 조비는 틀림없이 공을 중용할 것입니다. 우리 형제 두 사람 역시 뒤따라가서 항복하겠습니다." (*맹달 한 사람으로 인하여 두 사람의 배반자를 이끌어낸다.)

맹달은 갑자기 크게 깨닫고 즉시 표문表文 한 통을 작성하여 성도에서 온 사자에게 주어 보내고, 그날 밤 50여 기병들을 이끌고 위魏로 투항하러 갔다. 사자는 표문을 가지고 성도로 돌아가서 한중왕에게 맹달이 위로 투항해간 일을 이야기했다. 한중왕이 크게 화를 내면서 그 표문을 읽어보니, 이런 내용이었다:

> "신臣 달達이 엎드려 생각해 보건대, 전하께서는 은殷의 건국공신 이윤伊尹과 주周의 건국공신 여상(呂尙: 강태공)과 같은 대업을 세우려 하시고, 춘추시대의 패자 환공桓公과 문공文公의 큰 공을 이루려 하시면서 대사를 처음 일으키시어 오吳·초楚 땅의 형세를 빌리시자 뜻있는 인사(有爲之士)들이 소문만 듣고서도 전하께 귀순해 왔습니다.

신이 전하께 몸을 맡긴 이래로 그 허물이 산처럼 쌓였음을 신도 오히려 스스로 알고 있는데 하물며 대왕께서야 어찌 모르고 계시겠습니까?

지금 왕의 조정에는 영웅·준걸들이 즐비하게 모여 있으므로 신은 조정안에서는 보좌할 그릇이 못 되고, 조정 밖에서는 장수의 재목도 되지 못하면서 공신의 반열班列에 서 있음을 참으로 스스로 부끄러워하고 있사옵니다.

신이 듣기로는, 춘추시대 때 월越의 범려范蠡는 월왕 구천句踐을 보좌하여 끝내 오吳를 멸망시켰으나 월왕 구천의 성품이 고생은 같이 할 수 있어도 즐거움은 같이 할 수 없는 천한 성품임을 알아채고 마침내 월왕의 곁을 떠나 오호五湖 지방을 떠돌아 다녔고, 진晉 문공文公의 공신 구범舅犯은 오랜 망명생활을 문공과 함께 하면서 온갖 고생을 다했으나 막상 중이(重耳: 후의 문공)가 왕위에 오르기 위해 귀국 길에 오를 때에는 망명 시절에 저지른 자신의 잘못을 사죄謝罪하고 그만 곁을 떠나가겠다고 사의를 표하고 황하 기슭에서 같이 돌아가지 않겠다고 하면서 머뭇거렸다고 합니다. 저들이 고생을 끝내고 출세할 수 있는 때를 만나서 그만 물러가겠다고 사의를 표명한 것은 무슨 까닭이겠습니까? 그것은 거취去就를 결정해야 하는 순간 자신의 몸을 깨끗이 보존하기 위해서였습니다.

하물며 신은 천하고 비루하여 큰 공훈을 세우지 못했으면서도 스스로 흘러가는 세월에 몸을 내맡기고 있었으나 마음 한편에서는 앞의 선현先賢들을 사모하면서 조만간 부끄러움을 멀리해야겠다고 생각해 왔습니다.

옛날 진 헌공獻公의 태자 신생申生은 지극한 효자였으나 도리어 부친의 의심을 받았고, 초楚의 오자서伍子胥는 충성심이 지극했으나 도리어 자신이 섬기던 임금에게 죽임을 당했으며, 진秦의 명장 몽념蒙恬은 국토를 넓히고 장성을 쌓은 큰 공로가 있었으나 간신 조고趙高의 참소로 사형을 당했으며, 연燕의 장군 악의樂毅는 제齊나라를 격파하여 수많은 성들을 빼앗았으나 참소와 모함에 걸려 다른 나라로 망명을 갈 수밖에 없었습니다.

신은 이런 글을 읽을 때마다 개탄하면서 눈물을 흘리지 않은 적이 없었습니다. 그런데 이제 제가 직접 이런 일을 당하고 보니 더욱 슬퍼지옵니다.

근자에는 형주가 동오에 함락되자 대신大臣들이 절개를 잃고 백명 가운데 한 사람도 돌아온 사람이 없었습니다.

신은 깊이 생각한 끝에 자진하여 방릉房陵과 상용上庸을 돌려드리고 다시 몸을 빼내서 외지로 떠나가고자 합니다.

엎드려 생각할수록 전하의 성은聖恩을 느끼고 깨달을 수 있사옵니다. 전하께서는 부디 이런 신의 마음을 가엾게 여겨 주시고, 이 신의 거동擧動을 불쌍히 여겨 주십시오. 신은 참으로 소인에 불과하여 시작과 끝남을 온전히 할 수가 없사옵니다. 이를 알면서도 이런 행동을 하고 있으니 어찌 감히 죄가 아니라고 할 수 있겠나이까?

신이 듣기로는 '절교를 하더라도 나쁜 소리를 남기지 않고(交絕而無惡聲), 떠나가는 신하는 원망의 말을 하지 않는다(去臣無怨辭)' 고 하였습니다. 신은 과거에 군자로부터 이러한 가르침을 받았사온데, 부디 군왕께서도 이를 힘써 주시기 바라옵니다. 신은 황공한 마음 이길 길이 없사옵니다."

〖 8 〗 현덕은 다 읽고 나서 크게 화를 내며 말했다: "필부 놈이 나를 배반하면서 어찌 감히 이따위 글로 나를 놀린단 말인가!"

그리고는 즉시 군사를 일으켜 그를 잡으러 가려고 했다.

공명이 말했다: "유봉을 보내서 진군하도록 하여 두 마리 호랑이가 서로 싸우도록 하십시오. 유봉은 공을 세우건 패하건 간에 반드시 성도로 돌아올 테니, 그때 제거한다면 두 놈을 다 없애버릴 수 있습니다."(*일거양득一擧兩得이니, 전혀 힘들이지 않고 해악을 제거할 수 있다.)

현덕은 그 말에 따라 곧바로 사자를 면죽綿竹으로 보내서 유봉에게 명령을 전하도록 했다. 유봉은 명을 받고 군사를 거느리고 맹달을 사로잡으러 갔다.

한편 조비가 문무 관원들을 모아놓고 한창 정사를 논의하고 있을 때 갑자기 가까이 있던 신하가 아뢰었다: "촉의 장수 맹달이 항복하러 왔습니다."

조비가 불러들여 물었다: "자네가 여기 온 것은 거짓항복을 하러 온 게 아닌가?"

맹달曰: "신이 위험에 처한 관공을 구해주지 않았기 때문에 한중왕이 저를 죽이려고 합니다. 그래서 처벌받는 것이 두려워서 항복하러 온 것이지 다른 뜻은 없습니다."

조비가 여전히 미심쩍어 하고 있을 때 갑자기 보고해 왔다: "유봉이 군사 5만 명을 이끌고 양양으로 와서 홀로 맹달에게 싸움을 걸고 있습니다."

조비曰: "자네 말이 진심이라면, 곧바로 양양으로 가서 유봉의 수급을 가져 오너라. 그리한다면 내가 자네 말을 믿을 것이다."(*여몽이 부사인傅士仁을 시켜서 미방에게 항복을 권하게 한 것과 같은 뜻이다.)

맹달曰: "군사를 움직일 필요 없이 제가 이해관계로 그를 설득하여 유봉 역시 항복해 오도록 하겠습니다."

조비는 크게 기뻐하면서 곧바로 맹달을 산기상시散騎常侍·건무장군建武將軍·평양정후平陽亭侯에 봉하고 신성(新城: 호북성 방릉현房陵縣) 태수를 겸하도록 하면서, 양양襄陽과 번성樊城을 지키러 가도록 했다.

알고 보니 하후상夏侯尙과 서황徐晃이 이미 양양에 있으면서 한창 상용上庸의 여러 부대를 흡수하려 하고 있었다. 맹달은 양양으로 가서 두 장수와 만나 인사를 한 다음, 유봉이 성에서 50리 떨어진 곳에 영채를 세워놓고 있다는 것을 알아냈다. 그는 즉시 편지 한 통을 써서 사자에게 주며 촉의 영채로 가서 유봉에게 전해주고 항복을 권유하도록 했다.

유봉은 편지를 읽고 나서 크게 화를 내며 말했다: "이 역적놈이 저번에는 나로 하여금 숙질叔姪간의 의리(義)를 그르치게 하더니, 이번에는 또 부자지간(親)을 이간질해서 나를 불충不忠하고 불효不孝한 인간으로 만들려 하는구나!"

그리고는 보내온 편지를 찢어버리고 사자의 목을 베었다. 다음날, 유봉은 군사를 이끌고 나가서 싸움을 걸었다.

〖 9 〗 맹달은 유봉이 편지를 찢어버리고 사자를 베어 죽였다는 말을 듣고 발끈 화를 내면서 그 역시 군사들을 거느리고 맞이해 싸우러 나갔다. 양편이 마주 보고 진을 친 다음 유봉이 문기 아래에 말을 세우고 칼로 맹달을 가리키며 욕을 했다: "나라를 배반한 역적놈이 어찌 감히 함부로 지낄이느냐!"

맹달曰: "네놈의 죽음이 이미 네 머리 위에 와 있는데도 아직도 미련하게 깨닫지 못하느냐!"

유봉이 크게 화를 내며 말에 박차를 가하며 칼을 휘두르고 곧바로 맹달에게 달려들었다. 미처 세 합도 싸우지 않아 맹달은 패하여 달아났다. (*이는 곧 적을 유인하려는 계책이다.) 유봉이 그 허점을 노려 20여 리나 추격해 갔다.

그때 함성이 일어나더니 복병들이 모조리 뛰쳐나왔는데, 왼편에서는 하후상이 쳐들어오고 오른편에서는 서황이 쳐들어오자, 맹달도 몸을 돌려서 다시 싸우러 왔다. 세 방면의 군사들이 협공해 오자 유봉은 크게 패하여 달아났다.

밤새도록 달려서 상용上庸으로 돌아오는데 뒤에서는 위의 군사들이 바짝 쫓아왔다. 유봉이 성 아래에 이르러 문을 열라고 소리치자 성 위에서 화살을 마구 쏘아댔다.

그때 신탐이 성 위 망루에서 소리쳤다: "나는 이미 위魏에 항복했다."(*십수회 뒤에 가서 성문을 닫아걸고 맹달에게 화살을 쏘아대는 것과 같은 모양이다.)

유봉은 크게 화가 나서 성을 공격하려 했으나 뒤에서 추격병이 가까이까지 쫓아왔으므로 유봉은 한 자리에 머물러 있을 수가 없어서 방릉房陵을 향해 달아날 수밖에 없었다. 방릉에 당도해 보니 성 위에는 이미 모조리 위魏의 깃발들만 꽂혀 있었다.

신의申儀가 성 위 망루에서 깃발을 흔들자 성 뒤쪽으로부터 한 떼의 군사들이 쳐나왔는데, 그들이 들고 있는 깃발에는 "右將軍 徐晃(우장군 서황)"이라고 크게 쓰여 있었다. (*면수沔水에서의 싸움과 비슷하다.) 유봉은 당해낼 수가 없어서 급히 서천을 향해 달아났다. 서황이 이긴 기세를 타고 추격해 왔다. 유봉의 부하들이라곤 겨우 1백여 기만 남았다.

성도에 당도하여 들어가서 한중왕을 보고 땅에 엎드려 울면서 절을 하고 앞의 일을 자세히 아뢰었다.

현덕이 화를 내며 말했다: "못난 자식이 무슨 낯짝으로 다시 돌아와서 나를 본단 말이냐!"

유봉曰: "숙부님께서 곤경에 빠졌을 때 제가 구해드리려 하지 않았던 게 아니라 맹달이 말려서 못했습니다."

현덕은 더욱 화를 내며 말했다: "너도 사람이 먹는 것을 먹고 사람이 입는 옷을 입었은즉 흙이나 나무로 만든 인형은 아닐 것이다! 그런데 어찌 참소하는 역적놈이 말린다고 그 말을 듣는단 말이냐!"

그리고는 좌우에 명하여 그를 끌어내서 목을 베라고 했다. (*이때 유봉은 맹달의 말을 듣고 관공을 구해주지 않은 것을 후회했고, 또 맹달의 말을 듣지 않고 위魏에 항복하지 않은 것을 후회했을 것이다.)

한중왕은 유봉을 죽이고 난 후에, 맹달이 편지를 보내서 유봉에게 항복하기를 권했으나 유봉이 그 편지를 찢어버리고 사자를 베어 죽인 일을 듣고 마음속으로 자못 후회하고, 또 관공의 죽음을 애통해하다가 끝내 병이 들었다. 그래서 군사들을 눌러 두고 움직이지 않았다.

〖 10 〗 한편 위왕 조비는 왕위에 오르고 나서 문무 관료들의 벼슬을 전부 올려준 다음 30만 명의 무장병을 거느리고 남쪽 패국 초현譙縣으로 순행하여 성대하게 선영先塋에 제사를 지냈다. 그 고장의 어른父老들은 먼지를 일으키며 길을 막고 술을 바치면서, 옛날 한 고조 유방이 황제에 오른 후 영포의 반란을 진압하고 돌아오던 중 고향 패현沛縣에 들러 고향의 어른들과 자제들을 모아놓고 잔치를 베풀어준 일을 흉내 냈다. 그때 대장군 하후돈夏侯惇의 병이 위독하다고 알려왔다. 조비는 즉시 업군鄴郡으로 돌아왔으나 그때는 하후돈이 이미 죽은 뒤였다. (*앞의 글에서 귀신을 본 일로 죽었다.) 조비는 그를 위해 상복을 입고 후한 예로 장사지내 주었다.

그해 8월에 석읍현(石邑懸: 하북성 획록현獲鹿縣 남쪽. 석가장石家莊 서남)에 봉황새가 날아오고, 임치성臨淄城에 기린이 출현하고, 황룡黃龍이 업군鄴郡에 나타났다고 보고해 왔다. (*이 봉황과 기린, 황룡은 와서는 안 될 때 왔는데, 이들은 위魏의 상서로운 조짐들이 아니라 한漢의 불길한 징조들이다.)

그리하여 중랑장 이복李伏과 태사승太史丞 허지許芝가 상의했다: "여러 가지 상서로운 조짐들은 위魏가 한漢을 대신해야 한다는 조짐이다. 그러므로 양위讓位의 예를 갖춰서 한 황제로 하여금 천하를 위왕魏王에게 양보하도록 해야 한다."

마침내 이들과 화흠, 왕랑, 신비辛毗, 가후, 유이劉廙, 유엽劉曄, 진교陳矯, 진군陳群, 환계桓階 등 문무 관료 40여 명은 함께 곧바로 내전內殿으로 들어가서 헌제獻帝에게 위왕 조비에게 황제의 자리를 넘겨주도록 청했다. 이야말로:

위魏의 사직 이제 막 서려 하는데 魏家社稷今將建
한漢의 강산은 이미 벌써 옮겨가버렸네. 漢代江山忽已移

헌제가 어떻게 대답할지 모르겠거든 다음 회를 읽어보기 바란다.

제 79 회 모종강 서시평序始評

(1). 심하구나, 이름(名)은 훔칠 수 없고 사실(實)은 속일 수 없음이여(*名之不可竊, 而實之不可誣也)! 조조는 무왕武王의 일은 아들이 하도록 남겨놓고 자신은 문왕文王에게 견줘지길 원했지만, 아들 조비는 자기 아비를 문왕을 닮은 사람으로 봐주지 않고 그에게 무왕武王이라는 시호를 바쳤다. 이것은, 아비는 왕위 찬탈자(改革者: 여기서는 혁명가와 같은 뜻으로 쓰였다)라는 이름을 피하고 그 일을 자식이 해주기를 바랐지만, 자식 역시 왕위 찬탈자라는 이름을 피하고 그것을 선대의 일로 돌려주었다는 뜻이다. 그것을 선대에 돌려주었다는 것은 곧 위魏가 한漢을 찬탈한 것은 조비가 아니라 실제로는 조조가 한 것임을 분명히 했다는 뜻이다. 조조는 사람들을 속이고자 했지만 먼저 자기 자식을 속일 수 없었고, 조조는 자신의 죄를 가리고 싶었지만 자식이 그를 위해 가려주지 않았던 것이다. 아, 슬프도다! 이렇게 되면 간웅의 간사함 역시 다시 어디에 쓴단

말인가?

(2). 유봉에게 비록 죄가 있다고 하나 선주가 그를 죽인 것 역시 옳은 처사는 아니다. 유봉이 관공을 구하지 못한 것은 죄가 되지만, 그가 조씨曹氏에게 항복하지 않았으므로 용서해 줄 수 있고, 그가 후에 맹달과 대적했던 일은 칭찬해 줄 수도 있는 일이며, 그가 전에 맹달의 말을 들었던 것을 후회했으므로 그 역시 용서해줄 수 있는 일이었다. 그런데도 의제義弟 관공을 잃고 나서 또 의자義子 유봉까지 죽인 것은 참으로 잘못된 계책이었다. 또한 기왕에 그를 죽이려면 즉시 불러서 죽일 것이지, 그러지 않고 군사도 잃고 땅까지 잃어버리게 함으로써 그 죄를 더욱 무겁게 하였는데, 이로써 선주는 세 가지를 잃어버린 것이다.

유봉이 스스로 죄를 얻었음을 알고도 군사들을 데리고 밖으로 나간다면 그가 위魏에 항복할 마음을 먹지 않을 것이라고 어찌 보장할 수 있는가? 이것이 선주의 첫 번째 실산失算이다. 유봉 한 사람이 서황·하후상·맹달의 군사들을 대적해낼 수 없다는 것을 알면서도 일부러 그를 보낸 것은 곧 유봉을 버리고 5만 명의 군사들을 버린 것이니, 이것이 그의 두 번째 실책이다. 맹달이 이미 떠나갔는데도 다시 다른 장수를 보내서 상용上庸을 지키도록 하지 않아서 결국 신탐申耽과 신의申儀가 배반하는 상황에 이르러서는 유봉으로서는 나아갈 수도 물러설 수도 없게 되었는데, 이것은 곧 유봉을 버리고 아울러 상용의 땅까지 버린 것으로, 이것이 그의 세 번째 실책이다. 이러한 세 가지 실책이 있었으므로 선주는 결국 후회하게 되었던 것이다.

(3). 장송張松·법정法正·맹달·팽양 이 네 사람은 다 자기 나라를

팔아먹은 사람들이지만 각기 서로 다른 점이 있다. 처음에 조조에게 투항하려고 했으나 이어서 선주에게 돌아왔던 자는 장송이고, 이미 선주에게 돌아왔으면서 또 선주를 배반하려고 했던 자는 팽양이고, 유씨를 섬기다가 다시 조씨에게 투항하고, 조씨에게 투항했다가 그 후 또 유씨에게 돌아오려고 했던 자는 맹달이며, 유장을 배반한 후에는 처음부터 끝까지 선주를 섬겼던 자는 법정 한 사람뿐이다. 비록 그렇기는 하나 법정은 맹달과 공을 같이 세운 한 몸이므로, 맹달이 죄를 짓고 난 후에는 법정도 틀림없이 스스로 마음이 편치 못했을 것이지만, 그러나 다행히도 그때 법정은 이미 죽고 없었을 따름이다. 만약 법정이 살아 있었다면 그가 팽양처럼 되지 않았을 것이라고 어찌 보증할 수 있겠는가? 그러므로 만약 누군가가 그는 처음부터 끝까지 두 마음을 먹지 않았다고 말한다면, 나는 법정이 반드시 그랬을 것이라고 감히 확신할 수가 없다.

제80회

조비, 황제를 폐하여 유씨 왕조 찬탈하고 한중왕, 황제에 즉위하여 대통을 잇다

〖1〗 한편 화흠華歆 등 문무 관원들은 내전으로 들어가서 헌제를 뵈었다. 화흠이 아뢰었다:

"엎드려 생각하옵건대, 위왕魏王께서는 왕위에 오르신 이래 그 덕이 사방에 퍼지고 그 인자하심이 만물에 미치기를 고금의 그 어떤 임금보다도 더하옵니다. 비록 요堯임금과 순舜임금이라 하더라도 이보다 더하지는 못하옵니다. 이에 여러 신하들이 모여서 의논하기를, 한조漢朝의 천수天數는 이미 끝났으니 폐하께서는 요임금과 순임금께서 하셨던 방식을 본받아 산천과 사직을 위왕에게 선양禪讓하시는 것이 위로는 천심天心에 부합하고 아래로는 민의民意에 부합할 것이며, 그렇게 하신다면 폐하께서도 맑고 여유로운 복(淸閑之福)을 누리실 것이므로, 조종祖宗으로서도 심히 다행일 것이고, 백성들로서도 심히 다행일 것입니다. 신 등은 이렇게 의논을 정한 후에 일부러 들어와서 폐하께 주청奏請드리는 바입니다."(*동오에서 형주를 내놓으라고 하자 관공은 그것조차 허락하지 않았는데, 화흠은 도리어 천하의 황제 자리를 아주 가볍게 내놓으라고 강요한다.)

헌제는 이들의 주청을 듣고 크게 놀라서 한참 동안 아무 말도 못하다가 백관들을 쳐다보고 울며 말했다: "짐이 생각해보니, 짐의 고조高祖께서 석 자 길이의 검을 들어 백사白蛇를 베어 죽이시고 기의起義하신 후 진秦을 평정하시고 초楚를 멸하시고는 한漢의 기업基業을 창건하시어 대대로 전해온 지 4백 년이 되었다. 짐이 비록 재주는 없으나 처음부터 아무런 과오나 악행이 없었는데 어찌 차마 조상 대대로의 대업大業을 태연히 포기해 버릴 수 있겠는가? 너희 백관들은 다시 한 번 공정하게 의논해 보도록 하라."

〖 2 〗 화흠은 이복李伏과 허지許芝를 이끌고 앞으로 가까이 가서 아뢰었다: "폐하께서 만약 저희들의 말을 믿지 못하시겠다면 이 두 사람에게 물어 보십시오."

이복이 아뢰었다: "위왕께서 즉위하신 이래 기린이 태어나고, 봉황이 날아오고, 황룡이 출현하고, 좋은 곡식(嘉禾)들이 무성하게 자라고, 감로甘露가 내렸습니다. 이들은 하늘이 보여주는 상서로운 징조들로서 위魏가 한漢을 대신해야 한다는 조짐이옵니다."(*왜 청룡이 옥좌에 나타나고 암탉이 수탉으로 변한 것 등의 재이災異들에 대해서는 끝내 지적하지 않는가?)

또 허지가 아뢰었다: "신 등의 직책은 천문을 맡아보는 것이온데, 밤에 천문을 살펴보니 한조(炎漢)의 기수氣數는 이미 다하여 폐하의 별(帝星)은 숨어서 그 빛이 밝지 않사옵니다. 반면에 위국魏國의 천문은 하늘과 땅에 가득차서 이루 다 말할 수가 없사옵니다. 게다가 겸하여

위로는 도참圖讖의 말과도 일치하는데, 도참에서는 '귀신(鬼)이 옆에 있는데 위(委)와 붙어 있다. 한(漢)을 대신할 것이니 더 할 말이 없다. 말(言)이 동쪽에 있고 말(午)은 서쪽에 있으며, 해(日) 두 개가 나란히 빛을 내면서 위아래로 옮겨간다.' 라고 말했습니다.

이 말에 따르면, 폐하께서는 속히 양위하시는 것이 좋습니다. 귀신(鬼)이 옆에 있는데 위(委)와 붙어 있다는 것은 곧 '魏(위)' 자를 말한 것이며, 말(言)이 동쪽에 있고 말(午)은 서쪽에 있다는 것은 곧 '許(허)' 자를 말한 것이며, 해(日) 두 개가 나란히 빛을 내면서 위아래로 옮겨간다는 것은 곧 '昌(창)' 자를 말한 것입니다. 이것은 위魏가 허창許昌에서 한漢으로부터 선위禪位를 받게 된다는 뜻입니다. 폐하께서는 이를 살피시기 바라옵니다."(*이런 도참은 역시 화흠 등이 날조한 것으로 생각된다.)

헌제가 말했다: "상서롭다느니 도참이니 하는 것들은 다 허망한 일이다. 어찌 그런 허망한 일들을 가지고 갑자기 짐에게 조종의 기업基業을 버리도록 하려 하느냐?"

왕랑이 아뢰었다: "자고로 흥(興)함이 있으면 반드시 폐(廢)함이 있고, 성(盛)함이 있으면 반드시 쇠(衰)함이 있으니, 망하지 않는 나라가 어디 있으며 패망하지 않는 집안이 어디 있겠습니까? 한 황실이 전해 내려오기를 4백여 년, 지금 폐하의 대에 이르러서 그 천수天數가 이미 다했으니 일찌감치 물러나 피해야 하고 지체해서는 안 됩니다. 지체하시면 변이 생길 것입니다."(*요堯임금 당시 고요皐陶, 기夔, 직稷, 설契 등 신하들이 요임금에게 이렇게 극력 권했다는 말은 들어보지 못했다.)

황제는 통곡을 하고 후전後殿으로 들어가 버렸다. 백관들은 비웃으면서 물러났다.

〖3〗 다음날 관료들은 또 대전大殿에 모여서 환관으로 하여금 들어가서 헌제를 청해 나오도록 했다. 천자는 두려워서 감히 나오지 못했다.

조 황후曹后가 말했다: "백관들이 폐하께 조회에 참석하시라고 청하는데, 폐하께서는 무슨 이유로 거부하십니까?"

헌제가 울면서 말했다: "그대의 오라비가 나의 제위帝位를 빼앗으려고 백관들을 시켜서 핍박하기 때문에 짐이 나가지 않는 것이오."

조 황후가 듣고 크게 화를 내며 말했다: "내 오라버니가 어찌 이런 반역을 한단 말인가?"

말이 미처 끝나기도 전에 조홍曹洪과 조휴曹休가 칼을 차고 들어와서 황제에게 대전으로 나오라고 했다.

조 황후가 큰소리로 꾸짖었다: "이 모든 일들은 너희 난적亂賊들이 부귀를 도모하기 위해 같이 꾸민 역모逆謀였구나! 우리 아버님은 그 공로가 온 나라를 덮고 그 위엄이 천하를 뒤흔들었지만, 그럼에도 불구하고 감히 황제의 자리(神器)를 빼앗을 생각만큼은 하지 않으셨다. 그런데 지금 내 오라버니는 왕위를 이어받은 지 얼마 되지도 않았으면서 문득 한漢 나라를 찬탈할 생각을 하고 있는데, 황천皇天께서는 틀림없이 너희들을 보우해주시지 않을 것이다!"(*손 부인이 동오의 장수들을 꾸짖은 것에 비해 더욱 격렬하다. 늙은 역적 조조에게 이런 현명한 딸이 있었을 줄은 미처 생각지도 못했다.)

말을 마치자 통곡을 하면서 내전으로 들어갔다. 좌우에서 모시던 자들은 모두 흐느껴 울면서 눈물을 흘렸다.

〖 4 〗 조홍과 조휴는 황제에게 대전으로 나가기를 강력히 청했다. 황제는 핍박을 견딜 수 없어서 의복을 갈아입고 대전으로 나갔다.

화흠이 아뢰었다: "폐하께서는 신 등이 어제 의논한 대로 따르시어 큰 화를 면하도록 하십시오."(*요임금 당시 사방의 제후들이 순임금을 천거하면서 이처럼 공갈 협박했다는 말은 들어보지 못했다.)

황제는 통곡을 하면서 말했다: "경들은 모두 한漢의 국록을 먹어온

지 오래되었으며, 경들 가운데는 한조漢朝 공신功臣의 자손들도 많은데 어찌하여 이처럼 신하로서 해서는 안 될 일(不臣之事)들을 차마 한단 말인가?"

화흠曰: "폐하께서 만약 여러 사람들의 의논을 따르지 않으신다면 곧바로 조정 내부에서 변란이 일어날까 두렵기 때문이지, 신 등이 폐하에게 불충해서가 아닙니다."

헌제曰: "누가 감히 짐을 시해한단 말인가?"

화흠이 언성을 높여 말했다: "천하 사람들은 모두 폐하께 임금(人君)으로서의 복이 없기 때문에 사방에서 대란이 일어난 것으로 알고 있습니다. 만약 위왕이 조정에 계시지 않는다면 폐하를 시해하려는 자가 어찌 한 사람뿐이겠습니까? 그런데도 폐하께서는 아직도 그 은혜에 보답할 줄은 모르고 다만 천하 사람들로 하여금 같이 폐하를 치도록 하려 하십니까?"(*만약 관녕(*제66회의 일)이 아직도 살아 있었다면 좌석을 잘랐을 뿐 아니라 그 혀까지 잘랐을 것이며, 좌석을 갈랐을 뿐만 아니라 그 시신까지 갈랐을 것이다.)

황제가 크게 놀라서 소매를 떨치고 일어나자, 왕랑이 화흠에게 눈짓을 했다. 화흠이 성큼성큼 걸어서 앞으로 가더니 천자의 용포龍袍 자락을 잡아당기며 안색을 싹 바꾸고 말했다: "허락할지 안 할지 어서 말해보란 말이오!"(*옛날 복황후를 잡으려고 벽을 깨부술 때의 낯짝을 드러내고 있다.)

황제는 벌벌 떨면서 대답을 못했다. 조홍과 조휴가 칼을 빼들고 큰 소리로 불렀다: "부보랑(符寶郎: 황제의 옥새를 관장하는 직책)은 어디에 있는가?"

말이 떨어지자마자 조필祖弼이 나서며 말했다: "부보랑 여기 있소!"

조홍이 그에게 옥새를 내놓으라고 하자 조필이 그를 꾸짖었다: "옥새는 천자의 보배인데 어찌 멋대로 내놓으라 하는가!" (*충신은 나라의 보배이다. 부보랑이 보배인 것이 아니라 조필이 바로 보배이다.)

조홍은 큰소리로 무사들에게 그를 밖으로 끌어내서 목을 베라고 지시했다. 조필은 죽어 가면서도 입으로 끊이지 않고 그를 꾸짖었다. 후세 사람이 그를 칭찬해서 지은 시가 있으니:

간신들 권력 휘둘러 한 황실 망칠 때 姦宄專權漢室亡
선위를 사칭하며 요·순임금 흉내냈지. 詐稱禪位效虞唐
조정의 문무백관들 모두 위魏를 받드는데 滿朝百辟皆尊魏
충신이라곤 단 하나 부보랑만 있었네. 僅見忠臣符寶郎

〖5〗 황제가 계속 벌벌 떨다가 문득 보니 계단 아래에는 수백여 명이 갑옷을 입고 창을 들고 서 있었는데 전부 위병魏兵들이었다.

황제는 울면서 여러 신하들에게 말했다: "짐이 천하를 위왕에게 물려줄 테니, 부디 남은 목숨이나 부지하여 천수를 다하도록 해주기 바라오."

가후曰: "위왕께서는 틀림없이 폐하를 저버리지 않을 것이옵니다. 폐하께서는 급히 조서를 내리시어 많은 사람들을 안심시켜 주소서." (*많은 사람들을 안심시키는 것이 아니라 한 사람을 안심시키는 것이다.)

황제는 어쩔 수 없이 진군陳群에게 선위조서禪位詔書를 기초하라고 하여 화흠에게 조서와 옥새를 받들고 문무백관들을 이끌고 곧바로 위왕의 궁으로 가서 헌납하도록 했다. (*본래는 천자가 하사한 것인데, 이를 가리켜 "헌납獻納"한다고 말하다니, 탄식하게 된다.)

조비는 크게 기뻐하며 조서를 낭독하도록 했는데, 그 내용은 이러했다:

"짐이 제위帝位에 있는 32년 동안, 천하가 요동치고 뒤집혀질 뻔하였으나 다행히 조종祖宗의 영령들의 보우하심을 입어 위태로운 가운데서 다시 보존되었도다. (*이는 원래 대신들의 힘이 아니다.)

그러나 이제 우러러 천문을 쳐다보고 굽어 민심을 살펴보니 한조漢朝의 천수는 이미 끝나고 천명天命이 조씨曹氏에게 있도다. 전왕(前王:조조)이 이미 신무神武의 공을 세웠고 금왕(今王: 조비)이 또 밝은 덕을 빛냄으로써 하늘과 민심의 기대에 부응한 것이 천도天道의 운행에 밝고 똑똑히 드러나는바, 진실로 이를 알 수 있도다.

대저 '대도大道를 행함에는 천하를 공公으로 삼는다' 고 하였도다. 요임금이 그 아들에게 사사로운 정을 두지 않았기 때문에 그 이름이 무궁하게 전해지고 있음을 짐은 속으로 흠모해 왔었노라. 이제 짐은 요임금을 본받아 승상丞相 위왕魏王에게 이 자리를 물려주고자 하니, 왕은 부디 사양하지 말지어다."

〖 6 〗 조비는 다 듣고 나서 곧바로 조서를 받으려고 했다. 사마의가 간했다: "안 됩니다. 비록 조서와 옥새가 이미 보내져 왔으나 전하께서는 우선 겸손히 사양한다는 뜻의 표문을 올리시어 천하 사람들의 비방을 끊으셔야 합니다." (*천하 사람들을 속이기는 어렵다. 거짓으로 사양하기보다는 차라리 곧바로 받는 것이 낫다.)

조비는 그 말을 따라서 왕랑王朗에게 표문을 작성하도록 했는데, 자신은 덕이 엷으니 달리 크게 어진 사람을 구해서 천자의 자리(天位)를 잇게 하라고 했다. (*천자의 자리는 남에게 양보할 수 없다고 말하지 않고, 달리 크게 어진 사람을 구하라고 한 것은 곧 천자에게 그 자리에서 물러나라고 하는 뜻이다.)

헌제는 조비의 표문을 보고 마음으로 몹시 놀라고 의아하게 여겨 여러 신하들에게 말했다: "위왕이 겸손하여 받지 않으니 어떻게 하면 좋겠는가?" (*천자가 참으로 솔직한 사람이었다면 다시 그에게 주지 않고 그가 다시 어떻게 나오는지 살펴보았을 것이다.)

화흠이 말했다: "전에 위 무왕(武王: 조조)께서 왕의 작위를 받을 때에도 세 번 사양했으나, 허락하지 않는다는 조서를 내리신 후에야 받으셨습니다. (*이는 집안에 전해 내려오는 간사한 기술이다.) 지금 폐하께서 다시 조서를 내리신다면 위왕은 스스로 따를 것입니다."(*아들은 아비의 거짓을 본받고, 신하는 거짓으로 임금을 인도하니, 참으로 부끄러운 노릇이다.)

헌제는 부득이 또 환계桓階에게 조서를 작성하도록 하여 고조高祖의 사당에 고한 후 겸어사대부兼御史大夫 장음張音에게 부절과 옥새를 가지고 위왕의 궁으로 가도록 했다.

조비는 조서를 낭독하도록 했는데, 그 내용은 이러했다:

"아, 그대 위왕魏王이여, 겸양謙讓의 글을 올렸구나! 짐이 가만히 생각해 보니, 한漢의 국운이 쇠퇴한 지 이미 오래 되었는데, 다행히 무왕武王 조操가 덕으로 제왕이 될 천명을 받아(符運) 신비로운 무위를 크게 떨쳐 흉포한 무리들을 제거하고 나라 안을 깨끗이 평정하였도다. 지금의 왕 비丕는 선왕先王의 유업을 계승하였는바, 그 지극한 덕이 밝게 비추어 명성과 권위와 교화가 사해를 덮었고 어진 바람(仁風)이 천지 팔방으로 불었는바, 이는 제왕이 될 천명이 실로 그대 몸에 있음이로다.

옛적에 우순(虞舜: 즉, 순임금)이 스무 가지 큰 공로를 세우자 방훈(放勛: 요임금)이 천하를 그에게 물려주었으며, 대우(大禹: 우임금)가 물길을 터서 홍수를 다스리는 치수治水의 큰 공을 쌓자 중화(重華: 순임금)가 제왕의 자리를 그에게 물려주었도다.

한漢 나라는 당요(唐堯: 요 임금)의 국운을 계승하여 전해온 성인의 도道를 준수할 의무가 있는데다, 신령의 뜻에 더욱 순종하고 하늘의 뜻을 이어가라는 밝은 명령(明命)까지 받았도다. 그래서 어사대부御史大夫 장음張音으로 하여금 부절을 가지고 황제의 옥새와 인수(璽綬)를 받들고 가서 바치도록 하였으니, 왕은 이를 받을지어다."

〖 7 〗 조비는 조서를 받고 기뻐하면서 가후에게 말했다: "비록 두 차례 조서가 있었으나 그래도 끝내 천하 후세 사람들로부터 과인이 제위帝位를 빼앗고 훔쳤다는 소리를 면할 수는 없을 것 같아 두렵소."

가후曰: "이것은 극히 쉬운 일입니다. 다시 장음에게 옥새와 인수를 가지고 돌아가도록 한 다음, 화흠에게 지시하기를, 한 황제에게 대臺를 하나 쌓도록 하라고 지시하되 그 대의 이름을 수선대受禪臺라 부르도록 하고, 길한 날짜와 시간(吉日良辰)을 골라서 대소 공경들을 모두 대 아래에 모아놓고 천자로 하여금 친히 옥새와 인수를 받들어 천하를 왕에게 물려주도록 한다면 곧 많은 사람들의 의혹도 풀 수 있고 이러쿵저러쿵 하는 뭇사람들의 입도 막을 수 있을 것입니다."

조비는 크게 기뻐하면서 즉시 장음에게 옥새와 인수를 가지고 돌아가라고 하면서 또다시 겸손히 사양하는 내용의 표문을 올렸다.

장음이 돌아가서 헌제에게 아뢰었다. 헌제는 여러 신하들에게 물었다: "위왕이 또 사양하는데, 그 의도가 무엇이오?"(*만약 천자가 이번 두 번째에는 끝내 어리석은 체하면서 그냥 받아들여 버린다면 조비는 장차 어떻게 할 것인가?)

화흠이 아뢰었다: "폐하께서는 대를 하나 쌓도록 하시되 그 이름을 수선대受禪臺라 하시고 공경과 서민들을 다 모은 자리에서 명백하게 선위禪位를 하십시오. (*어떻게 하더라도 결국 명백하지 못하다.) 그렇게 하신다면 폐하의 자자손손은 틀림없이 위魏의 은혜를 입게 될 것입니다."

헌제는 그 말에 따라서 곧 종묘의 제사를 주관하는 태상원太常院의 관원을 번양(繁陽: 하남성 허창許昌 서남. 조비가 이곳에서 선위를 받아 황제의 자리에 올랐으므로 그 후 이름을 번창繁昌으로 고쳤다.)으로 보내서 터를 골라 3층짜리 높은 대를 쌓도록 하고, 10월 경오일庚午日 인시寅時를 택하여 선양禪讓하기로 결정했다.

〖8〗 그날이 되어 헌제는 위왕 조비曹丕를 선위를 받도록 수선대 위로 오르도록 청했다. 수선대 아래에는 대소 관료들 4백여 명과 황제 친위군사(御林虎賁禁軍) 30여만 명이 모여 있었다. 헌제가 친히 옥새를 받들어 조비에게 바치고 조비는 그것을 받았다. 대 아래의 모든 신하들은 무릎을 꿇고 책봉 문서의 낭독을 들었는데, 그 내용은 이러했다:

"아아, 그대 위왕이여! 옛적에 요 임금(唐堯)은 순 임금(虞舜)에게 제위를 물려주었고, 순임금 또한 우禹임금에게 물려주었도다. 이처럼 천명天命은 일정하지 않고 오직 덕이 있는 이에게 돌아가는 법이다.

한漢의 치도治道가 쇠퇴하자 세상이 그 질서를 잃었는바, 짐의 몸에 이르러서는 크게 어지러워짐이 더욱 심하여 흉악한 무리들이 제멋대로 반역을 일으켜서 나라 안이 하마터면 뒤집혀질 뻔했도다. 그런데 다행히도 무왕武王의 신비한 무위(神武)에 힘입어 사방에서 국난을 극복하고 나라 안을 깨끗이 평정하여 우리 종묘를 보존하고 편안하게 할 수 있게 되었는바, 이 어찌 나 한 사람만 편안해진 것이겠는가, 실은 온 천하가 모두 그 덕을 입었다고 할 것이다.

지금의 왕(즉, 曹丕)은 선대의 유업을 이어받아 그 덕을 빛내었고, 문무文武의 대업을 넓혀서 그대 선대의 크나큰 공로를 더욱 밝게 빛내었도다.

하늘은 상서로운 조짐들을 내려주고, 사람과 귀신은 그 징조를 아뢰나니, 진실로 국가 대사를 위해, 중론衆論은 짐의 제위를 넘겨주기를 바라고 있도다. 모두들 나에게 이르기를, 너는 요순임금처

럽 하라고 하므로, 이에 나는 요순임금의 예를 본받으려고 하면서, 경건한 마음으로 그대에게 나의 자리를 양보하는 바이니라.

아아, 천명天命과 천수天數가 그대의 몸에 있으니 그대는 삼가 천하를 다스리는 큰 예(大禮)를 따르면서 만국萬國을 향유하되 공손히 천명을 받도록 하라."

책봉 문서를 낭독하고 나자 위왕 조비는 즉시 군신들의 여덟 가지 의식으로 이루어진 성대한 축하 인사(八般大禮)를 받고 황제의 자리에 올랐다. 가후賈詡는 대소 관료들을 이끌고 수선대 아래에서 황제를 알현했다.

〖9〗 연호年號를 연강延康 원년에서 황초黃初 원년으로 바꾸고, (*장각이 말한 "황천이 서야 한다(黃天當立)"고 했던 말은 이때 와서 비로소 증험되었다.) 국호를 대위大魏로 정했다. 조비는 곧 칙명을 내려서 천하에 대사면大赦免을 실시하고 부친 조조의 시호諡號를 태조무황제太祖武皇帝라 하였다.

화흠이 아뢰었다: "하늘에는 두 해가 없고 백성에게는 두 임금이 없습니다. 한의 황제는 이미 천하를 물려주었으므로 도리상 마땅히 물러나서 황실의 울타리가 되어 줄 신하(藩服) 신분으로 삼아야 합니다. 유씨(劉氏: 헌제)를 어느 땅에다 안치하시려는지 분명한 지시를 내려주십시오."

말을 마치자 헌제를 부축하여 수선대 아래로 내려와 꿇어앉혔다. (*요임금이 순에게 선위한 후 제후들을 거느리고 북면하여 순임금을 알현했다고 하는데, 비로소 이 말이 그냥 촌사람들의 말이 아님을 믿게 된다.) 조비가 칙명을 내려서 헌제를 산양공(山陽公: 하남성 수무현修武縣. 태항산太行山 남쪽에 있어서 산양山陽이라고 함.)으로 봉하고 그날로 곧바로 떠나도록 했다.

화흠은 칼을 잡고 헌제를 가리키며 언성을 높여 말했다: "새 황제를 세우고 이전 황제를 폐하는 것은 예로부터 전해오는 정해진 방식이다. 지금의 주상께서는 인자하시어 차마 죽이지 못하시고 그대를 산양공으로 봉해 주셨다. 오늘 곧바로 떠나되 들어오라는 명령이 없으면 조정에 들어와서는 안 된다."

헌제는 눈물을 머금고 절을 하며 하직인사를 한 후 말에 올라 떠나갔다. 수선대 아래에 있던 군사와 백성들은 이를 보고 모두들 비애를 느껴마지 않았다.

조비가 모든 신하들에게 말했다: "순임금과 우임금의 일은 짐도 알고 있다!"(*천하에 이와 같이 한 순임금과 우임금도 있었던가?)

모든 신하들은 다 "만세"를 불렀다. 후세 사람이 이 수선대를 보고 시를 지어 탄식하였으니:

서한과 동한 다스리는 일 자못 어렵더니	兩漢經營事頗難
하루아침에 옛 강산 잃어 버렸네.	一朝失却舊江山
조비는 요임금과 순임금을 배우려 했으나	黃初欲學唐虞事
사마씨가 후에 가서 그대로 따라했네.	司馬將來作樣看

〖 10 〗 백관들이 조비에게 청하여 하늘과 땅에 사례를 드리도록 했다. 조비가 막 무릎을 꿇고 절을 하려고 할 때 갑자기 수선대 앞에서 한바탕 이상한 바람(一陣怪風)이 일어나더니 마치 소나기가 쏟아지듯 모래를 날리고 돌을 굴려서 얼굴을 마주 대하고도 서로 볼 수 없었다. 수선대 위의 촛불들도 모조리 바람에 꺼지고 말았다. (*이 역시 상서로운 조짐인가? 순임금이 제위를 선양받던 당일에도 사방에서 바람이 불었다고 하는데, 그러나 이런 바람은 아니었을 것이다.)

조비는 놀라서 대 위에서 까무러쳐 쓰러졌다. 백관들이 급히 구호해서 대에서 내려와 한참 있다가 겨우 깨어났다. 곁에서 모시는 신하들이 부축하여 궁 안으로 들어갔는데 여러 날 동안 조회도 열지 못했다.

후에 병이 조금 낫자 그제야 대전으로 나가서 여러 신하들의 축하인사(朝賀)를 받았다.

화흠을 사도司徒로 봉하고, 왕랑을 사공司空으로 봉하고, 그 밖의 대소 관료들에게도 일일이 벼슬을 높여주고 상을 내렸다.

조비의 병이 완전히 낫지 않자 혹시 허창의 궁실에 요괴妖怪들이 많아서 그런 게 아닐까 의심하여, (*조조의 병은 낙양에 귀신이 있기 때문이라고 의심했고, 조비의 병은 또 허창에 요괴가 많기 때문이라고 의심한다. 결국 어떤 귀신이고 어떤 요괴인가? 그것은 조조의 간사함이 귀신과 같아서 귀신이 귀신을 부른 것이고; 조비의 악행이 요괴와 같아서 요괴가 요괴를 부른 것이다.) 허창에서 낙양으로 도읍을 옮기고 대대적으로 궁실을 지었다.

〖 11 〗 일찌감치 어떤 사람이 성도로 와서, 조비가 스스로 대위大魏 황제가 되고 낙양에다 궁전을 짓고 있다고 알려 주었다. 또 헌제는 이미 죽임을 당했다는 말도 전해 주었다. (*이는 잘못 전해진 말이다. 헌제가 폐위되어 산양공山陽公으로 봉해진 것은 황초黃初 원년(*서기 220년)이고, 그가 죽은 것은 조예(曹叡: 즉 명제明帝) 청룡靑龍 2년(*서기 234년) 3월이었다. 헌제는 선위하고 14년 후에 죽었는데 이때 그의 나이 54세였다. 헌제가 죽던 해에 제갈량도 군중에서 죽었다.)

한중왕은 이 소식을 듣고 하루 종일 통곡을 하면서, 모든 관원들에게 상복을 입도록 명하고, 멀리 허창을 바라보고 제사를 지내고, 그에게 "효민황제孝愍皇帝"라는 시호를 바쳤다. 현덕은 이 일로 근심걱정을 하다가 마침내 병을 얻어 정사를 돌볼 수 없게 되어 모든 정무를 공명에게 위임했다.

공명은 태부太傅 허정許靖과 광록대부光祿大夫 초주譙周와 상의하여 말했다: "천하에는 하루도 임금이 없어서는 안 되니 한중왕을 높여서 황제로 받들고자 하오."

초주가 말했다: "근자에 상서로운 바람과 경사스런 구름이 이는 등의 조짐이 있고, 성도 서북쪽에 수십 길 높이의 황색 기운(黃氣)이 하늘까지 솟아올랐으며, 또 제성(帝星: 황제를 상징하는 별)이 필畢·위胃·묘卯 별자리에 나타났는데 휘황한 별빛이 마치 달빛과 같았습니다. 이는 바로 한중왕께서 황제의 자리에 오르시어 한조漢朝의 대통大統을 잇게 될 조짐입니다. 다시 또 무엇을 의심하겠습니까?"(*공명은 단지 인사人事만 말하는데, 초주는 천상天象까지 겸하여 말한다.)

이리하여 공명은 허정과 함께 대소 관료들을 이끌고 들어가서 표문을 올리면서 한중왕에게 황제의 자리에 오르도록 청했다.

〖 12 〗 한중왕이 표문을 보고 크게 놀라며 말했다: "경卿들은 나를 불충不忠하고 불의不義한 인간이 되게 하려는가?"

공명이 아뢰었다: "그런 것이 아니옵니다. 조비가 한漢 나라를 빼앗아 스스로 제위帝位에 올랐는데, 주상께서는 한 황실의 후예이시므로 도리상 대통을 이으시어 한조漢朝의 제사를 계속 모셔야만 하옵니다."

한중왕은 발끈 안색까지 변하며 말했다: "내 어찌 감히 역적들이나 하는 짓을 따라할 수 있단 말이오!"

그리고는 소매를 떨치고 일어나 후궁으로 들어가 버렸다. (*조비는 천자를 협박해서 조서를 받아냈는데, 선주는 여러 신하들의 표문조차 받지 않으니, 둘의 차이가 매우 크다.) 여러 관원들은 다 각각 흩어졌다.

3일 후, 공명은 또 여러 관원들을 이끌고 조정으로 들어가서 한중왕에게 조정으로 나오도록 청하여 모두들 그 앞에 엎드려 절을 했다.

허정이 아뢰었다: "지금 한漢의 천자께서는 이미 조비의 손에 시해당하셨는데, 만약 주상께서 즉시 제위에 오르시어 군사를 일으켜 역적을 토벌하지 않으신다면 충의忠義를 행한다고 할 수 없습니다. 지금 천

하 사람들로 주상께서 제위에 오르시어 효민황제의 한을 풀어주시기를 원치 않는 사람이 없습니다. 만약 신들이 의논한 바대로 따르지 않으신다면 이는 백성들의 소망을 저버리는 것이 되옵니다."(*큰 덕(大德)을 내세워 제위에 오르기를 권하지 않고 대의大義를 내세워 제위에 오르기를 권하는데, 이는 나아가도록 권하는 좋은 방법이다.)

한중왕이 말했다: "내 비록 경제景帝 각하의 후손이라고는 하나 백성들에게 베풀어준 덕이 전혀 없소. 그러면서 지금 하루아침에 갑자기 스스로 제위에 오른다면, 제위를 빼앗고 훔치는 것과 무엇이 다르단 말인가?"(*의리상 제위에 올라서는 안 된다고 말하지 않고 베푼 덕이 없어서 감히 오를 수 없다고 말하는데, 이는 점점 설득되어 가고 있음이다.)

공명이 여러 차례 극력 권했으나 한중왕은 한사코 고집을 부리면서 따르지 않았다.

이에 공명은 한 가지 계교를 생각해 내서 여러 관원들에게 여차여차하게 하라고 말했다. 이리하여 공명은 병을 핑계대고 조정에 나가지 않았다.

〖 13 〗 한중왕은 공명의 병이 위독하다는 말을 듣고 친히 부중府中으로 가서 곧바로 공명의 침상 가로 가서 물었다: "군사께선 무슨 병을 앓고 계시오?"

공명이 대답했다: "근심걱정으로 속에서 불이 타는 것처럼 가슴이 답답합니다. 아무래도 오래 살지 못할 것 같습니다!"(*일부러 놀라게 할 말을 하고 있다.)

한중왕曰: "군사께서는 무엇을 걱정하고 계시오?"

연달아 여러 차례 물었으나 공명은 다만 병이 위중하다는 핑계로 눈을 감고 대답을 하지 않았다. (*먼저는 선주가 신하들을 난처하게 만들었으나 이번에는 도리어 공명이 선주를 난처하게 만들고 있다.)

한중왕이 재삼 물어보자, 공명이 길게 탄식하며 말했다:

"신이 대왕을 만나 초려를 나온 뒤로 지금까지 모시고 따르는 동안 제가 드리는 말씀은 모두 들어주셨고, 제가 건의하는 계책은 모두 채용해 주셨습니다. 그리하여 지금은 다행히도 대왕께서 동천과 서천의 땅을 가지시게 되셨으니 신이 일찍이 말씀드린 바를 저버리시지 않으셨습니다.

지금 조비曹丕가 황제의 자리를 빼앗아 한 황실의 제사가 끊어지려고 하자 문무 관료들은 모두 대왕을 받들어 황제로 모시고 위魏를 멸하고 유씨劉氏의 왕조를 다시 일으켜 세워 함께 공명功名을 도모하려 했습니다. 그런데 뜻밖에도 대왕께서는 한사코 고집을 부리시면서 신들의 청을 들어주려 하지 않으십니다. 이에 여러 관원들은 모두 마음속으로 원망하고 있으므로 머지않아 틀림없이 전부 다 뿔뿔이 흩어지고 말 것입니다. (*자기의 생각으로 그의 마음을 움직이려 하지 않고 여러 신하들의 마음으로 그를 움직이려고 한다.)

만약 문무 관원들이 전부 흩어진 뒤에 동오와 위魏가 쳐들어온다면 동천과 서천은 보전하기 어려울 것입니다. 사정이 이러한데 신이 어찌 근심걱정을 하지 않을 수 있습니까?"(*여러 신하들로써 그의 마음을 움직여 놓고는 또 양천의 땅으로써 그의 마음을 움직이고 있다.)

한중왕曰: "내가 군사의 청을 거절해서가 아니라, 천하 사람들의 비난 여론이 두렵소."(*이제는 자기 덕이 옅어서 감당할 수 없다고 말하지 않고 단지 사람들이 마음으로 복종하지 않을까봐 두렵다고 말한다. 이전에 비해 점점 더 목표 지점에 가까워지고 있다.)

공명曰: "성인께서 이르기를: '명분이 바르지 않으면 그 하는 말이 도리에 맞지 않는다(名不正, 則言不順)' 고 하셨습니다. (출처: 〈논어 · 자로〉편.—역자) 지금 대왕께서는 명분도 바르고 그 하는 말도 도리에 맞는데(名正言順) 어찌 비난의 여론이 있을 수 있습니까? 그리고 '하늘이 주는 것을 받지 않으면 반대로 그 문책을 당하게 된다(天與弗取, 反受其咎)' 라는 말도 있는데, (출처: 〈國語 · 越語篇〉. —역자) 이 말은 들어 보셨겠지요?"

한중왕曰: "군사의 병이 낫기를 기다렸다가 하더라도 늦지 않을 것이오."

공명이 그 말을 듣자마자 침상에서 벌떡 일어나서 병풍을 한 번 치자 밖에 있던 문무 관원들이 전부 들어와서 땅에 엎드려 절을 하면서 말했다: "주상께서 이미 윤허하셨으니 곧바로 길일을 택하여 대례大禮를 행하도록 하소서."

한중왕이 보니 그들은 곧 태부太傅 허정許靖 · 안한장군安漢將軍 미축糜竺 · 청의후靑衣侯 상거尙擧 · 양천후陽泉侯 유표劉豹 · 별가 조조趙祚 · 치중治中 양홍楊洪 · 의조議曹 두경杜瓊 · 종사從事 장상張爽 · 태상경太常卿 뇌공賴恭 · 광록경光祿卿 황권黃權 · 좨주祭酒 하증何曾 · 학사學士 윤묵尹默 · 사업司業 초주譙周 · 대사마 은순殷純 · 편장군偏將軍 장예張裔 · 소부少府 왕모王謀 · 소문박사昭文博士 이적伊籍 · 종사랑從事郎 진복秦宓 등이었다.

〖 14 〗 한중왕은 놀라서 말했다: "나를 불의에 빠뜨리는 것은 모두 경들이구나!"(*원망의 말 같으나 사실은 승낙의 말이다.)

공명曰: "주상께서는 이미 신들의 주청을 윤허하셨으니 곧바로 제단을 쌓고 길일을 택하여 대례를 거행하도록 하시옵소서."

즉시 한중왕을 배웅하여 궁전으로 돌아가도록 하는 한편, 박사博士 허자許慈 · 간의랑諫議郎 맹광孟光으로 하여금 대례를 주관하도록 하고 성도成都 무담(武擔: 사천성 성도시 서북 모퉁이) 남쪽에다 제단을 쌓았다.

모든 일들이 다 갖춰지자 여러 관원들은 황제가 탈 수레 난가鑾駕를 정비해 가지고 가서 한중왕을 맞이해 와 제단 위로 올라가서 제를 지내도록 했다. 초주譙周가 단 위에서 큰 소리로 제문을 낭독하였는데,

그 내용은 이러했다:

"건안建安 26년(서기 221년) 4월 병오丙午 초하루朔를 열이틀 지난 정사丁巳일에 황제 비備는 감히 하늘의 신과 땅의 신(皇天后土)에게 밝히 고하나이다. 한漢이 천하를 가지니 그 천수가 무궁하여, 지난날 왕망王莽이 나라를 훔쳤으나, 광무光武 황제께서 진노하시어 그를 베어죽이시고 사직을 다시 보존하였나이다.

최근에는 조조가 자기 군사들을 믿고 잔인하게도 황후(主后)를 살육하여 그 죄악이 하늘에 닿았는데, 조조의 아들 조비가 또 제멋대로 흉측한 일들과 역적질을 하면서 황제의 자리를 훔쳐서 차지하였나이다. 그리하여 이 비備 휘하의 많은 장사將士들은, 한의 제사가 폐지되어 없어졌으니 이 비備가 마땅히 그것을 이어야 하며, 고조高祖와 광무光武 두 선조의 위업을 이어받아 몸소 천벌을 행해야 한다고 생각하였나이다.

그러나 비는 덕이 없어 황제의 자리를 욕되이 할까 두려워서 많은 백성들과 멀리 밖에 있는 변방의 군장君長들에게 물어보았나이다. 그랬더니 모두들 말하기를: 천명에 응답하지 않아서는 안 되며, 조종의 사업(祖業)은 오래도록 내버려 둬서는 안 되며, 사해四海는 그 주인이 없어서는 안 된다고 하였나이다. 그리고 전국 모든 백성들의 기대가 이 비備 한 사람에게 있었나이다.

이에 비備는 하늘의 밝으신 명령(明命)이 두렵고 또 고高 황제와 광무 황제의 기업基業이 땅에 떨어질까봐 두려워서 삼가 길일吉日을 택하여 단 위에 올라 제를 지내서 아뢰고 황제의 옥새와 인수(璽綬)를 받아 사방을 어루만져 다스리려고 하나이다.

바라옵건대 신령께서는 한 황실의 제사를 받아 잡수시고 복을 내려 주시어 길이 제위帝位를 편안케 하여 주옵소서."

〖 15 〗 제문을 다 읽고 나자 공명은 모든 관원들을 거느리고 공손히 옥새를 받들어 올렸다. 한중왕은 그것을 받아 두 손으로 단 위에 받들어 놓은 다음 재삼 사양하며 말했다: "이 비備는 재주도 없고 덕도 없으니, 재주와 덕이 있는 사람을 골라서 이것을 받도록 하시오!"

공명이 아뢰었다: "주상께서는 사해를 평정하셨고 공덕이 천하에 뚜렷할 뿐만 아니라 하물며 대한大漢의 황실 종친이 아니십니까? 마땅히 황제의 자리에 오르셔야 하옵니다. 더구나 이미 제사를 지내어 하늘의 신과 땅의 신(皇天后土)들에게 고하기까지 하셨는데 다시 어찌 사양하십니까!"

문무 백관들이 모두 "만세!"를 부르고 엎드려 절을 한 후 덩실덩실 춤을 추는 배무례(拜舞禮) 의식을 마치고 나서 연호를 장무章武 원년(*서기 221년)으로 고쳤다. (*연호를 고친 것은 조비와 마찬가지지만 선주는 반대로 정정당당하게 고쳤다.)

왕비 오씨吳氏를 황후로 책봉하고, 장자 유선劉禪을 황태자로 삼고, 차자 유영劉永을 노왕魯王으로 봉하고, 셋째 유리劉理를 양왕梁王으로 봉했다. 그리고 제갈량을 승상丞相으로 봉하고, 허정許靖을 사도司徒로 삼고, 대소 관료들도 하나하나 벼슬을 높여주고 상을 내려주었다. 그리고 천하의 모든 죄인들에게 크게 사면령赦免令을 내렸다. 동천과 서천의 모든 군사들과 백성들로서 흡족해하지 않는 자가 없었다. (*조비도 현덕도 마찬가지로 황제가 되었지만, 이 한 마디 말로 인해 조비가 현덕에게 졌던 것이다.)

다음날 조회를 열어, 문무 관료들은 절을 하고 나서 문반과 무반 양반兩班으로 나뉘어 줄을 섰다.

선주先主가 칙서를 내려 말했다: "짐은 도원桃園에서 관우·장비와 결의형제를 맺을 때부터 생사를 같이 하기로 맹세했었다. 불행히도 첫째 아우 운장이 동오의 손권에게 해害를 입었다. 만약 원수를 갚지 않는다면 이는 맹세를 저버리는 것이 된다. 짐은 나라 안의 모든 군사들(傾國之兵)을 동원하여 동오를 치고 역적을 사로잡아 이 한을 풀고자 한다." (*한漢 황제의 자리를 빼앗은 원수는 관공을 죽인 원수보다 더욱 크다. 그런데도 관공의 원수 갚기를 먼저 하고 헌제의 원수 갚기를 뒤로 미루는 것은 다만 그 일에 선후가 있기 때문이다.)

말이 미처 끝나기도 전에 반열班列에 있던 한 사람이 나와서 계단 아래에 엎드려 절을 하면서 "안 됩니다!" 하고 간했다. 선주가 보니 호위장군虎威將軍 조운趙雲이었다. 이야말로:

군왕이 하늘을 대신하여 적을 치기 전에	君王未及行天討
신하가 올리는 직언直言부터 듣게 되는구나.	臣下曾聞進直言

자룡이 간하는 바가 어떤 것인지 모르겠거든 다음 회를 읽어보기 바란다.

제80회 모종강 서시평序始評

(1). 삼대三代 이후 탕湯임금과 무왕武王의 무력을 통한 정벌征伐과 주벌誅伐을 배우는 것은 옳다. 그러나 순임금과 우임금의 수선受禪을 배우는 것은 잘못이다. 대개 정벌과 주벌은 배우더라도 수선은 배워서는 안 된다. 한 고조는 탕 임금과 무왕을 배웠는데, 비록 끝내 탕 임금과 무왕처럼 될 수는 없었지만, 그래도 오히려 그 나라의 진지와 기치를 정정당당하게 지켜냈다.

그러나 수선受禪을 거행하는 것은, 첫 번째로 그것을 배워서 잘못된 자로는 왕망王莽이 있고, 두 번째로 그것을 배워서 잘못된 자로는 조비曹丕가 있다. 그들은 단지 순임금과 우임금의 일만 알고 순임금과 우임금이 그 일을 행했던 까닭과 방법에 대해서는 알지 못했다.

순임금과 우임금의 일은 순임금과 우임금의 마음으로 행해야 하는 것이다. 그런데 후세 사람들은 고대 하夏 나라의 폭군 예羿와 그의 왕위를 찬탈한 한착寒浞의 마음으로 순임금과 우임금의 일을 행하려고 하는데, 요임금의 궁전에 살면서 요임금의 아들을 핍박하고, 순임금의 옥새를 빼앗으면서 순임금으로부터 선위를 받으려고 한다. 천하에 이러한 순임금이 어디 있으며, 이런 우임금이 어디 있는가?

(2). 현덕은 성도成都에서 황제가 되고 조비는 낙양洛陽에서 황제가 되었는데, 황제에 즉위한 것은 똑같다. 그런데도 사가史家들은 현덕의 편을 들고 조비의 편을 들지 않는데, 그것은 하나는 정통正統이고 하나는 참칭僭稱한 것이라는 차이 때문이다.

현덕이 서천을 취한 일을 가지고 논한다면, 그것은 유씨(劉氏: 유현덕)가 유씨(劉氏: 유종)의 땅을 빼앗은 것이므로 이를 역취순수(逆取順守: 취한 방법은 정도에 어긋나지만 취한 후에 올바른 방법으로 지키는 것)라고 생각할 수도 있다. 만약 현덕이 제위에 즉위한 것을 가지고 논한다면, 유씨가 유씨를 계승한 것이니 이는 바로 순취순수(順取順守: 정도로 취하여 올바른 방법으로 지키는 것)라고 생각할 수 있다. 논란이 될 수 있는 것은, 고조와 광무제의 기업을 이어받아 그것이 끊어지지 않게 하는 것은 바로 조상을 받드는 길이지만, 유모劉瑁의 처를 받아들여 황후로 세운 것은 조상을 더럽힌 것이라는 비난을 면할 수 없을 것 같다. 군자는 이 점을 유감으로 생각하지 않을 수 없다.(*77회 (10) 참조)

(3). 현덕이 한중왕漢中王을 칭한 것은 조조가 위왕魏王을 칭한 후의 일이다. 대저 조씨曹氏가 왕이 될 수 있다면 왜 유씨劉氏만은 왕

이 될 수 없는가? 한 고조는 유씨가 아니면 왕이 될 수 없도록 금지한 일이 있었다. 그런데 헌제가 즉위한 이후 조조가 그것을 빼앗을 수 있다면 유씨 역시 그것을 가질 수 있는 것이다.

현덕이 제위帝位에 즉위한 것은 조비가 황제의 자리를 빼앗은 후의 일이다. 조비는 한漢을 찬탈할 수 있어도 한실의 후예인 현덕은 반대로 한漢을 이을 수 없다는 것인가?

조비는 한을 찬탈했지만 현덕은 그것을 이었으니, 헌제獻帝는 비록 폐위되었지만 한의 제위帝位가 완전히 폐해진 것은 아니다. 그런데 송宋의 사마 씨(司馬光: 〈자치통감〉의 저자)는 위魏를 황제로 보고 촉蜀은 그것을 훔친 것으로 기술하고 있는데, 나는 그가 그렇게 쓴 이유를 이해할 수 없다.

제81회

장비, 급히 형의 원수 갚으려다 살해되고 선주, 아우의 한을 풀기 위해 군사를 일으키다

〖 1 〗 한편 선주가 동오를 정벌하기 위해 군사를 일으키려고 하자 조운이 말렸다: "나라의 역적은 바로 조조이지 손권이 아닙니다. 지금 조비가 한의 천하를 찬탈하여 신령과 사람들이 함께 노여워하고 있습니다. 폐하께서 빨리 관중關中을 도모하기 위해 군사들을 위하(渭河: 황하의 지류. 섬서성 보계시, 함양시, 서안시를 흘러 황하로 들어감) 상류에 주둔시켜 놓고 흉측한 역적을 토벌하신다면 관동關東 지역의 의사義士들은 틀림없이 양식을 싸가지고 말을 채찍질해 와서 왕의 군대를 맞이할 것입니다. 만약 위魏를 내버려 두고 동오를 쳤다가 일단 싸움이 붙게 되면 어찌 갑자기 그만둘 수 있겠습니까? 원컨대 폐하께서는 이를 살피소서." (*군신간의 공의公義를 먼저 하고 형제간의 사사로운 원수 갚는 것을 뒤로 하자는 것으로, 자룡만이 그 대의大義를 보고 있다.)

선주曰: "손권이 짐의 아우를 해쳤고 또 부사인傅士仁과 미방糜芳, 반장潘璋과 마충馬忠 등은 모두 생각만 해도 이가 갈리는 원수들이어서 그들의 살을 씹어 먹고 그들의 삼족을 멸해야만 비로소 짐의 한이 풀리겠는데, 경은 어찌하여 막는단 말인가?"

조운曰: "나라의 원수를 갚는 것은 공의公義를 위한 일(公)이고, 형제의 원수를 갚는 것은 사사로운 일(私)이오니, 바라옵건대 천하를 중히 여기옵소서." (*자룡의 식견은 대신大臣이나 간신諫臣의 풍도가 있다. 따라서 그를 싸움터의 장수로만 봐서는 안 된다.)

선주가 대답했다: "짐이 아우의 원수를 갚지 못한다면 비록 만리 강산을 가지기로 귀할 것이 무엇인가?"

끝내 조운이 간하는 말을 듣지 않고 명을 내려 동오 정벌군을 일으켰다. 또한 사신을 오계(五谿: 호남성 서부와 귀주성, 사천성 접경 지구)로 보내서 번병(番兵: 이민족의 군사) 5만 명을 빌려와서 같이 힘을 합쳐 싸우도록 하고, 한편으로는 사람을 낭중閬中으로 보내서 장비의 벼슬을 거기장군車騎將軍·사예교위司隸校尉·서향후西鄉侯 겸 낭중목閬中牧으로 봉했다. 사신은 칙서를 가지고 떠나갔다.

〖2〗 한편 장비는 낭중에 있으면서 관공이 동오에 의해 살해되었다는 소식을 듣고 아침저녁으로 통곡했는데, 피눈물이 옷깃을 적셨다. 여러 장수들은 술로 그의 마음을 위로해 주려고 했으나, 술에 취하면 노기가 더욱 심해졌다. 막사 안팎에서 조금이라도 명령대로 하지 않는 자가 있으면 곧바로 매질을 해서 매질에 죽는 자가 많이 나왔다. (*이 때문에 후문에서 범강范疆과 장달張達에게 죽게 된다.)

그는 매일같이 남쪽을 향해 이를 부득부득 갈면서 눈을 부릅뜨고 노여워하다가 목 놓아 통곡을 했다. (*그 곡성과 그 눈물 모두 그의 혈기에서 흘러나온 것이다.) 그때 갑자기 사자가 당도했다고 알려 와서 황망히 나가서 그를 맞아 들여 조서를 받아 대신 낭독하도록 했다. 장비는 작위를 받고는 북쪽을 향해 절을 한 후 술을 내와서 사자를 접대했다.

장비가 말했다: "나의 형님께서 해를 당하셨으니 그 원한이 바다처럼 깊소. 조정의 신하들은 어찌하여 빨리 군사를 일으키도록 주청하지 않는 것이오?"

사자曰: "많은 신하들은 우선 위魏부터 쳐 없애고 난 다음에 동오를 치라고 권하고 있습니다."

장비가 화를 내며 말했다: "그게 무슨 말인가! 옛날 우리 세 사람이 도원에서 결의할 때 생사를 같이하기로 맹세했는데, 지금 불행히도 둘째 형님이 중도에 돌아가셨으니 내가 어찌 홀로 부귀를 누릴 수 있단 말인가! (*혼자 살기도 원하지 않는데 하물며 홀로 부귀를 누리려 하겠는가?) 내가 천자를 직접 뵙고 선두부대의 선봉이 되어 상복을 입은 채 동오를 쳐서 역적을 사로잡아 둘째 형님 영전에 제물로 바치고 고함으로써 지난날의 맹세를 실천해야만 하겠소!"

말을 마치고는 곧바로 사자와 함께 성도로 갔다.

〖 3 〗 한편 선주는 매일 직접 훈련장으로 나가서 군사들을 훈련시키면서 출병 기일을 정해 놓고 군사들을 일으켜 어가御駕를 타고 친정親征을 나가려고 했다.

그러자 공경들이 모두 승상부丞相府로 가서 공명을 보고 말했다: "지금은 천자께서 보위에 갓 오르셨는데 친히 군사들을 거느리고 가시는 것은 사직을 중히 여기는 방법이 아닙니다. (*이는 동오 정벌을 말리는 것이 아니라 친정親征을 말리는 것이다.) 승상께서는 나라의 모든 정무政務를 헤아려 집행해야 하는 중임을 맞고 계시면서 어찌하여 천자를 바르게 충고하시지 않으십니까?"

공명曰: "나도 여러 차례 간곡히 말씀드렸으나 끝내 들으시려 하지 않소. (*공명도 말렸던 사실을 공명의 입으로 보충 설명하고 있다.) 오늘은 여러분이 나를 따라 같이 훈련장으로 가서 말씀드려 봅시다."

당장 공명은 백관들을 이끌고 가서 선주에게 아뢰었다: "폐하께서는 이제 갓 보위에 오르셨는데, 만약 북으로 한의 역적을 쳐서 대의大義를 천하에 펴려는 것이라면 친히 모든 군사를 거느리고 가셔도 좋습니다. 그러나 만약 다만 동오를 치는 일이라면 상장군 하나에게 명하시어 군사를 거느리고 가서 치도록 하시면 됩니다. 수고롭게 친히 어가를 몰고 가실 필요가 어디 있습니까?"(*위魏를 치려면 마땅히 친정을 해야 하겠지만 동오를 치려면 친정을 해서는 안 된다는 것이니, 그 생각은 여러 관원들과는 또 다르다.)

선주는 공명이 극력 간하는 것을 보자 생각을 조금 바꾸었다.

그때 갑자기 장비가 왔다고 보고해 왔다. 선주는 급히 그를 불러들였다. 장비는 연무청演武廳에 이르러 땅에 엎드려 선주의 다리를 붙잡고 울었다. (*수족으로 논하자면, 선주는 그 한 쪽 다리(關公)를 잃은 것이다. 그래서 다리를 붙잡고 운 것이다.) 선주 역시 울었다.

장비曰: "폐하께서는 이제 군왕이 되시더니 벌써 도원의 맹세를 잊으셨습니까! 둘째 형님의 원수를 어째서 갚지 않으십니까?"

선주曰: "많은 관원들이 말리고 있어서 내 감히 경솔하게 움직일 수가 없구나."

장비曰: "다른 사람들이 어찌 우리의 옛 맹세를 알 수 있겠습니까? 만약 폐하께서 가시지 않겠다면 신이 이 몸을 버리더라도 둘째 형님의 원수를 갚고야 말겠습니다! 만약 원수를 갚지 못할 때에는 신은 차라리 죽을지언정 폐하를 다시 뵙지 않을 것입니다!" (*말은 자신이 가겠다는 것이지만 이는 곧 선주에게 같이 가자고 하는 것이다.)

선주曰: "짐도 경과 같이 가겠다. 경은 휘하의 군사들을 거느리고 낭주閬州에서 출발하도록 하라. 짐은 정예병들을 거느리고 갈 테니 강주(江州: 사천성 중경시)에서 만나 함께 동오를 쳐서 이 원한을 풀기로 하자!"

장비가 떠나려고 할 때 선주가 당부했다: "짐이 평소 알고 있기로 경은 술만 먹고 나면 갑자기 화를 내면서 군사들을 매질하고, 그리고는 다시 그 사람을 좌우에 가까이 두는데, 그것은 바로 화를 자초하는 길이다. 이후부터는 군사들을 너그럽게 대해 주도록 힘쓰고 이전처럼 해서는 안 된다." (*사서에서는 말하기를, 관공은 사졸들에게는 너그럽게 잘 대해 주었으나 사대부들에게는 매우 거만했으며, 장비는 군자들을 아끼고 사랑했으나 사졸들은 불쌍히 여기지 않았다고 말한다. 이런 까닭에 선주가 이런 부탁을 한 것이다.)

장비는 하직인사를 하고 돌아갔다.

〖4〗 다음날, 선주는 군사를 정돈하여 출발하려고 했다. 그때 학사學士 진복秦宓이 아뢰었다: "폐하께서는 작은 의리(小義)를 지키기 위해 만승의 귀하신 몸을 버리려 하시는데, 이는 옛 사람들이 취하지 않았던 바입니다. 원컨대 폐하께서는 깊이 생각해 보시옵소서."

선주曰: "운장은 짐과는 한 몸과 같다. 대의大義가 아직 있는데 어찌 잊을 수가 있느냐?"

진복은 땅에 엎드린 채 일어나지 않고 말했다: "폐하께서 신의 말씀을 들어주지 않으시니, 일을 그르치게 될까봐 참으로 두렵습니다."

선주가 크게 화를 내며 말했다: "짐이 군사를 일으키려 하는데 너는 어찌하여 이렇듯 불리한 말을 한단 말이냐!"

그리고는 무사에게 그를 끌어내서 목을 베라고 호령했다. (*이 한 번의 노여워함이 없었으면 여러 관원들은 쉬지 않고 계속 간했을 것이다.) 그러나 진복은 낯빛을 전혀 바꾸지 않고 선주를 돌아보고 웃으며 말했다: "신은 죽더라도 여한이 없습니다만, 다만 새로 이룩해 시작하신 사업이 장차 뒤엎어지고 말 일이 애석하옵니다!"

여러 관원들이 모두 진복을 위해 용서를 빌자, 선주가 말했다: "일단 잠시 옥에 가둬 놓아라. 짐이 원수를 갚고 돌아와서 처리하겠다."

공명이 이 소식을 듣고 진복을 구하려고 즉시 표문을 올렸다. 그 내용은 대략 이러했다:

"신 량亮 등은 생각하기를, 동오 역적이 간사한 속임수를 써서 형주가 망하는 화(覆亡之禍)를 불러오고, 장수별이 북두성(斗)과 견우성(牛) 사이에서 떨어지게 만들고, 하늘을 받드는 기둥(天柱: 즉 관우)을 초楚 땅에서 꺾어지게 하였으니, 이 애통한 마음은 참으로 잊을 수가 없사옵니다. 그러나 한漢을 찬탈한 것은 그 죄가 조조에게 있으며, 유씨劉氏의 복록(福祿: 즉, 한 왕조)을 가져가버린 것은 손권의 죄가 아니옵니다.

신의 생각에는, 만약 역적 위魏만 없애 버리면 동오는 스스로 복종해 올 것입니다. 부디 폐하께서는 진복의 금석金石 같은 간언을 받아들이시어 우선 군사들의 힘을 기르면서 달리 좋은 계책을 세우도록 하소서. (*이 두 마디 말은 은근히 위魏를 치도록 권하고 있는데, 일찌감치 전후前後 출사표出師表에 대한 복필이다.) 그리 하신다면 사직에 이만한 다행이 없을 것이고, 천하에도 이만한 다행이 없을 것이옵니다."

선주는 다 읽어보고 나서 표문을 땅에다 던지며 말했다: "짐의 뜻은 이미 결정되었으니 다시 간해서는 안 되오!"(*선주는 공명을 물로 생각했는데, 지금 동오를 치려는 마음이 마치 불처럼 급해서 물 역시 불을 제어할 수 없었다.)

마침내 승상 제갈량에게는 태자를 보호하며 양천兩川을 지키라고 명하고, (*이때 법정은 이미 죽고 없었고 공명도 같이 가지 않았는데, 후에 가서 패배하게 되는 것은 일의 형편상 필연적인 일이다.) 표기장군 마초와 그의 동생 마대에게는 진북장군鎭北將軍 위연魏延을 도와서 한중을 지키면서 위魏의 군사들의 침공을 막도록 명하고, 호위장군虎威將軍 조운을 후원부대로 삼고 (*조운은 이전에 출정하지 말라고 간한 적이 있으므로 선봉으로 삼지 않았다.) 겸하여 군량과 마초를 감독하도록 하고, 황권黃權과 정기程畿를 참모로 삼고, 마량馬良과 진진陳震에게는 문서를 맡아보도록 하고, 황충을 선두부대의 선봉으로 삼고, 풍습馮習과 장남張南을 부장副將으로 삼고, 부동傅肜과 장익張翼을 중군 호위護衛로 삼고, 조융趙融과 요순廖淳을 후미의 엄호군으로 삼았다.

동천과 서천의 장수 수백 명과 오계五谿의 이민족 장수(番將) 등 모두 75만 명의 군사들은 장무章武 원년(서기 221년) 7월 병인일丙寅日을 택해 출병하기로 했다.

〖 5 〗 한편 장비는 낭중閬中으로 돌아오자 군중에 명을 내려, 모든 군사들은 상복을 입고 동오를 치러 갈 것이니 3일 내로 흰색 깃발과 흰색 갑옷을 장만하라고 지시했다. (*관공의 죽음은 강 위에 흰색 옷을 입은 동오의 군사들 때문이었는데, 장비의 죽음은 군중에서 사용하려던 흰색 갑옷 때문이었다.)

다음날 휘하의 말단 장수 범강范疆과 장달張達이 막사 안으로 들어와서 아뢰었다: "흰색 깃발과 흰색 갑옷을 단시간 안에 다 준비할 수 없습니다. 기한을 좀 더 늦춰 주셔야만 되겠습니다."

장비가 크게 화를 내며 말했다: "나는 원수 갚으려는 마음이 급해서 내일 당장 역적 있는 곳까지 가지 못하는 게 한이다! 네놈들이 어찌 감히 장수의 명령(將令)을 어기려 든단 말이냐!"

그리고는 무사에게 그들을 나무에다 붙들어 매놓고 각기 채찍으로 등을 50대씩 치라고 호령했다. (*예전에 독우督郵를 매질한 것은 화가 나서였고, 그 후 조표曹豹를 매질한 것은 술에 취해서였는데, 이번에 범강과 장달을 매질한 것은 아프게 하기 위해서였으므로 매질은 틀림없이 두 배는 아팠을 것이다.)

매질이 끝나자 손가락으로 그들을 가리키며 말했다: "내일 안으로 다 완비해 놓아라! 만약 기한을 어기면 너희 두 놈을 죽여서 여러 사람들에게 본보기로 삼을 것이다!"

매질을 당한 두 사람은 입 가득히 피를 토했다. 그들은 영채로 돌아와서 상의했다.

범강曰: "오늘 처벌을 받았지만, 우리더러 어떻게 그것들을 다 장만하라는 것인가? 그자의 성질은 불같이 사나워서 만약 내일 안에 다 준비하지 못하면 자네나 나나 다 그놈 손에 죽고 말 것이다!"

장달曰: "우리가 그놈 손에 죽기보다 차라리 우리가 그놈을 죽여 버리자!"

범강曰: "그놈 가까이 다가갈 수 없으니 어쩌겠는가?"

장달曰: "우리 둘이 만약 죽지 않을 운이라면 그가 술에 취해 침상에 쓰러져 잘 것이고, 우리가 만약 죽을 운이라면 그가 술에 취해 있지 않을 것이다."(*여포는 술을 금하도록 했다가 부하 장수에게 죽었는데, 장비는 술을 마셨다가 부하 장수에게 죽었다. 전후 서로 반대되면서도 서로 대응이 되고 있다.)

두 사람은 어떻게 할지 상의를 마쳤다.

〖 6 〗 한편 장비가 막사에 있는데 정신이 혼란하고 거동조차 어질어질해서 (*관공이 꿈에 돼지한테 발을 물린 것과 서로 대비對가 되고 있다.) 부하 장수에게 물었다: "나는 지금 가슴이 두근거리고 살이 떨려서 앉으나 누우나 불안한데, 도대체 왜 이러는가?"

부하 장수가 대답했다: "그것은 장군께서 관공을 그리워하시기 때문에 그렇습니다."

장비는 술을 가져오라고 하여 부하 장수와 함께 마셨는데,(*본래는 술로 슬픔을 이기려고 했었는데, 술 때문에 죽을 줄 누가 알겠는가.) 자기도 몰래 그만 대취하여 막사 안에 드러누웠다. (*무릇 사람은 술을 마시면 취하기 쉽다. 우울할 때 술을 마시면 더욱 쉽게 취한다.)

범강과 장달 두 도적이 이 소식을 알아내서 초경初更 무렵 각기 몸에 단도短刀를 숨겨 가지고 몰래 막사 안으로 들어가서 중요한 기밀 사실이 있어서 아뢰러 왔다고 거짓말을 하고 곧장 침상 앞으로 갔다.

원래 장비는 잠을 잘 때에도 눈을 감지 않고 잔다. 이날 밤 막사 안에서 자고 있을 때 두 도적은 장비의 수염이 곤두서 있고 두 눈이 떠져 있었으므로, 처음에는 감히 손을 쓸 엄두를 내지 못했다. 그런데 장비의 코고는 소리가 마치 천둥소리처럼 들렸으므로 비로소 잠이 든 줄 알고 감히 가까이 다가가서 단도를 장비의 배에다 푹 찔러 넣었다. 장비는 외마디 비명을 크게 지르고 죽었다. 이때 그의 나이 쉰다섯이었다. 후세 사람이 그를 탄식하는 시를 지었으니:

안희에서는 독우를 매질했고	安喜曾聞鞭督郵
황건적 소탕해서 한漢나라에 공을 세웠지.	黃巾掃盡佐炎劉
호로관 위에서 명성 먼저 떨쳤고	虎牢關上聲先震
장판교 옆에서 호통치자 강물도 역류했지.	長坂橋邊水逆流
엄안을 의리로 풀어주어 촉 땅 평정하고	義釋嚴顏安蜀境
지모로 장합 속여 중주 땅 평정했지.	智欺張郃定中州
동오를 치려다가 몸 먼저 죽으니	伐吳未克身先死
가을 풀들 낭중 땅에 길이 슬픔 전하네.	秋草長遺閬地愁

〖 7 〗 한편 두 도적은 그날 밤 장비의 수급을 베고 나서 곧바로 군사 수십 명을 이끌고 밤낮 가리지 않고 동오로 달아났다. 다음날 군중에서 사정을 알고 군사를 일으켜 그를 추격했으나 붙잡지 못했다.

그때 장비의 부하들 중에 오반吳班이란 장수가 있었는데, 그는 전에 형주에서 선주를 뵈러 갔다가 선주가 그를 아문장牙門將으로 등용하여 장비를 도와서 낭중閬中을 지키도록 했던 것이다. (*오반의 일은 전문에서는 언급되지 않았다.)

오반은 즉시 표문을 올려 천자에게 아뢰도록 한 다음, 장비의 맏아들 장포張苞로 하여금 관과 곽을 갖추어 장비의 시신을 담도록 하고, 그의 아우 장소張紹로 하여금 낭중을 지키도록 했다. 장포는 직접 천자에게 보고하러 갔다.

그때 선주는 이미 기일을 택하여 출병했고, 대소 관원들은 모두 공명을 따라 10리 밖까지 배웅한 후에 막 돌아왔다.

공명은 성도로 돌아오자 마음이 울적하여 여러 관원들을 돌아보고 말했다: "법효직(法孝直: 법정)이 만약 살아 있었더라면 틀림없이 주상의 동행東行을 제지할 수 있었을 것이다." (*공명이 서천을 취하자고 권했으나 현덕은 듣지 않았다. 그러나 법정이 권하자 들었다. 그러므로 법정이라면 반드시 현덕의 동행을 제지할 어떤 방법이 있었을 것이다.)

한편 선주는 그날 밤 가슴이 두근거리고 살이 떨리면서 잠자리에 누웠으나 불안하여 잠이 오지 않았다. 그래서 막사 밖으로 나가서 하늘을 우러러 천문을 보고 있는데 서북쪽에서 갑자기 그 크기가 북두성(斗)만한 별 하나가 땅에 떨어졌다. (*관공이 죽을 때에는 선주는 꿈을 꿨고, 익덕이 죽을 때에는 선주는 별을 보았다. 전후로 서로 대비되고 있다.)

선주는 크게 의심이 들어 그날 밤에 사람을 시켜서 공명에게 물어보도록 했다.

공명이 회보해 왔다: "틀림없이 상장군 하나를 잃게 될 징조라고 합니다. 사흘 안으로 놀라운 소식이 있을 것이라 하옵니다."

선주는 그 말을 듣고 군사를 그 자리에 머물러두고 움직이지 않았다. 그때 갑자기 시신侍臣이 들어와서 아뢰었다: "낭중에서 장張 거기

장군(즉, 장비)의 부하 장수 오반이 사람을 시켜서 표문을 보내왔습니다."

선주는 발을 구르며 말했다: "아! 막내 아우가 죽었구나!" (*결의형제를 맺을 때에는 먼저 익덕을 만나고 다음으로 관공을 만났지만, 임종은 먼저 관공을 잃고 다음으로 익덕을 잃었다. 서로 같지 않다.)

표문을 읽어보니 과연 장비의 흉한 소식이었다. 선주는 목 놓아 통곡하다가 혼절하여 땅에 쓰러졌다가 여러 관원들이 구호하여 겨우 깨어났다.

〖 8 〗 다음날, 한 떼의 군사들이 질풍같이 달려오고 있다고 알려왔다. 선주가 영채에서 나가 한참 동안 살펴보니 흰색 전포에 은색 갑옷을 입은 소년 장수 하나가 말에서 뛰어내리더니 땅에 엎드려 통곡을 했는데, 바로 장포였다.

장포가 아뢰었다: "범강과 장달이 신의 아비를 살해한 뒤 수급을 가지고 동오로 달아났습니다."

선주는 너무나 애통하여 식음을 전폐했다.

여러 신하들이 극력 간했다: "폐하께서는 방금 둘째 아우님의 원수를 갚으려고 하셨는데 어찌 먼저 옥체부터 스스로 해치려 하십니까?"

선주는 그제야 음식을 들었다.

마침내 장포에게 말했다: "너는 오반과 함께 감히 휘하 군사들을 이끌고 선봉이 되어서 네 아비의 원수를 갚겠느냐?"

장포曰: "나라와 아비를 위해서라면 만 번 죽더라도 사양하지 않겠습니다!" (*아비를 위해서뿐만 아니라 또 자기 백부를 위해서이다.)

선주가 막 장포를 보내서 기병起兵을 하려고 하는데, 또 한 떼의 군사들이 바람을 몰고 달려오고 있다고 알려 왔다. 선주는 곁에서 모시는 신하를 시켜서 누구인지 알아보라고 했다. 잠시 후 그 신하가 흰색 전포에 은색 갑옷을 입은 소년 장군 하나를 데리고 들어왔는데, 그는 영채 안에 들어서자 땅에 엎드려 통곡을 했다. 선주가 보니 관흥關興이었다. 선주는 관흥을 보자 관공이 생각나서 또 목 놓아 통곡했다. 여러 관원들이 그만 진정하시라고 권했다.

선주가 말했다: "짐은 옛날 포의布衣로 있던 시절에 관우, 장비와 더불어 결의형제를 맺고 생사를 같이 하기로 맹세한 일을 생각하고 있다. 지금 짐은 천자가 되어 두 아우와 함께 부귀를 누리고자 하던 참인데 불행히도 둘 다 비명에 죽고 말았다! 이 두 조카를 생각하면 어찌 창자가 끊어지는 듯 슬프지 않을 수 있겠는가?" (*장비는 선주가 천자가 되는 것을 본 적이 있지만 관공은 선주가 천자가 되는 것을 보지 못했다. 한 사람은 잠깐 보고 죽었고 한 사람은 보지 못하고 죽었다. 둘 다 애통하다.)

말을 마치고는 또 통곡했다.

여러 관원들이 말했다: "두 분 소년 장군들은 잠시 물러가시어 성상聖上께서 옥체를 쉬시도록 해주시오."

시신侍臣들도 아뢰었다: "폐하께서는 연세가 육순六旬이 넘었으므로 지나치게 애통해 하셔서는 안 되옵니다."

선주曰: "두 아우들이 다 죽었는데 짐이 어찌 혼자서 살아있을 수 있겠는가!"

말을 마치고는 머리가 땅에 닿을 정도로 숙이고 통곡했다.

〖9〗 여러 관원들이 상의하여 말했다: "지금 천자께서 이렇게 슬퍼하고 계시는데, 어떻게 해야 슬픔을 풀어드릴 수 있겠는가?"

마량이 말했다: "주상께서는 동오를 치기 위해 친히 대병을 거느리고 나서셨는데, 하루 종일 울고 계시는 것은 군사들의 사기에도 좋지 못합니다."

진진曰: "내가 듣기로는 성도의 청성산(青城山: 사천성 관현灌縣 서남) 서쪽에 한 은자隱者가 있는데 성은 이李, 이름은 의意라고 합니다. 세상 사람들이 전하는 말에 의하면, 이 노인은 이미 나이가 3백여 살이나 되는데 사람의 생사生死와 길흉吉凶을 미리 알 수 있는, 이 세상에 살아 있는 신선이라고 합니다. (*바쁜 중에 한 신선에 대한 이야기를 하고 있는데, 위魏의 좌자左慈나 동오의 우길于吉과 멀찍이에서 서로 대비되고 있다.) 천자께 아뢰어 이 노인을 불러다가 그에게 길흉을 물어보도록 하는 것이 어떻겠습니까? 그렇게 하는 편이 우리가 위로의 말씀을 드리는 것보다 나을 것 같습니다."

마침내 들어가서 선주께 아뢰었다. 선주는 그 말에 따라 즉시 진진에게 칙명을 가지고 청성산으로 가서 그 노인을 불러오도록 했다. 진진은 밤낮없이 청성으로 가서 그곳 사람에게 길을 인도해 달라고 해서 산골짜기 깊숙이 들어갔다. 멀리서 신선이 사는 집(仙莊)을 바라보니 맑은 구름이 은은하게 드리워져 있고 상서로운 기운이 서려 있는 것이 예사롭지 않았다. (*와룡강臥龍崗과 흡사하다.) 그때 문득 어린 동자 하나가 맞이하러 나와서 물었다: "혹시 진효기(陳孝起: 진진) 선생이 아니십니까?"(*수경동자水鏡童子와 흡사하다.)

진진은 크게 놀라서 말했다: "선동仙童은 나의 성姓과 자字를 어떻게 아는가?"

동자曰: "저의 사부님께서 어제 말씀하셨어요. '오늘 반드시 황제의 칙명(詔命)이 당도할 것이다. 사자는 틀림없이 진효기일 것이다' 라고요."

진진曰: "정말로 신선이시다! 사람들의 말이 참으로 거짓말이 아니었구나!"

그리고는 동자와 함께 선장仙莊으로 들어가서 이의를 만나보고 천자의 칙명을 전하면서 같이 가자고 했다. 그런데 이의는 나이가 많다는 핑계를 대면서 가지 않으려고 했다.

진진曰: “천자께서는 선옹仙翁을 급히 한 번 만나보고 싶어 하시니 제발 한 번 수고해 주십시오.”

진진이 재삼 간청하자 이의는 그제야 길을 나섰다. (*융중隆中에서 제갈량이 세 번 청한 후에야 따라 나선 것과 흡사하다.)

천자가 기거하는 영채에 이르러 선주를 뵈러 들어갔다. 선주는 이의가 학처럼 흰 머리카락에 어린애 같은 얼굴(鶴髮童顔), 파란 눈에 네모난 눈동자(碧眼方瞳)가 반짝반짝 빛나고, 몸은 늙은 측백나무 형상인 것을 보고는, 즉각 이분은 보통 사람이 아닌 줄 알고 정중히 예를 갖춰 대우했다.

이의曰: “이 늙은이는 거친 산속에 사는 촌로村老로서 배운 것도 아는 것도 없는데 과분하게도 폐하의 부르심을 받았습니다. 무슨 이르실 말씀이 있으신지 모르겠습니다.”

선주曰: “짐이 관우와 장비 두 아우와 생사를 같이하기로 결의한 지 30여 년이 되었소. 지금 두 아우들이 해를 입었기에 짐이 직접 대군을 거느리고 가서 원수를 갚으려고 하는데, 이번 출정길이 길한지 흉한지 알 수가 없소. 오래 전부터 선옹께서는 현묘한 이치(玄機)에 훤히 통하고 계시다는 말을 들어 왔으니 제발 가르쳐 주시기 바라오.”

이의曰: “그것은 천수天數에 속하는 일인지라 이 늙은이가 알 수 있는 바가 아니옵니다.”

선주가 재삼 청하자, 이의는 마침내 종이와 붓을 달라고 하더니 병마兵馬와 병기(器械)들을 40여 장이나 그렸다. 다 그리고 나더니 곧바로 한 장 한 장 다 찢어버렸다. (*이는 후문에서 연달아 세운 영채 40개가 전부 불타버릴 것을 예고한 것이다.) 그런 다음 또 큰 사람 하나가 땅 위에 번듯이 누워 있는데 그 옆에서 한 사람이 땅을 파서 그를 묻으려고 하는 그림을 그리고는 그 위에다 커다랗게 ‘白백’ 자를 써놓더니 (*이는 후문에서 백제성에서 어린 아들의 후일을 부탁할 조짐을 나타낸 것이다.) 머리가 땅에 닿도록 절을 한 후 떠나갔다.

선주는 마음이 언짢아서 여러 신하들에게 말했다: "이 자는 미친 늙은이로군! 믿을 수 없는 사람이다."

그리고는 즉시 그림을 불살라버리고 곧바로 군사들을 재촉하여 앞으로 나아갔다.

〖 10 〗 장포가 들어와서 아뢰었다: "오반吳班의 군사들이 이미 도착했습니다. 제발 소신小臣을 선봉으로 삼아 주십시오."

선주는 그 뜻을 장히 여겨서 즉시 선봉장의 인수印綬를 가져와서 그에게 주었다. 장포가 막 그 인수를 팔에 차려고 하는데, 한 소년 장군이 분연히 나오면서 말했다: "그 인수를 나에게 넘겨라!"

모두들 보니 관흥이었다.

장포曰: "내 이미 명을 받았다!"

관흥曰: "네가 무슨 실력이 있다고 감히 선봉을 맡으려느냐?"

장포曰: "나는 어릴 적부터 무예를 배우고 익혀서, 활을 쏘면 빗나가는 일이 없다."

선주曰: "짐은 조카들의 무예를 보고 나서 우열을 정할 것이다."

장포가 군사에게 백 보 밖에다 기폭 가운데 홍심(紅心) 하나를 그려 넣은 깃발 하나를 꽂아놓으라고 지시했다. 장포가 활을 잡고 살을 메겨 연달아 석 대를 쏘았는데 전부 다 홍심에 적중했다. 모든 사람들이 다 잘한다고 칭찬했다.

관흥이 손에 활을 들고 말했다: "홍심을 쏘아 맞히는 것쯤이야 신기할 게 뭐 있다고!"

마침 말을 하고 있을 때 갑자기 머리 위로 기러기들이 줄을 지어 지나갔다. 관흥은 기러기를 가리키며 말했다: "내가 저 날아가고 있는 기러기의 세 번째 놈을 쏠 것이다."

화살을 쏘아 보내자 그가 말한 기러기가 시위 소리가 울림과 동시에 떨어졌다. 문무 관료들은 일제히 소리를 지르고 박수를 쳤다. 장포는 크게 화가 나서 몸을 날려 말에 오르더니 자기 부친이 쓰던 장팔점강모丈八點鋼矛를 꼬나들고 큰 소리로 외쳤다: "네가 감히 나와 무예를 겨루어보겠다는 것이냐?"

관흥 역시 말에 올라 집안에서 전해 내려오는 날이 넓고 큰 대감도大砍刀를 꼬나들고 말을 달려 나가며 말했다: "너만 창을 쓸 줄 아느냐! 난들 어찌 칼 쓸 줄을 모르겠느냐!"

〖 11 〗 두 장수가 막 싸우려고 하는데 선주가 큰 소리로 꾸짖었다: "둘은 무례하게 행동해서는 안 된다!"

관흥과 장포는 황급히 말에서 내려 각자의 병장기를 버리고 땅에 엎드려 죄를 청했다.

선주曰: "짐이 탁군涿郡에서 너희 부친들과 의형제를 맺은 뒤로 서로 친하게 지내기를 친형제처럼 했느니라. 이제 너희 두 사람 역시 형제의 연분이 있으니 마땅히 한마음으로 힘을 합쳐서 같이 부친의 원수를 갚아야 할 것이다. 그런데 서로 다투느라 대의大義를 잃어버린 데서야 어찌 되겠느냐? 부친이 돌아가신 지 얼마 되지도 않았는데 벌써 이렇게 행동한다면, 하물며 나중에는 어떻게 하겠느냐?" (*오늘날 상중喪中에도 이익을 계산하며 형제간에 서로 다투는 자들이 있는데, 그들이 이 말을 듣고도 부끄러워하지 않을 수 있을까?)

두 사람은 다시 절을 하고 사죄했다.

선주가 물었다: "너희 둘 중에 누가 연장자年長者냐?"

장포曰: "신이 관흥보다 한 살 많습니다."

선주는 즉시 관흥에게 장포에게 절을 하고 형이라 부르라고 명했다.

두 사람은 곧바로 막사 앞에서 화살을 꺾으면서 영원히 서로 도와주고 구해주기로 맹세했다. (*도원결의 후 또 한 번 맺은 작은 결의형제이다.)

선주는 칙명(詔命)을 내려서 오반을 선봉으로 삼고, 장포와 관흥은 어가를 호위하도록 했다. 그리고는 수륙水陸으로 나란히 진군해 갔는데, 전선과 기마병들이 두 줄로 호호탕탕浩浩蕩蕩 기세 좋게 동오를 향해 달려갔다.

〖 12 〗 한편 범강과 장달은 장비의 수급을 가지고 오후吳侯 손권을 찾아가서 바치고 지난 일을 자세히 고했다.

손권은 다 듣고 나서 두 사람을 받아들인 다음, 백관들에게 말했다: "지금 유현덕이 황제의 자리에 올라 정예병 70여만 명을 거느리고 어가御駕를 타고 친히 우리를 정벌하러 오고 있다는데, 그 위세가 대단하다고 하니 이를 어쩌면 좋겠느냐?"

백관들은 전부 안색이 변하면서 서로 얼굴들만 쳐다보았다.

제갈근이 나서며 말했다: "저는 군후君侯의 녹을 먹은 지 오래 되었으나 보답할 수가 없었는데, 원컨대 남은 목숨을 버리는 한이 있더라도 가서 촉의 주인을 만나 이해관계를 가지고 두 나라가 서로 화목하게 지내면서 함께 조비의 죄를 치도록 하자고 설득해 보겠습니다." (*제갈근의 소견은 결국 노숙과 흡사하다.)

손권은 크게 기뻐하며 곧바로 제갈근을 사자로 삼아서 선주에게 가서 군사를 물리도록 설득하게 했다. 이야말로:

두 나라 서로 싸우면서도 사신들은 왕래했고　　兩國相爭通使命
사자의 한마디 말로 싸움이 해소되기도 했다.　　一言解難賴行人

제갈근의 이번 행차가 과연 어찌될지 모르겠거든 다음 회를 읽어보도록 하라.

제 81 회 모종강 서시평序始評

(1). 익덕이 먼저 위魏를 치려고 하지 않고 먼저 동오를 치자고 청한 것은 다만 형제간의 의리만 알고 군신간의 의리는 몰랐기 때문이 아니다. 그가 고성古城에서 싸운 일을 보면(*제28회의 일), 관공이 조조에게 항복한 줄 오해하여 관공과 싸우려고 했는데, 이 어찌 군신 간의 의리를 중히 여기고 형제간의 정을 가볍게 여긴 것이 아니겠는가?

그가 동오부터 먼저 치려고 했던 뜻은, 위魏는 본래부터 한漢의 역적이었지만, 동오는 위와 한 패가 됨으로써 그 역시 한의 역적이 되었기 때문이다. 원래 잔인하고 포학한 자를 제거하려면 반드시 먼저 그 한 패거리부터 잘라내야 하는 법이다(必先剪其黨). 마치 은殷이 하夏의 걸왕桀王을 치려고 하면서 먼저 위후韋侯를 치고, 고후顧侯를 치고, 곤오昆吾를 쳤으며, 주周가 은殷의 주왕紂王을 치려고 하면서 먼저 숭후崇侯를 치고 밀후密侯를 쳤던 것과 마찬가지다.

단지 형제를 위해서만 동오를 먼저 쳐야 하는 것이 아니라, 군신간의 의리를 위해서도 역시 동오를 먼저 쳐야 할 일이었다.

(2). 익덕이 죽은 것을 보고 선주로서는 더욱 동오를 치려는 계획을 결심하지 않을 수 없었다. 익덕이 죽은 것은 관공 때문에 죽었으며, 관공 때문에 죽었다는 것은 곧 손권이 익덕을 죽인 것과 다를 게 없다. 아우 하나를 죽인 원수도 참을 수 없는데 두 아우를 죽인 원수를 어떻게 참을 수 있겠는가? 관공은 자신이 개인적으로 입었던 은혜 때문에 조조를 풀어주었지만, 사람들은 그 일로 관공을 비난하지는 않는다. 그렇다면 세 사람이 맺은 도원결의 때문에 손권을 치려고 하는데 어찌 이 일로 선주를 비난할 수 있단 말인가?

(3). 진진陳震이 이의李意를 청해온 것은 당연히 공명이 가르쳐 준 일이었다. 선주가 동오를 치기로 뜻을 정하자 공명은 더 이상 그 문제로 다툴 수가 없어서 특별히 청성산青城山의 노인의 힘을 빌려서 그것을 막아보려고 했던 것이다. 그러나 한 고조의 참모 장량張良은 상산의 네 노인(商山四皓)들의 힘을 빌려서 세자를 폐하려는 한 고조 유방의 뜻을 꺾을 수 있었지만, 공명은 청성산의 노인의 힘을 빌려서도 동오를 치러 가는 군사들을 막을 수가 없었는데, 이처럼 꾀를 내더라도 그것이 성공하느냐 못 하느냐에는 역시 행幸, 불행不幸이 있는 것이다.

(4). 선주는 평생 동안 그림을 세 번 보았다. 처음에는 공명이 그린 지도 한 폭이었는데, 천하를 삼분三分하는 형세도였다. 이어서 장송張松이 그린 지도 한 폭을 보았는데 서천과 동천에 들어가는 계책을 정해 놓은 것이었다. 마지막으로 이의李意가 그린 그림 한 폭을 보았는데, 백제성白帝城에서 마지막으로 후사後嗣를 부탁할 조짐을 그린 것이었다. 결국 그 한평생이 모두 그림 속의 사람이었던 것이다.

제82회

손권, 위에 항복하여 구석九錫을 받고 선주, 오를 치고 전군에 상을 주다

〖 1 〗 한편 장무章武 원년(서기 221년) 가을 8월, 선주는 대군을 일으켜 기관(夔關: 사천성 봉절현奉節縣 서쪽)으로 가서 어가御駕를 백제성(白帝城: 중경시 봉절현 동쪽)에 주둔시켜 두었다. 선두부대 군사들이 이미 서천 입구를 나갔을 때 근신近臣이 아뢰었다: "동오의 사신 제갈근이 왔습니다."

선주가 명을 전하여 들여보내지 말라고 명했다.

황권이 아뢰었다: "제갈근의 아우(제갈공명)는 곧 우리 촉의 승상이십니다. 반드시 무슨 일이 있어서 왔을 텐데, 폐하께서는 어찌하여 만나주지 않으십니까? 불러들여서 그가 무슨 말을 하는지 들어보시고, 따를 만하면 따르시고, 따를 수 없을 것 같으면 그의 입을 빌려서 손권에게 말을 전하도록 하시면서 우리가 죄를 묻는 데에는 명분이 있음을

알리도록 하십시오."

선주는 그 말을 좇아서 제갈근을 성 안으로 불러들였다.

제갈근은 들어와서 땅에 엎드려 절을 했다. (*전번에 노숙을 예로써 대우하던 것과는 다르다.) 선주가 물었다: "자유(子瑜: 제갈근)는 멀리서 왔는데, 무슨 일 때문이오?"

제갈근曰: "신의 아우가 오랫동안 폐하를 섬겨왔기에, 신은 목숨을 돌보지 아니하고 특별히 형주의 일을 아뢰러 왔습니다. (*먼저 공명을 말한 것은 그가 군사軍師의 낯을 봐서 자기 말을 받아들여 주도록 하기 위해서다.)

전에 관공이 형주에 있을 때 오후께서는 여러 차례 자식들을 혼인시켜 인척관계를 맺자고 청했으나 관공은 듣지 않았습니다. (*이 말은 은연중에 관공을 탓하면서 잘못이 관공에게 있다고 핑계 대는 것이다.) 후에 관공이 양양襄陽을 취하자 조조는 여러 차례 오후吳侯에게 글을 보내서 형주를 습격하도록 했으나, (*또 조조에게 핑계를 대고 있다.) 오후는 원래 그것을 허락하려 하지 않았는데 여몽呂蒙이 관공과 사이가 좋지 않아 제멋대로 군사를 일으킴으로써 마침내 대사를 그르치고 만 것입니다. 지금 오후께서는 후회를 하고 계시지만 돌이킬 수 없는 일이 되고 말았습니다. 이는 곧 여몽의 죄이지 오후의 잘못은 아니옵니다. (*또 여몽에게 핑계를 대고 있다.)

지금 여몽이 이미 죽었으므로 원수도 이미 없어졌으며, 손 부인께서도 줄곧 촉으로 돌아가실 생각을 하고 계십니다. (*관공도 죽었고, 조조도 죽었고, 여몽도 죽었는데, 죄는 모두 죽은 이들 세 사람에게 있다고 한 다음, 살아 있는 사람인 부인을 끌어들여 선주에게 부인의 체면을 봐서 자기 말을 받아들여 달라고 청한다.)

이번에 오후께서는 신을 사자로 보내면서, 부인을 촉으로 돌려보내드리고, 항복해온 장수들을 묶어서 돌려보내고, 아울러 형주도 전처럼 돌려드림으로써 (*부인 한 사람으로는 그를 움직일 수 없을까봐 또 형주를 돌려드리고, 항복해온 장수들을 돌려보냄으로써 배상하겠다고 했다. 항복한 장수는 본래 한漢의 장수인데 "돌려보내겠다(還)"고 말하고 있고, 형주의 경우는, 전에는 동오의 소유인데 현덕에게 빌려준 것이라고 하더니, 이번에는 "돌려드리겠다(還)"고 말하는데, 형주는 본래 한漢의 땅이므로 현덕이 동오로부터 빌린 적이 없었던 것이다.) 두 나라 사이에 길이 동맹을 맺고 같이 조비를 쳐 없앰으로써 나라를 빼앗고 역적질을 한 저들의 죄를 다스리도록 하자고 하셨습니다." (*마지막 구절의 중점은 함께 위魏를 치자는 것에 있다. 전에는 인정人情에 호소하여 그를 움직이려고 했는데, 이번에는 대의大義에 호소하여 그를 움직이려 하고 있다.)

선주가 화를 내며 말했다: "너희 동오는 짐의 아우를 죽였으면서도 오늘 감히 교언巧言으로 나를 설득하려 하느냐?"

제갈근曰: "신은 일의 경중輕重과 대소大小를 헤아려서 폐하와 의논해 보려는 것입니다. 폐하께서는 바로 한漢 황실의 황숙이십니다. 지금 한 황실은 이미 조비曹丕에게 찬탈 당했는데도 이를 토벌하실 생각은 하지 않으시고 도리어 성이 다른 아우님을 위해 만승萬乘의 귀하신 몸을 굽히려 하시는데, 이는 큰 의리(大義)를 버리고 작은 의리(小義)를 취하는 것이옵니다. (*먼저 의義의 크고 작음을 논하고 있다.)

그리고 중원中原은 나라 안(海內)의 땅이며, 장안長安과 낙양洛陽은 모두 대한大漢이 기업基業을 일으켜 세우신 곳인데도 폐하께서는 이를 취하려 하지 않으시고 다만 형주荊州를 가지고 다투려 하시는데, 이는 중대한 것을 버리고 경미한 것을 취하는 것입니다. (*다음으로 이익의 경중輕重을 논하고 있다.)

천하 사람들은 모두 폐하께서 즉위하셨으니 반드시 한 황실을 일으켜 세우시고 산하山河를 회복하실 것으로 알고 있는데, 지금 폐하께서는 역적 조비의 위魏는 불문에 부치시고 반대로 동오를 치려고 하시니,

이는 폐하께서 취하실 바가 아닌 줄로 압니다."

선주가 크게 화를 내며 말했다: "내 아우를 죽인 원수와는 함께 같은 하늘을 이고 살 수 없다! 짐으로 하여금 군사를 물리도록 하려 하지만 내가 죽기 전에는 안 될 일이다! 만약 승상의 얼굴을 봐주지 않았다면 먼저 당신 머리부터 잘랐을 것이다. 지금은 일단 당신을 돌려보내 줄 테니 돌아가서 손권에게 목을 씻고 칼 받을 준비나 하고 있으라고 말을 전하라!"

제갈근은 선주가 말을 듣지 않는 것을 보고 스스로 강남으로 돌아가는 수밖에 없었다.

〖 2 〗 한편 장소는 손권을 보고 말했다: "자유(子瑜: 제갈근)는 촉의 군세가 큰 것을 알고 짐짓 강화講和하러 간다는 핑계를 대고 동오를 배반하고 촉으로 들어가려는 것입니다. 이번에 가면 틀림없이 돌아오지 않을 것입니다." (*이 일단의 논의가 있음으로써 손권의 지인지명知人之明이 더욱 돋보이게 된다.)

손권曰: "나와 자유는 살든 죽든 서로를 저버리지 않기로 맹세하였소. 나는 자유를 저버리지 않을 것이며, 자유 역시 나를 저버리지 않을 것이오. 예전에 자유가 시상柴桑에 있을 때 공명이 동오에 왔었소. 그때 나는 자유로 하여금 공명을 붙들어 두도록 하려고 했소. 그때 자유가 말했소: '제 아우는 이미 현덕을 섬기고 있는데, 군신 간에는 두 마음을 품지 않는 것이 의義입니다. 아우가 이곳에 머물러 있지 않으려는 것은 바로 제가 그리로 가지 않으려는 것과 같은 것입니다' 라고 하였소. (*제44회에서 언급하지 않은 것을 보충하고 있다.) 그 말은 신명神明을 꿰뚫은 말이라 할 수 있소. 그런 그가 어찌 오늘 촉에 항복하려 하겠소? 나와 자유의 사귐은 신교(神交: 신들 간의 사귐)라고 말할 수 있으니, 남들의 그 어떤 말도 우리 사이를 이간시킬 수 없소." (*친구 사이에서도 서로를 믿지 못하는데 군신 간에 서로 믿음이 이와 같으니, 벗이 된 자들은 부끄러워할 만하다.)

한창 이야기하고 있을 때 갑자기 제갈근이 돌아왔다고 알려왔다.

손권曰: "내 말이 어떻소?"

장소는 얼굴 가득히 부끄러운 기색을 하고 물러갔다.

제갈근은 손권을 보고, 선주는 우호관계를 맺으려는 뜻이 없더라고 말했다.

손권이 크게 놀라서 말했다: "그렇다면 강남이 위험하오!"

이때 계단 아래에서 한 사람이 건의했다: "제게 이 위기를 해결할 계책이 하나 있습니다."

보니 중대부中大夫 조자趙咨였다.

손권曰: "덕도(德度: 조자)에게 무슨 좋은 계책이 있는가?"

조자曰: "주공께서 표문을 한 통 작성해 주시면 제가 사자가 되어 위제魏帝 조비曹丕에게 가서 뵙고 이해관계로 설득하여 그로 하여금 한중漢中을 습격하도록 하겠습니다. 그렇게 되면 촉의 군사들은 저절로 위험에 빠질 것입니다."(*선주가 동오와 손잡고 조비를 치려고 하지 않으니, 그 형세는 반드시 이렇게 될 수밖에 없다.)

손권曰: "그 계책이 좋기는 하다. 다만 경이 이번에 가거든 동오의 체통을 잃어서는 안 된다."

조자曰: "만약 조금이라도 실수하는 일이 있으면 강물에 몸을 던져 죽어야지 무슨 낯으로 다시 강남의 인물들을 보겠습니까!"

〖 3 〗 손권은 크게 기뻐하며 곧 자신을 신臣이라 부르는 표문을 써서 조자를 사신으로 보냈다. 조자는 밤낮을 가리지 않고 달려가서 허도에 이르러, 먼저 태위太尉 가후賈詡 등과 대소 관료들을 만나보았다.

다음날 이른 아침, 가후는 조회 석상에서 반열에서 나가 아뢰었다:

"동오에서 중대부 조자를 보내서 표문을 올렸나이다."

조비가 웃으며 말했다: "촉의 군사들을 물리쳐 달라고 보냈을 것이다."

즉시 그를 불러들이도록 했다.

조자는 보전寶殿 앞의 돌계단(丹墀)에 엎드려 절을 했다.

조비는 표문을 다보고 나서 조자에게 물었다: "오후는 어떤 임금인가?"

조자曰: "귀와 눈이 밝고, 어질고 지혜롭고, 뛰어난 재능과 원대한 계략(聰明 · 仁智 · 雄略)이 있는 임금입니다." (*스스로 자기 임금을 칭찬한다.)

조비가 웃으며 말했다: "경의 칭송은 너무 심하지 않은가?"

조자曰: "신의 칭송은 지나친 게 아닙니다. 오후吳侯는 노숙魯肅이 일반 백성으로 있을 때 그를 등용하였으니 이는 그의 귀가 밝기(聰) 때문이며, 여몽呂蒙을 진중陣中에서 발탁했으니 이는 그의 눈이 밝기(明) 때문이며, 우금于禁을 사로잡고도 그를 죽이지 않았으니 이는 그가 어질기(仁) 때문이며, (*이는 자기의 장점으로 남의 단점을 드러낸 것이다. 남에게 사로 잡혔던 사람은 신하가 되기 어렵고, 남에게 사로잡혔던 자를 신하로 삼는 사람은 임금이 되기 어렵다.) 형주를 취하면서는 칼날에 피도 묻히지 않았으니 이는 그가 지혜롭기(智) 때문이며, 삼강三江을 차지하고 천하를 호랑이처럼 노려보고 있으니 이는 그의 뜻이 크기(雄) 때문이며, 폐하에게 몸을 굽히는 것은 그에게 계략(略)이 있기 때문입니다. (*계략(略)이란 권모술수를 말한다. 지금 하고 있는 일로써 '略' 자를 해석하는 점이 매우 묘하다.)

이로써 논한다면, 그가 어찌 귀와 눈이 밝고(聰明), 어질고(仁), 지혜롭고(智), 뜻이 크고(雄) 지략이 있는(略) 임금이 아니겠습니까?"

조비가 또 물었다: "오주吳主는 학문을 좀 아는가?"

조자曰: "오주吳主께서는 장강에 일만 척의 전선을 띄우고, 백만 명의 무장병사를 거느리고, 현명하고 능력 있는 자를 골라서 일을 시키고, 천하를 다스리는 데(經略) 자신의 뜻을 두고 계시는데, 잠시라도 여가가 나면 많은 서책과 사서史書들을 두루 보시되 그 큰 뜻(大旨)만 취하시지 이 책 저 책에서 글귀나 시구를 찾아 그것을 따와서 글이나 짓는 서생書生들은 본받지 않으십니다."(*제왕의 학문은 서생의 그것과는 다르다. 여기저기서 글귀나 시구를 따와서 글이나 짓는 일은 패자라 하더라도 역시 하지 않는다.)

조비曰: "짐은 동오를 치고 싶은데, 그래도 되겠는가?"

조자曰: "대국에 정벌征伐할 군사가 있다면, 소국에는 방비할 계책이 있습니다(大國有征伐之兵, 小國有禦備之策)."(*동오의 체통을 잃지 않는다.)

조비曰: "동오는 위魏를 두려워하는가?"

조자曰: "무장병사가 백만 명이나 있고 장강과 한수가 해지垓字처럼 막고 있는데 두려울 게 뭐 있겠습니까?"

조비曰: "동오에는 그대와 같은 신하가 몇 명이나 있는가?"

조자曰: "특히 뛰어나게 총명한 사람만도 팔구십 명이나 있으며, 신과 같은 무리는 수레(車)로 싣고 말(斗)로 헤아려야 할 정도로 많아서(車載斗量) 그 수를 이루 다 셀 수가 없습니다."

조비가 감탄하며 말했다: " '사방의 나라에 사신으로 가서 군주의 명을 욕되게 하지 않는다(使於四方, 不辱君命)' 라고 했는데,(*〈논어·자로편〉) 그대야말로 그에 해당하는 사람이로군."

이리하여 즉시 조서를 내리면서 태상경太常卿 형정邢貞에게 책봉의 문서를 가지고 가서 손권을 오왕吳王으로 봉하고 구석九錫을 하사하도록 했다. (*전에 조조가 구석九錫을 하사받은 것과는 서로 반대 되면서 또 서로 대비되고 있다.) 조자는 그 은혜에 대해 고맙다고 인사를 하고 성 밖으로 나왔다.

〖 4 〗 대부 유엽劉曄이 간했다: "이번에 손권은 촉병蜀兵의 위세가 두려워서 항복을 청하러 온 것입니다. 신의 소견으로는, 촉과 동오가 서로 싸우는 것은 곧 하늘이 그들을 멸망시키려는 것입니다. 지금 만약 상장군上將軍을 파견하여 수만 명의 군사들을 데리고 장강을 건너가서 동오를 습격하되 촉蜀은 그 밖을 치고 위魏는 그 안을 친다면, 동오는 열흘을 못 넘기고 망할 것이옵니다. 동오가 망하고 나면 촉은 외톨이가 됩니다. 폐하께서는 어찌하여 빨리 도모하지 않으십니까?"(*유엽이 동오를 멸망시키자고 권하는 것은 촉을 도우려는 것이 아니라 바로 촉을 도모하려는 것이다. 이로써 두 나라는 서로 미워해서는 안 된다는 것을 알 수 있다. "입술이 없어지면 이빨이 시리다(脣亡齒寒)"란 말은 바로 이를 두고 한 말이다.)

조비曰: "손권이 이미 예를 갖춰서 짐에게 복종하는데 짐이 만약 그를 친다면, 이는 짐에게 항복하려는 천하 모든 사람들의 마음을 막는 것이다. 차라리 그를 받아들여 주는 것이 옳다."

유엽이 또 말했다: "손권이 비록 큰 재주를 가지고 있다고 하나 이미 망해버린 한漢의 표기장군·남창후南昌侯라는 직위에 있을 뿐인데, 관직이 낮으면 그 세력도 미약하므로 그에겐 여전히 중원을 두려워하는 마음이 있습니다. 그런데 만약 그를 왕王으로 높여 주신다면, 그는 폐하보다 겨우 한 계급(階) 아래일 뿐입니다. 지금 폐하께서 그의 거짓 항복을 믿으시고 그 지위의 호칭(位號)을 높여서 그를 왕으로 봉해주시는 것은 바로 범에게 날개를 달아 주는(與虎添翼) 것과 같습니다."(*이는 일개 서생의 소견일 따름이다. 위魏가 동오를 왕으로 봉해주지 않으면 동오는 어찌 스스로 왕이 될 수 없단 말인가? 위가 제위帝位를 참칭했는데 동오인들 왜 왕위王位를 참칭하지 못한단 말인가?)

조비曰: "그렇지 않다. 짐은 오吳도 돕지 않고 촉蜀도 돕지 않을 것이다. 오와 촉이 서로 싸우는 것을 구경하면서 기다리다가 그 중 하나가 망하고 한 나라만 남게 되면, 그때 가서 그를 없애버린다면 어려울 일이 뭐 있겠느냐? (*유엽은 가라앉으려는 배를 밟으려 하고, 조비는 단단한 자리를 찾고 있다.) 짐의 뜻은 이미 결정되었으니, 경은 다시 말하지 말라."

마침내 태상경 형정邢貞에게 조자와 같이 책봉문서와 구석을 받들고 곧장 동오로 가라고 명했다.

〖 5 〗 한편 손권은 백관들을 모아놓고 촉병蜀兵을 막을 계책을 상의했다. 그때 갑자기 보고해 왔다: "위국 황제께서 주공을 왕으로 봉하셨으니 예禮에 따라 마땅히 멀리 나가서 영접해야 하옵니다."

고옹顧雍이 간했다: "주공께서는 상장군上將軍·구주백九州伯을 자칭하셔야지 위 황제의 작봉을 받아서는 안 됩니다." (*대개 자칭하는 경우에는 비록 '백伯'으로 칭하더라도 영예로운 것이지만 남에 의해 봉작을 받는다면 비록 '왕王'으로 봉해지더라도 역시 욕된 것이다.)

손권曰: "옛날 패공(沛公: 한고조 유방)도 항우項羽가 내려주는 봉작을 받았는데, 그것은 당시의 형편이 그랬기 때문이오. 왜 물리친단 말이오?"

그리고는 백관들을 거느리고 성을 나가서 영접했다.

형정은 자신이 황제의 사신이라고 뽐내며 성문 안에 들어와서도 수레에서 내리지 않았다.

장소가 크게 화를 내며 언성을 높여 말했다: "공경하지 않으면 예禮가 아니고, 엄숙히 하지 않으면 법法이 아니오(禮無不敬, 法無不肅). 그런데도 그대는 감히 스스로 존대(尊大)하는데, 어찌 강남에는 사방 한 치 크기의 칼도 없겠는가?" (*서천의 진복秦宓이 현덕의 막료 간옹簡雍을 야단친 것(*제65회(10)과 흡사하다. 장소도 이때에는 상당히 대담하다.)

형정은 황급히 수레에서 내려 손권과 인사를 나눈 다음 수레를 나란히 하여 성 안으로 들어갔다.

그때 갑자기 수레 뒤에서 한 사람이 방성통곡을 하면서 말했다: "우리가 주공을 위해 목숨을 바쳐가며 분투해서 위와 촉을 병탄하지 못했기 때문에 주공으로 하여금 남의 봉작을 받도록 하였으니, 이 어찌 욕된 일이 아니겠나!"

여러 사람들이 보니 서성徐盛이었다.

형정은 그 말을 듣고 감탄하며 말했다: "강동의 장수와 재상들이 이와 같으니, 이들은 끝내 남의 밑에 오래 있을 자들이 아니구나!"

〖 6 〗 한편 손권은 봉작을 받고, 모든 문무 관료들의 경하 인사를 받았다. 그런 다음 아름다운 옥과 구슬 등을 수습해 가지고 가서 위 황제에게 사은謝恩의 예물로 진상하도록 사람을 보냈다. (*손권이 극히 추하게 변했다.)

바로 그때 첩자가 보고했다: "촉주蜀主가 본국의 대병과 만왕蠻王 사마가沙摩柯의 군사 수만 명과 동계(洞溪: 무릉 오계) 지구의 한漢 나라 장수 두로杜路와 유영劉寧의 두 부대의 군사들까지 이끌고 수륙으로 병진해 오고 있는데, 그 위세가 천지를 뒤흔들고 있습니다. 물길로 오는 군사들은 이미 무협巫峽 입구를 지나왔으며, 육로로 오는 군사들은 이미 자귀(秭歸: 호북성 의창宜昌 서쪽, 삼협댐 서남)에 당도했습니다."

이때 손권은 비록 왕위에 오르기는 했으나 황제가 지원군을 보내주려 하지 않으니 어쩌겠는가, (*황제에게 받은 왕위王位와 구석九錫으로 어찌 촉병을 억누를 수 있겠는가? 가소롭다.) 이에 문무 관원들에게 물었다: "촉병의 세력이 그처럼 크다고 하니 다시 어찌해야 좋겠는가?"

모두들 입을 꾹 다물고 있었다.

손권이 탄식하여 말했다: "주랑(周郞: 주유) 후에는 노숙魯肅이 있었고, 노숙 후에는 여몽呂蒙이 있었는데, 이제 여몽이 죽고 나니 나와 근심걱정을 나눌 사람이 없구나!"(*이는 장수들을 자극하려는 말이다.)

말이 미처 끝나기도 전에 갑자기 반열 가운데서 한 소년 장수가 분연히 나오더니 땅에 엎드려 아뢰었다: "신은 비록 나이는 어리지만 병서兵書를 꽤 읽었습니다. 군사 수만 명을 얻어서 촉병을 깨뜨리고자 합니다."

손권이 보니 손환孫桓이었다. 손환의 자는 숙무叔武라고 하고, 그 아비의 이름은 하河인데, 본래의 성은 유씨兪氏였으나 손책이 그를 사랑해서 손씨孫氏 성을 내려주었기 때문에 그 역시 오왕吳王의 종족이 된 것이다.

손하孫河는 아들 넷을 두었는데 손환은 그 맏이로서 활솜씨와 말 타는 데 능숙하여 오왕이 출정할 때마다 언제나 따라 나가서 여러 차례 비상한 공을 세워 무위도위武衛都尉라는 관직까지 제수除授 받았다. 이때 그의 나이는 25세였다.

손권曰: "네게 저들을 이길 무슨 계책이 있느냐?"

손환曰: "신에게는 대장이 둘 있는데 하나는 이름이 이이李異이고, 또 하나는 사정謝旌입니다. 둘 다 일만 명의 사내들도 당해 내지 못할 정도의 용맹함(萬夫不當之勇)이 있습니다. 신에게 군사 수만 명만 빌려주시면 가서 유비를 사로잡아 오겠습니다."(*불과 두 사람의 용부만 믿는다는 것은 좋은 계책이 되기에 부족하다.)

손권曰: "조카가 비록 영용하다고 하나 아직 나이가 어리니 어쩌겠는가. 반드시 도와줄 사람 하나를 얻어야만 될 것이다."

호위장군虎威將軍 주연朱然이 나서며 말했다: "신이 소년 장군과 같이 가서 유비를 사로잡도록 하겠습니다."

손권은 이를 허락하고 마침내 수륙 군사 5만 명을 점고하여 손환을 좌도독左都督으로, 주연을 우도독右都督으로 삼아 그날 곧바로 군사를 일으키도록 했다. 정탐꾼은 촉병이 이미 의도(宜都: 호북성 의도현)에 이르러 영채를 세우고 있다고 알려왔다. 손환은 2만5천 명의 마군馬軍들을 이끌고 의도의 경계 지경으로 가서 주둔하면서 앞뒤로 나눠 영채 셋을 세워 촉병을 막기로 했다.

〖 7 〗 한편 촉장 오반은 선봉장의 인수를 받고 서천을 나간 이후로 이르는 곳마다 사람들이 소문만 듣고도 모두 항복해 왔기 때문에 칼날에 피도 묻히지 않고 곧바로 의도宜都에 당도했다. 그리고 손환이 그곳에 영채를 세워놓은 것을 알아내서 급히 선주에게 보고했다.

이때 선주는 이미 자귀秭歸에 당도해 있었는데, 이 보고를 듣고 화를 내며 말했다: "이까짓 어린애가 어찌 감히 짐에게 대항하려 하는가?" (*나이 어린 사람들 가운데는 무시해도 좋은 사람도 있고 무시해서는 안 되는 사람도 있다. 여기서 손환을 나이 어리다고 무시한 것은 괜찮았으나 후문에서 육손陸遜을 나이 어리다고 무시해서는 안 되었다.)

관흥이 아뢰었다: "이미 손권이 이 아이를 대장으로 삼았으니, 수고스럽게 폐하께서 대장을 보내실 필요는 없습니다. 신이 가서 그를 사로잡아 오겠습니다."

선주曰: "짐은 마침 너의 장한 기개를 보고 싶었다."

선주는 즉시 관흥에게 앞으로 나아가라고 했다. 관흥이 선주에게 인사를 하고 떠나려고 할 때, 장포가 나오며 말했다: "기왕에 관흥이 적을 치러 나간다면 신도 같이 가고자 합니다."

선주曰: "두 조카가 같이 가는 것은 아주 좋다. 다만 반드시 신중하고 조심해야지 경솔하게 덤벙대서는 안 된다."

두 사람은 선주에게 하직인사를 하고 선봉부대와 합류하여 다 같이 진군해 가서 진세陣勢를 펼쳤다.

〖 8 〗 손환은 촉의 대군이 이르렀다는 말을 듣고 세 영채의 군사들을 전부 일으켰다. 양쪽이 마주보고 진을 친 후 손환이 이이李異와 사정謝旌을 거느리고 나가서 문기 아래 말을 세우고 보니 촉의 진중에서 대장 둘을 에워싸고 나오는데, 둘 다 은 투구에 은 갑옷을 입고 백마를 타고 백기를 들고 있었다. 왼편의 장포는 장팔점강모丈八點鋼矛를 들었고, 오른편의 관흥은 날이 넓은 큰 칼(大砍刀)을 비껴들고 있었다.

장포가 큰소리로 욕을 했다: "손환 이 어린놈아! 네놈은 곧바로 죽을 텐데도 감히 천자의 군사들에게 대적하려 하느냐?"

손환 역시 욕을 했다: "네 아비는 이미 머리 없는 귀신이 되었는데, 이제 네놈까지 와서 죽여 달라고 하다니, 참으로 어리석구나!"

장포는 크게 화를 내며 창을 꼬나들고 곧바로 손환에게 달려들었다. 손환의 등 뒤에 있던 사정이 급히 말을 달려와서 맞이해 싸웠다. 두 장수가 30여 합을 싸웠는데, 사정은 패해서 달아났다. 장포는 이긴 기세를 타고 쫓아갔다. 이이는 사정이 패한 것을 보고 황급히 말에 박차를 가하고 금칠한 도끼를 휘두르며 나가서 맞붙어 싸웠다.

장포는 그와 더불어 20여 합을 싸웠으나 승부를 가르지 못했다. 이때 동오 군중에서 비장裨將 담웅譚雄이 장포가 용맹하여 이이가 이기지 못하는 것을 보고는 몰래 화살 한 대를 쏘아서 장포가 타고 있는 말을 맞추었다. 그 말은 아픈 것을 참고 본진으로 돌아가려고 달렸으나 문기 옆까지 미처 못 와서 땅에 쓰러지면서 바로 뒤집어져 장포를 땅에 내동댕이쳤다.

이이가 급히 앞으로 나아가 도끼를 휘두르며 장포의 머리를 내리찍으려고 하는데 갑자기 한 줄기 붉은 빛이 번쩍! 하면서 이이의 머리가 땅에 떨어졌다.

이 어찌된 일인고 하니, 관흥이 장포의 말이 돌아오는 것을 보고 후원하기 위해 막 나가려고 하는데 갑자기 장포의 말이 쓰러지고, 이이가 그 뒤를 쫓아오는 것이 보였다. 그래서 관흥이 큰 소리로 호통을 치면서 이이를 한 칼에 베어 말 아래로 떨어뜨린 것이다. 장포를 구한 다음 관흥이 이긴 기세를 타고 쳐들어가자 손환은 대패했다. 양군은 각자 징을 쳐서 군사를 거두었다.

〖9〗 다음날, 손환이 또 군사들을 이끌고 왔다. 장포와 관흥이 일제히 나갔다. 관흥이 진 앞에 말을 세우고 혼자서 손환에게 싸움을 걸었다. 손환은 크게 화를 내며 말에 박차를 가하고 칼을 휘두르며 나와서 관흥과 30여 합을 싸웠는데, 기력이 떨어져 크게 패하여 진으로 돌아갔다.

두 소년 장군은 그들을 추격하여 동오의 진영 안으로 쳐들어갔다. 오반도 장남張南과 풍습馮習을 데리고 군사를 휘몰아 쳐들어갔다. 장포가 용맹을 떨치며 앞장서서 동오의 군중으로 쳐들어갔다가 마침 사정을 만나서 그를 한 창에 찔러 죽여 버렸다. 동오의 군사들은 사방으로 흩어져 달아났다.

촉의 장수들은 크게 이기고 군사를 거두었는데, 관흥만 보이지 않았다.

장포는 깜짝 놀라서 말했다: "안국(安國: 관흥)이 잘못되면 나 혼자서 살아있을 수 없다."

말을 마치자 창을 들고 말에 올라 그를 찾아 나섰다. 몇 마장(里) 못 가서 관흥이 왼손에는 칼을 들고 바른손으로는 한 장수를 사로잡아 끼고 오는 것이 보였다.

장포가 물었다: "그자는 누구인가?"

관흥이 웃으며 대답했다: "내가 어지럽게 싸우는 중에 마침 이 원수 놈을 만났기에 사로잡아 가지고 왔소."

장포가 보니 바로 어제 자기에게 몰래 화살을 쏘았던 담웅譚雄이었다. 장포는 크게 기뻐하며 같이 본영으로 돌아와서 담웅의 머리를 베고 피를 받아 죽은 말에게 제사를 지내주었다. 그리고는 표문을 써 보내서 선주에게 승전소식을 알렸다.

손환은 이이와 사정, 담웅 등 허다한 장수와 군사들을 잃어서 힘도 빠지고 형세도 고립되어 더 이상 적을 막아낼 수 없게 되자 즉시 사람을 동오로 보내서 구원을 청했다.

촉의 장수 장남과 풍습이 오반吳班에게 말했다: "지금 동오 군의 세력이 형편없이 약해졌으니 이 틈을 타서 저들의 영채를 습격하는 것이 좋겠습니다."

오반曰: "손환이 비록 많은 장수와 군사들을 잃었지만, 주연朱然의 수군은 지금도 강 위에 진을 치고 있는데 그들은 여태 군사를 한 명도 잃지 않았다. 오늘 만약 우리가 영채를 습격하러 갔다가 혹시 수군이 강기슭으로 올라와서 우리의 귀로歸路를 끊는다면 어찌할 것인가?"

장남曰: "그 일은 아주 쉽습니다. 관흥과 장포 두 장군에게 각기 군사 5천 명씩 이끌고 가서 산골짜기 속에 매복해 있다가, 주연이 구하러 오거든 좌우 양쪽의 군사들이 일제히 뛰쳐나가 협공하게 한다면 틀림없이 이길 수 있습니다."

오반曰: "그렇게 하기보다는 차라리 먼저 소졸小卒들로 하여금 거짓으로 항복해 가서 우리가 영채를 습격하려 한다는 사실을 주연에게 알려주도록 하는 것이 좋겠다. 주연은 불이 일어나는 것을 보면 틀림없이 구원하러 올 테니, 그때 우리 복병들에게 저들을 치도록 한다면 큰 일을 성공시킬 수 있을 것이다."

풍습 등은 크게 기뻐하며 마침내 그 계책대로 하기로 했다.

〖 10 〗 한편 주연은 손환이 싸움에 패하여 장수와 병사들을 많이 잃었다는 말을 듣고 막 구하러 가려고 했는데 그때 갑자기 길에 매복시

켜 놓았던 군사들이 투항하러 온 몇 명의 소졸小卒들을 이끌고 배에 올라왔다.

주연이 그들에게 사정을 물어보자, 소졸들이 말했다: "저희들은 풍습馮習 장군 휘하의 졸병들인데 풍 장군은 상벌賞罰이 분명하지 못하기에 일부러 투항하러 왔습니다. 말씀드릴 군사기밀도 있습니다."

주연曰: "말하겠다는 게 무슨 일이냐?"

소졸曰: "오늘 밤 풍습 장군의 군사들은 빈틈을 타서 손 장군의 영채를 습격하려고 합니다. 불이 오르는 것을 신호 삼기로 약속이 정해져 있습니다."

주연은 그 말을 듣고 나서 즉시 사람을 시켜서 손환에게 이 일을 보고하도록 했다. 이 일을 보고하러 가던 사람은 중간에서 관흥에게 붙잡혀 죽고 말았다. (*주연에게 거짓 보고를 하고, 뜻밖에도 손환에게는 진짜 보고를 하지 못하도록 한 것이다.)

한편 주연은 여러 사람들과 상의하여 군사들을 이끌고 손환을 구원하러 가고자 했다. 부하 장수 최우崔禹가 말했다: "소졸의 말은 깊이 믿을 수 없습니다. 만약 잘못해서 실수라도 있게 되면 수륙 양군이 모조리 결딴나고 맙니다! 장군께서는 오로지 수채만 단단히 지키고 계십시오. 제가 장군 대신에 한 번 가보겠습니다." (*그는 주연 대신에 죽은 것이다.)

주연은 그 말에 따라서 마침내 최우에게 군사 1만 명을 이끌고 가도록 했다.

이날 밤 풍습과 장남, 오반은 군사를 세 방면으로 나누어 곧바로 손환의 영채 안으로 쳐들어가서 사면에다 불을 질렀다. 동오의 군사들은 큰 혼란에 빠져 각자 도망갈 길을 찾아 달아났다.

한편 최우가 한창 가고 있는데 갑자기 불이 일어나는 것을 보고는 급히 군사를 재촉하여 앞으로 나아갔다. 막 산모퉁이를 돌아가자마자 갑자기 산골짜기 안에서 북소리가 크게 울리더니 왼편에서는 관흥이, 오른편에서는 장포가 두 방면으로 협공해 왔다. 최우가 크게 놀라서 막 달아나려고 하는데 그때 마침 장포를 만나서 서로 말을 어울리며 싸우기를 단 한 합에 그만 장포에게 사로잡히고 말았다.

주연은 사태가 위급하다는 보고를 받고 배들을 강 하류로 5,60리 물리었다.

손환은 패한 군사들을 이끌고 도망치면서 부하 장수에게 물었다: "앞으로 가면 어느 성이 견고하고 군량도 넉넉한가?"

부하 장수가 말했다: "여기서 정북으로 가면 이릉성(彝陵城: 호북성 이릉구. 의창시 북쪽)이 있는데, 군사들을 주둔시킬 만합니다."

손환은 패한 군사들을 이끌고 급히 이릉성을 향해 달아났다. 막 성 안으로 들어가자, 오반 등이 추격해 와서 성을 사면으로 에워쌌다.

한편 관흥과 장포 등이 최우를 묶어 가지고 자귀秭歸로 압송해 가자 선주는 크게 기뻐하면서 최우를 베어버리도록 하고 전군에 크게 상을 내렸다. 이로부터 촉군의 위풍威風이 천지를 진동시켜 강남의 모든 장수들로 간담이 서늘해지지 않은 자는 하나도 없었다.

〖 11 〗 한편 손환이 사람을 시켜서 오왕에게 구원을 요청하자, 오왕은 크게 놀라서 즉시 문무 관원들을 모아놓고 상의했다: "지금 손환이 이릉彝陵에서 곤경에 처해 있고 주연도 강 안에서 대패하였다. 촉병의 세력이 대단한데 이를 어찌하면 좋겠는가?"

장소가 아뢰었다: "지금 여러 장수들이 비록 많이 죽었다고는 하나 아직도 10여 명이나 남아 있는데 어찌 유비를 걱정하십니까? 한당韓當을 정식으로 대장(正將)을 삼으시고, 주태周泰를 부장副將으로, 반장潘璋을 선봉으로, 능통凌統을 후미 부대로 삼으시고, 감녕甘寧을 지원군으로 삼으시어 군사 10만 명을 일으켜서 막도록 하십시오."

손권은 그의 주청대로 한 후 즉시 여러 장수들에게 속히 떠나도록 명했다. 이때 감녕은 이질을 앓고 있는 중이었는데도 병든 몸으로 출정했다. (*후문에서 강변에서 죽게 되는 복선이다.)

한편 선주는 무협(巫峽: 삼협의 하나. 중간 부분)의 건평(建平: 사천성 무산현)에서부터 곧장 이릉彝陵 지경까지 7백여 리에 걸쳐 40여 개의 영채를 연달아 세웠다.

그는 관흥과 장포가 여러 차례 큰 공을 세우는 것을 보고 감탄하여 말했다: "전날에 짐을 따르던 여러 장수들이 이제는 전부 늙어서 쓸모없게 되었는데, 다시 두 조카가 이처럼 영웅이 되어 있으니 짐이 어찌 손권을 겁내겠는가!" (*젊은이를 중시하고 늙은이를 경시하면 황충黃忠 같은 사람을 놓치게 되고, 늙은이를 중시하고 젊은이를 경시하면 육손陸遜 같은 사람을 놓치게 된다.)

한창 말하고 있을 때 갑자기 보고해 오기를, 동오의 한당과 주태가 군사를 거느리고 왔다고 했다. 선주가 막 장수를 보내서 적을 맞이하도록 하려는데 근신近臣이 아뢰었다: "노장 황충黃忠이 대여섯 사람들을 이끌고 동오로 투항해 갔사옵니다."

선주가 웃으며 말했다: "황한승(黃漢升: 황충)은 결코 나를 배반할 사람이 아니다. 짐이 늙은이는 쓸모없다고 실언失言을 하자 그는 틀림없이 자신이 늙었다는 말에 승복할 수 없어서 일부러 힘을 떨치면서 적과 싸우러 간 것이다." (*선주가 황충을 신뢰한 것과 손권이 제갈근을 신뢰한 것이 전후로 아주 좋은 대비를 이루고 있다.)

그리고는 즉시 관흥과 장포를 불러 말했다: "황한승이 이번에 가면 틀림없이 실수할 수 있을 테니 조카들은 수고스럽더라도 가서 도와드리도록 하라. 그가 조그마한 공이라도 세우거든 곧바로 돌아가라고 해라. 절대 실수하는 일이 없도록 해야 한다."

두 소년 장군은 선주에게 하직인사를 한 다음 휘하 군사들을 이끌고

황충을 도우러 갔다. 이야말로:

늙은 신하의 평생 뜻은 주군께 충성함이었고 老臣素矢忠君志
소년 장수는 공 세워 나라에 보답하려 하네. 年少能成報國功

황충의 이번 출정이 어찌될지 모르겠거든 다음 회를 읽어보기 바란다.

제 82 회 모종강 서시평序始評

(1). 위왕魏王도 구석九錫을 받았고 오후吳侯 역시 구석을 받았다. 그런데 군자들은 위왕이 받은 것에 대해서는 조조가 신하답지 못한 짓을 했다고 비난하면서 오후가 받은 것에 대해서는 손권이 임금답지 못했다고 비웃는다. 왜인가?

한후(韓侯: 한신)가 스스로 분발하도록 했던 동기는 "닭대가리가 될지언정 소꼬리는 되지 않겠다(寧爲鷄口, 無爲牛後)"는 것이었다. 강동의 땅이 어찌 한신이 차지했던 땅보다 작았겠는가? 게다가 위에 항복하는 것이 동오에 유익하다고 하더라도 역시 하지 말았어야 했는데, 동오에 무익한데도 공연히 위에 무릎을 꿇는 수치를 당했기에 탄식하는 것이다.

(2). 조조가 받은 구석九錫은 조조가 스스로에게 준 것이다. 손권의 구석은 손권이 스스로에게 준 것이 아니라 위魏가 그에게 준 것이다. 자기가 자신에게 준 것과 남이 자신에게 준 것에는 차이가 있다. 조조의 구석은 천자로서도 감히 주지 않을 수 없어서 준 것이지만, 손권의 구석은 위魏가 주고자 하는 것을 손권으로서는 감히 받지 않을 수 없어서 받았던 것이다. 남이 주지 않을 수 없었던 것과 자기가 받지 않을 수 없었던 것에는 차이가 있다. 그리고

한漢의 구석은 받는 것이 영광스러운 일이지만, 위魏의 구석은 받는 것이 수치스러운 일이다. 한漢을 찬탈하여 한의 구석을 받는 것은 자신의 힘이 강하기 때문이지만, 위魏에 항복하여 위의 구석을 받는 것은 자신의 힘이 약하기 때문이다. 그러므로 나는 손권이 위魏의 구석 받은 일을 안타깝게 생각하는 것이다.

(3). 조자趙咨가 조비曹丕에게 대답한 말들 중에 두 마디 말이 가장 절묘하다. 우금于禁을 사로잡고도 죽이지 않은 것을 손권의 인仁이라고 말했는데, 이로써 상대방의 단점을 드러낸 것이다. 그리고 폐하에게 무릎을 꿇는 것은 전략상 그러는 것이라고 말함으로써 상대방의 교만함을 억눌렀던 것이다. 칠군七軍이 몰살당하고 방덕龐德이 죽임을 당한 것은 위魏가 관공에게 욕을 본 일이 아니던가? 만약 동오가 아니었더라면 우금은 살아서 돌아가지 못했을 것이다. 이는 촉이 위魏를 모욕했는데 동오가 위에 큰 은덕을 베풀었다고 말한 것이다. 머리를 땅에 조아리며 칭신稱臣을 하면서도 이는 진정으로 복종하는 것도, 예의상 이렇게 하는 것도, 시무時務를 알기에 이러는 것이라고도 말하지 않고, 다만 전략상 이러는 것이라고 말한 것은 위魏에 항복하는 것은 본심이 아니라 일시적인 임기응변의 계책에 불과하며, 동오는 끝내 위魏의 밑에 있지 않을 것임을 분명히 말한 것이다. 사신으로서 사령詞令의 구사가 이처럼 절묘한 지경에 이르렀으니, 골라서 뽑은 사신이란 이름에 참으로 부끄럽지 않구나.

(4). 형주荊州를 돌려주겠다는 제안도 거부하고, 항복한 장수들을 돌려보내겠다는 제안도 거부한 것은 선주先主가 동오에 대해 너무 심하게 한 것이 아닌가? 손 부인을 돌려보내 주겠다는 제안

역시 거부했는데, 이 또한 선주가 동오에 대해 너무 심하게 한 것이 아닌가? 그러나 만약 원수 사이가 이로부터 곧바로 해소되고, 군사들도 이로부터 곧바로 물러간다면, 그는 유현덕이 될 수가 없다.

지금 사람들은 서로 결의結義를 말할 때 반드시 도원桃園의 결의를 말하는데, 현덕이 현덕으로 된 것은 차라리 형제지간과 벗 사이의 행동에 대한 표준을 세운 사람이 되어 후세에 벗 사이의 맹약을 배반하거나 형제지간의 정을 끊는 자들로 하여금 부끄러움을 느끼도록 할 수 있기 때문이다.

제83회

선주, 효정에서 싸워 원수들을 잡고 육손, 강구를 지키다가 대장이 되다

〖 1 〗 한편 장무章武 2년(서기 222년) 봄 정월에 무위후장군武威後將軍 황충黃忠은 선주를 따라 동오 정벌에 나섰다. 그런데 갑자기 선주가 늙은 장수들은 쓸모가 없다고 하는 말을 듣고 즉시 칼을 들고 말에 올라 수행원 5,6명을 이끌고 곧장 이릉彝陵의 진중陣中으로 갔다. 오반吳班이 장남張南·풍습馮習 등과 함께 그를 맞아들이며 물었다: "노장군께서 여기에는 무슨 일로 오셨습니까?"

황충曰: "나는 장사(長沙: 호남성 장사시長沙市)에서부터 천자를 따르기 시작하여 오늘에 이르기까지 수많은 싸움을 했다. 지금도, 비록 칠순이 넘었으나, 아직도 고기 열 근을 먹고 팔로는 이석궁(二石弓: 활 시위를 당기는 데 쌀 두 섬을 드는 것과 같은 힘이 필요한 강한 활)을 당기며, 또 천리마를 탈 수 있으니 늙었다고 할 수는 없다. 그런데 어제 주상께서 말씀하시기를, 우리들은 늙어서 쓸모가 없다고 하셨다. 그래서 동오와 싸우려고 이리로 왔다. 내가 적장을 벰으로써 과연 내가 늙었는지, 안 늙었는지 보여드리려고 한다." (*황충은 늙었다는 말에 불복하고, 육손은 어리다는 말에 불복한다. 바로 후문과 서로 대비가 되고 있다.)

한창 이야기를 하고 있을 때 갑자기 동오의 선두부대가 이미 당도했으며, 적의 정탐병이 영채 앞까지 왔다고 보고해 왔다. 그 말을 듣자 황충은 분연히 자리에서 일어나 막사 밖으로 나가서 말에 올랐다.

풍습 등이 권했다: "노장군께선 가벼이 나아가지 마십시오!"

황충은 듣지 않고 말을 달려 나아갔다. 오반은 풍습에게 군사를 이끌고 가서 싸움을 도와드리라고 했다.

황충은 오군의 진 앞에 이르러 말을 멈춰 세우고 칼을 비껴들고 혼자서 적의 선봉 반장潘璋에게 싸움을 걸었다. 반장은 부하 장수 사적史蹟을 이끌고 나왔다. 사적은 황충이 연로한 노인임을 깔보고 창을 꼬나들고 싸우러 나왔다. 그러나 미처 3합도 싸우지 못하고 황충의 칼에 베여 말 아래로 떨어져 죽었다.

반장이 크게 화를 내며 관공이 사용하던 청룡도靑龍刀를 휘두르며 (*전번에 손권이 칼을 하사한 이야기와 연결되고, 후에 가서 관흥이 이 칼을 갖게 되는 복필이다.) 황충과 싸우러 나갔다. 서로 어우러져 여러 합을 싸웠으나 승부가 나지 않았다.

황충이 힘을 떨쳐 죽기 살기로 싸우자 반장은 당해 내지 못하겠음을 알고 말머리를 돌려 곧바로 달아났다. 황충은 그 기세를 타고 그를 추격했다. 그가 크게 이기고 돌아오는 길에 (*첫째 날 싸움에서 황충은 늙은 모습을 보이지 않았다.) 관흥과 장포를 만났다.

관흥이 말했다: "저희들은 천자의 명을 받들어 노장군을 도와드리러 왔습니다. 이미 공을 세우셨으니 속히 본영으로 돌아가시지요."

황충은 듣지 않았다.

〖 2 〗 다음날, 반장이 또 와서 싸움을 걸었다. 황충은 분연히 말에 올랐다. 관흥과 장포 두 사람이 싸움을 돕겠다고 했으나 황충은 듣지 않았다. 이번에는 오반이 싸움을 돕겠다고 했으나 황충은 역시 듣지 않고,(*비유하자면, 바둑이나 장기의 고수는 옆에 있는 사람이 도와주면 비록 이기더라도 기뻐하지 않는 것과 같다.) 자기 혼자서 5천 명의 군사들을 이끌고 적을 맞이해 싸우러 나갔다. 서로 몇 합 싸우지도 않았는데 반장은 칼을 끌면서 달아났다.

황충은 말을 달려 그를 추격해 가며 성난 소리로 크게 외쳤다: "적장은 달아나지 마라! 내 이제 관공의 원수를 갚을 것이다!"(*둘째 날 싸움에서도 황충은 늙은 모습을 보이지 않았다.)

그대로 30여 리 추격해 갔을 때 사방에서 함성이 크게 진동하며 복병들이 일제히 뛰쳐나왔는데, 오른편에서는 주태가, 왼편에서는 한당이, 그리고 앞에서는 반장이, 뒤에서는 능통凌統이 황충을 가운데 두고 에워쌌다. 그때 갑자기 광풍이 세차게 불어왔다. 황충이 급히 물러나려고 할 때 산언덕 위에서 마충馬忠이 한 떼의 군사들을 이끌고 나오며 쏜 화살이 황충의 어깻죽지 앞 우묵한 곳을 맞혀서 하마터면 말에서 떨어질 뻔했다. (*화살을 맞고도 뜻밖에 말에서 떨어지지 않은 것 역시 그가 늙지 않았음을 보여주는 것이다.)

동오의 군사들은 황충이 화살에 맞은 것을 보자 일제히 공격해 왔다. 그때 갑자기 뒤에서 함성이 크게 일어나면서 두 방면에서 군사들이 쳐들어와서 동오 군사들을 흩어버리고 황충을 구출했는데, 바로 관흥과 장포였다. 두 소년 장군은 황충을 보호하여 곧장 천자가 계신 진중으로 모시고 갔다.

황충은 연로하여 혈기가 쇠약해진데다 화살 맞은 상처가 크게 터져서 병세가 매우 심각했다.

선주가 어가를 타고 친히 와서 살펴보고 그의 등을 어루만지며 말했

다: "노장군이 이런 상처를 입도록 한 것은 짐의 잘못이오!"

황충曰: "신은 일개 무부武夫에 불과한데 다행히도 폐하를 만나게 되었습니다. 신은 금년에 일흔다섯 살이나 되었으니 충분히 오래 살았습니다. 바라옵건대 폐하께서는 옥체를 잘 보존하시어 중원을 도모하도록 하십시오!"(*강동을 중시하지 않고 중원을 중시한 것은 그가 조운과 견해를 같이 했음을 말한다.)

말을 마치자 그대로 정신을 잃었는데, 이날 밤 어영御營 안에서 숨을 거두었다. 후세 사람이 그의 죽음을 탄식해서 지은 시가 있으니:

노장이라면 황충을 말하는데	老將說黃忠
그는 서천을 취할 때 큰 공 세웠지.	收川立大功
무거운 철편 갑옷 입고	重披金鎖甲
쇠를 받쳐댄 강한 활 두 팔로 당겼지.	雙挽鐵胎弓
그의 담대함에 위魏의 군사들 놀랐고	膽氣驚河北
그의 위엄에 촉의 병사들 기죽었지.	威名鎭蜀中
죽기 직전 그의 머리털 눈처럼 희었지만	臨亡頭似雪
오히려 스스로 영웅의 기개 드러냈지.	猶自顯英雄

〖3〗 선주는 황충의 숨이 끊어진 것을 보고 애통해하기를 마지않으면서 관곽을 갖추어서 성도에 장사지내 주라고 명했다.

선주는 탄식했다: "오호대장五虎大將들 가운데 이미 세 사람이나 죽었구나! 그런데도 짐은 아직 원수를 갚지 못했으니 가슴이 몹시 아프구나!"

그리고는 어림군을 이끌고 곧바로 효정(猇亭: 호북성 의도현宜都縣 지강枝江 서쪽, 장강 북안. 의창시宜昌市 남쪽)으로 가서 모든 장수들을 다 모은 후 군사들을 여덟 방면으로 나누어 수로와 육로로 다 함께 진군하도록 했다. 수로는 황권이 군사들을 거느리도록 하고, 선주 자신은 대군을 거느리고 육로로 진격했다. 때는 장무 2년 2월 중순이었다.

한당과 주태는 선주가 어가를 타고 친히 정벌하러 오고 있다는 말을 듣고 군사들을 이끌고 맞이하러 나갔다. (*과거 손권은 여러 차례 직접 진두에 섰었는데 이때만큼은 감히 얼굴을 나타낼 수가 없었다. 겁을 먹었다고 할 수 있다.)

양편의 군사들이 서로 마주보고 진을 친 후 한당과 주태가 말을 타고 나갔는데 촉군 진영의 문기門旗가 열리면서 선주가 직접 나오는 것이 보였다. 머리 위로는 황색 비단에 금박을 한 일산(黃羅銷金傘蓋)을 받쳐 들고, 좌우에는 군사들이 흰색 소의 꼬리털로 장식한 깃발, 즉 백모白旄와 금칠을 한 도끼(黃鉞)를 들고 있었고, 금색과 은색의 깃발과 부절(旄節)들이 앞뒤를 둘러싸고 있었다.

한당이 큰 소리로 외쳤다: "폐하께서는 이제 촉蜀의 주인이 되셨는데 어찌 직접 가벼이 나오십니까? 혹시 잘못되는 일이 생기게 되면 후회해도 어쩔 수 없습니다!"

선주가 손을 들어 멀리 가리키며 욕을 했다: "너희 동오의 개들이 짐의 수족手足을 다치게 했으니, 맹세코 천지간에 너희와 함께 서지 않을 것이다!"

한당이 여러 장수들을 돌아보며 말했다: "누가 감히 나가서 촉병들을 쳐부수겠느냐?"

부하 장수 하순夏恂이 창을 꼬나들고 말을 달려 나왔다.

선주의 등 뒤에 있던 장포가 장팔사모를 꼬나들고 말을 몰아 큰 소리로 호통치고 나가서 곧바로 하순에게 달려들었다. 하순은 장포의 소리가 마치 천둥소리 같은 것을 보고 속으로 놀라 겁을 먹고는 막 달아나려고 했다. 그때 하순이 장포를 당해내지 못하는 것을 보고 주태의 아우 주평周平이 칼을 휘두르며 말을 달려 나왔다. 관흥이 이를 보고 그를 맞아 싸우려고 칼을 들고 말을 달려 나갔다.

그때 장포가 큰 소리로 호통을 치면서 창으로 하순을 찌르자 그는 말 아래로 거꾸러졌다. 주평이 크게 놀라서 미처 손도 놀리지 못하고 있는데 관흥이 한 칼에 그를 베어 죽여 버렸다.

두 소년 장군은 곧바로 한당과 주태에게 달려들었다. 한당과 주태는 황급히 저희 진중으로 물러갔다.

선주가 이 광경을 보고 감탄하여 말했다: "범 같은 아비에게 개 같은 자식은 없구나(虎父無犬子也)!"(*선주는 도처에서 형제를 생각하고 있다. 또 관공이 동오의 혼인 요청에 대해 "범의 딸과 개의 아들(虎女犬子)"이라 한 말과 멀리서 서로 대응하고 있다.)

선주가 채찍을 들어 적진을 가리키자 촉병들이 일제히 쳐들어갔다. 동오의 군사들은 크게 패했다. 여덟 방면으로 나뉘어 추격해 가는 촉병들의 형세는 마치 샘물이 용솟음치는 것 같았다. 쳐서 죽인 동오 군사들의 시체가 들판을 뒤덮었고 피는 흘러서 강을 이루었다(血流成河).

〖4〗 한편 감녕은 배 안에서 한창 병을 조리하고 있었는데, 촉병들이 대거 쳐들어온다는 말을 듣고 화급히 말에 올랐다. 바로 그때 한 떼의 만족 병사(蠻兵)들과 마주쳤다. 그들은 모두 맨발에 머리를 풀어 헤치고, 손에는 궁노弓弩와 긴 창(長槍), 방패(搪牌)와 도끼(刀斧) 등을 들고 있었는데, 앞장선 대장은 바로 번왕番王 사마가沙摩柯였다. 그의 생김새는, 얼굴은 마치 피를 뿜고 있는 것 같았고, 파란 두 눈은 툭 튀어나왔으며, 손으로는 쇠 마름새 모양의 무기인 철질려골타鐵蒺藜骨朵를 사용했고, 허리에는 활을 두 개나 차고 있어서 그 위풍이 매우 당당했다. (*번왕의 무서운 모습을 묘사하고 있는데 일찌감치 남만 왕 맹획孟獲에 대한 복필이다.)

감녕은 그의 세력이 큰 것을 보고 감히 싸워볼 엄두도 내지 못하고 말머리를 돌려서 달아났다. 그때 사마가가 쏜 화살이 그의 머리에 박혔으나, 그는 머리에 화살이 박힌 채 달아나, (*감녕은 병중이었으면서도 몸에 화살이 박힌 채 달아날 수 있었다. 황충은 늙었으나 늙지 않았고, 감녕은 병중이었으나 병들지 않았다. 두 사람은 비록 죽었으나 죽지 않았다.) 부지구(富池口: 호북성 양신현陽新縣 동쪽, 장강의 서안)까지 가서 큰 나무 아래에 앉아서 죽었다. 그때 나무 위에 있던 수백 마리의 까마귀들이 감녕의 시신 주위를 빙빙 돌았다. 오왕吳王은 그 말을 듣고 애통해하기를 마지않았다. 그는 예를 갖춰서 후히 장사 지내주고 사당을 세워서 제사를 지내주라고 명했다. (*지금도 부지구에는 감녕의 사당이 있어서 오고 가는 객상客商들이 제사를 지내면 신령한 까마귀들이 손님들을 한 마장이나 바래다준다고 한다.) 후세 사람이 그를 감탄하여 지은 시가 있으니:

파군 사람 감흥패는	巴郡甘興霸
장강에서 활동하던 비단 돛배 도적이었지.	長江錦幔舟
자기 알아주는 손권에게 공을 세워 보답했고	酬君重知己
적이 되어 만난 친구에게 보은하였지.	報友化仇讐
경기병 백 명으로 조조 영채 습격하려 할 때엔	劫寨將輕騎
큰 사발로 술 마시며 부하들을 격려했지.	驅兵飮巨甌
죽은 후에는 신령한 까마귀로 현성하여	神鴉能顯聖
천년 동안 그의 사당에 제사 안 끊어졌다네.	香火永千秋

〖5〗 한편 선주는 기세를 몰아 추격해 가서 마침내 효정猇亭을 차지했다. 동오의 군사들은 사방으로 흩어져 도망쳤다. 선주가 군사들을 거두었는데 관흥만 보이지 않았다. 선주는 급히 장포 등에게 사방으로 그를 찾아보라고 명했다.

이 어찌된 일인고 하니, 관흥은 오군의 진 안으로 쳐들어갔다가 마침 원수 반장潘璋을 만나서 말을 급히 달려 그를 추격해 갔다. 반장이 크게 놀라 산골짜기 속으로 달아나 버려서 어디로 갔는지 알 수가 없었다. 관흥은 그가 이 산 속에 있지 어디 갔으랴 하고 생각하고는 왔다 갔다 하면서 계속 찾았으나 결국 보이지 않았다. 그러는 사이 어느덧 날이 저물어 그만 반장의 종적蹤迹도 못 찾고 길까지 잃어버리고 말았다.

그런데 다행히 별빛과 달빛이 있어서 (*이때는 바로 2월 중순에 해당한다.) 계속 좇아가다보니 산간벽지에 이르렀는데, 시간은 이미 이경二更이나 되어 있었다. 그때 한 산장山莊 앞에 당도하여 말에서 내려 문을 두드렸더니 노인 한 분이 나와서 누구냐고 물었다.

관흥이 말했다: "저는 싸움터에 나왔던 장수인데 길을 잃어서 여기까지 왔습니다. 허기를 면하도록 밥 한 그릇만 주셨으면 합니다."

노인이 그를 이끌고 집 안으로 들어갔는데, 관흥이 보니 집안에 등불이 밝혀져 있고, 집 가운데 마루에 관공의 신상神像이 그려져 있었다. 그것을 보고 관흥은 큰 소리로 곡을 하면서 절을 했다.

노인이 물었다: "장군께서는 왜 울면서 절을 하십니까?"

관흥曰: "이분은 제 부친이십니다."

노인은 그 말을 듣고 곧바로 엎드려 절을 했다.

관흥이 물었다: "무슨 연유로 제 부친을 공양하십니까?"

노인이 대답했다: "이곳에서는 모두들 이분을 신으로 모시고 있는데, 생존해 계실 때에도 집집마다 모셨는데 하물며 지금은 신령이 되시지 않았습니까? 이 늙은이는 촉병이 하루 빨리 원수 갚기만을 바라고 있습니다. 지금 장군께서 여기 오셨으니, 이는 이곳 백성들의 복입니다."

이윽고 술과 음식을 내어 대접하고, 말안장을 벗기고 말에게 꼴을 먹였다.

삼경이 지났을 때 갑자기 문밖에 또 한 사람이 와서 문을 두드렸다.

노인이 나가서 물어보니 곧 동오 장수 반장으로, 그 역시 하룻밤 묵어 가려고 찾아온 것이었다. (*좁은 길에서 서로 만나는 것은 천도天道의 교묘함이다(狹路相逢, 天道之巧). 인생만사 흔히 이와 같으니 참으로 두렵지 아니한가?)

반장이 막 초당으로 들어오는데 관흥이 그를 보고 손에 칼을 잡고 큰 소리로 호통을 쳤다: "이 도적놈아, 달아날 생각 마라!"

반장은 몸을 돌려서 곧바로 나가려고 했다. 바로 그때 문밖으로부터 한 사람이 들어왔는데, 그의 얼굴색은 검붉은 대추 같았고, 봉황의 눈(鳳眼)에다 누에 눈썹(蠶眉)을 하고 있었으며, 세 올의 아름다운 수염을 바람에 나부끼면서 녹색 전포에 황금색 갑옷을 입었고, 손으로는 칼을 잡고 있었다. 반장은 그것이 관공의 신령임을 알아보고 크게 외마디 소리를 지르면서 혼비백산했다가 다시 몸을 돌려서 달아나려고 했다. 그러나 일찌감치 관흥이 손을 들어 칼을 내려치자 그의 몸은 두 동강 나서 땅에 떨어졌다. 관흥은 그의 심장을 끄집어내서 피를 받아 관공의 신상神像 앞에 놓고 제사를 지냈다. (*관흥이 그를 죽인 것이 아니라 관공이 그를 죽인 것이다.)

관흥은 부친의 청룡언월도靑龍偃月刀를 되찾은 다음, 반장의 수급을 말의 목에 매달고 노인과 작별인사를 한 후 반장의 말을 타고 본영을 향해 떠나갔다. 노인은 직접 반장의 시신을 밖으로 끌어내서 불살라 버렸다.

〖 6 〗 한편 관흥이 몇 마장(里) 못 갔을 때 문득 사람의 말소리와 말울음 소리가 들리더니 한 떼의 군사들이 당도했다. 앞장선 장수는 바로 반장의 부하 장수 마충馬忠이었다. 마충은 관흥이 자기 주장主將인 반장을 죽여 그 수급을 말의 목에 매달고 또 청룡도까지 빼앗아 가지고 있는 것을 보자 발끈 크게 화를 내면서 말을 달려 관흥에게 덤벼들

었다. 관흥은 마충 역시 부친을 살해한 원수임을 알고 분기탱천하여 청룡도를 번쩍 들어 마충을 향해 내려쳤다. 바로 그 순간 마충의 부하 군사들 3백 명이 힘을 합쳐 위로 올라오며 고함을 지르면서 관흥을 가운데 두고 에워쌌다.

관흥은 자기 혼자뿐이어서 형세가 위태로웠다. 바로 그때 갑자기 서북쪽에서 한 떼의 군사들이 쳐들어왔는데, 바로 장포였다. 마충은 적의 구원병이 이른 것을 보고 황망히 군사를 이끌고 스스로 물러갔다.

관흥과 장포가 함께 그 뒤를 쫓아갔다. 두어 마장밖에 못 쫓아갔을 때 전면에서 미방糜芳과 부사인傅士仁이 군사들을 이끌고 마충을 찾으러 왔다. 양편 군사들은 서로 어우러져 한바탕 혼전을 벌였다.

장포와 관흥은 군사 수가 적었으므로 황망히 군사를 철수하여 효정으로 돌아와서 선주를 뵙고 반장의 수급을 올리고는 이번 일을 자세히 고하였다. 선주는 놀라고 또 기이하게 생각하면서 전군에게 상을 주고 술과 음식을 내려주었다.

〖 7 〗 한편 마충은 돌아가서 한당과 주태를 만나보고, 패잔병들을 거둔 다음 각기 구역을 정하여 지키기로 했다. 군사들 가운데 부상당한 자들의 수는 헤아릴 수 없을 정도로 많았다. 마충은 부사인과 미방을 데리고 강 가운데 있는 작은 섬에 주둔하고 있었다.

그날 밤 삼경에 모든 군사들의 우는 소리가 끊이지 않았다. 미방이 가만히 들어보니 한 패의 군사들이 이렇게 말했다: "우리는 모두 형주荊州의 군사들인데 여몽의 거짓 계략에 걸려들어 우리 주공까지 돌아가시고 말았다. 지금 유황숙께서 어가를 타시고 친정親征을 오셨으므로 동오는 조만간 끝장나고 말 것이다. 원망스러운 것은 미방과 부사인이다. 우리가 이 두 도적놈을 죽여 가지고 촉의 영채로 가서 항복하는 것이 어떻겠나? 그 공로가 적지 않을 것이다."

또 한패의 군사들이 말했다: "하지만 성급하게 행동해서는 안 돼. 틈을 노렸다가 곧바로 손을 쓰도록 해야 돼."

미방은 그 말을 다 듣고 나서 크게 놀라 곧바로 부사인과 상의했다: "군사들의 마음이 변해서 우리 두 사람의 목숨 보전하기가 어렵게 됐소. 지금 촉의 주인께서 한을 품고 있는 자는 마충이오. 우리가 그를 죽인 다음 그 수급을 가지고 가서 촉의 주인께 바치면서 이렇게 말해 보는 것이 어떻겠소? 즉, '우리는 부득이해서 동오에 항복했던 것인데, 이제 천자의 어가가 여기 오신 것을 알고 일부러 죄를 청하러 이렇게 어영御營으로 찾아왔습니다.' 라고 말이오."

부사인曰: "그건 안 되오. 갔다가는 틀림없이 화를 당할 것이오."

미방曰: "촉의 주인께서는 본래 성품이 너그럽고 인자하시며 후덕하신 분이라오. 그리고 지금의 아두阿斗 태자는 내 누이의 아들(外甥)이므로, 만약 국척國戚이라는 정情만 생각해 준다면, 틀림없이 우리를 죽이려 하시지는 않을 거요."(*이 몇 마디의 말이 형제를 생각하는 선주의 정이 얼마나 돈독한 것인지 더욱 잘 보여주고 있다.)

두 사람은 상의를 마치고는 먼저 타고 갈 말을 준비해 두었다.

〖 8 〗 삼경三更 무렵 막사 안으로 들어가서 마충을 찔러 죽이고 수급을 베었다. 두 사람은 수십 기의 군사들을 데리고 곧장 효정으로 찾아갔다. 길에 매복하고 있던 군사들을 만나 투항하러 왔음을 이야기하고, 그들의 인도를 받아 먼저 장남張南과 풍습馮習부터 만나보고 자기들이 찾아온 사정을 자세히 이야기했다.

다음날, 두 사람은 어영御營 안으로 가서 선주를 만나 뵙고 마충의 수급을 바치고 그 앞에서 울면서 사정했다: "신 등은 사실 모반할 마음이 없었는데, 관공께서 이미 돌아가셨다고 말하면서 성문을 열라고 속이는 여몽의 거짓 계략에 걸려들어, 부득이 항복했던 것입니다. 이제 폐하의 어가(聖駕)가 이리 오셨다는 말을 듣고 폐하의 원한을 씻어 드리고자 특별히 이 역적을 죽여 그 수급을 가져왔사오니, 엎드려 비옵건대 폐하께서는 신들의 죄를 용서해 주시옵소서."

선주는 크게 화를 내며 말했다: "짐이 성도를 떠나온 지 이미 오래되었거늘 너희 두 놈은 어찌하여 일찍이 죄를 청하러 오지 않았느냐? 이제 형세가 위태로워지니 찾아와서 교묘한 말로 목숨을 부지해 보려 하는데, 짐이 만약 너희들을 용서해 준다면 죽어 황천에 가서 무슨 낯으로 관공을 만나보겠느냐?" (*구천에 있는 미麋 부인은 더 이상 생각하지 않는다.)

말을 마치자 관흥에게 어영御營 안에 관공의 위패位牌를 모셔놓도록 한 다음, 선주가 직접 마충의 수급을 바치고 앞으로 나아가 제사를 지냈다. 또 관흥에게 미방과 부사인의 옷을 벗겨 영전靈前에 꿇어앉히도록 한 다음, 친히 칼을 잡고 그들의 지체肢體를 갈라서 관공에게 제물로 바쳤다.

그때 갑자기 장포가 막사 안으로 들어오더니 영전 앞에 절을 하고 울면서 말했다: "둘째 아버님의 원수들은 이미 다 잡아 죽였는데, 신의 아비의 원수는 어느 날에야 갚을 수 있겠나이까?"

선주가 말했다: "조카는 근심하지 말라. 짐이 마땅히 강남을 싹 쓸어 동오의 개들을 모조리 죽인 다음 반드시 두 도적놈을 사로잡아 너에게 주어 네가 직접 육젓을 담가서 네 부친에게 제사 지내도록 해줄 것이다."(*범강과 장달이 동오에 있으므로 선주가 동오를 치려는 것은 관공의 원수를 갚는 것일 뿐만 아니라 장비의 원수를 갚으려는 것이기도 하다.)

장포는 울면서 고맙다고 인사하고 물러갔다.

〖 9 〗 이때 선주의 위세가 크게 떨치자 강남 사람들은 모두 간담이 떨어져서 밤낮으로 울부짖었다. 한당과 주태는 크게 놀라서 급히 오왕

에게 아뢰면서, 미방과 부사인이 마충을 죽이고 촉 황제에게 돌아갔다가 그들 역시 촉 황제에게 죽은 일을 자세히 말했다.

손권은 속으로 겁을 먹고 곧바로 문무관원들을 모아놓고 상의했다.

보즐步騭이 아뢰었다: "촉의 주인이 원한을 품고 있는 것은 여몽과 반장, 마충, 미방, 부사인 등입니다. 그런데 지금 이 사람들은 다 죽었고 오직 범강范疆과 장달張達 두 사람만 현재 동오에 있습니다. 이 두 사람을 붙잡아 장비의 수급과 함께 사자를 시켜 돌려보내시고, (*보즐에게 익덕의 혼령이 깃들어서 그가 이 말을 한 것이다.) 형주를 돌려주시고, 부인을 돌려보내면서 화친을 구하는 표문을 올리시되 예전의 정의를 회복하여 함께 위魏를 쳐 없애도록 하자고 청하신다면 촉의 군사들은 스스로 물러갈 것입니다." (*이 말은 제갈근이 이미 선주에게 했었다.)

손권은 그 말을 좇아 곧바로 침향목沈香木으로 만든 상자(匣)에 장비의 머리를 담고, 범강과 장달을 밧줄로 꽁꽁 묶어 죄수 호송 수레인 함거(檻車)에 실었다. 그리고는 정병程秉을 사자로 삼아 국서國書를 가지고 효정으로 가도록 했다.

〖 10 〗 한편 선주가 군사를 출발시켜 앞으로 나아가려고 할 때 갑자기 근신近臣이 아뢰었다: "동오에서 사자를 보내어 장 거기장군(張車騎將軍: 장비)의 수급과 범강, 장달 두 도적을 함거에 가둬서 보내왔습니다."

선주는 기뻐서 두 손을 이마에 갖다 대며 말했다: "이는 하늘이 보내주신 것이고, 또한 셋째 아우의 혼령이 보내준 것이다."

즉시 장포에게 장비의 위패를 모셔 놓도록 했다. 선주는 장비의 수급이 나무상자 속에서 생시와 조금도 달라지지 않은 얼굴을 하고 있는 것을 보고는 (*조조가 나무 상자 속에 들어있는 관공을 본 것과 서로 대對가 된다.) 방성통곡을 했다.

장포는 직접 날카로운 칼을 잡고 범강과 장달을 수없이 토막 내서 능지처참陵遲處斬을 한 다음 부친의 영전에 제사를 지냈다.

제사를 마친 뒤에도 선주는 노기가 풀리지 않아 기어코 동오를 멸해 버리려고 했다.

마량이 아뢰었다: "원수들을 모조리 죽였으니 두 분 장군의 원한도 다 풀어졌을 것입니다. 동오의 대부大夫 정병이 이곳에 와 있는데, 형주를 돌려주고 부인을 돌려보내주어 영구히 동맹을 맺고 같이 위魏를 멸하도록 하자면서 엎드려 폐하의 뜻(聖旨)을 기다리고 있습니다."

선주는 화를 내며 말했다: "짐이 이를 갈고 있는 원수는 손권이다. 지금 만약 그와 화친을 맺는다면 이는 예전에 두 아우와 했던 맹세를 저버리는 것이 된다. 이제 먼저 동오부터 멸망시키고 나서 그 다음에 위魏를 멸할 것이다." (*바람이 불면 곧바로 몸을 돌려야 하는데, 그렇게 하지 않으려는 것은 시무時務를 알지 못하기 때문이다.)

그리고는 곧바로 찾아온 사자를 베어서 동오와의 정의情誼를 끊어버리려고 했다. 여러 관원들이 극력 말려서야 비로소 그만 두었다.

정병은 머리를 감싸 쥐고 허둥지둥 도망쳐서 오주吳主에게 돌아가 보고했다: "촉은 강화하려 하지 않고 맹세코 동오부터 먼저 멸한 후에 위魏를 칠 것이라고 했습니다. 여러 신하들이 극력 간하는데도 듣지 않으니 이를 어찌해야 합니까?"

손권은 크게 놀라서 어찌해야 할 줄 몰랐다.

〖 11 〗 그때 감택이 반열班列에서 나와 아뢰었다: "지금 하늘을 떠받칠만한 기둥(擎天之柱)이 있는데 어찌하여 쓰지 않으십니까?" (*단지 선주가 사물의 기미를 볼 줄 몰랐기 때문에 이 사람을 무대 위로 등장시키게 된다.)

손권은 급히 그게 누구냐고 물었다.

감택曰: "전에 동오의 큰일들은 전부 주랑(周郞: 주유)에게 맡겨서 처리하도록 하셨으며, 후에는 노자경(魯子敬: 노숙)이 그를 대신하였고, 자경이 죽은 후에는 여자명(呂子明: 여몽)이 결단하도록 했습니다. 지금은, 비록 자명은 죽고 없지만, 육백언(陸伯言: 육손)이 현재 형주에 있습니다.

이 사람은, 이름은 비록 유생儒生이지만 실상은 크고 뛰어난 재능과 원대한 지략(雄才大略)이 있어서, (*유생은 참으로 얕보아서는 안 된다.) 신이 생각하기에는, 주랑보다 못하지 않사옵니다. (*지금 시점에서 논하자면 주랑보다 뛰어나다.) 전에 관공을 쳐부순 것도 그 계책은 모두 백언에게서 나온 것입니다. (*제75회의 일을 보충 설명하고 있다.)

주상께서 만약 그를 쓰신다면 반드시 촉병을 쳐부수고 말 것입니다. 만약 혹시 그가 실패하게 된다면, 신도 천거한 책임을 지고 그와 함께 같이 죄를 받겠습니다."

손권이 말했다: "덕윤(德潤: 감택)의 말이 아니었으면 내가 자칫 대사를 그르칠 뻔했다."

장소가 말했다: "육손陸遜은 일개 서생에 불과하여 유비의 적수가 못 됩니다. 쓰셔서는 아니 되옵니다." (*장소는 제갈근도 알아보지 못했는데 어찌 육손을 알아볼 수 있겠는가?)

고옹 역시 말했다: "육손은 나이도 어리고 인망人望도 가벼워서 여러 장수들이 복종하지 않을까봐 염려됩니다. 만약 복종하지 않는다면 화란禍亂이 일어나서 반드시 국가 대사를 그르치게 될 것입니다." (*장소는 그가 서생이라는 이유로 무시했고, 고옹은 그가 나이 어리다고 무시한다.)

보즐 역시 말했다: "육손의 재능은 겨우 한 군郡이나 맡아서 다스릴 수 있을 뿐, 그에게 대사를 맡기는 것은 적절치 못하옵니다." (*고옹은 그의 인망 없음을 싫어했고, 보즐 또한 그의 재주 적음을 싫어한다. 사람은

본래 알기 어려운 존재인데, 남을 알기란 역시 쉽지 않은 일이다.)

감택이 큰 소리로 말했다: "만약 육백언을 등용해 쓰지 않는다면 동오는 끝장나고 맙니다! 신은 그를 천거하면서 신의 가족 전체의 목숨을 걸고 보증을 서겠나이다."

손권曰: "나 역시 전부터 육백언이 기재奇才임을 잘 알고 있소. 나의 뜻은 이미 결정되었으니 경들은 더 이상 말하지 마시오."(*전에는 방통龐統을 등용해 쓰라는 노숙의 말도 들어주지 않더니, 지금은 육손을 등용해 쓰라는 감택의 말을 들어주고 있다. '전에는 틀렸으나 지금은 옳다(昔非今是)' 라고 말할 수 있다.)

〖 12 〗 이리하여 육손을 불러오라고 명했다.

육손의 본명은 육의陸議였는데, 후에 이름을 손遜으로 바꾸고, 자를 백언伯言이라고 했다. 오군吳郡 오현吳縣 사람으로, 한漢의 낙양성 성문교위城門校尉를 지낸 육우陸紆의 손자이고, 구강도위九江都尉를 지낸 육준陸駿의 아들이다. 그는 키가 8척이나 되고 얼굴은 아름다운 옥玉과 같았는데, 당시 그의 관작은 진서장군鎭西將軍을 겸하고 있었다.

당장 육손이 부름을 받고 와서 인사를 하고 나자 손권이 말했다: "지금 촉병이 우리 지경 가까이 와 있다. 그래서 과인이 특별히 경에게 군사들을 총독總督하여 유비군을 쳐부수도록 하려는 것이다."

육손曰: "강동의 문무 대신들은 모두 대왕의 오래된 신하들입니다. 신은 나이도 어리고 재주도 없는데 어찌 그들을 통제할 수 있겠습니까?"(*육손이 일부러 난색을 표한 것은 단을 쌓고 지휘 검을 내려주기를 요구하는 뜻이 있다.)

손권曰: "감덕윤(德潤: 감택)이 경을 천거하면서 자신의 전 가족의 목숨을 걸고 보증 섰고, 나 역시 전부터 경의 재주를 잘 알고 있는 바이다. 이제 경을 대도독大都督에 제수할 것이니 경은 사양하지 말라."

육손曰: "만약 문무 대신들이 복종하지 않으면 어찌 합니까?"

손권은 차고 있던 검을 그에게 주면서 말했다: "만약 경의 호령을 듣지 않는 자가 있거든 먼저 그 목부터 베고 난 후에 보고하라."(*전에 주유에게 검을 내려준 것과 흡사하다.)

육손曰: "무거운 부탁을 받았사온데 신이 어찌 감히 명령을 받들지 않겠습니까. 다만 대왕께서 내일 여러 관원들을 모아놓은 후 그 자리에서 신에게 내려주시기 바라나이다."(*많은 사람들을 압도하여 복종하도록 하려는 의도에서 많은 사람들이 보는 앞에서 받기를 요구한 것이다.)

감택曰: "옛날에 대장을 임명할 때에는 반드시 단壇을 쌓아 문무관원들을 모아 놓고 털이 흰 소의 꼬리를 단 깃발, 즉 백모(白旄)와 황금으로 도금한 큰 도끼, 즉 황월(黃鉞), 그리고 인수印綬와 병부兵符를 내려주었습니다. 이렇게 한 후에야 비로소 위엄이 서고 명령이 엄숙해집니다. 대왕께서는 마땅히 이런 의례儀禮를 좇으시어 날을 택해 단을 쌓은 다음 백언을 대도독으로 삼으시고 부절符節과 대장을 상징하는 큰 도끼를 내리십시오. 그렇게 하신다면 모든 사람들은 자연히 복종하게 될 것입니다."(*옛날 소하蕭何가 한신韓信을 대장군으로 천거할 때의 이야기와 같다.)

손권은 그의 말을 좇아서 사람들에게 밤낮 없이 단을 쌓아 완비完備하도록 한 후, 문무백관들을 전부 모아놓고 육손에게 단에 오르도록 청하여 그를 대도독大都督 · 우호군右護軍진서장군鎭西將軍으로 삼고, 벼슬을 높여서 누후婁侯에 봉하고, 보검과 인수를 내려주어 6개 군郡과 81개 주州 및 형주의 여러 방면의 군사들을 총독하도록 했다.

오왕은 그에게 당부했다: "도성 안의 일은 과인이 맡아 처리할 테니 도성 밖의 일은 장군이 처리하도록 하라(閫以內, 孤主之; 閫以外, 將軍制之)."

육손은 명을 받고 단에서 내려와 서성徐盛과 정봉丁奉을 호위로 삼아

바로 그날 출발했는데, 한편으로 여러 방면으로 군사들을 배치하여 수로와 육로로 나란히 나아가도록 했다.

〖 13 〗 문서가 효정에 당도하자 한당과 주태는 크게 놀라서 말했다: "주상께서는 어찌하여 일개 서생에게 전군을 총지휘하도록 하시는가?"(*한당과 주태는 손권의 부친인 손견의 옛 장수들로, 주유조차도 그의 후배였는데, 하물며 육손이야 말할 나위가 있겠는가?)

육손이 현지에 당도하였으나 모두들 복종하지 않았다. (*옛날 한신韓信이 대장으로 임명되자 일군이 다 놀랐다. 지금 많은 사람들이 육손을 무시하는 것과 흡사했다.)

육손이 막사 안으로 들어가서 군사 문제를 의논하려 하자 모든 사람들이 마지못해 들어와서 축하인사를 했다.

육손이 말했다: "주상께서는 나에게 대장이 되어 군사를 총지휘하여 촉蜀을 쳐부수라고 하셨소. 군에는 언제나 지켜야 할 법(常法)이 있으니 공들은 각자 이를 준수해야 하오. 이를 어기는 자는 국법으로 다스릴 것인바, 국법은 사정私情을 봐주지 않으니 후회하는 일이 없도록 하시오."

모두 다 입을 꾹 다물고 아무 말이 없었다.

주태가 말했다: "지금 안동장군安東將軍 손환孫桓은 주상의 조카인데, 현재 이릉성彝陵城 안에 포위되어 있소이다. 성 안에는 군량도 마초도 없고, 밖에는 구원병도 없소이다. 도독께선 속히 좋은 계책을 강구하여 손환을 구해 내서 주상의 마음을 편안케 해주시오."

육손曰: "나는 전부터 안동장군 손환은 군사들의 인심을 깊이 얻고 있어서 틀림없이 성을 굳게 지켜낼 수 있을 것으로 알고 있으므로 그를 구하려고 애쓸 필요는 없소. 우리가 촉을 깨뜨리고 나면 그가 스스로 성에서 나올 것이오."

모두들 속으로 비웃으며 물러갔다.

한당이 주태에게 말했다: "이런 어린애를 대장으로 임명하다니, 동오는 이제 끝났다! 자네도 그가 하는 말을 들었지?"

주태曰: "내가 잠시 시험 삼아 한 마디 해봤던 것인데, 일찌감치 세워놓은 계책이 하나도 없으니, 어찌 촉을 깨뜨릴 수 있겠는가!"(*전에 주랑에게 불복한 것은 정보程普 한 사람뿐이었는데, 지금 육손에게 불복하는 것은 한당과 주태 두 사람이다.)

〖 14 〗 다음날, 육손은 명령을 내려 모든 장수들에게 각처의 관문과 요충지들을 굳게 지키고만 있도록 하고 적을 얕잡아보지 말라고 지시했다. 모든 장수들은 그의 비겁함을 비웃으며 굳게 지키고 있으려 하지 않았다.

다음날, 육손은 막사 안에 들어가서 모든 장수들을 불러놓고 말했다: "나는 왕명을 받들어 모든 군사들을 총지휘하고 있소. 어제 이미 여러 번 되풀이하여 여러분들에게 각처를 굳게 지키고 있으라고 명했음에도 모두들 내 명령을 따르지 않고 있는데, 그 이유가 무엇이오?"(*이때 육손이 장수들을 지휘하는 일 역시 크게 어려운 일이었다.)

한당이 말했다: "나는 손 장군(손권의 부친 손견)을 따라서 강남을 평정한 이래 지금까지 수백 번이나 싸웠소. 나머지 여러 장수들도, 혹은 토역장군(討逆將軍: 손권의 형 손책)을 따라, 혹은 지금의 대왕을 따라 모두들 무장을 하고 생사를 넘나들며 싸웠던 사람들이오.

지금 주상께서 공을 대도독으로 삼아 촉병을 물리치라고 하셨으니, 마땅히 빨리 계책을 정하고 군사들을 움직여서 각각 나뉘어 진군해 가서 대사를 도모하도록 해야 할 것이오. 그런데도 공은 다만 굳게 지키고 있고 싸우지는 말라고 하는데, 어찌하여 하늘이 도적들을 죽여주기를 기다리려고 하시오? 우리는 결코 살기를 탐내고 죽기를 겁내는 사람들이 아닌데, 공은 어찌하여 우리들의 사기를 떨어뜨리려고 하시오?"

그러자 휘하의 여러 장수들도 모두 그의 말에 호응하여 말했다: "한 장군의 말씀이 옳소이다. 우리는 진심으로 죽기를 각오하고 싸우기 원하오."

육손은 다 듣고 나서 검을 뽑아 손에 들고 언성을 높여 말했다: "내 비록 일개 서생에 불과하나 이번에 주상께서 나에게 중임을 맡겨주신 것은 나에게 작으나마 취할 점이 있고, 모욕을 참으면서 무거운 짐을 질 수 있다고 생각하셨기 때문이다. (* '모욕을 참으면서 무거운 짐을 진다(忍辱負重)'. 종래 큰일을 이뤄낸 사람으로 이 과정을 거치지 않은 사람은 없다.)

여러분은 다만 각자 요충지들을 지키고 요해처(險要)들을 굳게 막고 있도록 하고, 경거망동 하는 것은 용납하지 않겠다. 나의 명령을 어기는 자는 모두 목을 벨 것이다!" (*이것이 〈손자병법 · 구지편(九地篇)〉에서 말한 "처음에는 처녀 같아서 적이 그 문을 열어주었으나, 후에는 달아나는 토끼 같아서 적이 막아낼 수가 없다(始如處女, 敵人開戶, 後如脫兎, 敵不及拒)"라는 것이다.)

여러 장수들은 모두 분을 참느라 씩씩거리며 물러갔다.

〚 15 〛 한편 선주는 효정에서부터 서천 어귀에 이르기까지 7백 리에 걸쳐 앞뒤로 40개의 영채를 연이어 세워서 군사들을 벌려 세워 놓았다. 그리하여 낮에는 기치들이 해를 가렸고 밤에는 불빛으로 하늘이 훤했다. (*조조가 적벽에서 보인 것과 같은 형세였다.)

그때 갑자기 첩자가 보고했다: "동오에서는 육손을 대도독으로 삼아 군사들을 총지휘하도록 했습니다. 육손은 모든 장수들에게 각자 요해처를 지키고 싸우러 나가지 말라고 했답니다."

선주가 물었다: "육손은 어떤 자인가?"

마량이 아뢰었다: "육손은 비록 동오의 일개 서생에 지나지 않지만 나이는 어려도 재주가 많고 지모와 책략이 깊어서 전에 형주를 습격한 것도 전부 이 사람의 간교한 꾀에서 나온 것입니다."

선주는 크게 화를 내며 말했다: "어린자식이 간교한 꾀로 짐의 둘째 아우를 죽였으니 이번에는 반드시 사로잡고 말 것이다!"

그리고는 곧바로 진군하라는 명을 내렸다.

마량이 간했다: "육손의 재주가 주랑보다 못하지 않으므로 적을 얕보아서는 안 됩니다."(*마량과 감택은 그 소견이 서로 같다.)

선주曰: "짐은 싸움터에서 늙었는데 어찌 입에서 젖비린내 나는 갓난애보다 못하겠느냐!"(*선주와 장소·주태 등의 소견이 서로 비슷하다.)

마침내 친히 선두부대를 거느리고 각처의 관문과 요해처를 공격하러 갔다.

한당은 선주의 군사들이 오는 것을 보고 사람을 보내서 육손에게 알렸다. 육손은 한당이 경거망동 할까봐 염려되어 직접 살펴보려고 급히 말을 달려갔는데, 마침 한당이 산 위에 말을 세워놓고 있는 것이 보였다. 멀리 바라보니 촉병들이 산과 들을 가득 뒤덮으며 오고 있었는데 군사들 속에 누런 비단 일산이 은은히 보였다.

한당은 육손을 맞이하여 그와 말머리를 나란히 하고 촉병들을 살펴보다가 손으로 가리키며 말했다: "저 속에는 틀림없이 유비가 있을 것이오. 내가 가서 그를 치고 싶소."

육손曰: "유비는 군사를 일으켜 동으로 쳐내려온 후로 십여 차례 싸움에서 연달아 이겨서 지금은 한창 사기가 왕성하오. 지금은 다만 높은 곳에 올라가서 요해처를 지키고만 있고 경솔하게 나가서는 안 되오. 나가면 불리하오. 다만 장수와 군사들을 격려하여 방어대책을 널리 펴고 적의 형세가 변하는 것을 살펴보아야 하오. 지금 저들은 평원과 광야 사이를 마구 달리면서 득의만만해 하고 있지만, 우리가 굳게 지키고만 있고 싸우러 나가지 않으면 저들은 싸우려고 해도 싸울 수가 없소. 그렇게 되면 틀림없이 삼림 속으로 옮겨서 주둔할 것이오. 우리는 그때 가서 기습을 해서 저들을 이길 것이오."

한당은 입으로는 비록 그의 말에 동의했으나 속으로는 승복하지 않았다.

〖 16 〗 선주는 선두부대로 하여금 싸움을 걸면서 온갖 욕설들을 다 퍼붓도록 했다. 그러나 육손은 전부 귀를 틀어막고 듣지 말라고 지시하고, 맞이해 싸우러 나가는 것을 허락하지 않았다. 그리고 친히 여러 관문들과 요해처들을 두루 돌아다니면서 장수와 군사들을 위로하고 모두들 굳게 지키고만 있으라고 지시했다. (*확실히 모욕을 참으면서 무거운 짐을 질 수 있는 사람이다.)

선주는 동오의 군사들이 싸우러 나오지 않는 것을 보고 마음이 초조해졌다.

마량이 말했다: "육손은 지모와 계략이 뛰어납니다. 지금 폐하께서는 멀리에서 와서 공격하고 계시는데, 봄부터 시작하여 여름이 지나도록 저들은 싸우러 나오지도 않고 우리 군에 무슨 변화가 생기기만을 기다리려고 합니다. 폐하께서는 이 점을 잘 살피시기를 바라옵니다." (*마량의 지모도 육손보다 못하지 않다.)

선주曰: "저들에게 무슨 꾀가 있단 말이냐? 단지 겁을 먹고 있을 뿐이다! 이전에 여러 번 패했는데 지금 어떻게 감히 다시 싸우러 나오겠는가!"

선봉 풍습馮習이 아뢰었다: "지금 날씨가 너무 더워서 군사들은 마치 시뻘건 불 속에 주둔하고 있는 것과 같은데, 물을 길어다 쓰기도 몹시 불편합니다."

선주는 곧바로 각 영채에 명을 내려서 전부 산림이 무성한 곳의 시냇가 근방으로 옮겨서 여름을 보내고, 가을이 되기를 기다렸다가 일제히 진군하도록 했다. 풍습은 선주의 뜻을 받들어 모든 영채들을 다 수목이 울창한 곳으로 옮겼다.

마량이 아뢰었다: "만약 우리 군사들이 움직일 때 동오의 군사들이 갑자기 쳐들어오면 어찌 하시렵니까?"(*영채를 옮겨서는 안 된다고 말하지 않고 영채 옮기기가 곤란한 점만 말하는데, 오히려 한 수 느린 것이다.)

선주曰: "짐은 오반吳班에게 약한 병사들 1만여 명을 이끌고 가서 동오의 영채 가까운 평지에 주둔해 있으라고 했다. 그리고 짐도 직접 정예병 8천 명을 뽑아서 산골짜기 속에 매복해 있도록 해놓았다. 만약 육손이 짐이 영채를 옮기는 것을 알게 되면 틀림없이 그 틈을 타서 쳐들어올 것인데, 오반에게 짐짓 패한 체하고 달아나도록 지시해 놓았다. 만약 육손이 그의 뒤를 쫓아오면, 짐이 매복해 두었던 군사들을 이끌고 뛰쳐나가서 저들의 돌아갈 길을 끊어버릴 것이다. 그렇게 한다면 저 어린애를 사로잡을 수 있을 것이다."(*만약 상대가 육손만 아니라면, 이 계책 역시 절묘하지 않은 것은 아니다.)

문무 여러 신하들은 모두 칭찬했다: "폐하의 신기묘산神機妙算은 신들로서는 도저히 미칠 수가 없사옵니다."

〖 17 〗 마량이 말했다: "근자에 들으니 제갈승상께서는 위魏의 군사들이 침입해 올 것에 대비하여 동천東川에서 각처의 요충지들을 점검하고 있다고 하옵니다. 폐하께서는 어찌하여 각 영채가 옮겨갈 곳의 지형들을 도본圖本으로 그려서 승상께 보내어 그 가부可否를 물어보지 않으시옵니까?"

선주曰: "짐 역시 병법을 꽤 알고 있는데 또 승상에게 물어볼 필요가 어디 있느냐?"

마량曰: "옛사람이 말하기를: '여러 사람의 말을 들으면 시비가 분명해지지만, 한 쪽 말만 들으면 가려져서 분명하지 못하다(兼聽則明, 偏聽則蔽)' 고 하였나이다. (출처: 〈자치통감·당태종唐太宗 정관貞觀 2년〉.) 폐하께서는 부디 이를 살피시옵소서."

선주曰: "경이 직접 각 영채로 가서 사면팔방으로 향하는 도로와 방위 및 거리를 표시한 지도(四至八道圖本)를 그려 가지고 직접 동천으로 가서 승상에게 물어보도록 하라. 만약 곤란한 점이 있다고 하거든 급히 와서 알리도록 하라."

마량은 명을 받고 갔다.

이리하여 선주는 군사들을 수목이 우거진 그늘 밑으로 옮겨 더위를 피하도록 했다.

일찌감치 첩자가 이 사실을 한당과 주태에게 알렸다. 두 사람은 이 소식을 듣고 크게 기뻐하며 육손을 찾아가 말했다: "현재 촉병들은 40여 곳의 영채들을 전부 산림이 우거진 곳으로 옮겨 시냇가 근방에 세워놓고 물가에서 시원하게 지내고 있다고 합니다. 도독은 이 빈 틈을 타서 적을 치도록 하시지요." 이야말로:

촉의 주인 꾀가 있어 매복병을 두었으니	蜀主有謀能設伏
동오 군사 용맹해도 반드시 사로잡히리	吳兵好勇定遭擒

육손이 그 말을 들어줄지 어떨지 모르겠거든 다음 회를 읽어보기 바란다.

제 83 회 모종강 서시평序始評

(1). 서생書生으로서 대장大將의 재능이 있을 때 그를 서생으로 봐서는 안 된다. 서생이면서 대장의 재능이 있을 때에만 바로 그의 서생이란 점을 취하는 것이다. 선진先軫은 진晉의 명장名將이었으나

예악을 좋아하고 시서詩書에 힘썼던 일개 서생이기도 했다. 장순張巡은 당唐의 명장이었으나 책을 읽을 때 눈이 한 번 지나가면 잊어버리는 일이 없었던 일개 서생이기도 했다. 악비岳飛는 송宋의 명장이었으나 노래도 잘하고 투호 놀이도 좋아했던 일개 서생이기도 했다.

기이한 것은, 지금 사람들은 서생이라고 하면서 서로 비방하고 헐뜯고, 그 사람의 글을 읽어보고도 써주지도 않으면서 문득 서생의 기질이 있다고 비웃는다. 시험 삼아 육손陸遜이 서생이란 점을 살펴보라. 어찌 서생을 우습게볼 수 있겠는가!

(2). 예부터 모욕을 참고 견딜 줄 모르면서 무거운 짐, 즉 중책重責을 담당할 수 있었던 자는 없다. 한신韓信이 만약 건달들의 사타구니 아래를 기어가는 수모를 견딜 줄 몰랐더라면 한漢을 세운 위대한 장수가 될 수 없었을 것이며, 장량張良이 이교圯橋에서 황석공黃石公이 다리 밑으로 떨어뜨리는 신발을 세 번이나 주워 바치지 않았더라면 한韓의 원수를 갚을 수 없었을 것이다.

또한 중책을 담당할 능력이 없으면서도 욕됨을 참고 견딜 수 있었던 자도 없었다. 오자서伍子胥는 초楚나라를 깨뜨릴 계책을 품고 있었기에 단양丹陽에서 걸식을 할 수 있었으며, 월越의 범려范蠡는 오吳나라를 멸망시킬 계략을 품고 있었기에 기꺼이 석굴(石竇)에서 굴욕을 참을 수 있었던 것이다.

고금을 통하여 큰 뜻을 품은 사람은 일생의 역량을 "중책을 담당한다(負重)"는 두 마디 말에 두었으며, 일생 동안의 학문을 "욕됨을 견딘다(忍辱)"는 두 마디 말에 두었던 것이다. 〈노자老子〉 한 권을 숙독하는 것은 곧 〈음부경(陰符經: 병법서)〉 한 권을 읽는 것과 맞먹는다.

(3). 노인을 아끼면서 젊은이를 아끼지 않는다면 인재를 쓸 수 없다. 젊은이를 아끼면서 노인을 아끼지 않는다면 역시 인재를 쓸 수 없다. 공명이 황충黃忠을 쓴 것은 그가 노인이기 때문에 쓴 것이 아니다. 감택이 육손陸遜을 천거한 것은 그가 젊은이이기 때문에 천거한 것이 아니다. 사람으로서 재능이 있다면 늙어도 쓸 수 있고 젊어도 쓸 수 있는 것이며, 사람으로서 재능이 없다면 늙어도 쓸 수 없고 젊어도 쓸 수 없는 것이다. 다만 그 재능이 있느냐 없느냐만 가지고 논해야지 그가 젊은가 늙었는가를 가지고 논해서는 안 된다.

(4). 주유가 적벽에서 싸울 때는 방통龐統도 함께 참여해서 힘을 보탰으며, 여몽이 형주를 습격할 때는 육손도 함께 참여하여 힘을 보탰나. 그런데 손권은 노숙이 방통을 천거했을 때에는 그의 말을 들어주지 않았으면서 감택이 육손을 천거하자 그의 말을 들어주었다. 그의 노숙에 대한 신뢰가 감택에 대한 신뢰보다 못했기 때문인가?

아니다. 앞뒤 형세가 같지 않았기 때문이다. 하나는 적벽의 싸움에서 크게 승리한 후였으므로 교만한 기운이 가득차서 남의 말이 귀에 들어가기 어려웠고, 하나는 효정猇亭에서 패배한 직후여서 마음이 졸아들어 남이 건의하는 계책을 쉽게 따를 때였기 때문이다.

제84회

육손, 칠백 리에 걸친 영채 불사르고 공명, 팔진도를 교묘하게 펼쳐 놓다

〚 1 〛 한편 한당韓當과 주태周泰는 선주가 시원한 곳으로 영채를 옮긴 사실을 알아내어 급히 가서 육손에게 알렸다. 육손은 크게 기뻐하며 (*한당과 주태는 기뻐하며 싸우러 나가려 했으나, 육손은 기뻐하면서도 싸우러 나가지 않는데, 서로 기뻐한 이유가 다르다.) 곧바로 군사들을 이끌고 직접 동정을 살펴보러 갔다. 가서 보니 평지에 1만 명도 안 되는 군사들이 주둔하고 있었는데 그 대부분은 모두 노약자들이었고 깃발에는 "先鋒 吳班(선봉오반)"이라고 크게 씌어 있었다.

주태曰: "내가 보기에 이따위 병사들은 아이들 장난 같소이다. 한 장군과 두 방면으로 나뉘어 가서 치고 싶은데, 만일 이기지 못한다면 군령을 달게 받겠소이다."

육손은 한참 동안 살펴보더니 채찍을 들어 가리키며 말했다: "저 앞에 보이는 산골짜기 속에서 살기殺氣가 은은히 일어나고 있는데, 그 아래에는 틀림없이 복병이 있을 것이오. 그래서 평지에다가 저런 약한 병사들을 깔아놓고 우리를 유인하려는 것이오. 제공은 절대 나가서는 안 되오."

여러 장수들은 그 말을 듣고 다들 그를 겁쟁이로 여겼다.

다음날, 오반은 군사들을 이끌고 관문 앞으로 가서 싸움을 걸면서 무위를 자랑하고 계속 욕설을 퍼부었다. 많은 병사들은 옷과 갑옷을 벗어버리고 알몸을 드러낸 채 혹은 드러누워서 자고 혹은 앉아 있기도 했다. (*이전에 마초가 조인曹仁을 유인하려고 할 때의 광경과 비슷하다.)

서성과 정봉이 막사 안으로 들어가서 육손에게 건의했다: "촉병들이 우리를 너무 심하게 업신여기고 있소이다. 우리가 나가서 저놈들을 쳐부수고 싶소이다."

육손은 웃으며 말했다: "공들은 다만 혈기의 용맹(血氣之勇)만 믿고 손자孫子와 오자吳子의 신묘한 병법兵法은 모르고들 있소. 저것은 저들이 우리를 유인해 내려는 계책이오. 사흘 후에는 반드시 저것이 속임수라는 것이 드러날 것이오."

서성曰: "사흘 후에는 저들이 영채를 다 옮겨서 안정이 되어 있을 텐데 그때 가서 어찌 저들을 칠 수 있다는 말이오?"

육손曰: "내가 바라는 것은 바로 저들이 영채를 옮겨 주는 것이오."

여러 장수들은 비웃으며 물러갔다.

〖 2 〗 사흘이 지난 후 육손은 여러 장수들을 관문 위에 모아놓고 멀리 바라보았는데, 오반의 군사들은 이미 다 물러가고 보이지 않았다.

육손은 손으로 가리키며 말했다: "지금 살기가 일어나고 있소. 유비가 틀림없이 산골짜기 속에서 나올 것이오."

말이 미처 끝나기도 전에, 촉병들이 전부 완전무장을 하고 선주를 에워싸고 지나가는 것이 보였다. 동오 군사들은 그 광경을 보고 모두 간담이 서늘해졌다. (*이때에야 비로소 육손의 말을 믿게 되었다.)

육손曰: "내가 오반을 치자는 여러분의 말을 들어주지 않았던 것은 바로 저것 때문이었소. (*이 말은 이미 증험되었으므로 많은 사람들은 그의 말을 믿었다.) 지금 복병들이 이미 나왔으니 앞으로 열흘 안에 반드시 촉을 깨뜨릴 것이오."

여러 장수들이 모두 말했다: "촉병을 깨뜨리려면 처음 움직이려 할 때 쳤어야 했소. 지금은 5,6백 리에 걸쳐 영채를 연이어 세워 놓고 지키기를 7,8개월이나 경과하여 저들의 모든 요해처의 방비가 이미 견고해졌는데, 이제 와서 어떻게 깨뜨릴 수 있단 말이오?" (*육손이 앞에서 한 말은 믿었으나 그 뒤의 말은 믿을 수 없었다.)

육손曰: "여러분은 병법을 알지 못하오. 유비는 천하의 효웅梟雄인데다가 지모까지 많소. 저 병사들이 처음 모일 때에는 법도가 엄정하게 지켜지고 엄숙하였소. 그러나 지금은 우리가 오랫동안 지키고만 있어서 저들 뜻대로 되지 않자, 저들은 지치고 사기도 떨어졌소. 우리가 저들을 칠 때는 바로 오늘이오." (*이때 와서야 비로소 설명한다.)

여러 장수들은 비로소 탄복했다. 후세 사람이 그를 칭찬해서 지은 시가 있으니:

막사 안에서 병법에 맞게 계략 세우고	虎帳談兵按六韜
향기로운 미끼 던져 고래 자라 낚는다.	安排香餌釣鯨鼇
삼국 때엔 당연히 영웅들 많았는데	三分自是多英俊
강남의 육손 또한 영웅으로 이름 날렸다.	又顯江南陸遜高

한편 육손은 촉병을 깨뜨릴 계책을 정해놓은 다음 곧바로 편지를 써서 사자를 손권에게 보내어 정해진 날짜까지 촉병을 깨뜨릴 수 있다는

뜻으로 아뢰었다.

손권은 그 글을 다 읽고 나서 크게 기뻐하며 말했다: "강동에 다시 이러한 기이한 인물이 있으니 과인이 무엇을 근심하겠는가! 여러 장수들이 모두 글을 올리면서 육백언은 겁쟁이라고 말했으나, 과인 혼자 그들의 말을 믿지 않았다. (*여러 장수들이 글을 올렸다는 것을 손권의 입으로 보충 설명하고 있다. 심한 생필省筆이다.) 지금 이 글을 보니 과연 그는 겁쟁이가 아니다."

이리하여 손권은 동오 군사들을 대거 일으켜 지원하러 갔다.

〖3〗 한편 선주는 효정에서 수군을 다 동원하여 강을 따라 내려와 수채를 세우고 동오의 지경 깊숙이 들어갔다.

황권이 간했다: "수군이 강을 따라 내려가면 앞으로 나아가기는 쉬워도 뒤로 물러나기는 어렵습니다. (*황권이 영채를 옮기는 것 자체를 간하지 않고 적진 깊숙이 들어가는 것을 간하는데, 역시 한 수 늦은 것이다.) 신이 선두에서 달려 나가겠사오니 폐하께서는 후진後陣에 계시도록 하십시오. 그래야 만에 하나 잘못되는 일이 없을 것이옵니다."

선주曰: "동오의 역적들은 겁이 나서 간담이 다 떨어져 있을 텐데, 짐이 거침없이 쳐들어가기로서 곤란할 게 무엇인가?"

여러 관원들이 극력 말렸으나 선주는 끝내 듣지 않았다.

마침내 군사들을 두 방면으로 나누어 황권에게는 강북의 군사들을 통솔하여 위군魏軍의 침략을 막도록 하고, 선주 자신은 강남의 모든 군사들을 통솔하여 강을 끼고 영채를 나누어 세워놓고 진격하려고 했다.

첩자가 이를 알아내서 밤낮 없이 달려가서 위주(魏主: 조비)에게 보고하며 말했다: "촉병들이 동오를 치기 위해 7백여 리에 걸쳐 40여 곳에 목책을 쳐서 영채들을 연달아 세워놓고 나누어 주둔하고 있는데, 영채를 전부 산림 곁에 세웠습니다. 지금 황권이 강의 북쪽 기슭에서 군사들을 통솔하고 있으면서 매일 1백여 리나 정탐하러 내보내는데, 무슨 의도로 그렇게 하는지는 모르겠습니다."

위주가 그 말을 듣고는 얼굴을 위로 쳐들고 웃으면서 말했다: "유비는 패할 것이다!"(*옆에서 구경하고 있는 자가 더 잘 본다(傍觀者淸).)

신하들이 그 까닭을 물어보자 위주가 말했다: "유현덕은 병법을 모른다. 어떻게 영채를 7백 리에 걸쳐 연이어 세워놓고 적을 막을 수 있겠느냐? 초목이 우거진 곳(苞)과 높고 평평한 곳(原)과 낮고 습한 곳(濕)과 험준한 곳(險阻)에 군사를 주둔시키는 것을 병법에서는 크게 기피한다. 현덕은 틀림없이 동오의 육손의 손에 패하고 말 것이다. 열흘 안으로 반드시 패했다는 소식이 올 것이다."(*조비는 군사에 대해 안다고 할 수 있다. 그 아들 역시 그 아비 못지않다.)

여러 신하들은 여전히 그 말을 믿지 못하고 모두들 군사를 보내서 방비하자고 청했다.

위주가 말했다: "육손이 만약 이기면 틀림없이 동오의 군사들을 전부 동원하여 서천을 취하러 갈 것이다. 오병이 멀리 가고 나면 나라 안이 텅 빌 텐데, 짐이 그때 군사들을 보내서 싸움을 도와주겠다고 거짓 핑계를 대고는 세 방면으로 일제히 출병한다면 동오를 쉽게 손에 넣을 수 있을 것이다(唾手可得)."(*전에 유엽劉曄이 동오를 취하자고 권하자 조비는 그들이 위기에 놓인 것을 틈타 취할 수는 없다고 했다. 지금은 반대로 그들이 이긴 것을 틈타 취하려고 하는데, 간사하고 교활함이 심하다.)

그제야 모든 신하들은 그의 계책에 탄복했다.

위주는 명을 내려서 조인曹仁으로 하여금 일군을 통솔하여 유수(濡須: 안휘성 운조하運漕河)로 나가도록 하고, 조휴曹休로 하여금 일군을 통솔하여 동구(洞口: 안휘성 화현和縣의 서남 쪽 장강변에 있는 역양歷陽)로 나가도록 하고, 조진曹眞으로 하여금 일군을 통솔하여 남군(南郡: 호북성 강릉현)으로 나가도록 하면서 말했다: "세 방면으로 나가는 군사들이 정해진 날

짜에 만나서 동오를 몰래 기습하도록 하라. 짐은 그 뒤를 따라 직접 가서 지원할 것이다."

이렇게 해서 군사의 이동 배치를 마쳤다.

〖 4 〗 위魏의 군사들이 동오를 습격하려고 한 일은 더 말하지 않기로 한다.

한편 마량馬良이 동천에 이르러 들어가서 공명을 만나보고 도본圖本을 바치며 말했다: "지금 옮긴 영채들은 장강을 끼고 7백 리에 걸쳐서 40여 곳으로 나뉘어 모두 시냇가 곁의 수목이 무성한 곳에 자리 잡고 있습니다. 황상께서는 저에게 도본을 가지고 가서 승상께 보여드리라고 하셨습니다."

공명이 보고 나서 손으로 책상을 내리치고 탄식을 하며 말했다: "도대체 어떤 자가 주상께 이렇게 영채를 세우도록 했단 말이냐? 당장 이 자의 목을 잘라버려야 할 것이다!"(*대놓고 선주를 욕할 수는 없으므로 다른 사람을 끌어들여 욕을 한 것이다.)

마량曰: "다 주상께서 친히 하신 것이지 다른 사람의 모책謀策이 아닙니다."

공명이 탄식하며 말했다: "한漢 왕조의 운명도 이제 끝났구나!"

마량이 그 까닭을 묻자, 공명이 말했다: "초목이 우거진 곳(苞)과 높고 평평한 곳(原)과 낮고 습한 곳(濕)과 험준한 곳(險阻)에 영채를 세우는 것을 병가에서는 크게 기피한다. 만약 저들이 화공火攻을 쓴다면 어떻게 구할 수 있겠는가? (*선주도 이전까지는 화공을 잘 썼다. 이는 바로 자기의 생각으로 다른 사람을 헤아려봐야 한다는 것이다.) 그리고 어찌 영채를 7백 리에 걸쳐 연이어 세워놓고 적을 막아낼 수 있단 말인가?

화禍가 닥칠 날이 멀지 않았다. 육손이 지키고만 있고 싸우러 나오지 않았던 것은 바로 이를 위해서였다. 자네는 속히 가서 천자를 뵙고 모든 영채들을 다시 옮겨 주둔시키시라고 하라. 이렇게 해서는 안 된다."

마량曰: "만약 지금 동오의 군사들이 이미 이겼다면 어떻게 하지요?"

공명曰: "육손은 감히 추격해 오지는 못할 것이므로 성도는 지켜낼 수 있을 테니 염려할 것 없다."

마량曰: "육손은 어째서 추격해 오지 않는다는 것입니까?"

공명曰: "위병魏兵들이 그 배후를 습격할까봐 두렵기 때문이다. (*사태를 헤아림이 마치 눈으로 보는 것 같다.) 만약 주상께 무슨 실수가 있으면 백제성으로 들어가 피하셔야 한다. 내가 서천에 들어올 때 이미 10만 명의 군사들을 어복포(魚腹浦: 사천성 봉절현奉節縣 동쪽 장강변)에다 매복시켜 놓았다."

마량이 크게 놀라며 말했다: "제가 어복포를 여러 차례 지나다녔으나 군사라고는 단 한 명도 보지 못했는데 승상께서는 어찌 그런 거짓말을 하십니까?"

공명曰: "후에 가서 반드시 알게 될 테니 번거롭게 많이 물으려 하지 말게."

마량은 상주문(表章)을 써달라고 하여 황급히 어영御營으로 찾아갔다. 공명은 따로 성도로 돌아가서 구원하러 갈 군사들을 동원했다.

〖 5 〗 한편 육손은 촉의 군사들이 느슨히 풀어져서 방비를 다시 하지 않는 것을 보고 막사 안에 들어가서 대소 장사將士들을 모아놓고 명했다: "나는 왕명을 받은 이래 한 번도 나가서 싸운 적이 없었는데, 지금 촉병들을 살펴보니 저들의 동정을 충분히 알 수 있다. 그래서 먼저 강의 남쪽 기슭에 있는 영채 하나를 취하려고 한다. 누가 감히 가서 취해 보겠느냐?"

말이 끝나기도 전에 한당과 주태 · 능통凌統 등이 그 말에 대답해 나서며 말했다: "저희들이 가고 싶습니다."

그러나 육손은 그들을 다 물리며 쓰지 않고 (*묘한 것은 이기려 하지 않고 먼저 패하려고 한다. 그래서 이 장수들은 쓰지 않은 것이다.) 계단 아래에 있는 말단 장수 순우단淳于丹을 불러서 말했다: "네게 군사 5천 명을 줄 테니 가서 촉장 부동傅彤이 지키고 있는 강남의 네 번째 영채를 쳐서 빼앗도록 하라. 오늘 밤 안으로 공을 이루도록 하라. 내가 직접 군사를 거느리고 가서 지원할 것이다."

순우단은 군사를 이끌고 떠나갔다. 육손은 또 서성과 정봉을 불러서 말했다: "그대들은 각기 군사 3천 명씩 거느리고 영채 밖 다섯 마장(里)까지 나가서 주둔하고 있다가 순우단이 패해서 돌아올 때 뒤를 쫓아오는 군사가 있거든 곧바로 나가서 그를 구하되, 적을 추격해서는 안 되오."(*패할 것을 미리 알고도 그들을 쓰는바, 참으로 다른 사람들은 알 수 없는 바이다.)

두 장수도 따로 군사를 이끌고 떠나갔다.

〖 6 〗 한편 순우단이 황혼 무렵에 군사를 거느리고 앞으로 나아가서 촉의 영채에 이르렀을 때는 이미 삼경(三更: 밤 11시~새벽 1시)이 지난 후였다.

순우단은 군사들에게 북을 치고 고함을 지르며 쳐들어가도록 했다. 그러자 촉의 영채 안에서 부동傅彤이 군사들을 이끌고 치고나와 창을 꼬나들고 곧장 순우단에게 덤벼들었다. 순우단은 그를 당해낼 수가 없어서 말머리를 돌려 곧바로 돌아왔다.

그때 갑자기 함성이 크게 울리며 한 떼의 군사들이 앞길을 가로막았는데, 우두머리 대장은 조융趙融이었다. 순우단은 길을 열어 달아났으나 그 바람에 군사의 태반을 잃어버렸다. 한창 달아나고 있을 때 산

뒤로부터 한 떼의 만병蠻兵들이 나와서 길을 막았는데, 만병의 우두머리 장수(番將)는 사마가沙摩柯였다.

순우단은 죽기 살기로 싸워 달아날 수 있었다. 그때 등 뒤에서 세 방면으로 군사들이 쫓아왔다.

영채에서 5마장(里) 떨어진 곳까지 돌아왔을 즈음 동오군의 서성과 정봉 두 사람이 양쪽에서 치고 나와서 촉병들을 물리치고 순우단을 구하여 영채로 돌아갔다.

순우단이 맞은 화살도 뽑지 않은 채 들어가서 육손을 보고 죄를 청했다.

육손曰: "네 잘못이 아니다. 내가 적의 허실虛實을 시험해 보려고 했던 것이다. (*촉병의 허실을 육손은 전에 이미 다 알고 있었다. 이 말은 역시 핑계이고 적의 마음을 교만하게 만들려는 것이었다.) 나는 이미 촉을 깨뜨릴 계책을 확정했다."

서성과 정봉이 말했다: "촉병의 세력이 강대하여 깨뜨리기 어려운데 공연히 병사들과 장수들만 잃고 말았습니다."

육손은 웃으면서 말했다: "나의 이 계책은 제갈량만은 속여 넘길 수 없을 것이오. 그런데 천만다행으로 그 사람이 여기 없어서 나로 하여금 큰 공을 이루도록 하고 있소."(*바로 앞에서의 공명의 말과 상응한다.)

마침내 대소 장사將士들을 모아놓고 명을 내렸다: 주연朱然에게는 수로로 진군하여 내일 오후에 동남풍이 크게 불 때 (*6월에는 동남풍이 불기 때문에 바람을 빌릴 필요가 없다.) 배에 띠풀(茅草)을 싣고 가서 가르쳐준 계책대로 하도록 했고, 한당에게는 일군을 이끌고 가서 강의 북쪽 기슭을 공격하도록 했고, 주태에게는 일군을 이끌고 가서 강의 남쪽 기슭을 공격하도록 했다.

그리고 모든 사람들은 각기 풀을 한 단씩 가지고 가되 그 속에 유황과 염초를 넣도록 하고, 각기 불씨를 소지하고, 각기 창과 칼을 들고 일제히 강기슭 위로 올라가서 촉병의 영채에 이르자마자 바람결을 따라 불을 지르되 촉병의 주둔지 40곳 중 다만 20곳에만 불을 지르도록, 한 곳 건너 한 곳씩 불을 지르도록 했다. (*주랑周郎은 연달아 다 불을 질렀으나 육손은 반대로 사이사이에 불을 지르는 방법으로 한다. 다 같은 불 지르는 방법이다.)

그리고 각 군사들은 미리 건량乾糧을 준비해 가지고 가서 식사를 하도록 하고 잠시도 뒤로 물러나지 말고 밤낮으로 추격해 가서 유비를 사로잡은 후에야 멈추라고 했다. 모든 장수들은 군령을 듣고 각자 계책을 받아가지고 떠나갔다.

〖7〗 한편 선주는 어영御營에서 한창 오군을 쳐부술 계책을 생각하고 있었는데, 그때 갑자기 막사 앞에 세워놓은 중군기中軍旗가 바람도 불지 않는데 저절로 쓰러졌다. (*조조가 강 안에 있을 때 깃발이 부러진 것과 비슷하다.) 그래서 정기程畿에게 물었다: "이는 무슨 조짐인가?"

정기曰: "혹시 오늘 밤에 동오의 군사들이 영채를 습격하러 올 징조가 아닐는지요?"

선주曰: "어젯밤에 다 죽여 버렸는데 어딜 감히 다시 오겠는가?" (*적에 대해 교만한 마음이 극에 달했다. 어찌 패하지 않을 수 있겠는가?)

정기曰: "만약 어젯밤 일이 육손이 우리를 시험해 보기 위해 한 일이라면 어떻게 하지요?" (*정기 역시 몬(事: 일)을 헤아림이 뛰어나다.)

한창 이야기하고 있을 때 보고해 오기를, 산 위에서 저 멀리 바라보니 동오의 군사들은 산을 따라 전부 동쪽으로 가버렸다고 했다.

선주曰: "그것은 가짜 군사(疑兵)들이다."

그리고는 모두에게 명을 전하여 동요하지 말도록 했다. 그리고 관흥과 장포에게 각기 5백의 기병들을 이끌고 가서 순찰을 돌도록 했다.

황혼 무렵 관흥이 돌아와서 아뢰었다: "강북의 영채 안에서 불이 일어나고 있습니다."

선주는 급히 관흥에게 강북으로 가보도록 하고, 장포에게는 강남으로 가서 허실을 알아보라고 하면서 일렀다: "만약 동오의 군사가 왔거든 급히 회보回報하라."

두 장수는 명을 받고 떠났다.

〖8〗 초경初更 무렵, 동남풍이 갑자기 불어오더니 어영의 왼편 주둔지에서 불길이 솟았다. 막 불을 끄려고 하는데 이번에는 어영의 오른편 주둔지에서 또 불길이 솟았다. 바람이 크게 불어 불길이 마구 번져 나무들에 모두 불이 붙고 함성이 크게 진동했다.

좌우 두 주둔지의 군사들이 일제히 나오고, 어영 안에서도 피해 달아나느라 어영군들은 서로 짓밟고 밟혀서 죽는 자가 수도 없이 많았다. 뒤에서는 동오의 군사들이 쳐들어왔는데 그 수가 얼마나 되는지 알 수 없었다.

선주는 급히 말에 올라 풍습馮習의 영채로 달려갔는데, 이때 풍습의 영채 안에서도 불길이 하늘 높이 치솟았다. 강남과 강북 전체에 불빛이 환히 비춰서 마치 대낮 같았다.

풍습이 황급히 말에 올라 기병 수십 명을 이끌고 달아나다가 마침 동오 장수 서성의 군사들을 만나서 서로 맞붙어 대판 싸웠다. 선주는 그것을 보고 말머리를 돌려 서쪽으로 달아났다.

서성은 풍습을 내버려두고 군사를 이끌고 추격해 갔다. 선주가 한창 당황해 하고 있을 때 앞에서 또 한 떼의 군사들이 길을 막았는데, 동오 장수 정봉이었다. 그들은 양쪽에서 협공해 왔다. 선주는 크게 놀라서 사방을 둘러보았으나 달아날 길이 없었다.

그때 갑자기 함성이 크게 진동하며 한 떼의 군사들이 겹겹의 포위망

속으로 쳐들어왔는데, 곧 장포였다. 그는 선주를 구해 내자 어림군을 이끌고 달아났다. 한창 가고 있을 때 앞에서 또 한 떼의 군사가 당도했는데, 촉의 장수 부동傅肜이었다. 그들은 군사를 하나로 합쳐서 갔다.

그때 등 뒤에서 동오의 군사들이 추격해 왔다. 선주는 앞으로 가서 마안산(馬鞍山: 호북성 의창시 서북)이라고 하는 산 앞에 이르렀다. 장포와 부동이 선주에게 청하여 산에 올라갔을 때, 산 아래에서 함성이 또 일어나더니 육손의 대부대 군사들이 마안산을 에워쌌다. 장포와 부동은 죽기를 각오하고 산 어귀를 막았다.

선주가 멀리 바라보니 온 들판이 불타고 있었고, 죽은 시신들이 겹겹이 쌓여서 장강을 가득 메운 채 떠내려가고 있었다.

〖 9 〗 다음날, 동오 군사들이 또 산을 태우려고 사방에다 불을 질렀다. (*이는 두 번째 날의 불이다.) 군사들은 어지러이 달아나고 선주도 놀라 당황해 하고 있었다. 그때 갑자기 불길 속에서 한 장수가 여러 명의 기병들을 이끌고 산을 올라왔는데, 보니 관흥이었다.

관흥이 땅에 엎드려 청했다: "사면에서 불길이 이쪽으로 다가오고 있으므로 오래 머물러 있을 수 없습니다. 폐하께서는 속히 백제성으로 가셔서 다시 군사들을 수습하도록 하옵소서." (*백제성이란 말이 공명에 이어 또 관흥의 입에서 나온다.)

선주曰: "누가 감히 뒤를 차단하겠느냐?"

부동이 아뢰었다: "신이 죽음으로써 적들을 막겠나이다!"

그날 황혼 무렵, (*두 번째 날의 황혼이다. 이미 불타기 시작한 지 하루 밤낮이 지났다.) 관흥은 앞에 서고 장포는 가운데 서고 부동은 남아서 뒤를 끊기로 하고 선주를 보호하여 산 아래로 쳐내려갔다. 동오의 군사들은 선주가 달아나는 것을 보고 모두들 공을 다투느라 각기 대군을 이끌고 천지를 가득 뒤덮고 서쪽으로 추격해 왔다. 선주는 군사들에게 전포와 갑옷들을 모조리 벗어서 길 가운데 쌓아놓고 불을 질러 추격해 오는 군사들을 차단하도록 했다.

그리고는 다시 한창 달아나고 있을 때 함성이 크게 진동하더니 동오 장수 주연朱然이 일군을 거느리고 강기슭을 따라 쳐들어와서 가는 길을 가로막았다.

선주가 소리쳤다: "짐은 여기서 죽는구나!"

관흥과 장포가 그들을 맞이하여 싸우려고 말을 달려 나갔다. 그러나 동오의 군사들이 마구 화살을 쏘아대서 되돌아왔는데, 각기 몸에 중상만 입었을 뿐 뚫고 나갈 수가 없었다. 그때 배후에서 함성이 또 일어나더니 육손이 대군을 이끌고 산골짜기 안으로부터 쳐들어왔다.

〖 10 〗 선주가 한창 황급해 하고 있을 때 하늘은 이미 희미하게 밝아왔는데, (*이때는 제 3일째 새벽이다. 이미 이틀 밤과 하루 종일 불탔다.) 그때 문득 보니 전면에서 함성이 천지를 진동하면서 주연의 군사들이 연달아 시냇가로 바위처럼 굴러 떨어지는 것이었다. 그리고 한 떼의 군사들이 선주의 어가를 구하기 위해 쳐들어왔다. 선주가 크게 기뻐하며 보니 바로 상산 조자룡이었다.

이때 조운은 서천西川의 강주江州에 있다가 촉병이 동오 군사와 싸우고 있다는 소문을 듣고 곧바로 군사를 이끌고 나섰다. 그때 갑자기 동남 일대에 불길이 하늘 높이 치솟는 것을 보고, 조운은 속으로 놀라서 멀리 살펴보니 뜻밖에도 선주가 궁지에 빠져 있었다. 그래서 조운은 용맹을 떨치며 쳐들어왔던 것이다.

육손은 쳐들어온 것이 조운임을 알고 급히 군사들에게 명을 내려 뒤로 물러나도록 했다. 조운이 한창 적들을 쳐 죽이고 있을 때 갑자기 주연을 만나서 곧바로 맞붙어 싸웠는데, 단 한 합에 창으로 찔러 주연을 말 아래로 거꾸러뜨리고 동오 군사들을 쳐서 흩어버리고는 선주를 구해 내어 백제성을 향해 달아났다. (*전에는 화광 속에서 거의 적제赤帝가 될 뻔했으나 지금은 비로소 백제白帝가 되었다.)

선주曰: “짐은 비록 벗어났으나 다른 장수들은 어떻게 하지?”

조운曰: “적군이 뒤에 있으므로 오래 지체할 수가 없습니다. 폐하께서는 우선 백제성으로 들어가셔서 쉬고 계십시오. 신이 다시 군사들을 이끌고 가서 여러 장수들을 구해내겠습니다.”

이때 선주의 휘하에는 겨우 백여 명밖에 남지 않았는데, 그들을 데리고 백제성으로 들어갔다. 후세 사람이 육손을 칭찬하는 시를 지었으니:

창 들고 불 질러 연이어 세운 영채 깨뜨리니	持矛擧火破連營
현덕은 궁지에 몰려 백제성으로 달아났네.	玄德窮奔白帝城
하루아침에 그의 명성 촉과 위를 놀라게 하니	一旦威名驚蜀魏
오왕이 어찌 서생을 공경하지 않을 수 있나?	吳王寧不敬書生

〖11〗 한편 부동傅彤은 뒤에서 적의 추격을 차단하다가 그만 동오의 군사들에게 팔면으로 포위되었다.

정봉이 큰소리로 외쳤다: “촉병은 죽은 자도 무수히 많고 항복한 자도 극히 많다. 네 주인 유비도 벌써 우리한테 사로잡혔다. 이제 너는 힘도 떨어지고 혼자만 남았는데 왜 빨리 항복하지 않느냐!”

부동이 꾸짖었다: “나는 한漢의 장수다. 어찌 동오의 개한테 항복하려 하겠느냐!”

부동은 촉병을 거느리고 창을 꼬나들고 말을 달려 힘을 다해 죽기로 싸웠는데, 백여 합이나 넘게 왔다 갔다 하며 충돌했지만 끝내 포위를 뚫고 나갈 수 없었다. 부동은 길게 탄식하며 말했다: “나도 이제 끝났구나!”

말을 마치자 입으로 피를 토하면서 동오의 군사들 속에서 죽었다.

후세 사람이 부동을 칭찬해서 지은 시가 있으니:

이릉에서 동오와 촉이 대판 싸울 때	彝陵吳蜀大交兵
육손이 화공으로 영채를 불태웠지.	陸遜施謀用火焚
죽어 가면서도 적장을 오吳의 개라 꾸짖으니	至死猶然罵吳狗
부동은 한의 장군으로서 부끄럽지 않았다.	傅彤不愧漢將軍

촉의 좨주祭酒 정기程畿는 필마단기로 달아나 강변에 이르러 적과 싸우러가기 위해 수군을 불렀다. 그러나 동오 군사들이 뒤따라 추격해 왔으므로 수군은 사방으로 뿔뿔이 흩어져 도망쳐 버렸다. 정기의 부하 장수가 큰소리로 불렀다: "동오의 군사가 이르렀습니다! 정 좨주께서는 빨리 달아나십시오!"

정기는 화를 내며 말했다: "나는 주상을 따라 출전한 이래 아직 싸우러 나갔다가 도망친 적이 한 번도 없었다!"

말을 마치기도 전에 동오 군사들이 몰려와서 사방으로 길이 막히고 말았다. 정기는 칼을 빼서 스스로 목을 찔렀다. (*문신文臣에게도 역시 무신武臣의 풍도가 있다. 서생書生이기에 욕됨을 참고 견딜 수 있고, 또한 서생이기에 욕됨을 당하려고 하지 않는 것이다.) 후세 사람이 그를 칭찬하는 시를 지었으니:

그 기개 장하구나, 촉의 좨주 정기여	慷慨蜀中程祭酒
스스로 목을 찔러 임금 은혜 보답했네.	身留一劍答君王
위기를 만나서도 평생의 뜻 변치 않았으니	臨危不改平生志
그 이름 만고에 향기 떨치네.	博得聲名萬古香

〖 12 〗 이때 오반과 장남은 오랫동안 이릉성을 포위하고 있었는데, 갑자기 풍습馮習이 와서 촉의 군사가 패했다고 말하여 곧바로 군사들을 이끌고 선주를 구하러 갔다. 손환孫桓은 비로소 포위에서 벗어날 수 있

었다. (*이릉의 포위가 저절로 풀어졌다. 이는 육손이 전에 이미 계산에 넣어 둔 것이다.)

장남과 풍습 두 장수가 한창 가고 있을 때 앞에서는 동오 군사들이 쳐들어왔고, 등 뒤에서는 손환이 이릉성으로부터 뛰쳐나와 양면으로 협공했다. 장남과 풍습은 힘을 떨쳐 적과 맞부딪쳐 싸웠으나 빠져나오지 못하고 어지러이 싸우는 중에 죽고 말았다. 후세 사람이 이들을 칭찬해서 지은 시가 있으니:

풍습의 그 충성심 천하에 유일했고	馮習忠無二
장남의 그 의기 천하에 짝할 자 없었도다.	張南義少雙
싸움터에서 절개 지켜 기꺼이 죽으니	沙場甘戰死
아름다운 향기 사서史書에 함께 전하네.	史册共流芳

오반이 싸워가며 여러 겹의 포위를 뚫고 나갔으나 또 추격해 오는 동오 군사들과 만났는데, 천만다행으로 조운이 지원해서 구해내어 함께 백제성으로 돌아갔다.

이때 만왕蠻王 사마가沙摩柯는 필마단기로 달아나다가 주태周泰와 마주쳐서 20여 합을 싸웠으나 마침내 주태의 손에 죽고 말았다. 촉의 장수 두로杜路와 유영劉寧은 다 동오에 항복했다. 이 싸움으로 촉의 진영에는 군량과 마초와 병장기들이 하나도 남지 않았다. 촉의 장수와 서천의 병사들로 항복한 자들이 무수히 많았다.

이때 손부인孫夫人은 동오에 있다가 효정猇亭에서 촉병들이 패했다는 소식을 들었는데, 그 소식이 와전訛傳되어 선주가 싸움 중에 돌아가셨다는 말까지 듣게 되자 마침내 손부인은 수레를 몰아 강변까지 가서 멀리 서쪽을 바라보고 곡을 한 다음 강에 몸을 던져 죽었다. (*손부인이 화를 내며 오병吳兵들을 물리칠 때 그 얼마나 장했던가. 그가 아두阿斗를 데리고 돌아가는 모습을 보고 그의 뜻이 전과 같지 않다고 의심했었는데, 지금 그가 선주가 죽은 줄 알고 곡을 하고 강에 몸을 던져 죽는 것을 보니 그의 절개가 옛날보다 못하지 않았음을 알 수 있다.)

후세 사람이 강변에 사당을 세우고 그것을 효희사梟姬祠라고 불렀다.

옛사람의 행적行迹을 논하는 자가 시를 지어 손 부인의 일을 탄식하였으니:

선주의 병사들 백제성으로 돌아갔는데	先主兵歸白帝城
부인은 선주 사망 소식 듣고 혼자 생을 버렸지.	夫人聞難獨捐生
지금도 강변에는 비석이 남아 있어	至今江畔遺碑在
열녀의 이름 천추에 전해오네.	猶著千秋烈女名

〖 13 〗 한편 육손은 완전한 승리를 거두고는 승리한 군사들을 이끌고 서쪽으로 촉병의 뒤를 추격해 갔다.

기관(夔關: 사천성 봉절현奉節縣 서쪽)에서 멀지 않은 곳에 이르러 육손이 말 위에서 바라보니 앞에 보이는 산 옆의 강변에서 한 줄기 살기殺氣가 하늘을 찌를 듯이 높이 솟고 있어서 곧바로 말을 멈추고 여러 장수들을 돌아보며 말했다: "전면에 틀림없이 매복이 있으니 전군은 경솔히 진군하지 말라!"

그리고는 즉시 뒤로 10여 리를 물려서 지세가 넓게 확 트인 곳에다 진을 벌여 세워 적을 막을 태세를 갖췄다. 그리고는 즉시 정탐꾼을 앞으로 내보내서 알아보도록 했다. 정탐꾼이 돌아와서 보고하기를, 이곳에 주둔하고 있는 군사들은 전혀 없다고 했다.

육손은 그 말을 믿지 않고 말에서 내려 높은 곳으로 올라가서 바라보니 살기가 다시 일어났다. 육손은 다시 사람을 시켜서 자세히 살펴보도록 했다. 그러나 그 정탐꾼이 돌아와서, 전면에는 사람이든 말이든 하나도 없다고 보고했다.

육손이 보니 해는 곧 서쪽으로 떨어지려 하는데 살기는 더욱 세지고 있어서 속으로 주저하다가 심복心腹에게 다시 가서 살펴보도록 했다.

그가 돌아와서 보고하기를, 강변에는 다만 돌무더기 팔구십 개만 어지럽게 쌓여 있을 뿐, 군사들은 전혀 없다고 했다.

육손은 크게 의심이 들어 그 지방 사람들을 찾아서 물어보도록 했다. 잠시 후 몇 사람이 왔기에 육손이 물었다: "어떤 사람이 돌무더기를 어지럽게 쌓아 놓았는가? 어째서 그 돌무더기 속에서는 살기가 뻗쳐 나오고 있는가?"

그 지방 사람들이 대답했다: "이곳의 지명은 어복포(魚腹浦: 지명. 사천성 봉절현 동쪽에 있는 포구. 유비가 패한 후 이곳 지명을 영안永安으로 고쳤음)라고 합니다. 제갈량이 서천으로 들어갈 때 군사들을 몰아 이곳에 와서 돌을 가져다가 모래톱에다 진세를 벌여놓았는데, 그때부터 언제나 구름 같은 기운이 그 안에서 일어나고 있습니다."

육손은 그 말을 듣고는 말에 올라 수십 기마들을 이끌고 돌을 쌓아 만든 진(石陣)을 보러 갔다. 산비탈 위에 말을 세워놓고 바라보니 사면팔방으로 모두 드나드는 문이 있었다.

육손은 웃으며 말했다: "이것은 사람을 홀리는 술수일 뿐이다. 이렇게 해놓는다고 무슨 유익함이 있겠는가!" (*우선 자세히 살펴봐야지.)

곧바로 몇 명의 기마병들을 이끌고 산비탈을 내려가서 곧장 석진石陣 안으로 들어가서 살펴보았다.

부하 장수가 말했다: "날이 저물었으니 도독께서는 빨리 돌아가시지요."

육손이 막 진에서 나가려고 하는데 갑자기 광풍이 크게 일더니 삽시간에 모래가 날고 돌이 구르면서 하늘을 가리고 땅을 덮었는데, 눈에 보이는 것이라고는 괴석怪石들이 우뚝우뚝 높이 솟아 있고 검劍처럼 삐쭉삐쭉 뻗어 나오고, 옆으로 눕거나 곧바로 서 있는 토사土沙들이 마치

산처럼 첩첩이 쌓여있는 모습뿐이었고, 강에서는 마치 검劍을 서로 부딪치고 북을 치는 듯한 파도소리만 들려왔다.

육손은 크게 놀라서 말했다: "내가 제갈량의 계책에 걸려들고 말았구나!" (*더 이상 사람을 홀리는 술수라고 말하지 않는다.)

급히 돌아 나오려고 하는데 빠져 나갈 수 있는 길이 보이지 않았다.

〖 14 〗 육손이 한창 놀라 의아해하고 있을 때 갑자기 한 노인이 말 앞에 서서 웃으며 말했다: "장군께선 이 진에서 나가려고 하시오?"

육손曰: "부디 어르신께서 나가도록 이끌어 주십시오."

노인은 지팡이를 짚고 천천히 걸어서 곧장 석진을 빠져나갔는데, 전혀 아무런 장애도 없이 산비탈 위까지 바래다주었다.

육손이 물었다: "어르신께서는 누구신지요?"

노인이 대답했다: "이 늙은이는 제갈공명의 장인(岳父) 황승언黃承彦이오. (*선주가 두 번째 초려를 방문했을 때 황승언을 만난 적이 있는데, 그 동안 어디에 가 있는지 몰랐는데 이때 갑자기 나타난다.) 전에 내 사위가 서천에 들어갈 때 여기에다 석진石陣을 벌여 놓고 그 이름을 '팔진도八陣圖' 라고 하였소. 이것은 둔갑술遁甲術에 따라서 휴休·생生·상傷·두杜·경景·사死·경驚·개開라는 여덟 개 문(八門)을 세워 놓은 것으로, 매일 매시 변화무쌍해서 가히 정예병 10만 명에 견줄 만하오. (*이는 공명이 군사 10만 명이라고 한 말에 해당한다.)

그가 떠나갈 때 이 늙은이에게 당부하였소: '후에 동오의 대장이 이 진 속에서 길을 잃고 해맬 텐데, 그를 나가도록 이끌어주지 마십시오.' 그런데 이 늙은이가 마침 산의 바위 위에서 장군이 '사문死門' 으로 들어가는 것을 보고 이 팔진도를 몰라서 틀림없이 길을 잃어버리게 될 줄 알았소. 이 늙은이는 평생토록 선한 일 하기를 좋아하기 때문에 장군이 이곳에서 함몰당하는 것을 차마 두고 볼 수 없었소. 그래서 일부러 '생문生門'으로 들어가서 장군을 나오도록 인도해드린 것이오."(*공명은 육손이 죽지 않을 줄 분명히 알았기 때문에 장인에게 인정을 베풀 기회를 준 것이다.)

육손曰: "어르신께서는 이 진법을 배우신 적이 있습니까?"

황승언曰: "변화가 무궁해서 배울 수 없었소."

육손은 황망히 말에서 내려 그에게 고맙다고 절을 하고 돌아갔다.(*관공은 화용도에서 조조를 풀어 주었는데, 이번에는 황승언이 어복포에서 육손을 풀어주었다.)

후에 두공부(杜工部: 즉 두보)가 시를 지어 이 일에 대해 읊었으니:

그의 가장 큰 공로는 천하삼분이었고	功蓋三分國
그의 이름은 팔진도로 완성되었도다.	名成八陣圖
강물은 흘러가도 돌은 구르지 않았지만	江流石不轉
동오 못 삼켜 대업 이루지 못한 한은 남았구나.	遺恨失呑吳

〖 15 〗 육손은 영채로 돌아와서 탄식하여 말했다: "공명은 정말로 와룡臥龍이구나, 나는 그에 미칠 수가 없구나!"

그리하여 회군하도록 명을 내렸다.

좌우의 장수들이 말했다: "유비는 싸움에 패하여 형세가 궁해져 겨우 성 하나를 어렵게 지키고 있으므로 이때야말로 이긴 기세를 타고 공격하기 딱 좋은데, 지금 돌무더기 진(石陣)을 보고는 물러가려고 하시니, 그 이유가 무엇입니까?"

육손曰: "내가 석진石陣을 보고 겁이 나서 물러가려는 것은 아니다. 내 생각에, 위주魏主 조비曹丕는 그 간사하기가 제 아비와 다를 게 없는데, 지금 우리가 촉병의 뒤를 추격하고 있는 것을 알고는 반드시 빈틈을 타고 습격해올 것이다. 우리가 만약 서천으로 깊숙이 쳐들어간다면 급히 물러나오기 어렵기 때문이다."(*육손은 그 전의 일을 겁낸 것이 아니라 그 후의 일을 생각한 것이다. 조비는 육손의 계산속에 들어 있고, 육손은 공명의 계산속에 들어 있다.)

마침내 한 장수에게 뒤를 차단하도록 하고 육손은 대군을 거느리고 돌아갔다.

그가 군사를 물린 지 이틀이 못 되어 세 곳으로부터 급보가 올라왔다: "위병魏兵들이, 장수 조인曹仁은 유수濡須로, 조휴曹休는 동구(洞口: 안휘성 화현和縣 서남)로, 조진曹眞은 남군(南郡: 호북성 강릉현)으로 나와서, 군사 수십만 명이 세 방면으로 밤낮없이 달려와서 우리 지경에 이르렀는데, 무슨 의도로 왔는지는 모르겠습니다."

육손이 웃으며 말했다: "내가 생각했던 그대로다. 내 이미 군사들에게 그들을 막도록 해놓았다."(*전문에서 이 일을 서술하지 않고 있다가 이때 육손의 입으로 보충 설명하고 있는 것은 생필법省筆法이다.) 이야말로:

웅지雄志야 지금 막 서촉을 삼키고 싶지만	雄心方欲吞西蜀
역시 위魏부터 막는 것이 좋은 상책이지.	勝算還須禦北朝

육손이 어떻게 위魏의 군사들을 물리칠지 모르겠거든 다음 회를 읽어보기 바란다.

제84회 모종강 서시평序始評

(1). 병법에는 적의 예기를 꺾는(挫敵人之銳) 방법이 있다. 장차 큰 싸움이 있으려 할 때엔 먼저 작은 싸움을 통해 그것을 꺾고, 장차 큰 싸움에서 이기려고 할 때엔 먼저 작은 싸움에서 이김으로써 그것을 꺾어버리는 것이 그것이다. 이것은 주랑이 썼던 방법이다.

병법에는 적의 마음을 교만하게 만드는(驕敵人之志) 방법이 있다. 장차 크게 공격을 하려고 할 때엔 먼저 싸우러 나가지 않음으로써 적의 마음을 교만하게 만들고, 장차 대규모 공격을 해서 이기려고 할 때에는 먼저 작은 규모의 병력이 나가서 져줌으로써 적이 교만해지도록 만드는 것이 그것이다. 이것은 육손이 쓴 방법이다.

적이 처음 공격해 왔을 때엔 마땅히 그 예기를 피함으로써 도리어 적의 예기를 꺾어놓아야(宜避其銳而反挫其銳) 하는바, 이것이 주랑의 용병의 기이함이다. 적이 여러 번 이긴 후에는 마땅히 그 교만함을 깨뜨림으로써 도리어 적의 교만함이 더 커지도록 해야(宜破其驕而反益其驕) 하는바, 이것이 육손의 임기응변臨機應變이다.

(2). 관공이 실패한 원인은 다만 "동으로 손권과 사이좋게 지내야 한다(東和孫權)"고 한 공명의 말을 듣지 않은 것이다. 선주의 패배 역시 어찌 관공과 다를 게 있겠는가? 이뿐만이 아니다. 제갈근은 두 번 관공을 설득했고, 한 번 현덕을 설득했는데, 그것 역시 이 공명의 이 한마디 말과 같은 뜻이었다. 이로부터 제갈근의 재주가 비록 공명에게 미치지 못했지만 그 식견은 대략 서로 같았음을 알 수 있다. 참으로 난형난제難兄難弟라는 말에 부끄럽지 않았다.

(3). 적벽대전은 조조의 교만함에 기인한 싸움, 즉 교병(驕兵: 자신의 강함에 대한 과도한 교만함에서 벌어지는 싸움)이다. 효정猇亭에서의 싸움은 선주의 분함에 기인한 싸움, 즉 분병(憤兵: 적에 대한 분개심에서 벌어지는 싸움)이다. 교병驕兵 역시 패하고 분병憤兵 역시 반드시 패하기 마련이다. 하물며 육손을 나이 어린 서생으로 생각하여 속으로 무시하기까지 하였으니, 이는 분병에다 교병까지 더한 것이다.

승리하는 길은 조심하고 그 마음을 평정상태로 유지하는 것이다. "일에 임하여 두려워하고 지모를 써서 성공하기를 좋아한다(臨事而懼, 好謀而成)"라고 한 옛 스승(공자)의 말은 참으로 옳다.

(출처: 〈논어 · 술이편〉.) 조심함으로써 두려워할 수 있고, 그 마음을 평정상태로 유지함으로써 지모를 쓸 수 있는 것이다.

(4). 동오가 촉을 이길 것임을 공명은 알고 있었고, 조비 역시 먼저 알고 있었다. 위魏가 동오를 습격할 것임을 육손은 알고 있었고, 공명 역시 미리 알고 있었으니, 이것이 기이한 점들이다.

또한 육손은, 동오와 촉이 싸우면 동오가 승리한다는 것을 공명도 틀림없이 알고 있다는 것을 알고 있었으며, 그리고 공명은, 위魏가 습격해 올 것임을 육손도 틀림없이 알고 있다는 것을 알고 있었다. 이러할 정도로 '사람(人)'을 헤아리고 '몬(事)'을 헤아림이 피차간에 기이할 정도로 들어맞고 있다. 이런 일은 참으로 다른 책에서는 없는 것이다. (*몬: 일. 한자어 "事"에 해당하는 순수 우리말.)

제85회

선주, 자식을 부탁하는 유언 남기고 제갈량, 편히 앉아 다섯 방면의 적을 물리치다

〖 1 〗 한편 장무章武 2년(서기 222년) 여름 6월, 동오의 육손이 효정猇亭과 이릉彝陵 땅에서 촉의 군사들을 대파했다. 선주는 달아나서 백제성으로 돌아왔고, 조운은 군사들을 이끌고 성을 지켰다. 그때 홀연 마량馬良이 당도하여 대군이 이미 패한 것을 보고는 후회했으나 어쩔 수 없어서 공명의 말을 선주에게 아뢰었다.

선주가 탄식하며 말했다: "짐이 진작에 승상의 말을 들었더라면 오늘의 이런 패배는 없었을 것이다! (*81회 중의 말에 상응한다.) 이제 무슨 면목으로 성도로 돌아가서 여러 신하들을 본단 말인가!"

마침내 명을 내려 백제성에 머물기로 하고 역관驛館을 고쳐서 영안궁永安宮이라고 했다. 그때 보고해 오기를, 풍습·장남·부동·정기程畿·사마가 등은 모두 전쟁 중에 죽었다고 했다. 선주는 비감해 하기를 마지않았다.

또 근신近臣이 아뢰었다: "황권은 강북에 있던 군사들을 이끌고 위魏로 항복해 갔습니다. (*황권의 행방을 선주 편에서 듣게 된다. 서술 방법이 교묘하다.) 폐하께서는 그의 가솔들을 담당 관원에게 넘겨 죄를 물으시옵소서."

선주曰: "황권은 강의 북쪽 기슭에 있다가 동오의 군사들이 퇴로를 끊는 바람에 돌아오고자 해도 돌아올 길이 없어서 부득이 위魏에 항복한 것이다. 이는 짐이 황권을 저버린 것이지 황권이 짐을 저버린 것이 아니다. 그의 가솔들에게 죄를 물을 필요가 어디 있느냐?"

그리고는 예전처럼 녹미祿米를 주어 그들을 부양해주었다. (*선주가 황권을 대한 것이 조비가 우금을 대한 것보다 나았다.)

〖 2 〗 한편 황권이 위에 항복하자 여러 장수들은 그를 이끌고 가서 조비를 만나보았다.

조비曰: "경이 이제 짐에게 항복했는데, 경은 진평陳平과 한신韓信을 추모하고자 하는가?" (진평과 한신은 둘 다 처음에는 항우項羽의 부하로 있었는데 나중에 한 고조 유방劉邦에게 항복한 후 유방을 도와 항우를 쳐서 멸망시킴으로써 한의 개국공신이 되었다.—역자.)

황권이 울며 아뢰었다: "신은 촉 황제의 은혜와 심히 두터운 특별대우를 받았습니다. 촉 황제께서는 신에게 강북에서 모든 군사들을 통솔하도록 하셨는데, 육손이 퇴로를 끊는 바람에 신은 서촉으로 돌아갈 길이 없었습니다. 동오에 항복할 수는 없는 일이어서 폐하께 투항해온 것입니다. 싸움에 패한 장수가 죽음을 면한 것만도 다행인데, 어찌 감히 고인을 추모할 수 있겠습니까?"

조비는 크게 기뻐하며 곧바로 황권을 진남장군鎭南將軍으로 봉했다. 그러나 황권은 사양하고 받지 않았다.

그때 갑자기 근신이 아뢰었다: "첩자가 촉으로부터 와서 말하기를, 촉주蜀主가 황권의 가솔들을 전부 다 죽였다고 합니다."

황권曰: "신과 촉주는 성심으로 서로 믿는 사이로, 촉주께서는 신의 본심을 알고 계실 터이므로 틀림없이 신의 처자들을 죽이려 하시지 않을 것이오." (*황권이 만약 죽을 수 있었다면 서로의 믿음이 더욱 깊었다고 말할 수 있을 것이다.)

조비는 그 말을 옳게 여겼다. 후세 사람이 시를 지어 황권을 책망하였으니:

동오엔 항복할 수 없다면서 위엔 항복하는가	降吳不可却降曹
충의의 인사가 어찌 두 임금 섬길 수 있나.	忠義安能事兩朝
아쉽구나, 황권이 한 번 죽지 않은 것을	堪嘆黃權惜一死
자양(주희)의 사필史筆은 가벼이 용서 않았다.	紫陽書法不輕饒

〖 3 〗 조비가 가후賈詡에게 물었다: "짐은 천하를 통일하고 싶은데 먼저 촉蜀을 취할까? 아니면 동오를 취할까?"

가후가 말했다: "유비는 영웅의 재능이 있는데다 겸하여 제갈량이 나라를 잘 다스릴 수 있고, 동오의 손권은 일의 허실虛實을 알아볼 수 있는데다 육손이 현재 군사들을 요해처에 주둔시켜 놓고 있고, 장강과 호수가 가로막고 있으니 둘 다 급작스럽게 도모하기는 어렵습니다.

신이 살펴보건대, 우리의 여러 장수들 중에는 손권과 유비의 적수가 없습니다. (*주상은 말하지 않고 신하들을 평한 것은 역시 직접 조비를 말하기가 쉽지 않기 때문이다.) 비록 폐하의 하늘같은 위엄(天威)으로 임하시더라도 역시 반드시 승리한다는 보장이 없습니다. 다만 지금처럼 서로 대치하여 지키고 있으면서 두 나라에 변화가 생기기를 기다리는 것이 좋을 듯하옵니다." (*가후는 자신도 알고 상대도 알았다(知己知彼)고 할 수 있다.)

조비曰: "짐은 이미 세 방면으로 대병력을 보내서 동오를 치도록 했는데, 어찌 이기지 못할 리가 있겠는가?" (*조비는 촉병이 반드시 패할 것임은 미리 헤아릴 수 있었으나 위병이 이기지 못하리라는 것은 헤아릴 수 없었다. 역시 남을 볼 줄은 알았으나 자기 자신은 볼 줄 몰랐다.)

상서尙書 유엽劉曄이 아뢰었다: "근자에 동오의 육손이 새로 촉병 칠십만 명을 깨트려서 위아래가 한마음이 되어 있는데다가 더욱이 장강과 호수들이 길을 막고 있으니 쉽사리 저들을 제압할 수는 없사옵니다. 육손은 지모가 많으므로 틀림없이 대비하고 있을 것이옵니다." (*유엽의 식견이 가후 못지 않다.)

조비曰: "경은 전에는 짐에게 동오를 치라고 권하더니 이제 와서는 또 치지 말라고 말리는데, 그 이유가 무엇인가?" (*전문에 대응한다.)

유엽曰: "그때와 지금은 때가 같지 않기 때문이옵니다. 전에는 동오가 촉에게 여러 차례 패하여 그 형세가 갑자기 꺾였기 때문에 칠 수가 있었습니다. 그러나 지금은 저들이 싸움에 크게 이겨서 그 예기가 백배나 더해졌으므로 쳐서는 안 되옵니다."

조비曰: "짐의 뜻은 이미 결정되었으니, 경은 다시 말하지 말라."

마침내 조비는 어림군御林軍을 이끌고 친히 세 방면으로 진군하는 군사들을 응원하러 가려고 했다.

바로 그때 정탐꾼이 들어와서, 동오에는 이미 준비가 되어 있는바, 여범呂範에게는 군사들을 이끌고 가서 조휴曹休를 막도록 했고, 제갈근에게는 군사들을 이끌고 가서 남군에서 조진曹眞을 막도록 하였으며, 주환朱桓에게는 군사들을 이끌고 가서 유수濡須를 지키면서 조인曹仁을 막도록 해놓았다고 보고했다.

유엽이 말했다: "이미 대비가 되어 있다면 가시더라도 유익함이 없을 것입니다."

그러나 조비는 그 말을 듣지 않고 군사들을 이끌고 갔다.

〖 4 〗 한편 동오 장수 주환은 이때 나이가 겨우 스물일곱밖에 안 됐지만 담력이 크고 지모가 많아서 손권은 그를 매우 아꼈다. 그는 이때 유수濡須에서 군사들을 통솔하고 있었는데, 위장魏將 조인이 대군을 이끌고 선계(羨溪: 안휘성 무위현無爲縣 동북)를 취하러 간다는 말을 들었다. 주환은 선계를 지키기 위해 군사들을 전부 출동시키고 단지 기병 5천 명만 남겨두어 성을 지키도록 했다.

그때 갑자기 보고해 오기를, 조인이 대장 상조常雕로 하여금 제갈건諸葛虔·왕쌍王雙과 함께 정예병 5만 명을 이끌고 나는 듯이 유수성으로 달려가도록 했다는 것이었다. 그 말을 들은 군사들은 모두 두려워하는 기색이었다.

주환은 손으로 칼을 잡고 말했다: "승부는 장수에게 달려 있지 군사 수가 많고 적은 데 달려 있지 않다. 병법에서는 말했다: '쳐들어오는 적의 군사, 즉 객병客兵의 수가 두 배이고 지키는 군사, 즉 주병主兵의 수가 반인 경우에도 주병들이 오히려 객병들을 이길 수 있다(客兵倍而主兵半者, 主兵尙能勝於客兵)' 라고. (*이는 주主와 객客의 차이를 논한 것이다.) 지금 조인은 천리 먼 길을 산을 넘고 물을 건너와서 사람과 말들이 모두 지쳐 있다. (*이는 휴식을 취한 군사(逸)와 고생으로 지친 군사(勞)의 차이를 논한 것이다.) 나는 너희들과 같이 높은 성을 의지하고, 남으로는 장강을 의지하고, 북으로는 험한 산을 등지고서 (*이는 형세의 차이를 논한 것이다.) 편히 쉬고 있으면서 멀리에서 오느라 지친 적을 기다려서 주병主兵으로써 객병客兵을 제압하려고 한다. 이것은 백전백승의 형세이다. 비록 조비가 직접 온다고 해도 오히려 근심할 게 없는데, 하물며 조인 따위를 두려워하겠느냐?" (*미리 조비가 직접 올 때에 대한 복필이다.)

이리하여 명을 내려 모든 군사들에게 깃발을 눕혀두고 북을 치지 말도록 해서 마치 성을 지키는 사람이 하나도 없는 듯한 상태를 만들었다.

〖 5 〗 한편 위장魏將 상조常雕가 선봉장이 되어 정예병들을 거느리고 유수성을 취하러 가다가 멀리서 바라보니 성 위에 군사들이 하나도 없었다. 상조가 군사들을 재촉하여 급히 나아가 성에서 멀지 않은 곳에 이르렀을 때, 문득 포 소리가 울리고 성 위에 깃발들이 일제히 세워지더니 주환이 칼을 비껴들고 나는 듯이 말을 달려 나와 곧바로 상조에게 달려들었다.

미처 3합도 못 싸우고 상조는 주환의 칼에 베어 말 아래로 떨어졌다. 동오 군사들은 그 기세를 타고 한바탕 백병전을 벌였다. 위魏 군사들은 크게 패해서 죽은 자가 무수히 많았다. 주환은 대승하여 무수히 많은 깃발들과 병장기, 말들을 획득했다. (*이는 동오의 첫 번째 승리이다.)

조인은 군사를 거느리고 뒤 따라 오다가 선계羨溪로부터 쳐들어오는 동오 군사들에 의해 대패하여 물러갔다. (*이는 동오의 두 번째 승리이다.) 조인은 돌아가서 위주魏主 조비를 보고 싸움에 대패한 일을 자세히 아뢰었다. 조비는 크게 놀랐다.

조비가 한창 대책을 상의하고 있을 때 갑자기 정탐꾼이 와서 보고했다: "조진曹眞과 하후상夏侯尙은 남군을 포위하였으나 육손이 성 안에다 군사를 매복시켜 놓고 제갈근은 성 밖에다 군사들을 매복시켜 놓아 안팎으로 협공을 하는 바람에 크게 패했습니다."

그 말이 미처 끝나지도 않았는데 또 정탐꾼이 와서 보고했다: "조휴 역시 여범에게 패하고 말았습니다."

조비는 세 방면의 군사들이 모두 패했다는 말을 듣고 길게 탄식을 하며 말했다: "짐이 가후와 유엽의 말을 듣지 않아서 결국 이런 패배를 당하고 말았구나!" (*선주가 공명의 말을 듣지 않았던 것과 대동소이大同小異하다.)

때는 마침 여름이어서 전염병(疫病)이 크게 유행하는 바람에 기마병도 보병도 열 명 중에 예닐곱 명은 죽었다. 조비는 마침내 군사를 이끌고 낙양으로 돌아갔다. 동오와 위魏는 이때부터 서로 불화하게 되었다. (*동오와 위의 불화는 삼국간의 세력 다툼에 있어서 큰 분기점이 된다.)

〖 6 〗 한편 선주는 영안궁永安宮에서 병이 나서 일어나지 못하고 점점 병세가 위중해져 갔다.

장무章武 3년(서기 223년) 4월에 이르러 선주는 스스로 자기 병이 팔다리(四肢) 전체로 퍼져가고 있음을 알았다. 또 관우, 장비 두 아우를 생각하면서 곡을 했기 때문에 그의 병세는 더욱 깊어져 갔다. 그는 두 눈이 침침해져서 시중드는 사람들까지 보기 싫어서 좌우 사람들을 나가 있으라고 소리치고는 혼자 침상 위에 누워 있었다. (*꿈 이야기를 하기 위해 먼저 침상에 누운 것을 이야기하고, 귀신 본 것을 이야기하기 위해 먼저 사람 보기를 싫어한 것을 이야기하고 있다.)

그때 갑자기 음산한 바람(陰風)이 일어 등불을 흔들자 불이 꺼지는 듯하다가 다시 밝아졌다. 그때 문득 보니 등불 그림자 아래 두 사람이 시립侍立해 있었다.

선주가 화를 내며 말했다: "짐이 마음이 편치 않아서 너희들에게 잠시 물러가 있으라고 했거늘, 왜 또 왔느냐?"

꾸짖어도 그들은 물러가지 않았다. 선주가 몸을 일으켜 자세히 살펴보니, 왼쪽에 있는 것은 운장이고, 오른쪽에 있는 것은 익덕이었다.

선주는 크게 놀라서 말했다: "알고 보니 두 아우들은 여태 살아 있었구나!" (*완연한 꿈속에서의 말이다.)

운장이 말했다: "신들은 사람이 아니라 귀신입니다. 상제上帝께서는 저희 두 사람이 평생 신의信義를 잃지 않았다고 생각하시고는 칙명을 내려 둘 다 신神이 되도록 해주셨는데, 형님과 우리 형제들이 함께 모일 날도 멀지 않습니다."

선주는 목청을 돋우어 큰 소리로 곡을 하다가 문득 놀라서 깨어보니 두 아우는 보이지 않았다. 선주는 즉시 종자從者를 불러서 시간을 물어보니 때는 바로 삼경(三更: 밤 11시~새벽 1시)이었다.

선주는 탄식하며 말했다: "짐이 이 세상에 있을 날도 멀지 않았구나!"

곧바로 사자를 성도로 보내서 승상 제갈량과 상서령尙書令 이엄李嚴 등에게 밤낮없이 영안궁으로 와서 유명遺命을 받도록 했다. 공명 등은 태자 유선劉禪에게는 남아서 성도를 지키도록 하고 선주의 둘째 아들 노왕魯王 유영劉永·셋째 아들 양왕梁王 유리劉理와 함께 선주를 뵈러 영안궁으로 갔다. (*선주는 백제성에 있고 유선은 성도에 있고; 조조는 낙양에 있고 조비는 업군鄴郡에 있고, 임종 때 부자가 서로 만나보지 못한 것은 서로 비슷하다.)

〖 7 〗 한편 공명은 영안궁에 이르러 선주의 병이 위중함을 보고 황망히 침상 아래에서 절을 하며 엎드렸다. 선주는 공명에게 침상 곁에 앉으라고 청한 후 (*동오를 치기 위해 기병한 이래 이때까지 2년 동안 서로 헤어져 있었다.) 그의 등을 어루만지며 말했다: "짐은 승상을 얻고 나서 다행히 제업帝業을 이루었소. 그러나 나의 지식이 얕고 비루하면서도 승상의 말을 따르지 않아 그만 패하고 말았는데, 이렇게 될 줄 어찌 알았겠소. 짐은 그 일을 뉘우치고 분해 하다가 그만 병이 되어 지금은 목숨이 경각에 달려 있소. 내 자식(嗣子)은 잔약하기에 대사大事를 승상한테 부탁하지 않을 수가 없소."(*삼고초려로 시작해서 자식을 맡기는 것으로 끝난다. 삼고초려를 할 때 예를 갖췄던 것은 자기 자신을 위한 착수금(定錢)이었다면, 자식을 부탁한 정은 또한 자식을 위한 계약금(定錢)이다.)

말을 마치자 눈물이 흘러 온 얼굴에 가득했다. 공명 역시 눈물을 흘리고 울면서 말했다: "원컨대 폐하께서는 옥체를 잘 보중하시어 천하 모든 사람들의 기대에 부응하소서."

선주는 눈으로 사방을 두루 보다가 마량馬良의 아우 마속馬謖이 곁에 있는 것을 보더니 그에게 잠시 물러가 있도록 했다.

마속이 밖으로 물러나가자 선주는 공명에게 말했다: "승상은 마속의 재주를 어떻게 보시오?"(*한창 바쁜 중에도 갑자기 마속의 재주에 대해 의논한다. 극히 한가로운 얘기 같지만, 뜻밖에도 후에 가서는 도리어 아주 긴요한 얘기가 된다.)

공명曰: "그 사람 역시 당세의 영재英才에 속하옵니다."

선주曰: "그렇지 않소. 짐이 이 사람을 자세히 살펴보니, 항상 그 말이 실제보다 지나치므로(言過其實) 크게 써서는 안 되오. 승상은 그를 잘 살펴봐야만 할 것이오."(*일찌감치 제96회에서 있을 일의 복선을 깔아놓는다.)

분부하기를 마치자 여러 신하들을 전각 안으로 불러들이도록 한 다음 종이와 붓을 잡고 유조(遺詔: 임금의 유언)를 써서 공명에게 건네주고는 탄식하여 말했다: "짐은 글을 읽지 않았으나 그 대략大略은 대충 알고 있소. 성인(聖人: 즉, 공자의 제자 증자曾子)께서 말씀하시기를: '새가 죽으려고 할 때에는 그 울음소리가 애처롭고, 사람이 죽으려고 할 때에는 그 하는 말이 정직하다(鳥之將死, 其鳴也哀; 人之將死, 其言也善)' 고 했소. (출처: 〈논어 · 태백편〉.) 짐은 본래 경들과 함께 역적 조조를 제거하고 같이 한 황실을 붙들어 세우고자 했었는데, (*임종의 순간 다시 동오에 대한 이야기는 꺼내지 않고 다만 역적 조조만 이야기한 것은 동오를 치려고 했던 일을 후회한다는 것이다.) 불행히도 중도에 서로 헤어지게 되었소. 번거롭더라도 승상은 나의 이 유언遺詔을 태자 선禪에게 전해 주시되, 내가 평소에 늘 하던 말이라고 생각하지 말게 해주시오. 그리고 모든 일들은 승상이 그를 가르쳐주기 바라오."(*이미 자신이 그를 가르쳤으면서 또 공명이 그를 가르쳐주기 바란다.)

공명 등은 바닥에서 울면서 절을 하고 말했다: "폐하께서는 부디 옥체를 편히 하옵소서. 신들이 견마지로犬馬之勞를 다해 폐하께서 베풀어 주신 지우지은(知遇之恩)에 보답하겠나이다."

선주는 내시에게 공명을 붙들어 일으키도록 하여 한 손으로는 자기 눈물을 감추고 한 손으로는 공명의 손을 잡고 말했다: "짐은 이제 죽을 것인데, 마음속의 말을 하려고 하오."

공명曰: "무슨 성교(聖諭: 성인이나 임금의 가르침)이시옵니까?"

선주는 울면서 말했다: "그대의 재주는 조비曹丕보다 열 배나 뛰어나므로 틀림없이 나라를 안정시키고 대사를 최종 결정지을 수 있을 것이오. (*다만 조비曹丕와만 비교한 것은 위魏를 치는 일을 중하게 생각했기 때문이다.) 만약 짐의 자식이 보필해 줄 만하거든 도와주고, 만약 그럴 만한 인재가 못 되거든 그대가 스스로 성도成都의 주인이 되어도 좋소." (*마치 유표가 형주를 양보하면서 한 말과 흡사하다. 사람들은 이 말을 선주가 공명의 마음을 묶어두기 위해 한 말이라고 의심한다. 그러나 나는 이 말은 선주가 자기 자식인 유선劉禪이 쓸모없는 인간인 줄 잘 알고서 한 말이라고 생각한다.)

공명은 이 말을 다 듣고 나서 온몸에 땀을 쭉 흘리고 당황하여 몸 둘 바를 몰라서 울면서 땅에 엎드려 절을 하고 말했다: "신이 어찌 감히 죽을 때까지 고굉지신(股肱之臣)으로서의 힘을 다하지 않을 수 있으며 충정忠貞의 절조를 다 바치지 않을 수 있겠나이까!"

말을 마치고는 머리를 땅에 조아리니 피가 흘렀다.

선주는 다시 공명을 침상 위에 앉으라고 한 다음 노왕魯王 유영劉永과 양왕梁王 유리劉理를 앞으로 가까이 오라고 부른 다음 분부했다: "너희들은 모두 짐의 말을 잘 기억해 두거라: 짐이 죽은 후 너희 형제 세 사람은 모두 승상을 아버지로 섬기되 태만히 해서는 안 된다." (*두 아들에게만 분부했으나 그 안에는 세 아들 전부에 대한 분부가 들어 있다.)

말을 마치자 선주는 두 아들에게 같이 공명에게 절을 하도록 했다. 두 아들이 절을 마치자 공명이 말했다: "신이 비록 간뇌도지(肝腦塗地)를 하더라도 어찌 제가 받은 지우지은(知遇之恩)에 보답할 수 있겠나이까!"

〖 8 〗 선주는 여러 관원들에게 말했다: "짐은 이미 승상에게 자식들을 부탁하고, 태자로 하여금 승상을 부친으로 섬기도록 명했다. 경들은 모두 태만히 하여 짐의 기대를 저버리는 일이 없도록 하라."

또 조운에게 부탁했다: "짐은 경과 환난 가운데서 서로 따르면서 오늘에 이르렀는데, 이곳에서 헤어질 줄은 생각도 못했소. 경은 짐과의 오랜 교분을 생각하여 언제나 내 아들을 잘 돌보아서 짐의 부탁의 말을 저버리지 않도록 하시오."(*조운은 한 번은 아두阿斗를 전쟁터에서 보호했고, 한 번은 아두를 손 부인으로부터 빼앗았다. 다른 장수들과는 달랐으므로 특별히 또 부탁한 것이다.)

조운이 울면서 절을 한 후 말했다: "신이 어찌 감히 견마지로犬馬之勞를 다하지 않을 수 있겠나이까!"

선주는 또 여러 관원들에게 말했다: "경 등 여러 관원들에게 짐이 일일이 따로 부탁할 수는 없으나, 모두들 자중자애自重自愛하기를 바란다."

말을 마치자 붕어崩御하셨는데, 향년 63세였다. 이때는 장무 3년(*서기 223년) 4월 24일이다. 후에 두보(杜甫: 杜工部)가 이를 탄식하는 시를 지었으니:

촉의 주인 동오 노리고 삼협으로 향했으나	蜀主窺吳向三峽
돌아가시던 그 해에는 영안궁에 계셨다네.	崩年亦在永安宮
천자의 행차는 저 빈산 너머에 있는가	翠華想像空山外
궁전 있던 자리에는 야사野寺만 남아있네.	玉殿虛無野寺中

옛 사당 마당의 소나무엔 학이 둥지 틀고　　古廟杉松巢水鶴
사철 명절 때마다 촌 늙은이들 찾아가네.　　歲時伏臘走村翁
공명 모신 무후사도 가까운 곳에 있어　　武侯祠屋長隣近
임금과 신하 다 같이 제사 받으시네.　　一體君臣祭祀同

〖 9 〗 선주가 세상을 떠나자 문무 관료들로 애통해 하지 않는 자가 없었다. 공명은 모든 관원들을 거느리고 영구를 모시고 성도로 돌아갔다. 태자 유선이 성을 나가서 영구를 영접하여 정전正殿 안에다 모시고 곡을 하고 예를 갖춘 다음 유조遺詔를 낭독했다. 유조에서 말하기를:

"짐이 처음 병을 얻었을 때에는 단지 이질에 불과하더니 뒤에 도리어 다른 병들이 생겨서 거의 고치지 못할 지경이 되었다. 짐이 듣기로는, '사람의 나이 오십이면 요절하는 것(夭壽)이 아니다' 고 했다. 지금 짐의 나이 육십이 넘었으니 죽는다고 해서 다시 무슨 한이 있겠느냐? 다만 경(卿: 유선)의 형제가 마음에 걸릴 따름이다.

힘쓰고 또 힘쓸지어다. 악惡은 작다고 여겨서 행해서는 안 되고, 선善은 작다고 여겨서 행하지 않아서는 안 된다(勉之! 勉之! 勿以惡小而爲之, 勿以善小而不爲). 오직 현자와 유덕한 자만이 사람들을 복종시킬 수 있느니라.

네 아비는 덕이 박하여 본받기에 부족하다. 너는 승상과 더불어 일을 의논하되 승상 섬기기를 아비처럼 하고, 태만히 하지 말고 망각하지도 말라! 네 형제는 아름다운 이름이 널리 알려지기를 추구하도록 하라. 짐의 간절하고 또 간절한 부탁이니라!"

모든 신하들에게 유조 낭독을 다 하고 나서 공명이 말했다: "나라에는 하루도 임금이 없어서는 안 되니, 사군嗣君을 임금으로 세워 한漢의 대통大統을 잇도록 하기를 청합니다."

그리하여 태자 선禪을 세워 황제의 자리에 오르도록 하고, 연호年號를 건흥建興으로 고쳤다. 제갈량의 벼슬을 높여서 무향후武鄕侯로 삼고 익주목益州牧을 겸하도록 했다. 선주를 혜릉惠陵에 장사지내고 시호謚號를 소열황제昭烈皇帝라 하고, (* '昭'는 '光'이란 뜻이고 '烈'은 '武'란 뜻이다. 은연중에 '광무光武' 황제에 견준 것이다.) 황후 오씨吳氏를 높여서 황태후皇太后로 삼았다. 또한 감부인甘夫人을 추존追尊하여 시호를 소열황후昭烈皇后라 하고, 미부인糜夫人 역시 추존하여 황후로 했다. 그리고 여러 신하들의 벼슬을 올려주고 상을 주었고, 천하에 대사면령大赦免令을 내렸다.

〖 10 〗 일찌감치 위魏의 군사가 이 일을 탐지해서 중원으로 보고했다. 위주魏主의 근신이 이를 아뢰자, 조비는 크게 기뻐하며 말했다: "유비가 이미 죽었으니 짐은 이제 걱정거리가 없어졌다. 그 나라에 주인이 없는 때를 틈타 군사를 일으켜 치는 것이 어떻겠는가?"(*동오를 쳐서 이기지 못하자 촉을 칠 생각을 하는데, 이는 속담에서 말한바 '동쪽에 못 붙으니 서쪽에 붙는다(東邊不着, 西邊着)'는 식이다.)

가후가 간했다: "유비는 비록 죽고 없으나 틀림없이 제갈량에게 아들을 부탁하였을 것이고, 제갈량은 유비의 지우지은知遇之恩에 감격하여 반드시 마음과 힘을 다하여 후주(嗣主: 後主)를 보필할 것입니다. 폐하께서는 조급히 치려고 하셔서는 안 되옵니다."(*유엽劉曄이 동오를 치려는 것을 말린 것과 같은 식견이다.)

한창 이야기하고 있을 때, 갑자기 한 사람이 반열 가운데서 분연히 나오면서 말했다: "이때를 틈타 출병하지 않고 다시 어느 때를 기다린단 말입니까?"

모두들 보니 바로 사마의司馬懿였다. (*사마의는 습관적으로 촉의 적수敵手가 되려고 하는데, 이곳에서 일찌감치 일필一筆을 깔아놓고 있다.) 조비는 크게 기뻐하며 곧바로 그에게 계책을 물었다.

사마의曰: “만약 중원의 군사들만 일으켜 친다면 급히 이기기가 어렵습니다. 반드시 군사들을 다섯 방면으로 출동시켜 사방에서 협공함으로써 제갈량이 선두와 후미를 서로 구원할 수 없도록 해놓아야만 촉을 도모할 수 있습니다.”

조비가 다섯 방면의 군사들이란 무엇을 말하는지 물었다.

사마의曰: “서신 한 통을 작성하여 사자에게 주어 요동의 선비국鮮卑國으로 가서 국왕 가비능軻比能을 만나보고 황금과 비단을 뇌물로 바치면서 요서遼西의 강병羌兵 10만 명을 일으켜서 먼저 육로로 서평관(西平關: 청해성 서령시西寧市)을 치도록 하는 것입니다. 이것이 첫째 방면(一路)입니다. (*선주는 번왕番王 사마가沙摩柯를 썼는데, 지금 사마의 역시 선비국왕 가비능軻比能을 쓰려고 한다.)

다시 서신 한 통을 작성하여 관작 임명장(官誥)과 상과 같이 사자에게 주어 곧장 남만(南蠻: 고대 중국의 남방 소수민족)으로 들어가서 만왕蠻王 맹획孟獲을 만나 그에게 10만 명의 군사를 일으켜서 익주(益州: 운남성 보령현普寧縣 동쪽), 영창(永昌: 운남성 보산현保山縣), 장가(牂牁: 귀주성 귀양시貴陽市 부근), 월준(越巂: 사천성 서창시西昌市 동남)의 네 개 군郡을 공격함으로써 서천의 남쪽 지역을 치도록 하는 것입니다. 이것이 둘째 방면(二路)입니다. (*일찌감치 후문의 칠금칠종七擒七縱의 배경이 되고 있다.)

다시 사자를 동오로 들여보내서 서로 화친을 맺도록 하되 이긴 후 땅을 떼어주겠다고 약속하고는 손권으로 하여금 군사 10만 명을 일으켜서 동천과 서천으로 들어가는 협구(峽口: 호북성 의창시宜昌市 북쪽, 삼협댐 아래쪽)를 공격하고 곧장 부성(涪城: 즉 부현涪縣. 사천성 면양시綿陽市 동쪽)을 취하도록 하는 것입니다. 이것이 셋째 방면(三路)입니다. (*이상 세 방면은 모두 객병客兵을 쓰겠다는 것이다.)

또 항복한 장수 맹달에게 사자를 보내서 상용上庸의 군사 10만 명을 일으켜서 서쪽으로 한중漢中을 치도록 하는 것입니다. 이것이 넷째 방면(四路)입니다. (*이 한 방면은 촉에서 항복해온 장수를 쓰려고 한다. 이는 비록 주병主兵이기는 하나 역시 객병客兵에 속하는바, 촉으로써 촉을 공격하도록 하는 것과 같다.)

그렇게 한 후에 대장군 조진曹眞을 대도독으로 삼아 군사 10만 명을 거느리고 경조(京兆: 京城. 즉 낙양)로부터 곧장 양평관(陽平關: 섬서성 면현勉縣 서쪽 백마하가 한수漢水로 들어가는 곳)으로 나가서 서천을 취하도록 하는 것입니다. 이것이 다섯째 방면(五路)입니다. (*마지막 한 길에만 자기 장수와 자기 군사를 쓰려고 한다.)

모두 합쳐서 50만의 대병이 다섯 방면으로 일제히 쳐들어간다면 제갈량에게 설령 주周 나라 건국 공신 강태공(姜太公: 즉 여망呂望)의 재주가 있다고 하더라도, 그가 어떻게 이들을 당해낼 수 있겠습니까?"

조비는 크게 기뻐하며 즉시 비밀리에 말 잘 하는 관원 4명을 사자로 삼아 네 곳으로 떠나보내고, 또 조진을 대도독으로 삼아 군사 10만 명을 거느리고 가서 곧장 양평관을 취하도록 했다. 이때 장료張遼 등 옛 장수들은 모두 열후列侯로 봉해져서 다들 기주·서주·청주 및 합비 등지에서 관문과 요해처를 지키고 있었으므로 다시 불러올리지 않았다.

〖 11 〗 한편 촉한蜀漢의 후주後主 유선劉禪이 즉위한 이래 옛 신하들 중에는 병으로 사망한 사람들이 많았는데, 이에 대해서는 자세히 말하지 않기로 한다.

그래서 조정의 인재 선발 및 등용, 군사물자와 군량의 조달(錢糧), 송사訟事 등의 모든 일들은 전부 제갈승상의 판단과 처분에 따랐다.

이때 후주는 아직 황후를 책립하지 않고 있었는데, 공명과 여러 신하들이 상주했다: "돌아가신 거기장군車騎將軍 장비의 딸이 매우 현숙하고 그 나이도 이제 17세이니 맞아들여 정궁正宮 황후皇后로 삼도록 하시옵소서."

후주는 즉시 그를 황후로 맞아들였다. (*그 부친들의 도원결의로 논하자면 이 두 사람은 오라비와 여동생 사이라 할 수 있다. 그러나 이성異姓 간의 결혼이므로 문제될 게 없다.)

건흥建興 원년(서기 223년) 8월, 갑자기 변방으로부터 보고가 들어왔는데, 말하기를: "위魏가 서천을 취하려고 다섯 방면으로 대군을 출동시키는데: 첫째 방면은 조진이 대도독이 되어 군사 10만 명을 일으켜 양평관을 취하려고 하고,

둘째 방면은 촉을 배반한 장수 맹달이 상용上庸의 군사 10만 명을 일으켜 한중으로 쳐들어오려 하고,

셋째 방면은 동오의 손권이 정예병 10만 명을 일으켜 협구峽口를 취한 후 서천으로 들어오려고 하며,

넷째 방면은 만왕 맹획이 만병蠻兵 10만 명을 일으켜 익주益州의 네 개 군으로 쳐들어오려 하고,

다섯째 방면은 번왕番王 가비능이 강족 병사 10만 명을 일으켜 서평관西平關으로 쳐들어오려고 합니다.

이 다섯 방면으로 쳐들어오려는 군사들은 그 형세가 대단하여 벌써 미리 승상께 보고하였사온데, 신은 그 이유를 모르겠사오나 승상께서는 여러 날 째 정사를 보러 나오지 않고 계십니다."

후주는 이 보고를 듣고 나서 크게 놀라 즉시 근시를 시켜 칙지를 가지고 가서 공명을 불러오도록 했다. 사자가 간 지 반나절이 지나 돌아와서 보고했다: "승상부의 사람이 말하기를, 승상께서는 병이 들어 나오지 못한다고 하옵니다."

후주는 더욱 더 당황했다.

다음날, 또 황문시랑黃門侍郎 동윤董允과 간의대부諫議大夫 두경杜瓊에게 명하여 승상의 침상 앞으로 가서 지금의 중대사를 고하도록 했다.

동윤과 두경 두 사람이 승상부 앞까지 갔으나 둘 다 들어갈 수 없었다.

두경이 말했다: "선제께서는 승상께 후주(後嗣)를 맡기셨고, 지금 주상께서는 보위에 갓 오르셨는데, 조비의 군사들이 다섯 방면으로 국경을 침범해 오므로 군사 사정이 지극히 급한데도 승상께서는 무슨 까닭으로 병을 핑계대고 나오지 않으시는가?"

한참 후에야 문지기가 승상의 말을 전했다: "병이 조금 나았으니 내일 아침 조정에 나가서 일을 의논할 것이다."

동윤과 두경 두 사람은 탄식을 하고 돌아갔다.

〖 12 〗 다음날 많은 관원들이 또 승상부 앞으로 가서 아침부터 저녁 때까지 기다렸으나 또 나오는 것을 보지 못했다. 관원들은 모두 불안에 떨면서 각자 흩어져 돌아갈 수밖에 없었다.

두경이 들어가서 후주에게 아뢰었다: "청컨대 폐하께서 어가를 타시고 친히 승상부로 가셔서 계책을 물어보소서."

후주가 즉시 여러 관원들을 이끌고 궁으로 들어가서 황태후에게 아뢰었다. 태후가 크게 놀라며 말했다: "승상께서는 무슨 까닭으로 이러시는가? 선제의 부탁을 저버리려 하시는가? 내가 직접 가봐야겠다." (*일부러 사람을 놀라게 하는 필법을 쓰고 있다. 이로써 다음 글에서 공명의 기이한 재주를 더욱 드러내 보이고 있다.)

동윤이 아뢰었다: "마마께서는 가벼이 가셔서는 아니 되옵니다. 신이 짐작컨대 승상께서는 틀림없이 무슨 고명高明한 생각이 있을 것이옵니다. (*동윤은 자못 식견이 있다.) 우선 주상께서 먼저 가보신 다음에, 만약 과연 태만히 하시는 바가 있으면 그때 가서 마마께서 승상을 선주의 사당(太廟) 안으로 부르시어 물어보시더라도 늦지 않을 것이옵니다."

태후는 아뢴 대로 따랐다.

다음날, 후주의 어가가 친히 상부에 도착하자 문지기가 어가가 당도한 것을 보고 황망히 땅에 엎드려 절을 하며 맞이했다.

후주가 물었다: "승상께서는 어디에 계시느냐?"

문지기曰: "어디 계시는지 모르옵니다. 다만 승상께서 지시하기를, 모든 관원들을 막아서 쉬이 안으로 들어오지 못하게 하라고 하셨나이다."

후주는 이에 수레에서 내려 걸어서 (*선주가 친히 초려를 찾아갔던 것과 비슷하다.) 혼자 삼중으로 된 문을 들어가서 보니 공명은 혼자 대나무 지팡이를 짚고 작은 못가에서 물고기를 구경하고 있었다. (*초려에서 베개를 높이 하여 누워 있었던 것과 비슷하다.)

후주는 그 뒤에 한참이나 서 있다가 천천히 말했다: "승상께선 편안하고 즐거우십니까?"(*선주가 계단 아래에 서서 인사했던 것과 비슷하다.)

공명이 고개를 돌려 보니 후주인지라 황망히 지팡이를 버리고 땅에 엎드려 절을 하며 말했다: "신은 만 번 죽어 마땅하옵니다!"

후주는 그를 부축해 일으키고 물었다: "지금 조비가 군사를 다섯 방면으로 나누어 매우 급하게 국경을 침범해오고 있는데, 상부相父께서는 무슨 까닭으로 상부에서 나와 일을 보려 하지 않으십니까?"

공명은 크게 웃으면서 후주를 부축하여 내실로 들어가서 좌정한 다음 아뢰었다: "다섯 방면으로 군사들이 쳐들어오고 있다는 것을 신이 어찌 모를 수 있겠습니까? 신은 고기를 구경하고 있었던 게 아니라 생각할 게 있어서 그랬습니다."(*물고기를 관찰한 게 아니라 동오를 관찰하고 있었다.)

후주曰: "이를 어찌하지요?"

공명曰: "강왕羌王 가비능과 만왕蠻王 맹획과 배반한 장수 맹달과 위魏의 장수 조진, 이 네 방면의 군사들은 신이 이미 다 물리쳤사옵니다. (*참으로 기묘하다! 정말로 사람들의 의표를 벗어나고 있다.) 단지 손권 한 방면만 남아 있는데, 신은 이미 그들을 물리칠 계책을 세워놓았으나 다만 언변이 뛰어난 사람 하나를 구해서 사자로 보내야만 하는데 아직 그 사람을 구하지 못하여 그 문제를 깊이 생각하고 있는 중이었습니다. 폐하께서는 근심하실 필요 없사옵니다."

〖 13 〗 후주는 다 듣고 나서 한편으로는 놀라고 또 한편으로는 기뻐하면서 말했다: "상부께서는 과연 귀신도 측량할 수 없는 기모機謀를 가지고 계십니다. 부디 적병을 물리칠 계책을 들려주십시오."

공명曰: "선제께서는 신에게 폐하를 부탁하셨나이다. 그런데 신이 어찌 감히 한시라도 태만히 할 수 있겠나이까? 성도의 많은 관원들은 모두 병법의 오묘함을 이해하지 못하나이다. 병법에서 귀하게 여기는 것은 남으로 하여금 예측하지 못하게 하는 것인데, 어찌 남들에게 누설할 수 있겠나이까? (*먼저 자기가 병을 핑계대고 나가지 않았던 이유, 여러 관원들과 국사를 의논하지 않는 이유를 말하고 있다.)

노신老臣은 전부터 서번국왕西番國王 가비능이 군사를 이끌고 서평관西平關을 침범해 올 줄 알고 있었나이다. 신이 생각해 보니, 마초馬超는 대대로 서천에서 살아온 사람으로 평소 강인羌人들의 인심을 얻고 있고, 강인들은 마초를 신과 같은 위엄이 있는 하늘이 내린 장군(神威天將軍)으로 생각하고 있습니다. 신은 이미 한 사람을 먼저 보내서 밤낮없이 달려가서 마초에게 격문을 전하되, 그로 하여금 서평관을 굳게 지키면서 네 방면으로 기습병을 매복시켜 두고 매일 번갈아 가면서 적을 막도록 하였사오니, 그쪽 방면은 걱정하실 필요가 없사옵니다.

또한 남만의 맹획이 네 개 군郡을 침범해 온다기에 신은 또 위연魏延에게 격문을 띄워 그에게 일군一軍을 거느리고 왼편으로 나가서 오른편으로 들어오고, 오른편으로 나가서 왼편으로 들어오는 식으로 움직여서 많은 병력이 움직이는 것처럼 보이도록 하는 의병계疑兵計를 쓰도록 하였나이다. 만병蠻兵들은 오직 용맹과 힘에만 의지할 뿐 의심이 많아서 의병疑兵을 보게 되면 틀림없이 감히 나오지 못할 것이므로, 그쪽 방면도 걱정하실 필요가 없사옵니다.

또한 신은 맹달이 군사를 이끌고 한중漢中으로 나올 것으로 알고 있었나이다. 맹달은 이엄李嚴과 일찍이 생사를 같이 하기로 약속한 친구이옵니다. 전에 신이 성도로 돌아올 때 이엄으로 하여금 백제성에 남아서 영안궁永安宮을 지키도록 하였나이다. 신은 이미 이엄의 친필처럼 꾸며서 서신 한 통을 작성하여 사람을 시켜 맹달에게 전하도록 하였으니, 맹달은 틀림없이 병을 핑계대고 나오지 않을 것이며, 그리하면 군사들의 마음도 해이해질 것이므로, 그쪽 방면 또한 걱정하실 필요가 없사옵니다.

또한 조진曹眞이 군사를 이끌고 양평관陽平關으로 침범해 올 줄 알고 있었사온데, 그곳은 지세가 험준하여 지켜낼 수 있나이다. 신은 이미 조운에게 일군一軍을 이끌고 가서 관문과 요해처를 지키되 절대로 싸우러 나가지 말라고 일러두었나이다. 조진은 만약 우리 군사들이 싸우러 나오지 않는 것을 보게 된다면 오래지 않아 스스로 물러갈 것이옵니다.

이들 네 방면으로 오는 군사들은 모두 근심할 필요 없사옵니다. 그런데도 신은 온전히 지켜내지 못할까봐 염려되어 또 은밀히 관흥과 장포 두 장수에게 각기 군사 3만 명씩을 이끌고 가서 긴요한 곳에 주둔해 있으면서 여러 방면의 군사들을 지원하도록 하였나이다. 이러한 곳들에 군사들을 배치하기 위해 이동시킬 때에는 모두 성도를 지나가지 않도록 했기 때문에 아무도 이를 알아채지 못했나이다.

이제 남은 한 방면은 동오의 군사들뿐인데, 그들은 틀림없이 곧바로 움직이지 않을 것이옵니다. 만약 네 방면의 군사들이 이겨서 서천이 위급한 것을 보게 되면 반드시 공격해올 것입니다. 그러나 만약 네 방면의 군사들이 이기지 못한다면 저들이 어찌 움직이려 하겠습니까?

신이 헤아려보건대, 손권은 앞서 조비曹丕가 세 방면으로 동오를 침범해 왔던 것에 원한을 품고 틀림없이 그의 말을 따르려 하지 않을 것이옵니다. 비록 그렇기는 하오나, 반드시 언변이 뛰어난 사람을 곧장 동오로 보내서 이해관계를 가지고 동오를 설득하여 먼저 동오를 물러가도록 한다면, 나머지 네 방면의 군사들이야 근심할 게 뭐 있겠나이까? 다만 동오를 설득하러 갈 사람을 아직 구하지 못했기에 신이 주저하고 있었던 것입니다. 그런데 어찌하여 폐하께서는 어가를 움직여 여기까지 왕림하시는 수고를 하셨나이까?"

후주가 말했다: "태후께서도 상부相父를 만나보러 오시려고 했습니다. 이제 짐이 상부의 말씀을 듣고 나니 마치 꿈에서 깨어난 것 같습니다. 다시 무엇을 근심하겠습니까!"

〖 14 〗 공명은 후주와 함께 술을 여러 잔 마신 후 후주를 배웅하여 상부相府 밖으로 나왔다. 많은 관원들은 대문 밖에 빙 둘러 서 있다가 후주의 얼굴이 희색喜色을 띠고 있는 것을 보았다. 후주는 공명과 작별하고 어가에 올라 조정으로 돌아갔다. 많은 관원들의 마음속 의혹은 풀어지지 않았다. (*호로병 속에 담아놓고 팔고 있는 게 무슨 약인지 몰랐던 것이다.)

공명이 보니 많은 관원들 가운데 한 사람이 하늘을 쳐다보고 웃고 있는데 그의 얼굴 역시 희색喜色을 띠고 있었다. (*술을 마시지도 않았는데 얼굴이 불그스레한 사람과는 함께 술을 마시지 않을 수 없다. 그러나 이런 사람과는 같이 술을 마시지 않는 것이 좋다.)

공명이 보니 의양義陽 신야(新野: 하남성에 속한 현縣 이름) 사람으로, 성은 등鄧, 이름은 지芝, 자를 백묘伯苗라고 하는 자였다. 현재 호부상서戶部尙書로 있는데, 한漢의 사마司馬 등우鄧禹의 후손이다.

공명은 몰래 사람을 시켜서 등지를 남아 있도록 했다. 많은 관원들은 다 흩어졌다. 공명은 등지를 서원書院 안으로 청해 들여 그에게 물었다: "지금은 촉, 위, 오 세 나라가 솥의 세 발처럼 나뉘어 있는데, 두 나라를 쳐서 천하를 통일하여 한 황실을 중흥하려면 먼저 어떤 나라부터 쳐야 하겠는가?" (*등지가 공명에게 물어보도록 하지 않고 먼저 공명이 등지에게 물어서 그를 시험하고 있는데, 매우 묘한 방법이다.)

등지曰: "제 생각을 말씀드리면, 위魏는 비록 한의 역적이기는 하지만 그 형세가 매우 커서 급히 흔들기가 어려우므로 천천히 도모해야만 합니다. 지금은 주상께서 갓 보위寶位에 오르시어 민심도 안정되지 않았으니, 마땅히 동오와 손을 잡아 입술과 이빨의 관계(脣齒之誼)를 맺고 선제 때의 구원舊怨을 깨끗이 씻어버려야 합니다. 이렇게 하는 것이 바로 장구長久한 계책일 것입니다. (*이는 바로 "동으로 손권과 화친한다(東和孫權)"는 말과 합치된다.) 승상의 뜻은 어떠한지 모르겠습니다."

공명은 크게 웃으며 말했다: "나도 그렇게 생각한 지 오래 되었소. 그러나 여태 그럴만한 사람을 얻지 못했는데, 오늘 비로소 얻었소!"

등지曰: "승상께서는 그 사람이 어떤 일을 하기를 원하십니까?"

공명曰: "나는 그 사람을 동오로 보내서 동오와 손을 잡으려고 하오. 공은 이미 이런 뜻을 분명히 알고 있으니 틀림없이 군주의 사명使命을 욕되지 않게 할 수 있을 것이오. 동오에 사신으로 가는 임무는 공이 아니면 안 되겠소." (*묘한 것은 그가 스스로 말하기를 기다린 후에 그를 사신으로 보내는 것이다.)

등지曰: "저는 재주도 없고 아는 것도 얕아서 이런 중대한 임무를 감당해 낼 수 없을까봐 두렵습니다."

공명曰: "내가 내일 천자께 상주하여 백묘伯苗를 동오에 사자로 보내자고 청할 테니 절대로 거절하지 마시오."

등지는 그렇게 하겠다고 대답하고 물러갔다.

다음날 공명은 후주에게 아뢰어 윤허를 받아, 등지를 보내면서 가서 동오를 설득하도록 했다. 등지는 하직인사를 한 다음 동오로 갔다. 이야말로:

동오 사람들 싸움 막 그치니 吳人方見干戈息
촉의 사신 옥백玉帛 보내며 강화를 청하네. 蜀使還將玉帛通

등지의 이번 행차가 어찌될지 모르겠거든 다음 회를 읽어보기 바란다.

제85회 모종강 서시평序始評

(1). 한 고조는 백제白帝의 아들(白蛇)을 베어 죽이고 한漢을 창업하였고, 광무제光武帝는 백수촌白水村에서 일어나 한을 중흥시켰으며, 선주는 백제성白帝城에 들어가서 자식을 공명에게 부탁했다. 두 황제는 백白에서 시작했고, 한 황제는 백白에서 끝났으니, 이는 바로 이의李意의 참언讖言과 합치된다. (*제81회의 일.)

도원결의桃園結義에서부터 여기까지가 하나의 대단원(大結局)이라고 말할 수 있다. 그러나 선주의 일은 여기에서 끝나지만, 공명의 일은 여기서부터 시작된다. 앞에서 서천西川을 취하고 한중漢中을 평정한 것은 삼고초려三顧草廬에서 비롯된 일이고, 뒤에서 맹획을 일곱 번 사로잡고(七擒孟獲) 기산祁山으로 여섯 번 출정 나가는 것(六出祈山)은 백제성에서 자식을 부탁한 일에서 비롯된 것이다. 그러므로 이 한 편은 앞부분에 대해서는 결말結末이지만, 뒷부분에 대해서는 서두序頭이다.

(2). 선주가 자식을 부탁한 이야기를 자세히 살펴보면, 그가 동오 치는 것을 중시하지 않고 결국 위魏를 치는 것을 중시하였음을

알 수 있다. 그가 말하기를 "승상의 재주는 조비의 10배"라고 했는데, 어째서 손권의 10배라고는 말하지 않았을까? 그것은 대개 한漢의 원수는 위魏고, 나의 상대는 조씨曹氏라는 것이다.

그가 말하기를 "내 자식이 보필해줄 만하면 도와주고, 보필해줄 만하지 않거든 승상 스스로 그 자리를 차지해도 좋다"고 말했는데, 이는 자기 자식 유선劉禪이 조비를 칠 수 있으면 그를 도와주고, 그를 칠 수 없거든 승상 스스로 그 자리를 차지하라고 말한 것과 같다. 중점은 역적을 치는 데 있었고 자식의 보위를 유지하는 데 있지 않았으니, 이것이 후에 공명이 전후 두 차례 출사표出師表를 쓰지 않을 수 없었던 이유이다.

(3). 혹자가 묻기를, 선주가 공명에게 스스로 보위를 차지하라고 했는데 그것은 진심으로 한 말일까 아니면 거짓으로 한 말일까?

나는 말한다: 진심이라 생각하면 참말이고 거짓이라 생각하면 거짓말이다.

공명으로 하여금 조비가 한 일(즉, 황위 찬탈)을 하도록 하려면, 그 의리상 반드시 감히 하지 않을 수 없고 차마 하지 않을 수 없어서일 것이다. 그가 반드시 감히 하지 않을 수 없고 차마 하지 않을 수 없을 줄 알고서 그로 하여금 이런 말을 듣게 한다면, 그가 태자를 보필하는 마음은 더욱 절실해질 수밖에 없다.

또한 만약 태자가 이런 말을 듣게 된다면 그가 공명의 말을 따르고 공명을 경외하려는 뜻은 더욱 엄숙해질 수밖에 없다. 도겸陶謙이 현덕에게 서주徐州를 양보한 것은 전부 진심이지 거짓이 아니었다. 유표가 형주를 양보했던 것은 반은 거짓이고 반은 진심이었다. 이들은 둘 다 선주의 유명遺命과 같은 차원에서 이야기할 수 없다.

제86회

진복, 천재적인 변론으로 장온을 면박주고
서성, 화공을 써서 조비를 깨뜨리다

〖 1 〗 한편 동오의 육손陸遜이 위魏의 군사들을 물리치고 난 후 오왕은 육손을 보국장군輔國將軍·강릉후江陵侯로 봉하여 형주목을 겸하도록 했는데, 이로부터 군권軍權은 전부 육손에게 돌아갔다.

장소張昭와 고옹顧雍은 오왕에게 연호를 바꾸자고 주청했다. 손권은 그에 따라 마침내 연호를 황무黃武 원년(서기 222년)으로 고쳤다. (*위魏에서는 연호를 "황초黃初"라고 하고, 동오 역시 "황무黃武"라고 했는데, "황천이 들어설 것이다(黃天當立)"라고 한 황건적의 참언讖言대로 되었다.)

그때 갑자기 위주魏主가 사신을 보내 왔다고 보고해 와서 손권이 들어오라고 했다.

사신이 말했다: "촉蜀에서 전에 위魏에 사람을 보내서 구원을 요청하기에, 위魏에서 일시 잘못 생각하고 군사를 보내게 되었던 것입니다.

(*촉이 어찌 위魏에 구원을 청하려 했겠는가? 이러한 거짓말로 손권을 속일 수 있을는지 모르겠다.) 지금은 이미 그 일을 크게 뉘우치면서 촉을 치기 위해 네 방면으로 군사를 일으키려고 합니다. 동오에서도 이에 호응해 주시는 게 좋겠습니다. 만약 촉 땅을 얻게 되면 각각 반씩 나누기로 하시지요."(*앞에서는 촉을 구해주려 했다고 말해놓고 지금은 또 촉을 치려고 한다니, 스스로 모순된 말을 하고 있다.)

손권은 그 말을 듣고 결단을 내릴 수 없어서 장소와 고옹 등에게 물었다.

장소가 말했다: "육백언(陸伯言: 육손)에게 반드시 고견高見이 있을 것이오니 그에게 물어보시는 게 좋겠습니다."

손권은 즉시 육손을 불러오라고 했다.

육손이 아뢰었다: "조비曹丕가 중원을 차지하고 있으므로 위魏를 급히 도모할 수는 없습니다. 그러나 지금 만약 그의 말을 듣지 않으면 반드시 서로 원수가 될 것입니다. 신이 헤아리건대, 위魏에도 우리 동오에도 제갈량의 적수敵手는 없습니다. 그러니 지금은 우선 내키지 않더라도 응낙해 놓고 군사를 정돈하고 준비를 하면서 네 방면의 사정이 어떠한지 알아보도록 하십시오. 만약 네 방면의 군사들이 이겨서 촉이 위급해지고 제갈량이 선두와 후미를 서로 구해줄 수 없게 되면, 그때 가서 주상께서 군사를 파견하여 위魏의 요구에 응하시되 그들보다 먼저 성도成都를 취하는 것이 제일 상책上策입니다. 만약 네 방면의 군사들이 패배한다면, 그때 가서 달리 상의하면 될 것입니다."(*동오가 이처럼 할 것을 공명은 이미 계산하고 있었다.)

손권은 그 말을 좇아서 위魏의 사신에게 말했다: "군수물자가 아직 준비되지 않아서 그러는데, 준비가 되는 대로 날을 택하여 곧바로 출병하도록 하겠소."

사자는 하직인사를 하고 돌아갔다.

손권이 사람을 시켜서 알아본 결과, 서번西番의 군사들은 서평관西平關으로 나가려고 했으나 마초馬超를 보고는 싸우지도 않고 스스로 물러가 버렸으며; 남만의 맹획은 군사를 일으켜 네 개 군郡을 공격하려고 했으나 위연이 의병계疑兵計를 쓰자 동계(洞溪: 호남성 서부, 귀주성과 사천성 접경 지구)로 돌아가 버렸고; 상용上庸의 맹달은 군사를 이끌고 중간까지 갔다가 갑자기 병이 나서 더 갈 수가 없었으며; 또 조진曹眞이 거느린 군사들은 양평관陽平關으로 나가려고 했으나 조자룡이 각처의 요충지를 막아 지키기를 과연 '한 장수가 관문을 지키니 만 명의 군사들이 그 관문을 열지 못한다(一將當關, 萬夫莫開)'는 말처럼 해서, 조진이 야곡(斜谷: 섬서성 미현眉縣 종남산 북쪽에 있는 산골짜기)으로 가는 길에 군사들을 주둔시켜 놓았으나 이기지 못하고 돌아가 버렸다고 했다. (*네 방면의 군사들이 물러간 것을 도리어 손권 편에서 듣고 서촉 편에서 서술하지 않는 것은 필법筆法의 변환이자 극도의 생필省筆이다.)

〖 2 〗 손권은 이 소식을 알고 곧 문무 신하들에게 말했다: "육백언은 참으로 귀신같이 헤아리는구나! 내가 만약 망동妄動했더라면 또 서촉과 원수가 될 뻔했다."(*서촉과 원수 되는 것을 겁낸다는 이 한마디 말은 장부(鬪筍)처럼 절묘하게 들어맞는 말이다.)

그때 갑자기 서촉에서 보낸 사신 등지鄧芝가 당도했다고 보고해 왔다.

장소가 말했다: "이는 제갈량이 군사를 물리도록 하려는 계책으로 등지를 세객說客으로 보낸 것이옵니다."

손권曰: "어떻게 대답해야만 하지요?"

장소曰: "먼저 대전 앞에다 큰 가마솥 하나를 걸어놓고 그 안에 기름 수백 근을 부어놓은 다음 밑에서 숯불을 피워 기름이 끓을 때를 기다렸다가 키가 장대하고 얼굴이 큰 무사 1천 명을 뽑아서 각기 손에 칼을 잡고 궁궐 문에서부터 대전 위에 이르기까지 양옆으로 죽 늘어세워 놓은 다음에 등지를 불러들여서 만나보십시오.

그리고 그가 입을 열어 말할 때까지 기다리지 마시고 먼저 그를 책망하시되, 옛날 진秦나라 말기에 역이기酈食其가 제왕齊王을 설득하였다가 죽임을 당한 고사故事처럼 그를 기름 솥에 처넣어 삶아 죽이겠다고 겁을 주시고, 그 사람이 어떻게 대답하는지 두고 보십시오."

손권은 그의 말을 좇아 곧바로 기름 가마를 걸어놓고, 무사들에게는 각기 병장기를 손에 잡고 좌우로 늘어서 있도록 한 다음 등지를 불러들였다.

〖 3 〗 등지는 의관을 단정히 하고 들어갔다. 궁문 앞에 이르러 보니 무사들이 두 줄로 위풍당당하게 서 있는데 각자 쇠칼(鋼刀)·큰 도끼(大斧)·긴 창(長戟)·단검短劍 등을 손에 잡고 대전 위에 이르기까지 죽 늘어서 있었다.

등지는 손권의 의도를 알아차리고 전혀 두려워하는 기색 없이 고개를 바짝 쳐들고 걸어갔다. 대전 앞에 이르러 보니 큰 가마솥 안에는 뜨거운 기름이 펄펄 끓고 있었고, 좌우의 무사들은 눈으로 그를 노려보고 있었다. 등지는 그저 빙긋이 웃기만 했다. 근신近臣이 그를 주렴 앞으로 안내해 갔는데, 등지는 길게 읍만 하고 엎드려 절하지는 않았다.

손권이 주렴을 걷어 올리라고 명하고는 큰 소리로 호통을 쳤다: "왜 절을 하지 않는 것이냐?"

등지는 늠름하게 대답했다: "상국上國의 천자의 사신(天使)은 작은 나라의 주인에게 절을 하지 않는 법입니다." (*상대가 세게 나오자 이쪽도 세게 나간다.)

손권이 크게 화를 내며 말했다: "네놈은 주제도 모르면서 세 치 혀

끝을 놀려서 역이기酈食其가 제왕을 설득한 일을 흉내 내려고 하느냐! 저놈을 속히 기름 가마 속에 처넣도록 하라!"

등지는 큰 소리로 웃으며 말했다: "사람들은 모두 동오에는 현자賢者들이 많다고 하던데, 나 같은 유생儒生 하나를 겁낼 줄 누가 상상이나 했겠는가!" (*자기는 겁을 내지 않는다고 말할 뿐만 아니라 반대로 동오가 자기를 겁낸다고 말하는 것이 심히 묘하다.)

손권은 더욱더 화를 내면서 말했다: "내가 어찌 너 같은 일개 필부匹夫놈을 겁낸단 말이냐!"

등지曰: "나 등백묘鄧伯苗를 두려워하지 않는다면 어찌하여 내가 당신들에게 유세하러 온 것을 걱정하시오!"

손권曰: "너는 제갈량의 세객說客이 되어 나로 하여금 위魏와 관계를 끊고 촉과 손을 잡도록 하려고 온 것 아니냐?"

등지曰: "나는 촉의 유생이기는 하지만 동오를 위해 그 이해관계를 설명해 주려고 일부러 왔소이다. (*촉을 위한다고 말하지 않고 반대로 동오를 위한다고 말하는 것이 절묘하다.) 그런데 무사들을 늘어세우고 기름 가마솥을 세워놓고 사신 하나를 거부하고 있으니, 어찌 그 도량이 사람 하나 용납하지 못할 정도로 좁단 말이오?"

〖 4 〗 손권은 그 말을 듣고 황송하고 부끄러워서 즉시 무사들에게 물러가라고 꾸짖고는 등지를 대전 위로 올라오도록 하여 앉을 자리를 주고 물었다: "오吳와 위魏의 이해관계는 어떠한 것이오? 선생께서는 나를 가르쳐주기 바라오."

등지曰: "대왕께서는 촉과 화친하고자 하십니까? 아니면 위와 화친하고자 하십니까?"(*먼저 그의 의견부터 물어보는 점이 교묘하다.)

손권曰: "나는 바로 촉주蜀主와 강화講和하고 싶지만 다만 촉주의 나이가 적고 아는 것이 얕아서 시종일관始終一貫하지 못할 것 같아서 염려될 뿐이오!"

등지曰: "대왕은 당대의 유명한 영웅호걸이시며, 제갈량 역시 이 시대의 준걸이옵니다. (*손권이 후주가 나이 어리다고 얕보자 등지는 공명 이야기를 꺼내어 말하고 있다.) 촉은 험한 산천이 있고 동오는 견고한 삼강三江이 있으므로, (*앞의 두 말은 동오와 촉의 인재人才를 말한 것이고, 이 두 말은 동오와 촉의 형세를 말한 것이다.) 만약 두 나라가 사이좋게 손을 잡아 입술과 이빨(脣齒)의 관계를 형성한다면, 앞으로 나아가서는 같이 천하를 삼킬 수 있고, 물러나서는 같이 솥의 세 발처럼 설 수 있습니다. (*이는 촉과 손잡아 화친할 때의 이점을 말한 것이다.)

지금 대왕께서 만약 위魏에 예물을 바치고 스스로 신하라고 칭하신다면, 위는 틀림없이 대왕께서 직접 찾아와서 인사하기를 바랄 것이고, 세자에게는 조정에 들어와서 천자를 모시라고 할 것입니다. 만약 그 요구에 따르지 않으면 군사를 일으켜 치러 올 것이며, 그때에는 촉 역시 물길을 따라 내려와서 동오의 땅을 취하려 할 것입니다. 이렇게 되면 강남의 땅은 더 이상 대왕의 것이 아니게 될 것입니다. (*이는 위魏와 손잡을 때의 해害를 말한 것이다.)

만약 대왕께서 제 말을 옳지 않다고 생각하신다면, 저는 대왕 앞에서 죽음으로써 세객이란 이름을 끊어버리겠습니다."

말을 마치자 등지는 옷자락을 걷어 올리고 대전에서 내려가 기름 가마 속으로 곧바로 뛰어들려고 했다. (*이런 태도는 오히려 돼먹지 못한 짓이지만, 이루 다 말할 수 없을 정도로 절묘하다.) 손권은 급히 그를 멈추도록 하여 후전後殿으로 청해 들어가서 귀한 손님(上賓)의 예로 대우했다.

손권曰: "선생의 말씀은 바로 내 뜻과 같소. 나는 이제 촉주와 손을 잡으려고 하니, 선생께서 나를 위해 중간에서 소개해 주겠소?" (*반대로 손권이 그에게 도움을 청하도록 만들었으니, 묘하기가 이루 다 말할 수 없다.)

등지曰: "방금 전에 소신小臣을 기름 가마에 삶으려고 했던 사람은 바로 대왕이셨습니다. 그리고 이제 소신에게 심부름을 시키려고 하는 사람도 역시 대왕이십니다. 대왕께서는 여전히 의심이 많으시어 마음을 정하지 못하고 계시는데, 이러고서야 어떻게 남들로부터 믿음을 얻을 수 있겠습니까?"(*이제는 오히려 등지가 손권을 난처하게 만들고 있다. 교묘하기가 이루 다 말할 수 없다.)

손권曰: "내 뜻은 이미 결정되었으니, 선생은 의심하지 마시오."

〖 5 〗 이리하여 오왕은 등지鄧芝를 머물러 있도록 한 다음 많은 관원들을 모아놓고 물었다: "나는 강남의 81개 주州를 다스리고 있는데다 다시 형초荊楚의 땅까지 가지고 있으면서도 도리어 저 편벽한 곳에 있는 서촉만도 못하다. 촉에는 등지 같은 사람이 있어서 그 주인을 욕되게 하지 않는데, 동오에는 촉에 들어가서 나의 뜻을 전할 사람이 한 사람도 없구나."(*손권 역시 자극하는 수법(激法)을 쓰고 있다.)

그때 갑자기 한 사람이 반열에서 나오더니 아뢰었다: "신이 사신으로 가보고자 합니다."

많은 사람들이 보니 오군吳郡 오현吳縣 사람으로, 성은 장張, 이름은 온溫, 자를 혜서惠恕라고 하는 사람이었다. 그는 현재 중랑장中郎將으로 있었다.

손권曰: "나는 경이 촉에 가서 제갈량을 보고 과인의 뜻을 전할 수 없을까봐 걱정이다."

장온曰: "공명 역시 사람인데, 신이 어찌 그를 두려워하겠습니까?"(*손권은 후주한테는 신경 쓰지 않고 공명만 신경 쓰고 있는데, 사자의 뜻 역시 후주가 아니라 공명에게만 있다.)

손권은 크게 기뻐하며 장온에게 큰 상을 내리고 그로 하여금 등지와 같이 서천으로 들어가서 두 나라가 우호관계를 맺도록 했다.

한편 공명은 등지가 떠나간 후 후주에게 아뢰었다: "등지는 이번에 가서 반드시 그 일을 성사시킬 것입니다. 동오 땅에는 현사賢士들이 많으므로 반드시 누군가가 답례 차 올 것입니다. 폐하께서는 마땅히 그를 예우해 주셔야 합니다. 그래서 그로 하여금 동오로 돌아가서 두 나라 사이에 우호관계를 맺도록 해야 합니다. 동오가 만약 우리와 화친을 맺게 되면 위는 결코 감히 촉을 공격하지 못할 것입니다.

동오와 위魏에 대한 근심이 사라져서 평온해지면, 신은 남정南征을 나가 남만南蠻 지방을 평정하고, (*이는 일곱 번 맹획을 사로잡게(七擒孟獲) 되는 계기가 된다.) 그 후에 위를 도모할 것입니다. (*이는 여섯 번 기산을 나가게(六出祁山) 되는 계기가 된다.) 위가 망하게 되면 동오 역시 오래 갈 수 없습니다. (*여전히 동오를 치려던 선주의 뜻을 생각하고 있다.) 그렇게 되면 천하통일의 기업基業을 회복할 수 있습니다."

후주는 그 말을 옳게 여겼다.

〖6〗 그때 갑자기 동오에서 등지와 함께 장온張溫을 답례 차 보내어 서천에 들어왔다고 보고해 왔다. 후주는 문무백관들을 보전寶殿 앞의 돌계단(丹墀) 위에 모아놓고 등지와 장온을 들어오도록 했다.

장온은 자신의 뜻대로 되었다고 여기면서 의젓이 대전 위로 올라가서 후주를 보고 예를 올렸다. 후주가 그에게 비단방석을 깐 의자를 주어 보전 왼편에 앉도록 하고, 연회를 베풀어 그를 대접했다.

후주는 공경의 예禮를 보였으나 그뿐이었다. (공경의 예는 현재 국기에 대한 경례를 할 때처럼 단지 오른 손을 가슴에 갖다 대는 것이었다.—역자 주) 연회가 끝나자 백관들이 장온을 관사館舍까지 바래다주었다.

다음날엔 공명이 연회를 베풀어 그를 대접했다.

공명이 장온에게 말했다: "선제先帝께서 계실 때에는 동오와 화목하지 못했으나, 지금은 이미 돌아가셨습니다. 지금의 주상께서는 오왕을 깊이 사모하시어 구원舊怨을 버리고 영구히 우호관계를 맺고 서로 힘을 합쳐 위魏를 깨뜨리고자 하십니다. 대부大夫께서는 돌아가시거든 오왕께 좋은 말씀으로 아뢰어 주시기 바랍니다."(*등지는 오왕을 만나 선주가 동오를 치려고 했던 일을 꺼내지 않았는데, 오히려 공명이 동오의 사신에게 보충 설명해 주고 있다.)

장온은 그렇게 하겠다고 대답했다.

술이 거나하게 취하자 장온은 자연스럽게 웃고 즐기면서 자못 오만한 태도를 보였다. (*공명은 이날 그가 오만하게 행동하도록 내버려 두고 그에 대해서는 말하지 않고 있는데, 이를 통해 그의 인간됨을 살펴보기 위해서다.)

〖 7 〗 다음날 후주는 장온에게 황금과 비단을 하사하고, 성 남쪽 관사에 연회 자리를 베풀어 모든 관원들에게 그를 전송하도록 했다. 공명은 정성을 다해 그에게 술을 권했다. 한창 술을 마시고 있을 때 갑자기 한 사람이 술에 취해 들어와서 의젓하게 길게 읍揖을 한 다음 자리에 와서 앉았다. (*이 사람은 틀림없이 공명과 약속하고 왔던 것이다.) 장온은 그를 괴이하게 여기며 공명에게 물었다: "이 사람은 누구입니까?"

공명이 대답했다: "이 사람의 성은 진秦, 이름은 복宓이고, 자를 자칙子勅이라고 합니다. 현재 익주학사益州學士로 있습니다."

장온이 웃으며 말했다: "명칭은 학사學士라고 하지만 과연 머릿속에 '배운 것이(學事)' 들어있기나 한지 모르겠군요."

진복이 정색을 하고 말했다: "촉에서는 삼척동자들까지 다들 배우고 있는데, 하물며 저야 더 말할 게 있겠습니까?"

장온曰: "우선 공이 무엇을 배웠는지부터 말해 보시오."

진복曰: "위로는 천문天文에 이르기까지, 그리고 아래로는 지리地理에 이르기까지 통달하였고, 그리고 유儒·불佛·도道 삼교三教와 구류(九流: 유가·도가·음양가·법가·명가名家·묵가·종횡가縱橫家·잡가·농가) 및 제자백가諸子百家에 이르기까지 통달하지 않은 것이 없으며, 또한 고금古今을 통하여 흥하고 망하는 이치(興廢)와 성현들의 경전經傳 등 보지 않은 것이 없습니다."

장온이 웃으며 말했다: "공이 기왕에 큰소리를 치니, 내가 하늘(天)을 가지고 한 번 물어보겠소. 하늘에도 머리(頭)가 있소?" (*이것은 농담으로 물어본 것이다.)

진복曰: "머리가 있습니다." (*대답 역시 농담으로 한 것이다.)

장온曰: "머리는 어느 쪽에 있소?"

진복曰: "서쪽에 있습니다. 〈시詩〉에서 이르기를 '이에 서쪽을 돌본다(乃眷西顧)' (*〈詩經·大雅·皇矣〉)고 하였습니다. 이로써 미루어보면 머리는 서쪽에 있습니다." (*이는 곧 서촉西蜀을 높이려는 말이다.)

장온이 또 물었다: "하늘에도 귀(耳)가 있소?"

진복曰: "하늘은 높은 곳에 있으면서 낮은 곳의 소리를 듣습니다. 〈시詩〉에서 이르기를 '학이 깊은 못가에서 우니 그 소리를 하늘에서 듣는다(鶴鳴九皐, 聲聞于天)' (*〈詩經·小雅·鶴鳴〉)고 하였습니다. 귀가 없다면 어떻게 들을 수 있겠습니까?"

장온이 또 물었다: "하늘에도 발(足)이 있소?"

진복曰: "발이 있습니다. 〈시詩〉에서 이르기를 '하늘이 어렵게 걸어간다(天步艱難)' (*詩經·小雅·白華)고 하였습니다. 발이 없다면 어떻게 걸어갈 수 있겠습니까?"

장온이 또 물었다: "하늘에도 성姓이 있소?"

진복曰: "어찌 성이 없을 수 있습니까!"

장온曰: "무슨 성이오?"

진복曰: "유씨劉氏입니다."
장온曰: "어떻게 그것을 아시오?"
진복曰: "천자天子의 성이 유씨이므로 그런 줄 압니다."
장온이 또 물었다: "해는 동쪽에서 생겨나지요?"(*해는 군왕의 상징이다. 이 말은 군왕은 동오에 있다는 것이다.)
진복이 대답했다: "비록 동쪽에서 생겨나지만 서쪽에서 집니다." (*장차 서촉이 동오를 없애버릴 것이란 뜻이다.)

〖 8 〗 이때 진복의 말소리는 맑고 또록또록했으며 질문에 대한 대답도 물 흐르듯 하여 그 자리에 있던 모든 사람들이 놀랐다.

장온이 더 이상 말이 없자 이번에는 진복이 물었다: "선생께서는 동오의 명사名士이신데, 기왕에 하늘의 일을 가지고 제게 물으셨으니 틀림없이 하늘의 이치를 훤히 알고 계실 것입니다.

옛적에 천지가 개벽되기 이전에는 음양陰陽이 뒤섞여 있는 혼돈混沌 상태였는데 그때 음양이 서로 나뉘어져 가볍고 맑은 것(輕清者)은 위로 떠올라 하늘이 되고, 무겁고 탁한 것(重濁者)은 아래로 엉겨 굳어져 땅이 되었는데, 공공씨共工氏 때 와서 그가 싸움에 지자 머리로 부주산不周山을 들이받으니 하늘을 받치고 있던 기둥이 부러지고 땅을 매달고 있던 끈이 떨어져서 하늘은 서북쪽이 기울어지고 땅은 동남쪽이 꺼졌다고 합니다. 하늘은 가볍고 맑아서 위로 떠오른 것이라고 했는데 어떻게 서북쪽이 기울 수 있습니까? (*장온이 하늘에 대해 질문한 것은 농담이었는데 진복은 도리어 진지하게 물으면서 그에게 대답하라고 한다.) 또 그 가볍고 맑은 것 외에 또 어떤 물질이 있습니까? 원컨대 선생께서는 제게 좀 가르쳐주십시오."

장온은 대답할 말이 없자 자리를 피하며 사과했다: "촉에 준걸들이 이렇게 많은 줄 몰랐소. 지금 강론하시는 말씀을 듣고 문득 제 우둔함을 깨달았소."

공명은 장온이 창피해 할까봐 염려되어 좋은 말로 해명했다: "연석에서 하는 문답들은 전부 농담일 뿐입니다. 귀하께서는 나라를 안정시킬 방법을 깊이 알고 계시면서 어찌 농담이나 하고 계십니까!" (*몰래 진복과 약속하여 오도록 해서 장온을 곤란하게 만들고, 그리고는 자기가 그것을 끝내고 있다. 공명은 참으로 묘한 사람이다.)

장온이 정중히 고맙다고 말했다.

공명은 다시 등지에게 답례 차 장온과 동행하여 동오에 갔다 오라고 했다. 장온과 등지 두 사람은 공명에게 하직인사를 하고 동오로 갔다.

〖 9 〗 한편 오왕은 장온이 촉蜀에 들어가서 돌아오지 않는 것을 보고 문무백관들을 모아놓고 상의하고 있었다. 그때 갑자기 근신이 아뢰었다: "촉의 사신 등지가 장온과 함께 답례 차 입국하였습니다."

손권이 그들을 불러들였다. 장온은 어전 앞에 와서 절을 한 후, 후주와 공명의 덕德을 자세히 말하고 촉蜀은 오吳와 길이 우호관계를 맺기를 원하여 특별히 등鄧 상서尙書를 또 답례 차 보내왔다고 보고했다.

손권은 크게 기뻐하며 연회 자리를 마련하여 그를 대접했다.

손권이 등지에게 물었다: "만약 오吳와 촉蜀 두 나라가 합심해서 위魏를 멸하고 천하를 태평하게 한 후 두 나라 주인이 나누어 다스린다면 어찌 즐겁지 않겠는가?"

등지가 대답했다: "하늘에는 두 해가 있을 수 없고 백성에게는 두 임금이 있을 수 없습니다. 위를 멸망시킨 후에 천명天命이 과연 누구에게 돌아갈지는 알 수 없습니다. 다만 임금 된 이는 각자 그 덕을 닦고 신하 된 자는 각자 그 충성을 다해야만 비로소 전쟁이 그칠 것이옵니다." (*등지는 역시 약하지 않았다. 장온보다 훨씬 뛰어났다.)

손권은 큰 소리로 웃으며 말했다: "그대의 성실하고 진실함이 이와 같구려!"

마침내 등지에게 후한 예물을 주어 촉으로 돌려보냈다. 이로부터 오와 촉은 서로 화친하게 되었다. (*이때 일단 화친을 맺은 후에는 끝까지 서로 공격하지 않았으니, 이는 아주 중요한 대목이다.)

〖 10 〗 한편 위魏의 첩자가 이 소식을 알아내서는 중원에 급히 알렸다. 위주魏主 조비가 듣고 크게 화를 내며 말했다: "동오와 촉이 강화를 맺은 것은 틀림없이 중원을 도모할 뜻이 있어서다. 차라리 짐이 먼저 저들을 치는 편이 낫다."

이리하여 문무백관을 대거 모아놓고 군사를 일으켜 동오를 치는 문제를 상의했다. 이때 대사마大司馬 조인曹仁과 태위太尉 가후賈詡는 이미 죽고 없었다.

시중侍中 신비(辛毗: 제32회 참조)가 반열에서 나와 아뢰었다: "중원은, 땅은 넓은데 백성들이 적으므로 군사를 동원하는 것은 이롭지 못하옵니다. 지금으로서 해야 할 계책은 군사를 기르는 것보다 나은 것이 없사옵니다. 앞으로 10년간 둔전屯田을 시행함으로써 양식이 충분히 비축되고 군사수가 충분히 늘어난 다음에 군사를 동원하신다면 동오와 촉을 깨뜨릴 수 있습니다."(*신비가 10년이라고 한 말은 너무 멀다. 유엽과 가후가 동오를 치지 말도록 간한 것과는 다르다.)

조비는 듣고 화를 내며 말했다: "이는 세상물정 모르는 서생書生들의 의론이다. 이제 동오와 촉이 손을 잡았으니 조만간 틀림없이 우리 지경을 침범해 올 텐데, 어찌 10년이나 기다리고 있을 겨를이 있겠는가!"

조비는 즉시 동오를 칠 군사를 일으키도록 하라는 명을 내렸다.

사마의가 아뢰었다: "동오에는 험한 장강이 가로막고 있으므로 배가 없으면 건널 수 없습니다. 폐하께서 기필코 어가를 몰아 친정親征을

하시겠다면 크고 작은 전선戰船들을 뽑아서 채주蔡州와 영천潁川 (*지금의 하남성 여현汝縣. 이곳에서 영수潁水와 여수汝水를 따라 내려가면 회하淮河에 도달하여 수춘壽春까지 갈 수 있다.)으로부터 회하(淮河: 하남성 동백산桐柏山에서 발원, 동으로 흘러 하남성과 안휘성 등을 지나 강소성에서 홍택호洪澤湖로 들어가는 강)로 들어가서 수춘(壽春: 안휘성 수현壽縣)을 취하시고, 광릉(廣陵: 강소성 양주시揚州市)에 이르러 장강 어귀를 건너신 다음 곧장 남서(南徐: 강소성 단도丹徒)를 취하도록 하십시오. 이것이 상책이옵니다."(*이때는 조조가 적벽에 군사를 주둔했던 상황과는 또 다르다. 조조는 당시 이미 형주를 얻었으므로 적벽에서 싸우기 위해 형주에서 강을 건넜지만, 지금은 형주가 이미 손권의 지배하에 있으므로 회수 위쪽의 군사들을 이동시켜 광릉에서 강을 건너도록 한 것이다. 지세도 이미 다르고 국면 역시 다르다.)

조비는 그의 말을 따르기로 했다. 이리하여 밤낮으로 일을 시켜 용주(龍舟: 임금이 타는 배) 10척을 건조했다. 배의 길이는 20여 장丈이나 되었고 2천여 명을 태울 수 있었다. 그리고 전선 3천여 척을 수습했다.

위魏 황초黃初 5년(서기 224년) 8월, 대소 장사將士들을 모은 다음 조진曹眞을 선두부대로 삼고, 장료·장합·문빙·서황 등을 대장으로 삼아 앞서 나아가도록 하고, 허저와 여건呂虔을 중군호위中軍護衛, 조휴曹休를 후미부대로, 유엽劉曄과 장제蔣濟를 참모관으로 삼았다. (*유엽은 이때는 왜 간하지 않는가?)

전후로 수군과 육군 30여만 명이 날을 정해 출병하기로 했다. 그리고 사마의를 상서복야尙書僕射로 봉하여 허창에 남아서 국정國政 대사大事를 모두 그가 결정하여 처리하도록 했다. (*이것이 사마씨가 권력을 독차지하게 되는 전조前兆이다.)

〖 11 〗 위병의 출발에 대해서는 더 말하지 않기로 한다. 한편 동오의

첩자가 이 일을 알아내서 오吳나라에 보고했다.

근신들은 당황하여 오왕에게 아뢰었다: "지금 위왕 조비가 직접 용주를 타고 수군과 육군 30여만 명을 데리고 채수蔡水와 영수潁水로부터 회하로 나온다고 합니다. 틀림없이 광릉을 취한 다음 강을 건너서 강남으로 내려올 텐데, 그 형세가 대단하다고 합니다."

손권이 크게 놀라서 즉시 문무백관들을 모아놓고 상의했다.

고옹이 말했다: "지금 주상께서는 이미 서촉과 손을 잡으셨으니 국서國書를 작성하여 제갈공명에게 보내서 그로 하여금 군사를 일으켜 한중으로부터 나와서 위병의 세력을 분산시키도록 하시고, (*아래 글에서 조운이 양평관陽平關을 취하게 되는 복선이다.) 한편으로는 대장 한 사람을 남서南徐로 보내서 그곳에 군사를 주둔시켜 놓고 저들을 막도록 하십시오."

손권曰: "육백언(陸伯言: 육손)이 아니면 누구도 이 큰 일을 감당해 낼 수 없을 것이다."

고옹曰: "육백언은 형주를 지키고 있으므로 가벼이 움직여서는 안 됩니다." (*조비가 형주를 취하지 못한 것은 역시 육손이 그곳을 지키고 있었기 때문으로 생각된다.)

손권曰: "과인도 그것을 모르는 바 아니오. 그러나 지금 당장 그를 대신할 사람이 없으니 어쩌겠소?" (*손권 역시 장수들을 자극하는 방법(激將法)을 쓰는 데 익숙하다.)

말이 끝나기도 전에 한 사람이 반열로부터 그 소리에 응해 나오며 말했다: "신이 비록 재주는 없사오나 일군一軍을 거느리고 나가서 위병을 막아 보겠습니다. 만약 조비가 직접 큰 강을 건너온다면 신이 반드시 그를 산 채로 사로잡아 전하께 바치겠습니다. 만약 그가 강을 건너오지 않더라도 역시 위병의 태반을 죽여서 저들로 하여금 감히 우리 동오를 노려보지 못하게 하겠습니다."

손권이 보니 곧 서성徐盛이었다.

손권은 크게 기뻐하며 말했다: "만약 경이 강남 일대를 지켜준다면 과인이 무엇을 근심하겠소?"

그리고는 서성을 안동장군安東將軍으로 봉하여 건업建業과 남서南徐의 군사들을 총지휘하도록 했다. 서성은 은명恩命에 고맙다는 인사를 하고 왕명을 받들고 물러났다. 그리고는 즉시 전군으로 하여금 병장기들을 많이 준비해 놓고 깃발들을 많이 세워놓도록 해서 강안을 수호할 계책으로 삼았다.

〖 12 〗 그때 갑자기 한 사람이 앞으로 나서며 말했다: "오늘 대왕께서 장군에게 중임을 맡기신 것은 위병을 깨트리고 조비를 사로잡기 위해서입니다. 그런데 장군은 어찌하여 빨리 군사들을 보내서 강을 건너가 회남淮南 땅에서 적을 맞아 싸우려 하지 않으십니까? 조비의 군사가 도착하기만을 기다려서는 승기勝機를 놓치게 될까봐 두렵습니다." (*한당과 주태가 육손에게 불복한 것과 흡사하다.)

서성이 보니 바로 오왕의 조카 손소孫韶였다. 손소의 자는 공례公禮, 관직은 양위장군揚威將軍으로, 일찍이 광릉에서 수비를 한 적이 있었다. 나이는 어리지만 의기意氣가 강했고, 담력이 몹시 크고 아주 용감했다. (*육손은 나이 어리다는 이유로 사람들이 그에게 복종하지 않았다. 손소 또한 자신이 나이 어리다는 이유로 남에게 굴복하려 하지 않았다.)

서성曰: "조비의 세력이 큰데다 명장들을 선봉으로 배치하고 있으므로 강을 건너가서 적을 맞이할 수는 없다. 적의 배들이 전부 강북 기슭에 모이기를 기다렸다가 따로 계책을 써서 저들을 깨뜨릴 것이다." (*육손이 선주가 영채를 옮기기를 기다렸던 것과 흡사하다.)

손소曰: "제 수하에 따로 3천 명의 군사가 있고, 게다가 저는 광릉의 지리도 잘 알고 있습니다. 제가 직접 강북으로 가서 조비와 한 번 죽기를 각오하고 싸워보겠습니다. 만일 이기지 못하면 군령軍令을 달게 받겠습니다."

서성은 그 말을 들어주지 않았다. 손소는 기어이 가겠다고 고집을 부렸으나 서성은 끝까지 승낙하지 않았다. 손소가 재삼 가겠다고 하자 서성이 화를 내며 말했다: "네가 이처럼 명령을 듣지 않으면 내가 어떻게 여러 장수들을 통제할 수 있겠느냐?"

그리고는 무사들에게 호령해서 그를 끌어내서 목을 베라고 했다. (*한신이 번쾌의 목을 베려고 했던 것과 같다.) 도부수들이 손소를 에워싸서 원문轅門 밖으로 끌고나가서, 처형處刑을 알리는 검은 깃발을 세웠다.

손소의 부하 장수가 이 소식을 손권에게 급보했다. 손권이 소식을 듣고 황급히 말에 올라 그를 구하러 갔다. (*번쾌는 상국相國이 구하러 갔는데 손소는 왕이 직접 구하러 갔다.) 당도해 보니 마침 무사들이 형을 집행하려 하고 있었다. 손권은 도착하자마자 도부수들에게 물러나라고 야단친 후 손소를 구해냈다.

손소가 울면서 아뢰었다: "저는 왕년에 광릉廣陵에서 근무했기 때문에 그곳 지리를 잘 압니다. 그곳으로 가서 조비와 싸우지 않고 그들이 장강으로 내려오기만을 기다린다면 동오는 머지않아 끝장나고 맙니다!"

〖 13 〗 손권은 곧장 영채 안으로 들어갔다. 서성은 그를 영접하여 막사 안으로 들어가서 아뢰었다: "대왕께서는 신으로 하여금 도독이 되어 군사들을 데리고 위병魏兵을 막으라고 하셨습니다. 그런데 지금 양위揚威장군 손소는 군법을 준수하지 않고 명령을 어겼으므로 마땅히 목을 베어야 하는데, 대왕께서는 어찌하여 그를 용서해 주십니까?"

손권曰: "소韶가 자기 혈기의 장함만 믿고 잘못 군법을 범한 것이니, 제발 너그러이 용서해 주시오."

서성曰: "이 법法은 신이 세운 것도 아니고 또한 대왕께서 세우신 것도 아닙니다. 바로 사형집행을 규정하고 있는 나라의 법(典刑)입니다. 만약 대왕의 친척이라는 이유로 처벌을 면제해 준다면 어찌 이 많은 사람들을 지휘할 수 있겠습니까?" (*서성에게는 춘추시대 때 제齊나라의 명장이었던 사마양저司馬穰苴와 손무孫武의 풍모가 있다.)

손권曰: "소韶가 법을 범했으니 본래대로라면 마땅히 장군의 처분에 맡겼을 것이오. 그런데 이 아이는 본래 성姓은 비록 유씨俞氏이지만 돌아가신 형님께서 그를 몹시 사랑하시어 손씨孫氏 성을 내려주셨으며, 또한 과인을 위해서도 자못 공로를 세웠소. 지금 만약 이 애를 죽인다면 돌아가신 형님의 뜻을 저버리는 것이 되겠으니 어쩌겠소?"

서성曰: "우선은 대왕의 체면을 봐서 처형은 유보해 두겠습니다."

손권은 손소에게 감사의 절을 하도록 했다. 그러나 손소는 절을 하려고 하지 않고 언성을 높여 말했다: "제가 생각하기로는, 군사들을 이끌고 가서 조비를 쳐야만 합니다. 저는 비록 죽는 한이 있어도 장군의 견해에는 따를 수 없습니다!"

서성은 안색이 변했다. 손권은 손소를 꾸짖어 물리친 다음 서성에게 말했다: "비록 이 자식 하나 없더라도 우리 동오에 무슨 손해가 있겠소. 이후로는 그를 다시 쓰지 마시오." (*조정을 잘 한다.)

손권은 말을 마친 후 돌아갔다.

이날 밤, 한 군사가 서성에게 보고했다: "손소가 휘하의 정예병 3천 명을 이끌고 몰래 강을 건너 가버렸습니다."

서성은 혹시 그의 신상에 무슨 잘못이 생기면 오왕을 보기 민망하겠기에 곧 정봉丁奉을 불러서 비밀계책을 주면서 군사 3천 명을 이끌고 강을 건너가서 지원해 주도록 했다.

〖 14 〗 한편 위주魏主가 용주龍舟를 타고 광릉에 이르러 보니 선두부대 조진曹眞은 이미 군사들을 이끌고 가서 큰 강의 기슭에다 벌려 세워 놓았다.

조비가 조진에게 물었다: "강기슭에는 군사들이 얼마나 있는가?"

조진曰: "건너편 강기슭을 멀리 살펴보았으나 한 사람도 보이지 않았고, 깃발과 영채도 보이지 않았습니다."

조비曰: "이는 틀림없이 적의 속임수다. 짐이 직접 가서 그 허실虛實을 살펴봐야겠다."

이리하여 조비는 강의 뱃길을 크게 열어 용주를 곧바로 대강으로 끌고 가서 강기슭에 정박시켰다. 배 위에는 용과 봉황과 해와 달이 수놓아진 다섯 가지 색깔의 깃발(龍鳳日月五色旌旗)들을 세우고, 무리를 지어 황제를 둘러싸니 그 빛나는 광채가 눈을 쏘았다.

조비가 배 안에 단정하게 앉아서 멀리 장강 남쪽을 바라보았으나 사람이라곤 하나도 보이지 않아서 유엽과 장제蔣濟를 돌아보고 말했다: "강을 건너가도 되겠는가?"

유엽曰: "병법에는 '허허실실虛虛實實' 이라는 것이 있사옵니다. 저들이 대군이 이른 것을 보고도 어찌 대비하지 않겠습니까? 폐하께서는 서두르시지 마시고 일단 사나흘 동안 저들의 동정을 살펴보신 다음에 선봉을 보내서 강을 건너가서 사정을 탐지하도록 하옵소서."

조비曰: "경의 말은 바로 짐의 생각과 같다."

그날은 해가 저물어 배 안에서 자게 되었다.

그날 밤 달이 없어 캄캄했으나 군사들이 모두 등불을 들고 있었기 때문에 천지는 마치 대낮처럼 훤했다. 그러나 멀리 장강 남안을 바라보니 단 한 점의 불빛도 보이지 않았다.

조비가 좌우 사람들에게 물었다: "이 무슨 까닭이냐?"

근신이 아뢰었다: "폐하의 천병天兵이 이르렀다는 소문을 듣고 다들

도망갔기 때문이라 생각되옵니다."

조비는 속으로 웃었다.

날이 밝아올 무렵 안개가 자욱하게 강을 뒤덮어 서로 마주보고 있는 사람의 얼굴조차 보이지 않았다. 잠시 후 바람이 일더니 안개가 흩어지고 구름이 걷혔는데, 멀리 바라보니 강남 일대에는 전부 성이 연이어져 있고, 성루 위에는 창과 칼들이 햇빛에 번쩍였고, 성 위에는 깃발과 장수들의 이름이 쓰여 있는 띠(號帶)들이 두루 꽂혀 있었다.

잠깐 사이에 여러 차례 사람들이 와서 보고했다: "남서南徐의 장강 연안 일대는, 석두성(石頭城: 남경시 청량산 위)에 이르기까지, 연달아 수백 리에 걸쳐 성곽을 쌓아놓았고 배와 수레들이 끊이지 않고 이어져 있는데, 모두 지난 하룻밤 사이에 이루어진 것입니다."

조비는 크게 놀랐다.

그러나 이는 원래 서성이 갈대를 묶어서 사람 모양을 만들어 전부 다 검정색 옷(靑衣)을 입히고 손에는 정기를 들려서 가짜 성城과 가짜 성루(疑樓) 위에 세워놓은 것이었다. (*가짜 성의 가짜 성루를 지키는 데 가짜 사람들만 쓰고 있으니 절묘하다.) 위병魏兵들이 성 위에 수많은 군사들이 있는 것을 보고 어찌 간담이 서늘해지지 않을 수 있겠는가?

조비가 탄식하여 말했다: "위魏에는 비록 무사들이 수없이 많이 있기는 하나 모두 쓸모가 없다. 강남에는 인물들이 이렇게 많으니 도모할 수가 없겠구나!"

〖 15 〗 조비가 한창 놀라고 의아해 하고 있을 때 갑자기 광풍이 크게 불며 흰 물결이 하늘높이 솟구치면서 강물을 뿌려 조비가 입고 있던 용포가 축축해졌다. 큰 배가 머잖아 뒤집어질 듯하자 조진曹眞이 황급히 문빙文聘에게 작은 배를 저어 가서 급히 조비를 구해 오도록 했다. 용주 위에 있던 사람들은 서 있을 수도 없었다.

문빙은 용주로 뛰어올라 조비를 등에 업고 작은 배로 내려와서 연안 항구 안으로 달아났다.

그때 갑자기 통신병이 보고했다: "조운이 군사들을 이끌고 양평관陽平關을 나와 곧장 장안을 공격하려고 합니다." (*조조가 적벽에서 싸울 때 마등의 소식을 들었던 것과 비슷한데, 그때는 거짓말이었지만 지금은 사실이다.)

조비는 그 말을 듣고 대경실색하여 곧바로 회군하라고 지시했다. 많은 군사들은 각자 도망쳤고, 등 뒤에서는 동오의 군사들이 추격해 왔다. 조비는 자신이 사용하던 물건(御用之物)들은 전부 버리고 달아나라고 명했다.

용주가 회하淮河로 들어가려고 할 때 갑자기 북과 나팔이 일제히 울리고 함성이 크게 진동하면서 측면으로부터 한 떼의 군사들이 쳐들어왔는데, 앞장선 대장은 바로 손소孫韶였다. 위병들은 당해 내지 못하여 그 태반이 목숨을 잃었으며, 물에 빠져 죽은 자들도 수없이 많았다. (*소년의 승부욕(勝癖)이 일을 그르치지 않았으니, 요즈음 소년들과는 다르다.) 여러 장수들이 힘을 다해 위주魏主를 구해 냈다.

위주가 회하를 건너 30리도 못 갔을 때 회하 안 일대의 갈대숲 전체에 미리 생선 기름을 뿌려두었기 때문에 불이 쉽게 붙었다. (*전에 서성이 정봉에게 준 비밀계책을 이때 와서 비로소 보게 된다.) 그 불은 바람을 타고 내려왔는데, 바람이 몹시 세게 불어 화염이 온 하늘을 뒤덮어 용주의 앞길을 막아버렸다.

조비가 크게 놀라 급히 작은 배로 옮겨 타고 강기슭 옆으로 갖다 댔을 때 용주 위에는 이미 불이 붙어 타고 있었다. (*이때 열 척의 용주龍舟는 이미 열 마리의 화룡火龍으로 변해 있었다.)

조비는 황망히 말에 올랐다. 그때 강기슭 위로 한 떼의 군사들이 쳐들어왔는데, 앞장 선 장수는 정봉丁奉이었다.

장료張遼가 그를 맞이해 싸우려고 말에 박차를 가하여 달려 나가다가 그만 정봉이 쏜 화살에 허리를 맞았으나 뜻하지 않게 서황徐晃이 그를 구해주어 같이 위주를 보호하며 달아났다. 이때 무수히 많은 군사들을 잃고 말았다. 그 뒤를 쫓아가던 손소와 정봉이 빼앗은 말과 수레와 배와 병장기들은 이루 다 셀 수 없을 정도로 많았다.

위병들은 크게 패해서 돌아갔다. 동오 장수 서성은 완벽한 승리로 큰 공을 세웠으므로 오왕은 그에게 큰 상을 내렸다. 장료는 허창으로 돌아간 후 화살을 맞았던 곳이 터져서 그만 죽고 말았다. 조비는 그를 후히 장사지내 주었는데, 이 이야기는 그만 하기로 한다.

한편 조운이 군사를 거느리고 양평관을 쳐나가려고 하는데 갑자기 승상의 문서가 당도했다고 보고해 왔다. 그 문서의 내용인즉, 익주益州의 노장 옹개雍闓가 만왕蠻王 맹획孟獲과 손잡고 10만 명의 만병들을 일으켜 네 개 군郡을 침략해 오고 있는데, 이 때문에 승상이 직접 남정南征을 가려고 하니 조운은 회군해 오고, 마초馬超는 양평관을 굳게 지키도록 하라는 것이었다. 조운은 이에 급히 군사를 거두어 돌아갔다. 이때 공명은 성도에서 친히 남정을 가려고 군사들을 정돈하고 있었다. 이야말로:

방금 동오와 북위의 싸움 보았는데 方見東吳敵北魏
또 서촉과 남만의 싸움 구경하게 되네. 又看西蜀戰南蠻

앞으로 승부가 어찌될지 모르겠거든 다음 회를 읽어보기 바란다

第86회 모종강 서시평序始評

(1). 공명이 등지鄧芝를 동오에 파견한 것은 위魏 땅을 치기 위해서였다. 그러나 위 땅을 치려는 것은 바로 동오를 병탄하기 위

해서다. 선주는 일찍이 동오를 원수로 삼은 적이 있다. 선주는 동오를 원수로 삼았으나 공명은 동오와 교류를 했는데, 어찌 공명의 마음이 선주의 마음과 달랐겠는가? 하지만 공명이 동오와 교류한 것은 먼저 위魏를 없애지 않고서는 동오를 병탄할 수 없다고 생각했기 때문이고, 먼저 동오와 교류하지 않고서는 위를 멸망시킬 수 없다고 생각했기 때문이다. 위가 없어지고 나면 촉과 동오는 형세상 양립할 수 없게 된다. 등지가 "하늘에는 두 해가 없다(天無二日)"고 한 말은 매 장章마다에서 볼 수 있다. 그러므로 공명이 선주가 동오를 치려는 것을 반대했던 것은 실은 동오를 삼키려는 선주의 뜻을 결국 이루려는 것이었다.

(2). 앞에서는 주랑周郎이 적벽에서 화공火攻을 썼고, 또 육손陸遜이 효정猇亭에서 화공을 썼으나 추호도 서로 중복되는 것이 없다. 이 역시 사건과 문장의 가장 기이한 점이다. 그런데 뜻밖에도 두 번의 화공이 있은 후에 또 서성徐盛이 남서南徐에서 화공을 썼는데 이 또한 앞의 두 번의 화공과 추호도 중복되는 것이 없다.

적벽에서의 화공과 효정에서의 화공은 매우 느리게 진행되었지만 남서에서의 화공은 매우 신속히 이루어졌는데, 이것이 그 첫 번째 서로 다른 점이다.

조조와 선주의 군사들은 화공을 받고 나서 물러갔으나 조비의 군사들은 물러간 후에 화공을 받았다. 앞의 두 번은 불이 그들의 뒤를 따라갔으나 후의 한 번은 불이 그 앞길을 가로막았는데, 이것이 두 번째 서로 다른 점이다.

주랑의 군사들은 먼저 작은 승리를 거둔 후에 대승을 거두었으나 육손의 군사들은 먼저 작은 패배를 당한 후에 대승을 거두었고, 서성은 단 한 번만 승리했을 뿐인데, 이것이 세 번째 서로 다른 점이다.

이뿐만이 아니다. 정보는 주랑에게 불복不服했고 한당과 주태는 육손에게 불복했는데, 이는 노성老成한 사람이 소년을 깔본 것이다. 그러나 손소孫韶가 서성에게 불복한 것은 소년이 노성한 사람을 깔본 것인데, 이는 곧 서로 같으면서도 다른 것이다.

조조는 배들을 연이어 묶었으며, 선주는 주둔할 때 영채를 연이어 세웠는데, 이들은 그 연이은 것이 적에게 유리했지만, 서성은 성들을 연이어 쌓았으나 그 연이은 것이 아군에게 유리했던 것으로, 이 또한 서로 같으면서도 다른 것이다.

공명은 풀단으로 사람을 만들어 그것을 짙은 안개(大霧) 속에서 사용했으나, 서성은 풀단으로 사람을 만들어 안개가 걷힌 후에 보이도록 했다. 공명은 돌을 군사로 사용하여 이미 승리를 거둔 육손을 제압했으나, 서성은 나무로 성을 만들어 처음 공격해온 조비를 헷갈리게 만들었다. 이처럼 서로 비슷해 보이는 것들이 전부 여러 가지로 각기 달랐던 것이다.

이처럼 사건들이 기묘하고 이처럼 글들이 기묘한데, 오늘날 이야기를 날조해 내는 소설가들은 붓을 잡고 그것을 베끼기만 하고 있으니, 어찌 그 만분지일이라도 본받을 수 있겠는가?

(3). 만약 조비가 직접 업도鄴都를 지키고 동오 역시 서성에게 형주를 대신 지키게 하고 사마의司馬懿와 육손陸遜이 장강長江과 회하淮河에서 대적하도록 했더라면, 그들의 지모智謀 싸움은 틀림없이 볼만 했을 것이다. 그러나 이 두 사람이 겨루는 것을 볼 수 없게 되었으니 애석하다.

또한 만약 남서南徐를 공격한 것이 조조였다면 용주龍舟를 이용한 싸움이 그처럼 고달프지는 않았을 것이다. 또한 만약 서성徐盛

을 도와주는 자가 공명이었다면, 조비가 달아나더라도 틀림없이 살아서 돌아갈 길이 없었을 것이다.

독자들이 이야기의 전후前後와 피차彼此를 서로 바꾸어서 살펴본다면, 그 사람의 재주의 분수分數가 저절로 드러날 것이다.

제87회

공명, 남만병 치려고 군사 크게 일으키고 맹획, 촉병에 항거하다 첫 번째 사로잡히다

〖 1 〗 한편 제갈 승상은 성도에서 크고 작은 일들을 모두 직접 공정하게 처리했다. 양천兩川의 백성들은 즐겁고 태평하여 밤에도 문을 잠그지 않았고 길에 떨어진 물건도 줍지 않았다. 게다가 다행히 해마다 큰 풍년이 들어 늙은이나 어린이나 모두들 선정善政을 구가謳歌했고, 부역을 나가서는 서로 앞 다투어 빨리 했다. 이리하여 군수물자와 병장기 등 모든 물건(物)들이 완비되지 않은 것이 없었고, 미곡 창고에는 쌀이 가득 찼고, 부고府庫에는 재물들이 가득했다.

건흥建興 3년(서기 225년), 익주益州에서 급보가 날아왔다:

"만왕蠻王 맹획孟獲이 10만 명의 만병蠻兵들을 대거 일으켜 국경을 넘어 침략해 왔습니다. (*맹획은 여전히 조비의 다섯 방면(五路)의 군사들 중 한 방면의 군사들이지만, 이때에는 물러갔다가 다시 온 것이다.)

건녕태수建寧太守 옹개雍闓는 한조漢朝의 십방후什方侯 옹치雍齒의 후손인데도 맹획과 결탁하여 반기를 들었습니다.

장가군(牂牁郡: 귀주성 귀양시貴陽市 부근) 태수 주포朱褒와 월준군(越巂郡: 사천성 서창시西昌市 동남) 태수 고정高定 두 사람은 이미 성을 바쳐 항복했고, 오직 영창(永昌: 운남성 보산현保山縣) 태수 왕항王伉만이 배반하지 않았습니다.

현재 옹개, 주포, 고정 세 사람의 부하 군사들은 모두 맹획의 향도관嚮導官이 되어 영창군을 공격하고 있습니다. 왕항은 공조功曹 여개呂凱와 같이 백성들을 모아 이 성을 죽기 살기로 지키고 있으나 그 형세가 심히 위급합니다."(*단지 전해온 보고만 인용하고 실제 사실을 기록하지 않은 것은 모두 생필省筆이다.)

공명은 이에 조정에 들어가서 후주에게 아뢰었다: "신이 살펴보니, 남만의 무리들이 복종하지 않는 것은 실로 나라의 큰 우환거리입니다. 신이 직접 대군을 거느리고 나아가 토벌해야겠습니다."(*위魏를 치러 가지 않고 직접 남만을 치러 가겠다니, 뜻밖이다.)

후주曰: "동에는 손권이 있고 북에는 조비가 있는데 지금 상부相父께서 짐을 버리고 가셨다가 만약 동오와 위가 쳐들어오면 어떻게 합니까?"

공명曰: "동오는 방금 우리나라와 강화講和했으므로 다른 마음을 먹지 않으리라 생각됩니다. 만약 다른 마음을 먹더라도 이엄李嚴이 백제성에 남아 있으니 그가 육손을 당해낼 수 있습니다. 조비는 최근에 패배하여 예기가 이미 꺾였으므로 원정遠征할 엄두를 내지 못할 것이며, 게다가 또 마초馬超가 한중漢中의 여러 관문들을 지키고 있으므로 근심하실 필요 없습니다. 신은 또 관흥과 장포 등을 남겨두어 양군으로 나뉘어 서로 구해주고 응원하도록 하였사오니 폐하를 보호하는 데는 만에 하나 실수가 없을 것입니다.

이제 신은 먼저 남만 땅으로 가서 그들을 소탕하고, 그런 후에 북벌하여 중원을 도모함으로써 (*중점은 중원에 있다. 남만을 치려는 것은 바로 위魏를 치기 위한 기초를 닦으려는 것이다.) 선제께서 신을 세 번이나 찾아주신 은혜(三顧之恩)와 어리신 폐하를 제게 부탁하신 두터운 신임(托孤之重)에 보답하려고 하나이다."

후주曰: "저는 나이도 어리고 아는 것도 없으니 오직 상부께서 모든 것을 짐작하여 처리해 주십시오."

〖2〗 말이 미처 끝나기도 전에 반열 중에서 한 사람이 나와서 말했다: "안 됩니다! 아니 되옵니다!"

여러 사람들이 보니, 성은 왕王, 이름은 연連, 자를 문의文儀라고 하는 남양 사람이었다. 그는 당시 간의대부諫議大夫로 있었다.

왕연이 간했다: "남방은 불모不毛의 땅이며, 장기瘴氣로 인한 유행성 열병(瘴疫)에 걸리기 쉬운 고장인데, 나라의 중대사를 결단하셔야 할 중임을 맡고 계신 승상께서 친히 원정遠征을 가시는 것은 옳은 일이 아니옵니다. 또한 옹개 등은 병으로 치면 버짐과 같은 하찮은 무리들이므로, 승상께서는 다만 대장 한 사람을 보내서 토벌하도록 하십시오. 그러면 반드시 성공할 것입니다."(*남방은 아직 평정되지 않았으며, 버짐 같은 하찮은 병이 아니라 몸속에 든 질환임을 모르고 한 말이다.)

공명曰: "남만 지방은 나라에서 매우 멀리 떨어져 있어서 대부분의 사람들은 우리 군왕의 교화를 입지 못하였소. 그들을 거두어 복종시키는 일은 매우 어려운 일이오. 내가 직접 가서 그들을 쳐야만 하오. 그래야 그때그때 형편을 봐가며 강하게 해야 할 때에는 강하게, 부드럽게 해야 할 때에는 부드럽게 할 수가 있소. 다른 사람에게 쉽게 맡길 수 있는 일이 아니오."(*칠금칠종七擒七縱의 계획은 이때 이미 정해져 있었으므로 마속의 설득은 필요 없었다.)

왕연이 재삼 강력히 권했으나 공명은 그의 말을 따르지 않았다.

이날 공명은 후주에게 하직인사를 한 후 장완蔣琬을 참군參軍으로 삼고, 비의費禕를 장사長史로 삼고, 동궐董厥과 번건樊建 두 사람을 연사椽史로 삼고, 조운과 위연을 대장으로 삼아 군사들을 총독하게 하고, 왕평王平과 장익張翼을 부장副將으로 삼고, 서천 장수 수십 명과 아울러 다 같이 서천 군사 50만 명을 일으켜 익주를 향해 출발했다.

이때 갑자기 관공의 셋째 아들 관삭關索이 군중으로 들어와서 공명을 보고 말했다: "형주가 함락된 뒤로 난을 피해 포씨鮑氏 집으로 가서 병 조리를 하고 있었습니다. 늘 서천으로 가서 선주를 뵙고 부친의 원수를 갚으려고 생각했으나 상처가 아물지 않아 길을 떠날 수가 없었습니다. 근자에 상처가 다 나아서 이리저리 소식을 알아보았더니 동오의 원수들은 이미 다 붙잡혀서 도륙을 당했다고 하기에, 그 길로 곧장 황제를 뵈려고 서천으로 가던 중에 마침 도중에 남정南征 가는 군사들을 만나서 소식을 듣고 일부러 만나뵙기 위해 찾아왔습니다." (*관삭의 종적을 이곳에서 서술하고 있다. 앞의 글에서 언급하지 못한 것을 보충 설명한 것이다.)

공명은 그 말을 듣고 탄식하고 놀라기를 마지않았다. 그리고 사람을 조정에 보내서 알리는 한편, 관삭을 선두부대의 선봉으로 삼아 같이 남정南征하러 갔다.

대부대의 군사들은 각기 대오를 지어 행군했다. 가다가 배가 고프면 밥을 지어 먹고 목이 마르면 물을 마시고(飢餐渴飮), 밤에는 자고 날이 밝으면 행군했다(夜住曉行). 대군이 지나가는 곳에서 민폐를 끼치는 일은 추호도 없었다. (*참으로 왕자王者의 군사들이다.)

〖 3 〗 한편 옹개雍闓는 공명이 직접 대군을 통솔하고 온다는 말을 듣고 즉시 고정高定과 주포朱褒와 상의하여 군사를 세 방면으로 나누어 고

정은 중간 방면을, 옹개는 왼편 방면을, 주포는 오른편 방면을 맡아, 세 방면에서 각각 군사 5,6만 명을 이끌고 나가서 적을 맞기로 했다.

고정은 악환鄂煥을 선두부대의 선봉으로 삼았다. 악환은 키는 9자(尺)에, 용모는 추악하고, 방천극方天戟을 사용했는데 1만 명의 군사들도 그 하나를 당해낼 수 없을 정도로 용맹했다. 고정은 휘하 군사들을 거느리고 대채를 떠나 촉병을 맞아 싸우러 나갔다.

한편 공명은 대군을 이끌고 익주 지경에 이르렀다. 선두부대의 선봉장 위연과 부장副將 장익·왕평이 익주 지경에 들어서자마자 바로 악환의 군사들과 마주쳤다. 양쪽이 마주보고 진을 치고 나서 위연이 말을 달려 나가 큰 소리로 꾸짖었다: "역적들은 빨리빨리 항복하라!"

악환도 말에 박차를 가해 나가 위연과 칼을 겨루었다. 그러나 몇 합 싸우다가 위연이 패한 척하고 달아나자 악환이 그 뒤를 쫓아갔다. 몇 마장(里) 가지 않아 함성이 크게 진동하며 장익과 왕평의 군사들이 양쪽 방면에서 쳐들어와서 악환의 퇴로를 끊어버렸다. 위연도 다시 돌아서서 세 장수가 힘을 합쳐 싸워서 악환을 사로잡아 본채로 압송해 가서 공명에게 보였다. 공명은 그의 결박을 풀어주도록 하고는 술과 음식으로 그를 대접했다.

공명이 물었다: "너는 누구의 부하 장수냐?"

악환曰: "지는 고정의 부하 장수입니다."

공명曰: "내가 알기로 고정은 본래 충의忠義의 인사이다. 그런데 지금은 옹개의 꾐에 빠져서 이렇게 된 것이다. 내 지금 너를 풀어줄 테니 돌아가서 고高 태수에게 빨리 항복해서 큰 화를 면하도록 하라고 전해라."

악환이 고맙다고 인사를 하고 돌아가서 고정을 보고 공명의 은덕을 말해 주었다. 고정 역시 듣고서는 감격해 마지않았다.

다음날 옹개가 영채로 찾아와서 인사를 마치고 말했다: "어떻게 해서 악환이 돌아올 수 있게 되었소?"

고정曰: "제갈량이 의리에서 놓아주었다고 하오."

옹개曰: "이는 제갈량이 우리를 이간시키려는 계책이오. 우리 두 사람이 서로 불화하도록 만들려고 이런 꾀를 쓴 것이오."

고정이 반신반의하면서 속으로 주저하고 있었다. 그때 갑자기 촉의 장수가 싸움을 걸어왔다고 보고해 왔다. 옹개는 직접 군사 3만 명을 이끌고 나가서 맞이해 싸웠다. 그러나 몇 합 싸우지 않아 옹개는 말머리를 돌려 달아났다. 위연은 군사들을 거느리고 대거 나아가면서 20여 리나 그 뒤를 추격했다.

다음날, 옹개는 또 군사를 이끌고 싸우러 왔다. 그러나 공명은 연달아 사흘 동안 싸우러 나가지 않았다. 나흘 째 되는 날, 옹개와 고정은 군사를 두 방면으로 나누어 촉의 영채를 빼앗으러 왔다.

〖 4 〗 한편 공명은 위연 등에게 군사를 두 방면으로 나누어 도중에서 기다리도록 했다. 과연 옹개와 고정의 군사들이 오다가 복병들의 기습을 받아 그 태반은 죽고, 또 사로잡힌 자들도 무수히 많았는데, 그들은 모두 묶여서 본채로 압송되었다.

공명은 옹개의 수하 병사들과 고정의 수하 병사들을 각각 따로 가두어 놓은 다음 군사들을 시켜서 소문을 퍼뜨리도록 했다: "고정의 수하들만 살려주고 옹개의 수하들은 모조리 죽인다더라."

많은 군사들이 다 이 말을 들었다.

잠시 후 공명은 옹개의 수하들을 막사 안으로 데려오도록 하여 물었다: "너희는 누구의 부하들이냐?"

모두들 거짓말을 했다: "고정의 부하들입니다."

공명은 그들을 모두 살려주라고 지시하고 술과 밥을 주고 좋은 말로 위로해 준 다음 사람을 시켜서 그들을 지경 밖까지 데리고 가서 자기 영채로 돌아가도록 풀어주었다. (*먼저 옹개의 사람들부터 풀어주는데, 묘한 점은 일부러 그들을 고정의 사람들로 착각하여 풀어준 것처럼 함으로써 옹개가 의심을 하도록 한 것이다.)

그 다음에 공명은 또 고정의 수하들을 불러와서 물었다.

그들은 모두 아뢰었다: "저희들은 정말로 고정의 부하 군사들입니다."

공명은 그들 역시 모두 살려주고 술과 밥을 내려주었다. 그런 다음 목소리를 높여 말했다: "옹개가 오늘 사람을 시켜서 투항하겠다고 하면서 너희 주인 고정과 주포의 수급을 바쳐서 자기 공로로 삼겠다고 했다. 그러나 내 차마 그렇게 하도록 할 수는 없었다. 너희는 기왕에 고정의 부하 군사들이라고 하니 내 너희들을 돌아가도록 놓아주겠다. 또다시 배반해서는 안 된다. 만약 다시 붙잡혀 오면 그때는 결코 가벼이 용서해주지 않을 것이다."

모두들 고맙다고 절을 하고 떠나갔다. (*다음으로 고정의 사람들을 풀어주는데, 묘한 점은 옹개가 약속해 왔다고 사칭하여 고정이 의심하도록 하면서 그 속에 주포까지 끌어들이는 것이다.)

〖5〗 그들은 본채로 돌아가서 고정을 보고 이 일을 이야기했다. 이에 고정은 사람을 몰래 옹개의 영채로 보내서 소식을 알아보도록 했다. 옹개의 부하 군사들 가운데는, 함께 붙잡혔다가 돌아온 사람들이 공명이 베풀어준 덕을 이야기했기 때문에, 고정에게 귀순하려는 마음을 먹고 있는 자들이 많았다.

비록 그렇기는 해도 고정은 마음이 불안했다. 그래서 또 사람 하나를 공명의 영채로 보내서 그 허실虛實을 알아보도록 했다.

그런데 길을 지키고 있던 군사가 그를 붙잡아서 공명 앞으로 끌고 갔다. 공명은 일부러 그를 옹개의 사람인 줄로 아는 척하면서, (*전에는 옹개의 사람을 일부러 고정의 사람으로 아는 척했는데, 이번에는 고정의 사람을 일부러 옹개의 사람으로 아는 척한다. 지극히 교묘하다.) 막사 안으로 불러들여 물었다: "너희 원수元帥 옹개는 이미 나에게 고정과 주포 두 사람의 수급을 갖다 바치겠다고 약속했다. 그런데 어찌하여 약속한 기일을 어기는 것이냐? 네 이놈 자식, 이처럼 흐리멍덩하면서 어떻게 첩자 노릇을 하겠느냐!"(*묘한 점은 고정의 사람을 보고 옹개 이야기를 하고 있는 것이다.)

그 군사는 대답을 모호하게 얼버무렸다. 공명은 그에게 술과 밥을 내려주고 밀서 한 통을 써서 주며 부탁했다: "너는 이 편지를 가지고 가서 옹개에게 전하되, 그에게 빨리 손을 써서 일을 그르치지 말도록 하라고 전해라."(*고정의 부하에게 옹개에게 전할 말을 하고 있는 점이 묘하다.)

첩자는 하직인사를 하고 떠나서 돌아가 고정을 보고 공명의 편지를 바치고는 옹개가 여차여차 하더라고 말했다.

고정은 편지를 다 보고 나서 크게 화를 내며 말했다: "나는 진심으로 그를 대했는데 그는 도리어 나를 해치려 하다니, 도리상 도저히 가만 놔둘 수가 없다!"

그는 악환을 불러오라고 해서 상의했다.

악환이 말했다: "공명은 어진 사람입니다. 그를 배반하는 것은 좋지 못합니다. (*공명이 이미 먼저 씨를 뿌려 놓았다.) 우리가 이번에 모반하여 나쁜 짓을 하게 된 것은 모두 옹개 때문이니 차라리 옹개를 죽이고 공명에게 투항하는 것이 좋겠습니다."(*이 모두가 공명의 계산속에 들어 있다.)

고정曰: "어떻게 손을 쓰지?"

악환曰: "자리를 마련해 놓고 사람을 보내어 옹개를 청하십시오. 그가 만약 딴마음이 없다면 틀림없이 태연히 올 것입니다. 만약 그가 오지 않는다면 그것은 반드시 딴마음이 있기 때문입니다. 그때에는 주공께서는 그 앞의 영채를 들이치시고 저는 영채 뒤 소로에 군사를 매복시켜 놓고 기다린다면 옹개를 사로잡을 수 있습니다."

고정은 그의 말을 좇아서 자리를 마련해 놓고 옹개를 청했다. 옹개는 과연 전날 풀려나온 군사들의 말에 의혹을 품고 겁이 나서 오지 않았다. (*가짜 서신과 서로 부합한다.) 이날 밤 고정은 군사를 이끌고 가서 옹개의 영채 안으로 쳐들어갔다.

전에 공명이 죽이지 않고 놓아 보내준 군사들은 모두 고정의 덕을 생각하고 이 기회에 싸움을 도왔다. (*이들 또한 공명이 먼저 뿌려 놓은 씨앗이다.) 옹개의 군사는 싸우지도 않고 스스로 혼란에 빠졌다.

옹개는 말에 올라 산길로 달아났다. 그러나 두 마장(里)도 못 가서 북소리가 울리면서 한 떼의 군사들이 뛰쳐나왔는데, 바로 악환이었다. 그는 방천극方天戟을 꼬나들고 말을 몰아 앞장서서 나왔다. 옹개가 미처 손 놀릴 틈도 주지 않고 악환이 방천극으로 찔러서 말 아래로 거꾸러뜨리고는 곧바로 그 머리를 잘랐다. (*악환이 그를 죽인 것이 아니고, 고정이 그를 죽인 것도 아니다. 공명이 그를 죽인 것이다.) 옹개의 부하 군사들은 전부 고정에게 항복했다.

〖 6 〗 고정은 양쪽 군사들을 모두 이끌고 가서 공명에게 항복을 하고 옹개의 수급을 바쳤다. 공명은 막사 안 높은 자리에 앉아서 좌우 사람들에게 고정을 끌고 나가 목을 벤 다음에 보고하라고 호령했다.

고정曰: "저는 승상의 큰 은혜에 감격하여 옹개의 수급을 가지고 항복하러 왔는데 어찌하여 저의 목을 베려고 하십니까?"

공명이 큰 소리로 웃으며 말했다: "너는 거짓으로 항복하러 온 것이다. 어찌 감히 나를 속이려 하느냐!" (*사실은 자기가 그를 속이고 있으면서 반대로 그가 자기를 속인다고 말한다. 매우 교묘하다.)

고정曰: "승상께서는 무슨 근거로 제가 거짓 항복하러 왔다고 생각하십니까?"

공명은 작은 상자(匣) 속에서 봉투 하나를 꺼내 고정에게 주며 말했다: "주포가 이미 사람을 시켜서 은밀히 항서降書를 보내면서 말하기를, 너는 옹개와 생사를 같이 하기로 맹세한 사이라고 하던데, 어찌 하루아침에 그런 사람을 죽이려고 했겠느냐? 그래서 나는 네가 거짓말을 하는 줄 아는 것이다."(*이미 거짓으로 옹개의 편지라 속이고, 또 거짓으로 주포의 편지라고 속인다. 온통 거짓말투성이다.)

고정은 억울하다고 하면서 말했다: "주포가 반간계反間計를 쓴 것입니다. (*주포의 반간계가 아니라 사실은 공명의 반간계이다.) 승상께서는 절대 믿으셔서는 안 됩니다!"

공명曰: "나 역시 한 쪽의 말일 뿐이어서 믿기가 어렵다. 네가 만약 주포를 잡아온다면 그때엔 네 말을 진심으로 알겠다."(*주포를 죽이는 데도 단지 고정만을 이용함으로써 전혀 힘들이지 않는다.)

고정曰: "승상께서는 의심하지 마십시오. 제가 가서 주포를 잡아가지고 와서 승상을 뵙도록 하겠습니다. 그러면 되겠습니까?"

공명曰: "그렇게만 한다면 내 의심이 풀어질 것이다."

고정은 즉시 부장副將 악환과 휘하 군사들을 이끌고 주포의 영채로 달려갔다. 영채에서 10리쯤 떨어진 곳에 이르렀을 때 산 뒤로부터 한 떼의 군사들이 왔는데 바로 주포였다. 주포는 고정의 군사가 오는 것을 보고 급히 고정과 이야기를 나누려고 했다.

고정이 큰 소리로 꾸짖었다: "너는 어찌하여 제갈 승상한테 글을 보내면서 반간계를 써서 나를 해치려 하느냐?"

주포는 눈을 휘둥그렇게 뜨고 입을 떡 벌린 채 어안이 벙벙해서 대답을 할 수 없었다. 그때 갑자기 말 뒤에서 악환이 돌아 나와 한 창에 그를 찔러 말 아래로 떨어뜨렸다.

고정이 언성을 높여 말했다: "나를 따르지 않는 자는 모두 죽여 버릴 것이다."

그러자 모든 군사들은 일제히 땅에 엎드려 항복했다. 고정이 두 부대의 군사들을 이끌고 가서 공명을 만나보고 주포의 수급을 바쳤다.

공명은 크게 웃으며 말했다: "내 일부러 너로 하여금 이들 두 도적들을 죽여서 네 충성심을 표시하도록 했던 것이다." (*고정을 손바닥 위에 올려놓고 가지고 논다.)

그리고는 고정을 익주태수로 임명하여 세 개 군郡을 다스리도록 하고 악환을 아장牙將으로 임명했다. 이로써 세 방면의 군사들은 다 평정되었다.

〖7〗 이리하여 영창永昌 태수 왕항王伉은 성을 나가 공명을 영접했다. 공명은 성으로 들어간 후 물었다: "누가 공과 함께 이 성을 지켜내서 걱정거리가 없도록 보전했는가?"

왕항曰: "제가 이제껏 이 고을을 안전하게 지켜낼 수 있었던 것은 모두 영창 불위(不韋: 영창군 소재지. 운남성 보산현保山縣 북쪽) 사람으로 성은 여呂, 이름은 개凱, 자를 계평季平이라고 하는 사람의 힘입니다."

공명은 곧 여개를 불러오라고 했다. 여개가 들어와서 인사를 마치자 공명이 말했다: "공은 영창의 고명한 인사라고 들은 지 오래 되었소. 공 덕분에 이 성을 보전할 수 있게 되었소. 나는 지금 남만 지방을 평정하려고 하는데, 공에게 어떤 고견이 있소?"

여개는 마침내 지도 한 장을 가져와서 공명에게 바치며 말했다: "제가 이곳저곳 벼슬을 하고 다닌 이래 남방 사람들이 모반하려고 한 지 오래 되었음을 알게 되어 은밀히 사람을 그 지경 안으로 들여보내 군사를 주둔시키고 교전할 수 있을 만한 곳들을 살펴보도록 하여 지도 한 장을 그려놓고 그것을 '평만지장도平蠻指掌圖' 라고 이름 지었습니다. (*만인蠻人들은 이미 손바닥 안에 놓여 있다.) 지금 이것을 감히 명공께 바치겠으니, 명공께서 이것을 한 번 살펴보시면 남만을 정벌하시는데 도움이 될 것입니다."(*장송張松이 서천의 지도를 바친 것과 서로 대對가 되고 있다. 만약 장송의 지도가 없었다면 선주는 서천에 들어갈 수 없었을 것이고, 여개의 지도가 없었다면 공명은 맹획을 굴복시킬 수 없었을 것이다.)

공명은 크게 기뻐하며 곧바로 여개를 행군교수行軍敎授 겸 향도관으로 삼았다. 이리하여 공명은 군사를 거느리고 거침없이 남만의 지경 깊숙이 들어갔다.

〖8〗 한창 행군해 가고 있을 때 갑자기 천자의 사자가 당도했다고 보고해 왔다. 공명이 사자를 중군中軍으로 들어오도록 청했다. 그런데 보니 흰색 전포에 백의白衣를 입은 한 사람이 들어오는데 바로 마속馬謖이었다. ―그의 형 마량馬良이 최근에 세상을 떠났기 때문에 상복을 입고 있었던 것이다. (*마량의 죽음이 여기에서 곁들여져 서술되고 있는데, 이는 생필법省筆法이다.)

마속曰: "주상의 칙명을 받들어 군사들에게 술과 비단을 내려주려고 왔습니다."

공명은 후주의 칙서를 받고 나서, 칙명에 따라 그것을 일일이 나누어주었다. 그리고는 마속을 막사 안에 남아 있도록 하여 같이 이야기를 나누었다.

공명이 물었다: "나는 천자의 조서를 받들고 남만 지방을 평정하려고 하네. 오래 전부터 유상(幼常: 마속)은 식견이 높은 사람이라고 들어왔는데, 부디 좀 가르쳐 주게."

마속曰: "제가 한 마디만 말씀드릴 테니 승상께서 살펴주시기 바랍니다. 남만은 그 땅이 중국에서 멀리 떨어져 있는데다 험한 산들이 있음을 믿고 복종하지 않은 지 오래 됐습니다. 비록 오늘은 정벌하더라도 내일 가면 또다시 배반합니다. 승상의 대군이 그곳에 이르면 그들은 틀림없이 평정되고 복종할 것입니다. 그러나 회군해 오시는 날에는 반드시 북으로 조비曹丕를 치러 가야 하는데, 그때 남만의 군사들이 촉 안이 텅 빈 것을 알게 되면, 그들은 틀림없이 재빨리 배반할 것입니다.

대저 용병의 도道는 '마음을 공략하는 것이 상책이고, 성城을 공격하는 것은 하책이며; 마음으로 싸우는 것이 상책이고, 무기로 싸우는 것은 하책이다(攻心爲上, 攻城爲下; 心戰爲上, 兵戰爲下)' 고 했습니다. (*이 네 마디 말은 병법 책에는 없는 것이다. 그러나 절묘한 병법이며, 또한 손오병법보다 훌륭하다.) 부디 승상께서는 저들의 마음을 복종시키도록 하십시오. 그것으로 족합니다." (*참으로 고견이다.)

공명이 감탄하여 말했다: "유상이 내 속을 훤히 알고 있구나!"

이리하여 공명은 곧바로 마속을 참군參軍으로 삼고 즉시 대병을 거느리고 앞으로 나아갔다.

〖 9 〗 한편 만왕蠻王 맹획은 공명이 옹개의 무리를 지모로 깨뜨렸다는 소식을 듣고 곧바로 세 동洞의 원수元帥들을 불러 모아 상의했다. 그 첫째 동은 금환삼결金環三結이 원수로 있었고, 둘째 동은 동도나董荼那가, 셋째 동은 아회남阿會喃이 원수로 있었다.

세 동의 원수들이 들어가서 맹획을 보자, 그가 말했다: "이번에 제갈 승상이 대군을 거느리고 우리 지경을 침범해 오고 있으니 부득이 힘을 합쳐 대적할 수밖에 없다. 너희 세 사람은 군사를 세 방면으로 나누어 나아가도록 하라. 이기는 자가 동의 주인(洞主)이 될 것이다."

이리하여 금환삼결은 중로中路를 취하고, 동도나는 왼쪽 방면으로, 아회남은 오른편 방면으로 나아가되 각기 5만 명의 만병들을 거느리고 명령에 따라 나아갔다.

한편 공명이 영채 안에서 한창 군사 문제를 상의하고 있을 때 갑자기 연락병이 달려와서 급보하기를, 세 동의 원수들이 군사를 세 방면으로 나누어 오고 있다고 했다. 공명은 그 보고를 듣고 즉시 조운과 위연을 불러들였다. 그러나 불러 놓고는 그들에게 아무런 분부도 내리지 않고 다시 왕평과 마충을 불러왔다. (*마충馬忠이란 이름의 사람이 둘이 있다. 하나는 동오의 마충이고 또 하나는 촉의 마충이다. 동오의 마충은 이미 죽었고, 여기서의 마충은 촉의 마충이다.)

그리고는 그들에게 분부했다: "지금 만병蠻兵들이 세 방면으로 쳐들어오고 있는데, 나는 자룡과 문장(文長: 위연)을 보내고 싶으나 이 두 사람은 지리를 모르므로 감히 쓸 수가 없구나. (*공명은 장수들을 자극하는 법(激將法)을 쓰는 데 익숙하다.) 왕평은 왼편 방면으로 가서 적을 맞이하고, 마충은 오른편 방면으로 가서 적을 맞이하라. 나는 자룡과 문장으로 하여금 너희 뒤를 따라가서 지원하도록 할 것이다. 오늘은 군사들을 정돈해 놓고 내일 날이 밝거든 출발하라!"

두 사람은 명을 받고 떠나갔다.

공명은 또 장억張嶷과 장익張翼을 불러와서 분부했다: "너희 두 사람은 같이 일군一軍을 거느리고 가운데 방면으로 가서 적을 맞도록 하라. 오늘은 군사들을 정돈해 놓고 내일 왕평·마충과 미리 만날 약속을 정해 놓고 나아가도록 하라. 나는 자룡과 문장으로 하여금 가서 공격하도록 하고 싶지만, 두 사람은 지리를 모르므로 감히 쓸 수가 없으니 어찌 하겠느냐?"(*묘한 것은 또 한 마디를 하여 다시 그들을 자극하는 것이다.)

장억과 장익은 명을 받고 떠나갔다.

〖 10 〗 조운과 위연은 공명이 자기들을 써주지 않자 각기 얼굴에 노한 빛을 띠었다.

공명이 말했다: "내가 공들 두 사람을 쓰지 않으려는 것이 아니라

단지 중년中年의 나이에 험한 땅에 들어갔다가 자칫 만인蠻人들에게 해를 당하기라도 해서 군의 사기를 떨어뜨리게 될까봐 염려해서이오!" (*이는 세 번째 그들을 자극하는 말이다.)

조운曰: "만약 우리가 지리地理를 안다면 어떻게 하시겠소이까?"

공명曰: "공들 두 사람은 그저 조심하고 망동하지 마시오." (*교묘하다. 못하도록 말리는 것이 바로 그들을 자극하는 방법이다.)

두 사람은 불만에 가득차서 물러갔다.

조운은 위연을 자기 영채 안으로 청해 와서 말했다: "우리 두 사람은 선봉인데도 도리어 지리를 모른다면서 쓰려고 하지 않소. 그러면서 지금 저 후배들을 쓰고 있으니 우리가 어찌 창피하지 않을 수 있소?"

위연曰: "우리 두 사람이 지금 곧 말을 타고 직접 나가서 알아봅시다. 이 고장 사람(土人)을 붙잡아서 길을 안내하도록 해서 만병을 대적한다면, 대사를 성공시킬 수 있을 것이오." (*이것은 다 공명의 계산속에 들어 있었다.)

조운은 그 말을 좇아 즉시 말에 올라 곧장 가운데 길로 해서 갔다. 몇 마장(里) 못 갔을 때 멀리 바라보니 먼지가 자욱하게 일어났다. 두 사람이 산비탈 위로 올라가서 바라보니 과연 수십 기騎의 만병들이 말을 달려오고 있었다. 두 사람은 양쪽으로 나뉘어 쳐들어갔다. 만병들은 그들을 보고 크게 놀라서 달아났다. 조운과 위연은 각기 몇 명을 사로잡아 가지고 본채로 돌아와서 술과 음식을 주어 대접한 다음 그들에게 붙잡아 온 이유를 자세히 말했다. (*자극을 하지 않았으면 이렇게 하려고 하지 않았을 것이다.)

만병이 말했다: "저 앞에 있는 것이 바로 금환삼결金環三結 원수의 대채인데 바로 산 어귀에 있습니다. 영채 옆으로는 동서로 두 갈래 길이 나 있는데 바로 오계동(五溪洞: 한 개 동명洞名이다)과 동도나·아회남의 영채 뒤로 통합니다."

〖11〗 조운과 위연은 그 말을 듣고 곧바로 정예병 5천 명을 점고해서 사로잡은 만병에게 길을 안내하도록 하여 나아갔다. 출병할 무렵에는 시간이 벌써 이경(二更: 밤 9시~11시)이나 되어 하늘에는 달이 밝고 별이 총총히 빛나서 달빛을 빌어 행군했다.

그들이 금환삼결의 대채 앞에 이르렀을 때는 시간이 대략 사경(四更: 새벽 1시~3시)쯤 되었는데, (*행군한 시간이 이경二更, 즉 약 4시간이나 되었다.) 만병들은 막 일어나서 밥을 지으면서 날이 밝는 대로 싸우러 나갈 준비를 하고 있었다.

그때 갑자기 조운과 위연이 양쪽으로 쳐들어가자 만병들은 그만 대혼란에 빠지고 말았다. 조운은 곧장 중군으로 쳐들어가서 곧바로 금환삼결 원수와 마주쳤다. 서로 싸우기를 단 한 합에 그는 조운의 창에 찔려 말 아래로 떨어졌다. 조운은 그의 수급을 베었다. 나머지 군사들은 뿔뿔이 흩어졌다.

위연은 곧바로 군사들을 반으로 나누어 동쪽 길로 해서 동도나의 영채로 달려갔다. 조운도 그 나머지 반의 군사들을 이끌고 서쪽 길로 해서 아회남의 영채로 달려갔다. 그들이 만병의 영채에 이르렀을 때에는 이미 날이 훤히 밝았다.

먼저 위연이 동도나의 영채로 쳐들어간 이야기부터 하자:

동도나는 영채 뒤쪽으로 군사들이 쳐들어오고 있다는 말을 듣고 곧바로 적을 막으려고 군사를 이끌고 영채에서 나가려고 하는데 갑자기 영채 앞문 쪽에서 함성이 일어났으므로 만병들은 대혼란에 빠지고 말았다. 그 함성은 원래 왕평의 군사들이 진즉에 그곳에 도착해 있다가 외친 것이었다. (*공명이 그에게 위연을 지원해 주라고 지시해 놓았음이 분명하다.) 양편에서 협공하자 만병들은 대패했고, 동도나는 길을 열고 달아났는데, 위연이 그 뒤를 추격해 갔으나 그만 놓치고 말았다.

〖 12 〗 한편 조운이 군사를 이끌고 아회남의 영채 뒤편에 도착했을 때는 마충은 이미 영채 앞에 와 있었다. (*공명이 그에게 조운을 지원하도록 지시해 놓았음이 분명하다.) 양쪽에서 협공하자 만병들은 대패했고, 아회남은 혼란한 틈을 타서 달아나 버렸다.

위연과 조운은 각자 군사를 거두어 돌아가서 공명을 보았다.

공명이 물었다: "3개 동의 만병들 가운데 2개 동의 동주洞主를 놓쳐 버렸군. 그렇다면 금환삼결 원수의 수급은 어디 있소?"

조운이 금환삼결의 수급을 바쳤다.

여러 장수들이 모두 말했다: "동도나와 아회남은 모두 말을 버리고 고개를 넘어 달아났기 때문에 놓치고 말았습니다."

공명이 크게 웃으며 말했다: "두 사람은 내가 이미 잡아놓았다."

조운과 위연 두 사람과 여러 장수들은 모두 그 말을 믿지 않았다. 잠시 후 장억이 동도나를 압송해 오고, 장익은 아회남을 압송해 왔다. 모두 다 놀라면서 의아해했다.

공명曰: "나는 여개呂凱가 작성한 지도를 보고 이미 저들이 세워놓은 영채를 알고 있었기 때문에 일부러 말로 자룡과 문장의 자존심을 자극하여 그들로 하여금 적진 깊숙이 들어가서 먼저 금환삼결을 깨뜨리고, 그런 다음 즉시 군사들을 좌우로 나누어 영채 뒤쪽 길로 나가도록 하고 왕평과 마충 두 사람을 시켜서 서로 호응하도록 했던 것이다. 자룡과 문장이 아니고는 이 소임을 감당할 수 없기 때문이다. (*이때에는 반대로 그들을 극력 칭찬하는 말을 하고 있는데, 참으로 신묘神妙하기가 이루 말할 수 없다.)

나는 동도나와 아회남은 반드시 곧장 산길을 따라 도망갈 것으로 예상하고 장억과 장익을 보내서 군사를 매복시켜 놓고 그들을 기다리도록 했고, 관삭關索에게는 군사들을 데리고 가서 지원하도록 해서 이 두 사람을 사로잡은 것이다."

여러 장수들은 모두 탄복하면서 말했다: "승상의 신기묘산神機妙算은 귀신도 헤아리지 못할 것입니다."

공명은 동도나와 아회남을 막사 안으로 압송해 오도록 하여 그 결박을 풀어주고 술과 음식, 그리고 옷을 내려주고는 각기 자기 동洞으로 돌아가서 다시는 악한 자를 도와주지 말라고 했다. (*공명은 이후부터는 오로지 이 방법만 쓴다.) 두 사람은 울면서 절을 한 후 각기 소로小路로 해서 돌아갔다.

공명이 여러 장수들에게 말했다: "내일 맹획이 틀림없이 직접 군사들을 이끌고 싸우러 올 것이다. 그때 사로잡도록 하자."

그리고는 조운과 위연을 불러와서 계책을 주었다. 두 사람은 각각 군사 5천 명을 이끌고 떠나갔다. (*전에는 몰래 시켰으나 이번에는 분명하게 일러서 보낸다.) 또 왕평과 관삭을 불러서 같이 일군一軍을 이끌고 가라고 하면서 계책을 주어 보냈다. 공명은 군사 배치를 마치자 막사 안에 앉아 소식을 기다렸다.

〖 13 〗 한편 만왕 맹획이 막사에 앉아 있는데 갑자기 기마 초병哨兵이 와서 말하기를, 3개 동의 원수들은 모두 공명에게 사로잡혀 갔으며, 부하 군사들도 각각 뿔뿔이 흩어져 버렸다고 했다. 맹획이 크게 화를 내며 즉시 만병을 동원하여 진군해 가다가 바로 왕평의 군사들과 마주쳤다.

양편의 군사들이 서로 마주보고 진을 친 후 왕평이 말을 달려 나가 칼을 비껴들고 바라보니 적진의 문기門旗가 양쪽으로 갈라지면서 남만의 수백 명의 말 탄 장수들이 양편으로 벌려 서 있는데, 그 가운데로 맹획이 말을 타고 나왔다.

그는 머리에는 보석을 박은(嵌寶) 자금관紫金冠을 쓰고, 몸에는 술을 주렁주렁 단 붉은 비단 전포(紅錦袍)를 입고, 허리에는 사자 모양을 조각한 옥으로 장식한 보대(碾玉獅子帶)를 띠고, 발에는 앞코를 매부리처럼 뾰족하게 만든 녹색 장화(鷹嘴抹綠靴)를 신고, 털이 곱슬곱슬한(卷毛) 적토마를 타고, 소나무 무늬를 새긴 보검(松紋鑲寶劍) 두 자루를 차고 있었다.

그가 고개를 바짝 쳐들고 촉진을 살펴보더니 좌우에 있는 만장蠻將들을 돌아보며 말했다: "사람들마다 말하기를 제갈량은 용병을 잘한다고 하던데, 지금 저 진을 보니 깃발들은 어지럽게 뒤섞여 있고, 군사들의 대오隊伍는 뒤죽박죽이고, 칼과 창과 병장기들이 우리보다 나은 게 하나도 없다. 이제야 전날에 들었던 말들이 다 허튼소리임을 알겠다. (*맹획의 눈에 비친 공명의 유인 작전 모습을 그리고 있다.) 진즉에 이런 줄 알았더라면 내 오래 전에 반란을 일으켰을 것이다. 누가 감히 나가서 촉장을 사로잡아 우리 군사의 위엄을 떨치겠느냐?"

말이 끝나기도 전에 한 장수가 그 말에 응하여 앞으로 나왔는데, 망아장忙牙長이란 이름의 장수였다. 그는 칼날 끝이 둥그런 한 자루의 칼, 즉 절두대도截頭大刀를 사용하고, 온몸의 털이 노란 밤색 말, 즉 황표마黃驃馬를 타고 있었다. 그는 나가서 곧바로 왕평에게 덤벼들었다. 두 장수가 어우러져 싸웠는데, 몇 합 싸우지 않아 왕평은 곧바로 달아났다. (*뻔한 유인작전이다.) 맹획은 군사들을 휘몰아 기세 좋게 나아가면서 그의 뒤를 바짝 추격해 갔다. 그때 관삭이 나타나서 그와 잠깐 싸우더니 그 역시 달아나서,(*이 또한 뻔한 유인작전이다.) 약 20여 리나 물러갔다.

맹획이 그 뒤를 한창 쳐들어가고 있을 때 갑자기 함성이 크게 일어나더니 왼편에서는 장억이, 오른편에서는 장익이 양쪽에서 뛰쳐나와 그의 퇴로를 끊어버렸다. 왕평과 관삭도 다시 군사를 되돌려서 쳐들어가자 앞뒤로 협공을 당하게 되어 만병은 대패했다. 맹획은 부장들을 이끌고 죽기 살기로 싸워 간신히 벗어나서 금대산(錦帶山: 삼국시대에는 이런 산 이름이 없었다)을 향해 달아났다. 등 뒤에서는 세 부대의 군사들이 추격해 왔다.

맹획이 한창 달아나고 있을 때 전면에서 함성이 크게 일어나면서 한 떼의 군사들이 길을 막았는데, 앞선 대장은 바로 상산 조자룡이었다. 맹획은 그를 보고 크게 놀라서 황망히 금대산의 소로로 달아났다. 자룡이 한바탕 들이치자 만병은 대패해서 사로잡힌 자가 무수히 많았다. 맹획은 겨우 수십 기마병들과 같이 산골짜기 속으로 달아났으나 뒤에서는 추격병들이 바짝 쫓아오고 앞의 길은 좁아서 말이 갈 수 없자 말을 버리고 산을 기어올라 고개를 넘어 도망쳤다.

그때 갑자기 산골짜기에서 북소리가 요란하게 울렸는데, 그것은 바로 위연이 공명의 계책을 받아 5백 명의 보병을 이끌고 이곳에 와서 매복하고 있었던 것이다. 맹획은 대적해낼 수 없어서 위연에게 사로잡히고 말았다. 그를 따르던 기병들도 모두 항복했다. (*앞에서 장억과 장익이 동도나와 아회남을 사로잡을 때는 허사법虛寫法으로 묘사했으나 지금 위연이 맹획을 사로잡는 것은 실사법實寫法으로 묘사하고 있다.)

〖 14 〗 위연은 맹획을 압송하여 본채로 돌아와서 공명에게 보였다. 공명은 진즉에 소와 말을 잡아 영채 안에 술자리를 벌여 놓은 다음 막사 안에다 일곱 겹으로 위수군圍宿軍들을 늘여 세웠다. 그들은 손에 칼과 창과 검과 극戟들을 잡고 있었는데, 그것들은 서릿발처럼 찬연히 번쩍였다. 또 천자가 내려준 황금 도끼(黃金斧鉞)와 둥그렇게 굽은 손잡이 자루가 달린 일산(曲柄傘蓋)을 손에 잡고 있었다. 연석 앞뒤로는 의장대儀仗隊와 악대樂隊를, 좌우로는 어림군御林軍을 늘여 세웠는데, 그 배치가 극히 엄정했다. (*맹획에게 한漢 관원들의 위의威儀를 보여준 것이다.)

공명이 막사에 단정하게 앉아 있는데 만병들이 어수선하게 떼를 지어 압송되어 오는 것이 보였는데 그 수가 무수히 많았다. 공명은 그들을 막사 안으로 불러들여 그들의 결박을 전부 풀어주고 위무해주며 말했다: "너희들은 모두 선량한 백성들인데 불행히도 맹획 때문에 이번에 크게 놀랐을 것이다. 내 생각에는 너희 부모와 형제, 처자들은 틀림없이 문에 기대서서 너희들이 돌아오기만을 고대하고 있을 텐데, 만약 싸움에 패했다는 소식을 들으면 배가 갈라지고 창자가 끊어지듯 아프고(割肚牽腸) 눈에서는 피가 흘러내릴 것이다. 나는 지금 너희들을 전부 돌아가도록 놓아 주어 너희 부모 형제와 처자들의 마음을 안심시켜 주려고 한다."

말을 마치고는 만병 하나하나에게 술과 밥을 먹이고 또 양식을 주어 돌려보냈다. 만병들은 그 은덕에 깊이 감격하여 울면서 절을 하고 떠나갔다.

〖 15 〗 공명은 무사들을 불러서 맹획을 끌어오라고 했다. 얼마 후 무사들이 맹획을 앞뒤로 에워싸고 당기고 떠밀면서 결박을 지은 채 막사로 데려왔다. 맹획이 막사 안에서 무릎을 꿇자, 공명이 말했다: "선제께선 너를 박대하지 않으셨는데, 너는 어찌 감히 배반했느냐?"

맹획曰: "서천과 동천의 땅은 다 본래 다른 사람이 차지하고 있던 땅이다. 그런데 네 주인이 그것을 강탈强奪해 가지고는 스스로 천자라고 칭한 것이다. 나는 대대로 이곳에 살아왔는데 너희들이 무례하게도 내 땅을 침범했다. 이런데도 어찌 내가 배반했다고 하느냐?"

공명曰: "내가 지금 너를 사로잡았으니, 너는 마음으로 항복을 하겠느냐?"

맹획曰: "깊은 산속의 길이 좁아서 너희들의 손에 잘못 걸려든 것일 뿐인데 어찌 항복하려 하겠느냐!"

공명이 말했다: "네가 기왕에 항복하지 않겠다니 내 너를 풀어주마. 어떠냐?"

맹획曰: "네가 나를 돌아가도록 놔준다면, 돌아가서 다시 군사들을 정돈하여 너와 자웅을 겨뤄보겠다. 만약 그때 다시 나를 사로잡을 수 있다면, 그때에는 항복하겠다."

공명은 즉시 그의 결박을 풀어주도록 한 후 옷을 주어 입도록 했다. 술과 음식을 내어 먹여주고, 말안장을 얹은 말에 태우고 사람을 시켜서 길까지 배웅해 주도록 했다. 맹획은 곧장 자기 본채로 떠나갔다. 이야말로:

손안에 들어온 도적 돌아가게 풀어 줘도 寇入掌中還放去
왕화王化 입지 못한 사람은 항복시킬 수가 없네. 人居化外未能降

맹획이 다시 와서 싸운다면 어찌될지 모르겠거든 일단 다음 회를 읽어보기 바란다.

제 87 회 모종강 서시평序始評

(1). 공명이 동오와 우호관계를 맺은 후에 곧바로 이어서 위魏를 쳐야 마땅한데도 갑자기 중원을 내버려두고 남방을 치러 간 것은 무슨 까닭인가?

나는 말한다: 조비는 손권의 군사들을 빌려서 촉을 치고자 했고, 또한 맹획의 군사들을 빌려서 촉을 치고자 했다. 위魏가 손권의 군사들을 빌려서 촉을 치려고 했으나 도리어 촉이 그들을 거두어서 촉을 위해 쓸 수 있었지만, 위가 맹획의 군사들을 빌려서 촉을 치려고 하는데도 촉은 그들을 거두어서 촉을 위해 쓸 수 없었다. 촉을 위해 쓸 수 없을 뿐만 아니라 촉에게는 큰 우환거리가 될 수 있으니 어찌 전력을 다해 그것부터 취하지 않을 수 있겠는가? 만약 전력을 다해 그것을 취하지 않고서 갑자기 위魏를 치려고 한다면, 맹획은 빈틈을 타서 촉의 뒤를 치려고 할 것이다.

그러므로 공명이 동오와 우호관계를 맺은 것은 그 뜻을 동쪽에 두어서가 아니라 그 뜻을 북쪽에 두었기 때문이다. 공명이 남만을 정벌한 것 역시 그 뜻을 남쪽에 두어서가 아니라 그 뜻을 북쪽에 두었기 때문이다.

(2). 여개呂凱의 지도는 훌륭했으나 그러나 마속馬謖의 말만큼 훌륭하지는 못했다. 왜 그런가? 여개는 그곳 땅은 그릴 수 있었으나 그곳 사람들을 그리지는 못했으며, 설령 그곳 사람들을 그릴 수 있었다 하더라도 그곳 사람들의 마음은 그릴 수 없었기 때문이다.

그러나 마속의 뜻은 그 땅을 취하거나 그 사람들을 취하는 데 있지 않고 그 사람들의 마음을 취하는 데 있었다. 그러므로 여개의 지도를 펼치면 남방 어느 곳이든 공명이 직접 가본 것처럼 훤히 알게 할 수 있었지만, 마속의 말은 공명으로 하여금 어느 하루도 남쪽 사람들의 마음속에 들어가 있지 않은 날이 없도록 했던 것이다.

(3). 병가兵家들은 단지 성을 공격하고 전투에서 공격하는 법만 알 뿐, 마음을 공략하는 심리전(心戰)에 대해서는 육도삼략六韜三略 어디에도 상세하게 언급되어 있지 않다. 장량張良의 스승이었던 황석공黃石公의 병서 〈소서素書〉나 손무孫武의 〈손자병법 13편〉에도 실려 있지 않다. 다만 남소南巢와 목야牧野로 출정 나갔던 주周 무왕武王의 군사들만이 이런 뜻을 알고 있었다. 그런데 뜻밖에도 마속馬謖이 이를 말할 수 있었다. 그러나 마속이 이를 말하기 전에 공명은 처음부터 이를 알고 있었으며, 마속의 말을 듣고 그 결심을 더욱 단단히 했을 뿐이었다.

제88회

노수 건너가서 맹획을 두 번째 잡아오고 거짓 항복한 줄 알고 세 번째 사로잡다

〖1〗 한편 공명이 맹획을 놓아주자 여러 장수들이 막사 안으로 와서 물었다: "맹획은 남만南蠻의 괴수입니다. 이번에 다행히 사로잡혔으므로 남방은 곧 평정될 것인데 승상께서는 왜 그를 놓아주십니까?"

공명이 웃으며 말했다: "내가 이 사람을 사로잡는 것은 마치 주머니 속에서 물건을 꺼내는 것과 같다. 다만 그 마음을 항복시켜야만 자연히 평정되는 것이다."

여러 장수들은 그 말을 듣고서도 다들 믿으려 하지 않았다.

이날 맹획은 풀려나서 노수瀘水에 이르러 마침 그를 찾아온 수하 패잔병들과 만났다. 여러 군사들은 맹획을 보고 놀라고 또 기뻐하며 절을 하고 물었다: "대왕께서는 어떻게 돌아오실 수 있었습니까?"

맹획曰: "촉 사람들이 나를 막사 안에 가두었으나, 내가 그들 10여 명을 죽이고 밤의 어둠을 틈타 달아났지. 한창 오고 있을 때 기마초병 한 놈을 만나서 그놈 역시 죽여 버리고 그놈이 타고 있는 말을 빼앗아 탈출할 수 있었지."(*몰래 창피한 짓을 해놓고는 후에 가서 사람들 앞에서는 감쪽같이 숨기고 있다. 지금도 맹획처럼 행동하는 자들이 많다.)

모두들 크게 기뻐하며 맹획을 에워싸고 노수를 건넜다. 맹획은 영채를 세운 다음 각 동의 추장酋長들을 불러 모으고 잡혀갔다가 풀려 돌아온 만병들을 계속 불러 모으니 대략 10여만 명이나 되었다.

이때 동도나와 아회남은 이미 자기 동중에 돌아와 있었다. 맹획이 사람을 보내서 부르자 두 사람은 겁이 나서 어쩔 수 없이 수하 병사들을 이끌고 갔다.

맹획이 명을 내렸다: "나는 이미 제갈량의 계책을 알아냈다. 그와 맞붙어 싸워서는 안 된다. 싸웠다가는 그의 속임수에 걸려들고 만다. 저 서천의 군사들은 먼 길을 오느라 지쳐 있는데다가 요즘 날씨가 펄펄 끓듯 하니 저들이 어찌 오래 머물러 있을 수 있겠느냐? 우리에게는 이 험한 노수가 있으니 배와 뗏목들을 모조리 남쪽 기슭에다 메어놓고 그 일대에는 전부 토성을 쌓아 방비를 튼튼하게 해놓은 뒤 제갈량이 어떤 계책을 쓰는지 두고 보도록 하자!"

여러 추장들은 그의 계책을 좇아 배와 뗏목들을 모조리 남쪽 기슭에다 묶어놓고 그 일대에 토성을 쌓고, 또 산 아래 벼랑 곁의 땅에다 망루를 높이 쌓고, 망루 위에는 활과 쇠뇌와 포석砲石들을 많이 준비해 놓아 지구전持久戰에 대한 대비를 했다. 군량과 마초는 모두 각 동洞에서 운반해 오기로 했다.

맹획은 이것으로 만전지책萬全之策이 마련되었다고 생각하고는 아무 근심도 하지 않고 느긋이 있었다. (*오랑캐 놈이 담은 크다.)

〖 2 〗 한편 공명이 군사를 거느리고 기세 좋게 나아가는데, 선두부

대가 이미 노수에 이르렀을 때 기마초병(哨馬)이 급보해 왔다: "노수 안에는 배나 뗏목이 하나도 없고, 또 물살도 매우 셉니다. 건너편 강기슭 일대에는 토성을 쌓아 놓았는데 전부 만병들이 지키고 있습니다."

때는 마침 5월이어서 날씨가 불타는 듯이 더웠는데, 남쪽 지방이어서 유달리 더위가 혹심하여 군사들은 옷이건 갑옷이건 아무것도 입고 있을 수가 없었다. 공명은 직접 물가까지 가서 자세히 살펴본 다음 본채로 돌아와서 여러 장수들을 막사에 모아놓고 명을 내렸다: "지금 맹획은 노수 남쪽에 군사들을 주둔시켜 놓고 강을 끼고 진지를 높이 쌓아 우리 군사들을 막고 있다. 우리도 이미 군사들을 데리고 이곳까지 왔는데 어찌 그냥 돌아갈 수가 있겠느냐? 너희들은 각각 군사들을 이끌고 산 아래 수림樹林 곁으로 가서 수목이 우거진 곳을 골라 우리 군사들을 휴식시키도록 하라."(*선주 역시 효정猇亭에서 수목이 무성하게 우거진 곳에 군사들을 주둔시켰다. 다만 공명은 영채를 이어서 세우지는 않았다.)

그리고는 여개를 보내서 노수로부터 백 리 떨어진 곳에 그늘지고 서늘한 곳을 골라 영채 넷을 나누어 세워 왕평, 장억, 장익, 관삭으로 하여금 각기 한 채씩 지키도록 하되, 영채 안팎에다 초막들을 세워 말과 군사들이 그 아래에서 시원하게 더위를 피하도록 했다.

참군參軍 장완蔣琬이 이것을 보고 들어가 공명에게 물었다: "제가 보기에는 여개가 지어놓은 영채들이 매우 좋지 않습니다. 그것은 바로 전에 선제께서 동오에게 패하셨을 때의 지세와 같습니다. (*앞의 글을 다시 읽어보라.) 만약 만병들이 노수를 몰래 건너와서 영채를 급습하면서 화공을 쓴다면 어떻게 구하겠습니까?"

공명이 웃으면서 말했다: "공은 너무 의심하지 말게. 내게 따로 묘한 계책이 있다네."(*이로써 공명이 만약 효정에 있었더라면 틀림없이 영채가 불타지는 않았을 것임을 알 수 있다.)

장완 등은 모두 그 뜻을 이해하지 못했다.

〖 3 〗 그때 갑자기 보고해 오기를, 촉에서 마대馬岱를 시켜 더위 먹은 것을 치료하는 약(解暑藥)과 군량미를 보내왔다고 했다. 공명은 그를 들어오라고 했다. 마대가 들어와 인사를 하고 나자, 공명은 군량미와 약들을 네 영채에 나누어 주라고 지시하고 물었다: "자네는 군사들을 얼마나 데리고 왔는가?"

마대曰: "3천 명입니다."

공명曰: "우리 군사들은 여러 차례 싸우느라 지쳐 있다. 자네가 데리고 온 군사들을 쓰고 싶은데 싸우러 나가 주겠는가?"

마대曰: "모두 조정의 군사들인데 어찌 내 군사, 네 군사로 나누십니까? 승상께서 쓰시겠다면 비록 죽음이라도 불사하겠습니다." (* "죽음"이란 말을 꺼냄으로써 과연 아래 글에서 반이 죽음을 당하게 된다.)

공명曰: "지금 맹획이 노수를 막고 있어서 건너갈 길이 없다. 나는 먼저 저들의 양도糧道를 끊음으로써 저들로 하여금 스스로 혼란에 빠지도록 하려고 한다."

마대曰: "어떻게 하면 끊을 수 있습니까?"

공명曰: "여기서 150리 떨어진 노수 하류에 사구沙口라는 곳이 있다. 그곳은 물살이 느리므로 뗏목을 묶어 건널 수 있다. (*여개의 지도를 보면 물살의 급하고 느린 것까지 대체로 알 수 있게 되어 있었던 것 같다.) 자네는 휘하 군사 3천 명을 데리고 물을 건너가서 곧바로 만동蠻洞으로 들어가서 먼저 그들의 양도부터 끊고, 그 다음에 동도나, 아회남 두 동주와 만나서 그들로 하여금 내응內應하도록 하되, 착오가 없도록 해야 한다." (*앞 회에서 악환鄂煥을 쓴 것과 같다.)

마대는 흔쾌히 떠나갔다.

군사를 거느리고 나아가 사구에 당도하여 군사들을 휘몰아 물을 건너도록 했다. 물이 얕은 것을 보고 군사들의 태반은 뗏목을 타지 않고 그저 옷을 벗고 건너갔는데, 반쯤 건너가다가 모두 쓰러졌다. 급히 구하여 강기슭으로 끌어내 놓으니 입과 코로 피를 쏟고 죽었다. (*〈서유기〉에 나오는 통천하通天下와 흡사하다.)

마대는 크게 놀라서 밤낮 없이 돌아가서 공명에게 이 일을 보고했다. 공명이 길잡이로 쓰는 그 고장 출신 토박이(土人)에게 그 원인을 물어보았다.

토박이曰: "요즘은 한창 날씨가 더운 때여서 노수에는 독毒이 모여 있습니다. 낮 동안에는 매우 더워서 독기毒氣가 마구 피어나므로 그때 물을 건너는 사람은 반드시 중독中毒됩니다. 혹시 그 물을 마시게 되면 그 사람은 반드시 죽게 됩니다. 그러므로 만약 꼭 건너가려면 밤이 깊어 물이 식고 독기가 일어나지 않는 때를 기다렸다가 밥을 든든히 먹고 건너가야만 비로소 무사할 수 있습니다."(*이것은 여개의 지도에서 언급하고 있지 않은 것이다.)

공명은 곧바로 토박이에게 길을 인도하라고 하고, 또 건장한 군사 5,6백 명을 뽑아서 마대를 따라 노수의 사구沙口로 가서 뗏목을 엮어 밤중에 물을 건너가도록 했다. 그랬더니 과연 무사했다. 마대는 2천 명의 건장한 군사들을 거느리고 토박이로 하여금 길을 인도하도록 해서 곧장 만동의 군량 운반 길목인 협산욕夾山峪을 취하러 갔다.

이 협산욕은 양편이 산이고 중간에 길이 하나 나 있는데 겨우 사람 하나, 말 한 필이 지나갈 수 있을 정도였다. (*뒤의 글에서 등애鄧艾가 음평령陰平嶺을 건너는 것(제117회의 일)과 흡사하다.)

마대는 협산욕을 점거한 다음 군사들을 나누어 보내 영채를 세우기 시작했다. 그러나 만동蠻洞의 군사들은 이런 사실도 모르고 군량을 운반해 왔는데, 마침 그때 마대가 앞뒤로 길을 끊고 수레 1백여 대에 실린 군량미를 다 빼앗았다. 만병들은 맹획의 본채로 이 사실을 보고했다.

〖 4 〗 이때 맹획은 본채 안에서 하루 종일 술을 마시고 즐기기만 하고 군무軍務는 일체 돌보지 않았다.

그는 여러 추장들에게 말했다: "우리가 만약 제갈량과 싸운다면 틀림없이 그의 간사한 계교에 걸려들고 만다. 지금은 이 험한 노수에 의지하여 방비를 굳게 하고 기다리도록 하자. 촉의 군사들은 이 혹독한 더위를 견뎌내지 못하고 틀림없이 물러가고 말 것이다. 그때 나와 자네들이 함께 그들의 뒤를 따라가면서 공격한다면 제갈량을 사로잡을 수 있을 것이다."

말을 마치고는 껄껄 소리 내서 크게 웃었다.

갑자기 반열 내의 한 추장이 말했다: "사구沙口는 물이 얕은데, 만약 촉병이 물 새듯이 몰래 건너온다면 매우 위험합니다. 군사를 보내서 지키도록 해야 합니다."

맹획이 웃으며 말했다: "자네는 이곳 본토 사람인데 어찌 모르는가? 나는 바로 촉병들이 이 물을 건너와 주기를 바라고 있다네. 그들이 이곳을 건너오다간 반드시 물속에서 죽고 말 것이야." (*토박이의 말을 맹획의 입으로 다시 한 번 되풀이하고 있다.)

추장이 또 말했다: "만일 이곳 토박이가 밤에 건너는 법을 가르쳐 준다면 그때는 어떻게 하지요?"

맹획曰: "너무 의심할 필요는 없어. 우리 경내 사람이 어찌 적을 도와주려 하겠는가?"

한창 이야기하고 있을 때 갑자기 보고해 오기를, 그 수가 얼마인지는 모르나 촉병들이 노수를 몰래 건너와서 협산夾山의 군량 운반로를 끊었는데, 그들은 "平北將軍馬岱(평북장군 마대)"라 쓰인 깃발을 들고 있다고 했다. (*마대의 이름자를 기치 위에서 보게 되는 것이 묘하다.)

맹획이 웃으면서 말했다: "그따위 조무래기 장수쯤이야 말할 거리도 못 된다!"

그리고는 즉시 부장副將 망아장忙牙長을 보내면서 군사 3천 명을 이끌고 협산욕으로 가도록 했다.

〖 5 〗 한편 마대는 만병이 이미 당도한 것을 보고 곧바로 군사 2천 명을 산 전면에 늘어세워 놓았다. 양편이 마주보고 진을 치고 나자 망아장이 말을 타고 나가서 마대와 칼을 겨루었는데, 단 한 합에 마대의 칼에 베여 말 아래로 떨어졌다. 만병은 대패하여 달아나 돌아가서 맹획을 보고 이번 일을 자세히 보고했다. 맹획은 여러 장수들을 불러놓고 물었다: "누가 감히 가서 마대와 대적해 보겠느냐?"

말이 끝나기도 전에 동도나가 나서며 말했다: "제가 나가보겠습니다."

맹획은 크게 기뻐하면서 곧바로 그에게 군사 3천 명을 주어 가도록 했다. 맹획은 노수를 다시 건너올 자들이 있을까봐 겁이 나서 아회남에게 군사 3천 명을 이끌고 가서 사구를 지키도록 했다.

한편 동도나는 만병을 이끌고 협산욕으로 가서 영채를 세웠다. 마대는 군사를 이끌고 맞이해 싸우러 갔다. 수하 군사 중에 그가 동도나임을 알아본 자가 있어서 마대에게 여차여차하게 말했다. (*묘한 것은 부하들이 동도나를 알아본 것인데, 그들이 아니었으면 마대가 동도나를 어떻게 알아보겠는가? 이로써 비로소 공명이 마대에게 5, 6백 명의 군사들을 붙여서 보낸 것은 바로 이때 쓰도록 한 것임을 알 수 있다.)

마대는 말을 달려 앞으로 나가서 크게 꾸짖었다: "의리 없고 배은망덕한 놈아! 우리 승상께서 네 목숨을 살려주셨는데도 지금 또 배반하다니, 부끄럽지도 않으냐!"

동도나는 온 얼굴 가득히 창피한 기색을 띠며 대답할 말이 없어 싸우지도 않고 물러갔다. 마대는 한바탕 덮쳐 싸우고는 돌아갔다.

동도나가 돌아가서 맹획을 보고 말했다: "마대는 영웅이어서 대적할 수가 없었습니다."

맹획이 크게 화를 내며 말했다: "나는 네놈이 본래 제갈량의 은혜를 입었기 때문에 이번에 일부러 싸우지 않고 물러난 줄 알고 있다. 이것은 바로 뇌물을 받아먹고 일부러 싸움을 져 준 것이다(賣陣之計)!"

그리고는 그를 끌어내다가 목을 베라고 호령했다.

여러 추장들이 재삼 애걸해서 그의 목숨만은 살려주었으나, 무사들에게 호령하여 동도나에게 큰 곤장 1백 대를 쳐서 본채로 돌려보내라고 지시했다. (*맹획이 스스로 화를 자초하는 방법이다.)

여러 추장들이 다 동도나를 찾아가서 하소연했다: "우리가 비록 오랑캐 땅에 살고 있지만 여태 감히 중국을 침범해 본 적이 없었고 중국 역시 우리를 침범한 적이 없었소. 그런데 이번에 맹획이 자기 힘을 믿고 우리를 강압하는 바람에 어쩔 수 없이 반란에 가담하게 된 것이오. 생각해 보면, 공명의 신통한 꾀는 귀신도 헤아리지 못할 정도여서 조조와 손권도 오히려 두려워하는데, 하물며 우리 만방蠻邦이야 말할 게 뭐 있겠소? 더군다나 우리는 모두 그분에게 목숨을 살려준 은혜를 입었는데, 그 은혜를 갚을 길이 없소. 이번에 죽을 각오를 하고 맹획을 죽이고 공명에게 투항해 감으로써 동중洞中 백성들이 도탄塗炭의 괴로움에 빠지지 않도록 해주고 싶소이다."(*형세상 이는 필연적인 일이다.)

동도나曰: "여러분의 마음은 어떤지 모르겠구려."

그들 가운데는 원래 공명이 놓아주어서 돌아온 사람들도 있었는데, 그들이 이구동성으로 말했다: "가겠습니다!"

이리하여 동도나는 손에 칼을 잡고 1백여 명을 이끌고 곧바로 대채로 달려갔다. 이때 맹획은 막사 안에서 만취해 있었다. 동도나는 여러 사람들을 이끌고 칼을 들고 들어갔다. 막사 안에는 장수 둘이 모시고 서 있었다.

동도나가 칼을 들어 그들을 가리키며 말했다: "너희들 역시 제갈승상으로부터 목숨을 살려주신 은혜를 입었으니 마땅히 보답을 해야 할 것이다."

두 장수가 말했다: "장군께서 손을 쓰실 필요 없이 저희가 맹획을 사로잡아 가서 승상께 바치겠습니다."(*이 모두 공명의 계산속에 들어있었다.)

그리하여 일제히 막사 안으로 들어가서 맹획을 잡아 단단히 결박을 지은 다음 노수 가로 압송해 가서 배를 저어 곧장 북쪽 기슭으로 건너가 먼저 사람을 시켜서 공명에게 알렸다.

〖 6 〗 한편 공명은 이미 첩자로부터 이 일을 들어서 알고 있었으므로 은밀히 호령을 전하여 각 채의 장수와 군사들로 하여금 병장기를 정돈해 놓도록 한 다음 우두머리 추장에게 맹획을 압송해 들이도록 지시하고, 나머지 사람들은 모두 본채로 돌아가서 기다리도록 했다.

동도나가 먼저 중군으로 들어가서 공명을 보고 이번 일을 자세히 설명했다. 공명은 그에게 후한 상급을 내리고 좋은 말로 위로한 다음, 동도나를 내보내면서 여러 추장들을 이끌고 돌아가도록 했다. 그런 후에 도부수에게 맹획을 끌고 오라고 지시했다.

공명이 웃으면서 말했다: "너는 전번에 말했었다, 만약 다시 사로잡힌다면 곧바로 항복하겠다고. 오늘은 어찌 하겠느냐?"

맹획이 말했다: "이번엔 당신의 능력이 아니라 내 수하 놈들이 나를 해치려 들어서 이렇게 된 것이오. 그러니 내 어찌 항복하려 하겠는가!"

공명曰: "내가 이번에도 다시 너를 놓아 보내준다면 어찌 하겠느냐?"

맹획曰: "내 비록 오랑캐지만 병법은 자못 알고 있소. 만약 승상께서 정말로 나를 놓아주어 동중으로 돌아가게 해준다면 내 꼭 군사를 거느리고 와서 다시 한 번 승부를 겨뤄 보겠소. 그래서 만약 승상께서 그때에도 또다시 나를 사로잡는다면, 그때에는 정말이지 진심으로 항복하고 다시는 마음이 변치 않을 것이오."

공명曰: "다음번에 사로잡혀서도 만약 또 항복하지 않는다면 반드시 가벼이 용서하지 않을 것이다."

공명은 좌우 사람들에게 그를 묶은 노끈을 풀어주라고 한 다음, 앞서처럼 막사 안에 자리를 벌여놓고 술과 음식을 내려주었다. (*전번에는 단지 술만 내려주었으나 이번에는 자리까지 마련해 주었다. 두 번째는 더욱 후히 대접한다.)

공명曰: "나는 초려草廬를 나온 이후 싸워서 이기지 못한 적이 없었고 공격해서 취하지 못한 적이 없었다. 그런데 너희 오랑캐 땅 사람이 어찌하여 복종하려고 하지 않는 것이냐?"(*두 번째 그를 놓아주면서는 많은 이야기를 나누고 있다.)

맹획은 입을 꾹 다물고 아무 대답도 하지 않았다.

공명은 술을 마신 후 맹획을 불러서 같이 말을 타고 영채를 나가서 여러 영채의 울타리와 비축해 놓은 군량과 마초, 쌓아 놓은 병장기들을 살펴보았다. (*일부러 그로 하여금 이쪽의 허실을 살펴보도록 한 점이 묘하다.)

공명은 그것들을 가리키며 맹획에게 말했다: "네가 내게 항복을 하지 않다니, 참으로 어리석은 자로구나. 나에겐 이와 같은 정예병과 맹장들, 군량과 마초와 병장기들이 있는데, 네가 어떻게 나를 이길 수 있겠느냐? 네가 만약 빨리 항복을 한다면 내가 천자께 상주하여 너로 하여금 왕위를 잃지 않고 자자손손 길이 남만의 땅을 다스리도록 해주겠다. 네 의향은 어떠냐?"

맹획曰: "나는 비록 항복하고자 해도 동중洞中 사람들이 마음으로 복종하려고 하지 않으니 어찌하겠소? 만약 승상께서 다시 나를 놓아 돌려보내 준다면 곧바로 휘하 군사들을 불러 모아 모두 한 마음 한 뜻이 되게 한 다음에야 비로소 귀순할 수 있을 것이오."(*이 자가 거짓말을 하고 있다.)

공명은 흔쾌히 맹획과 함께 본채로 돌아와서 밤이 늦도록 술을 마셨다. 맹획이 하직인사를 하자, 공명은 직접 그를 노수 가까지 바래다주고 배를 태워서 그의 영채로 돌아가도록 해주었다. (*이것이 두 번째 놓아준 것이다.)

〖 7 〗 맹획은 본채로 돌아오자 먼저 도부수들을 막사 안에 숨겨놓고 심복을 동도나와 아회남의 영채로 보내서 공명의 사자가 왔다고 핑계대고 두 장수를 속여서 대채로 불러와 모두 죽이고 그 시신들을 냇물에 던져버렸다.

그리고 나서 맹획은 즉시 자기가 깊이 신임하는 자들을 보내서 관문을 지키도록 한 다음, 자신이 직접 군사들을 이끌고 마대와 싸우러 협산욕으로 갔다. 그러나 당도해 보니 단 한 사람도 보이지 않았다. 그곳 토박이들에게 물어 보았더니 다들 말하기를, 간밤에 군량과 마초를 전부 다 실어가지고 다시 노수를 건너 대채로 돌아가 버렸다고 하였다. (*공명이 마대를 철수시킨 것을 도리어 맹획 편에서 허사虛寫하고 있다.)

맹획은 다시 동중으로 돌아와서 친동생 맹우孟優와 상의했다: "지금은 제갈량의 허실虛實을 내가 이미 다 알고 있으니, 너는 가서 여차여차하게 해라."(*이 또한 이미 공명의 계산속에 다 들어 있었다.)

맹우는 형으로부터 계책을 받고서는 1백여 명의 만병들을 이끌고 황금과 구슬, 보패寶貝, 상아, 물소 뿔 등을 싣고 노수를 건너가 곧장 공명의 대채로 찾아가려고 했다.

강을 건너자마자 앞쪽에서 북소리와 호각 소리가 일제히 울리더니 한 떼의 군사들이 죽 벌려 섰는데 앞장선 대장은 곧 마대였다. 맹우는 크게 놀랐다. 마대가 그에게 온 까닭을 물어보고 나서 바깥채에서 기다리도록 하고는 사람을 보내서 공명에게 보고했다.

이때 공명은 막사 안에서 마속, 여개, 장완, 비의費禕 등과 함께 한창 남만 평정할 일을 의논하고 있었는데, 갑자기 막사 안의 한 사람이 보고하기를, 맹획이 자기 아우 맹우를 시켜서 보배를 바치러 왔다고 하였다.

공명은 마속을 돌아보고 말했다: "자네는 그가 온 뜻을 알겠는가?"

마속曰: "감히 분명하게 말씀드릴 수는 없습니다만, 제가 종이에 몰래 써서 승상께 바치겠으니, 승상께서 생각하시는 바와 일치하는지 한번 봐주십시오." (*공명과 주랑이 각자 손바닥에 "火"자를 썼던 것과 흡사하다.)

공명은 그렇게 하라고 했다. 마속은 다 쓰고 나서 공명에게 바쳤다. 공명이 보고는 손뼉을 치며 큰 소리로 웃으며 말했다: "맹획을 사로잡는 계책을 내 이미 생각해 두었다. 자네의 생각이 바로 내 생각과 같구나!" (*묘한 것은 어떤 말을 이야기했는지는 이야기하지 않고 독자들로 하여금 스스로 알아보도록 한 것이다.)

그리고는 곧 조운을 불러들여 그의 귀에 대고 여차여차하게 하라고 분부하고, 또 위연을 불러들여 역시 낮은 소리로 분부하고, 또 왕평과 마충馬忠과 관삭關索을 불러들여 역시 단단히 분부했다.

〖 8 〗 각자 계책을 받고는 시킨 대로 떠나가자 그제야 맹우를 막사 안으로 불러들였다.

맹우는 막사 안에 들어와서 인사를 하고 말했다: "가형家兄 맹획이 승상께서 살려주신 은혜에 감격해 하면서도 바칠 만한 것이 없어서 급히 황금 구슬과 보패寶貝 약간을 갖추어 우선 군사들에게 줄 상으로 쓰시라고 했습니다. 이어서 후에 천자께 진상할 예물을 별도로 바치겠다고 했습니다."

공명曰: "네 형은 지금 어디에 있느냐?"

맹우曰: "승상의 하늘같은 은혜에 감격하여 곧장 은갱산(銀坑山: 운남성 이원현洱源縣 등천鄧川)으로 보물을 수습하러 갔습니다. 조금 있으면 곧 돌아옵니다."

공명曰: "너는 사람들을 몇 명이나 데리고 왔느냐?"

맹우曰: "감히 많이 데리고 올 수 없어서 겨우 1백여 명만 데리고 왔습니다. 다들 짐 나르는 자들입니다."

공명이 전부 막사 안으로 불러들이도록 해서 살펴보니 다들 푸른 눈에 검은 얼굴, 노란 머리에 자주색 수염이었고, 귀에는 금귀고리를 달고 곱슬머리에 맨발이었으며, 키가 크고 힘센 자들이었다. 공명은 곧 각자 앞에 있는 자리에 앉도록 하고는 여러 장수들에게 술을 권하고 정성껏 대접해 주라고 지시했다.

〖 9 〗 한편 맹획은 막사에서 소식이 오기만을 기다리고 있었는데, 갑자기 두 사람이 돌아왔다고 보고해 왔다.

그들을 불러들여 물어보니, 그들이 자세히 말했다: "제갈량은 예물을 받고 크게 기뻐하며 수행해 간 사람들을 전부 막사 안으로 불러들여 소와 말을 잡아 연석을 베풀어 대접해 주고 있습니다. 둘째 대왕께서 저희에게 은밀히 대왕께 보고하라고 지시하면서 오늘 밤 이경(二更: 밤 9시~11시)에 안팎이 호응하여 대사를 성공시킬 것이라고 했습니다."(*맹획이 준 계책이 여기에서 비로소 분명히 설명된다.)

맹획은 그 말을 듣고 크게 기뻐하며 즉시 3만 명의 군사들을 점고하여 그들을 세 부대로 나누었다. 맹획은 각 동의 추장들을 불러 분부했다: "각 군은 전부 불을 지를 기구들을 가지고 오늘 밤 촉병의 영채에

도착하는 즉시 불을 질러서 신호를 보내라. 나는 직접 중군을 공격하여 제갈량을 사로잡을 것이다."

여러 만병 장수들은 계책을 받고 황혼 무렵 각자 노수를 건너갔다. 맹획은 자기 심복 장수 백여 명을 거느리고 곧장 공명의 대채로 갔는데, 가는 길에는 그들을 막는 군사가 하나도 없었다. 앞으로 가서 영채 문 앞에 이르러 여러 장수들을 거느리고 말을 달려 들어갔는데, 영채 안은 텅 비어 있고 사람이라곤 한 사람도 보이지 않았다. (*공명이 여러 장수들에게 분부해 준 계책 역시 여기에서 비로소 분명히 설명된다.)

맹획이 중군 안으로 쳐들어가 보니 막사 안에는 등불이 휘황한 가운데 맹우와 만병들은 모조리 취해서 쓰러져 있었다.

이 어찌된 일인고 하니, 공명은 마속과 여개 두 사람에게 맹우를 대접하도록 하고, 한편으로 악대를 불러와서 잡극雜劇을 연주하도록 하여 정성껏 술을 권했는데, 술에다 약을 탔기 때문에 모조리 정신을 잃고 쓰러져서 완전히 술에 취해 죽은 사람들처럼 되어버렸던 것이다. (*노수의 독毒에 대한 보답이다.)

맹획이 막사 안으로 들어가서 어찌된 일이냐고 물어보자, 그들 중에 술에서 깨어난 자가 있어 말은 못 하고 다만 손가락으로 입을 가리킬 뿐이었다. 맹획은 그들이 공명의 계책에 걸려든 줄 알고 급히 맹우 등 약간의 사람들만 구해 가지고 막 가운데 부대(中隊)로 돌아가려고 하는데 전면에서 함성이 크게 진동하고 불빛이 솟아오르자 만병들은 각기 도망가 버렸다.

바로 그때 한 떼의 군사들이 쳐들어왔는데 앞장 선 촉장은 왕평王平이었다. 맹획은 크게 놀라서 급히 왼편 부대로 달려갔다. 또 불빛이 하늘 높이 치솟으며 한 떼의 군사들이 쳐들어왔는데 앞장 선 촉장은 위연魏延이었다. 맹획은 황망히 오른편 부대로 달려갔다. 그때 또 불빛이 일어나면서 한 떼의 군사들이 쳐들어왔는데 앞장 선 촉장은 바로 조운이었다. 세 방면에서 군사들이 협공해 왔으므로 사방 어디로도 달아날 길이 없었다. 맹획은 군사들을 버리고 필마단기로 노수 쪽으로 달아났다.

그때 마침 노수 위에 수십 명의 만병들이 작은 배 한 척을 저어왔다. 맹획은 급히 강기슭으로 가까이 대라고 명했다. 군사들이 막 배에 올랐을 때 군호軍號 소리가 나면서 맹획을 단단히 결박해 버렸다. (*이것이 세 번째 사로잡은 것(三擒)이다.)

이 어찌된 일인고 하니, 마대가 계책을 받고 휘하 군사들을 만병으로 변장시켜 배를 저어 이곳에 와서 기다리고 있다가 맹획을 유인하여 사로잡아 버린 것이다. (*앞에서는 공명이 마대에게 분부한 내용이 설명되지 않았는데, 여기에서 보충 설명되고 있다.)

이리하여 공명은 만병들에게 항복하라고 권했는데, 항복하는 자가 무수히 많았다. 공명은 그들을 일일이 위무해 주고 전혀 해치지 않았다. 그리고는 군사들을 시켜서 아직 타고 있는 불을 끄도록 했다.

〖 10 〗 잠시 후 마대가 맹획을 사로잡아 오고, 조운은 맹우를 사로잡아오고, 위연 · 마충 · 왕평 · 관삭이 각 동의 추장들을 사로잡아왔다.

공명은 맹획을 가리키며 웃으며 말했다: "너는 먼저 네 아우를 시켜 예물을 바치면서 거짓 항복을 하도록 했는데, 그것으로 어떻게 나를 속여 넘길 수 있겠느냐! 이번에 또 내게 사로잡혔으니 너는 항복을 하겠느냐?"

맹획曰: "이는 내 아우가 먹고 마시는 것을 탐내다가 당신이 술에 독약을 탄 것을 잘못 마셔서 그만 대사를 그르치고 만 것이다. 만약 내가 직접 오고 아우에게 군사를 이끌고 호응하도록 했더라면 틀림없이 성공했을 것이다. 이는 하늘이 나를 패배시킨 것이지 나의 무능 때문이 아니다. 그러니 내가 어찌 항복하려 하겠는가?" (*매번 항복하지 않는 것에 대한 핑계가 있다. 이자는 입술에 기름이 발라져 있는 것처럼 잘도 빠져나가는 게 곧 죽어도 입은 살아 있다(油嘴). 오늘날 바둑이나 장기에 지고 나서 끝내 졌다고 승복하지 않는 사람과 아주 흡사하다.)

공명曰: "이번이 이미 세 번째인데도 어찌 항복하지 않겠다는 것이냐?"

맹획은 머리를 숙인 채 말이 없었다.

공명이 웃으며 말했다: "내 다시 너를 놓아 돌려보내 주겠다."

맹획曰: "승상께서 만약 우리 형제를 풀어 돌아가게 해주신다면 집안의 장정들을 불러 모아서 승상과 한 판 크게 싸워볼 것이오. 그때도 만약 사로잡힌다면 그때는 체념하고 항복하겠소."

공명曰: "만약 다시 붙잡히면 결코 가벼이 용서해주지 않을 것이다. 너는 단단히 정신 차리고 부지런히 병법을 공부하고, 네가 믿을 수 있는 가까운 군사들을 갖추어 처음부터 좋은 계책을 써서 후회하는 일이 없도록 하라."

그리고는 무사에게 그 결박을 풀어주도록 하여, 맹획과 맹우 및 각 동 추장들을 일제히 다 놓아주었다. 맹획 등은 고맙다고 하직인사를 하고 떠나갔다. (*이번으로 세 번째 풀어준 것(三縱)이다.)

〖 11 〗 이때 촉병들은 이미 노수를 건너가 있었다. 맹획 등이 노수를 건너가 보니 강기슭에 군사와 장수들이 늘어서 있고 깃발들이 펄럭이고 있었다.

맹획이 영채 앞에 이르러 보니 마대馬岱가 높이 앉아서 칼을 들어 그를 가리키며 말했다: "이번에 또 잡으면 결코 가벼이 놓아주지 않을 것이다!"

맹획이 자기 영채에 당도해 보니 조운이 이미 그 영채를 빼앗아서 촉의 군사들을 죽 늘여 세워 놓았다. 조운은 큰 깃발 아래에 앉아 손으로 칼자루를 잡고 말했다: “승상께서 이처럼 대우해 주셨으니, 큰 은혜를 잊지 말거라!”(*마대의 말은 순전히 강경하기만 하지만 조운의 말은 강경한 가운데 너그러움이 들어 있다.)

맹획은 연거푸 예, 예, 하고는 떠나갔다. 경계 어귀에 있는 산언덕을 넘어가려는데, 위연이 정예병 1천 명을 언덕 위에 늘어세워놓고 말을 세우고 언성을 높여 꾸짖었다: “내 지금 이미 너의 소굴 깊숙이 들어가서 너희 요충지들을 빼앗아 버렸다. 너는 여전히 스스로 어리석어 뭐가 뭔지도 모르고 대군에 항거하고 있는데, 이번에 붙잡히면 네 몸은 산산조각 찢어질 것이고 결코 가벼이 용서받지 못할 것이다.”(*조운의 말은 상당히 너그러웠으나 위연의 말은 또 강경하다. 참으로 세 번 잡아들이고 세 번 놓아주고(三收三放) 있다.)

맹획 등은 머리를 싸매고 도망쳐서 저희 본동으로 떠나갔다. 후세 사람이 이 일을 칭찬해서 지은 시가 있으니:

오월에 군사 휘몰아 불모의 땅 들어가니	五月驅兵入不毛
달 밝은 밤 노수에는 독 안개 높게 피어난다.	月明瀘水瘴煙高
웅략으로 선제의 삼고三顧 은혜 갚으려니	誓將雄略酬三顧
남만 쳐서 칠금칠종하는 수고 어찌 아끼랴.	豈憚征蠻七縱勞

〖12〗 한편 공명은 노수를 건너간 후 영채를 세워놓고 나서 전군에 크게 상을 주고 여러 장수들을 막사에 모아놓고 말했다: “맹획을 두 번째 사로잡아 왔을 때 내가 그에게 각 영채의 허실을 보여준 것은 그로 하여금 영채를 습격하러 오도록 유인하기 위해서였다. 내가 알기로 맹획은 병법을 자못 알고 있기에 나는 이미 군사들과 군량과 마초로 그의 눈이 번쩍 뜨이도록 해주었다. 그러나 그것은 사실 맹획으로 하여금 우리의 결점을 간파하고 화공을 쓰도록 유인하려는 것이었다. 그가 자기 아우에게 거짓 항복해오도록 한 것은 자기 아우가 안에서

호응하도록 하려는 것이었다.

내가 그를 세 번이나 사로잡고서도 죽이지 않은 것은 참으로 그 마음을 복종시키려는 것이었고, 그 종족을 멸하고 싶지 않았기 때문이다. (*앞에서의 일들을 이때 비로소 설명하고 있다.)

내 이제 그대들에게 분명히 일러두는 바인데, 수고하기를 마다하지 말고 마음을 다하여 국가에 보답하도록 하라." (*또 여러 사람들을 격려하는데, 이것이 공명의 절묘한 점이다.)

여러 장수들이 엎드려 절을 하며 말했다: "승상께서는 지智·인仁·용勇 세 가지를 다 겸비하고 계시니, 비록 자아(子牙: 강태공)와 장량張良이라 하더라도 승상께는 미치지 못할 것입니다."

공명曰: "내가 지금 어찌 감히 옛사람과 같기를 바라겠는가? 이 모두가 그대들의 힘 덕택이니, 우리 함께 공업功業을 이루도록 하자."

막사 안의 여러 장수들은 공명의 말을 듣고 모두들 기뻐했다.

〖 13 〗 한편 맹획은 세 번이나 사로잡힌 것에 대해 한을 품고 분노에 몸을 떨면서 은갱동銀坑洞으로 돌아가서는 즉시 심복들로 하여금 황금 구슬과 보패를 가지고 팔번구십삼전(八番九十三甸: 귀주성 일대에 거주하는 소수민족과 그들이 살던 지방) 등과 기타 만방蠻方 부락으로 가서 방패와 칼을 쓰는 만인蠻人 군사 수십만 명을 빌려오도록 하여 기일을 정해 일제히 모이게 했다. 각 부대의 군사들이 구름과 안개처럼 몰려와서 모두 맹획의 지시대로 따랐다.

매복해 있던 군사가 이 일을 알아내서 공명에게 보고했다. 공명은 웃으며 말했다: "내 마침 만병들을 전부 한 곳에 모이도록 해서 나의 능력을 보여주려고 했다."

그리고는 작은 수레에 올라 출발했다. 이야말로:

동주洞主들의 위풍 사납지 않으면　　若非洞主威風猛

군사軍師의 수단 높음을 어떻게 보여주겠나. 怎顯軍師手段高

승부가 어찌될지 모르겠거든 일단 다음 회를 읽어보기 바란다.

제 88 회 모종강 서시평序始評

(1). 두 번째 사로잡을 계책은 이미 첫 번째 사로잡는 계책 속에 들어 있었다. 왜 그런가? 동도나董荼那와 아회남阿會喃은 처음 맹획을 사로잡을 때 놓아주었던 자들이다. 그러므로 공명이 그를 사로잡을 필요 없이 맹획의 사람들 스스로 그를 사로잡은 것이다. 맹획의 사람들이 그를 사로잡은 것은 공명이 그를 사로잡은 것과 같다. 공명이 힘을 쓰지 않은 것은 이 때문이고, 맹획이 항복하려고 하지 않은 것 역시 이 때문이다.

(2). 병가兵家에는 반드시 패하는 법(必敗之法)이 있는데, 그것을 피하는 것이 어려운 것이 아니라 그것을 범犯하는 것이 어렵다. 또한 그것을 범하는 것이 어려운 것이 아니라 그것을 범하면서도 패배를 피하는 것이 어렵다.

예컨대 선주는 효정猇亭에서 싸울 때 군사들을 수림 속에 주둔시켰는데(이는 필패의 방법이다.—역자), 공명도 노수瀘水에서 싸울 때 군사들을 수림 속에 주둔시켰다. 그런데 선주는 패했으나 공명은 승리했다. 선주는 그 일로 스스로 어리석은 자가 되었지만, 공명은 이로써 적을 어리석은 자로 만들었다. 이는 곧 그것을 범하되 교묘하게 범했기 때문이다.

심지어 맹우孟優는 안에서 호응하고 맹획은 밖에서 공격하려고 했으나 모두 사로잡히고 말았다. 이리하여 영채를 거두어 여러 번 전부 노수를 건너갔는데, 이는 전에 선주가 산 아래 나무 곁에 영채를 세웠던 것의 반복이 아니라, 필패지법必敗之法을 범하면서도 절묘하게 그것을 피했기 때문이다.

(3). 마대馬岱가 성도에서 온 후 공명은 그의 힘(力)을 이용했으나, 마속馬謖이 성도에서 온 후 공명은 그의 지모(謀)를 이용했다. 그 힘을 이용한다는 것은 곧 여러 사람들의 힘을 나누는 것이지만, 그 지모를 이용한다는 것은 그것을 자기 한 사람의 지모와 합치는 것이다. 저들의 마음을 공략하는 것이 상책임을 안 것은 곧 일곱 번 놓아주려는 공명의 계책(七縱之謀)과 합치된다. 맹획이 거짓 항복해 온 것을 안 것은 곧 세 번째 사로잡는 공명의 계책과 합치된다. 묘한 것은, 전부 다 설명하지 않고 사후에 비로소 드러나도록 한다는 점이다. 즉 오늘날의 독자들이 그것을 추측해보더라도 역시 그 현묘한 이치를 헤아릴 수 없는데, 하물며 당시 맹획이 어떻게 그 교묘한 계책에 걸려들지 않을 수 있었겠는가?

제89회

공명, 네 번 계책 쓰고 맹획, 다섯 차례 사로잡히다

〖1〗 한편 공명은 직접 작은 수레를 몰아 수백 기병들을 이끌고 길을 찾아 나아갔다. 전면에 서이하(西洱河: 운남성 대리현大理縣 동쪽을 흐르는 강)라고 하는 강이 하나 나왔는데, 물살은 비록 느렸으나 배도 뗏목도 전혀 없었다. 공명은 나무를 베어서 뗏목을 만들어 건너도록 했는데, 그 나무들은 물에 들어가자마자 전부 가라앉아 버렸다. (*동방에 약수弱水가 있는데 남방에도 약수가 있다.)

공명은 이에 여개에게 물었다.

여개가 말했다: "제가 들은 바로는 서이하 상류에 산이 하나 있고, 그 산에는 대나무가 많은데 큰 것은 몇 아름이나 된다고 합니다. 사람들을 시켜서 그것들을 베어 와서 강 위에 대나무 다리(竹橋)를 놓는다면 군사들을 건너가도록 할 수 있습니다."

공명은 즉시 3만 명의 군사들을 산으로 들여보내서 수십만 그루의 대나무를 베도록 하고, 그것을 물에 띄워 아래로 보내와서 강폭이 좁은 곳에다가 너비가 10여 장(丈: 1丈은 10尺이므로 약 30미터) 되는 대나무 다리를 놓았다. (*노수瀘水를 건널 때에는 뗏목을 이용할 수 있었으나 이곳을 건너는 데는 오직 다리를 놓아야만 했으니, 지세가 전보다 더욱 험해졌음을 말한다.) 그리고는 대군을 시켜서 강의 북쪽 기슭에다 일자(一)로 영채를 세워 강을 참호塹壕로 삼고 부교浮橋를 영문營門으로 삼고, 흙을 쌓아 성벽으로 삼도록 했다. 또 다리를 건너가서 남쪽 기슭에다 일자로 큰 영채 셋을 세워놓고 만병蠻兵을 기다리도록 했다.

〖2〗 한편 맹획은 수십만 명의 만병들을 이끌고 분노에 차서 나아갔다. 서이하 가까이 이르자 맹획은 칼과 방패를 쓰는 선두부대 1만 명의 오랑캐 장정들을 이끌고 곧바로 맨 앞의 영채로 달려가서 싸움을 걸었다.

공명은 머리에는 윤건綸巾을 쓰고, 몸에는 학창鶴氅을 입고, 손에는 우선羽扇을 들고, 네 필 말이 끄는 수레를 타고, 좌우로 여러 장수들에 에워싸여 나갔다.

공명이 보니, 맹획은 몸에는 물소 가죽으로 만든 갑옷(犀皮甲)을 입고, 머리에는 주홍색 투구를 쓰고, 왼손에는 방패를 들고 오른손에는 칼을 잡고, 붉은 털의 소를 타고, 입으로는 마구 욕설을 퍼붓고 있었다. 그리고 그 수하의 1만여 명의 남만 장정들은 각기 칼과 방패를 흔들며 서로 부딪치면서 왔다 갔다 하는 것이었다.

공명은 급히 명을 내려 본채로 물러가서 사면을 굳게 닫도록 하고 싸우러 나가는 것을 허락하지 않았다. 만병들은 전부 벌거벗은 맨몸으로 영채 바로 앞까지 와서 큰 소리로 욕을 해댔다.

여러 장수들은 크게 화가 나서 다들 공명에게 청했다: "저희들은 진심으로 영채를 나가 죽기 살기로 한판 싸워보고 싶습니다."

그러나 공명은 허락하지 않았다. 여러 장수들은 재삼 나가서 싸우겠다고 했으나 공명은 그들을 말리며 말했다: "남만 지방 사람들은 왕화王化를 입지 못했기 때문에 이번에 와서도 미친 듯이 행패를 부릴 것이다. 그러므로 저들을 맞이하여 싸워서는 안 된다. 일단 수일간 굳게 지키면서 저들이 사납게 날뛰는 것이 조금 풀어지기를 기다리도록 하라. 나에게 저들을 깨뜨릴 묘책이 따로 있다."

이리하여 촉병들은 수일간 굳게 지키고만 있었다.

〖 3 〗 공명이 높은 언덕에 올라가서 살펴보니 만병들의 자세가 많이 해이해져 있음을 엿보고는 곧 여러 장수들을 모아놓고 말했다: "자네들은 감히 나가서 싸워보지 않겠는가?"

여러 장수들은 흔쾌히 나가 싸우겠다고 했다. 공명은 먼저 조운과 위연을 막사 안으로 불러들여 귓가에 대고 나지막이 여차여차하게 하라고 분부했다. 두 사람은 계책을 받아가지고 먼저 나아갔다. 그런 다음 왕평과 마충을 막사 안으로 불러들였는데, 그들도 계책을 받아가지고 떠나갔다. (*이 두 방면의 군사들이 받은 계책에 대해 분명한 설명이 없다.)

그리고 또 마대를 불러서 분부했다: "나는 지금 이 세 영채를 버리고 강북으로 물러갈 것이다. 우리 군사가 일단 물러가거든 자네는 곧바로 부교를 뜯어서 강 하류로 옮겨놓아 조운과 위연의 군사들이 건너가도록 한 다음, 자네도 강을 건너가서 지원하도록 하라."

마대가 계책을 받아가지고 떠나자 또 장익을 불러서 분부했다: "우리 군사들이 물러가거든 영채 안에다 등불을 많이 밝혀 놓아라. 맹획은 우리 군사들이 물러간 것을 알게 되면 반드시 추격해올 것이니, 자네는 그때 그 뒤를 끊도록 하라."

장익은 계책을 받아가지고 물러갔다. (*이 두 방면의 군사들이 받은 계책에 대해서는 먼저 분명하게 설명하고 있다.)

공명은 관삭에게만 자기가 타는 수레를 호위하도록 했다. 모든 군사들이 물러갔으나 영채 안에는 등불이 많이 밝혀져 있었다. 만병들은 멀리서 이것을 바라보고는 감히 쳐들어오지 못했다.

다음날 날이 밝아올 무렵, 맹획이 대부대의 만병들을 이끌고 곧장 촉병의 영채에 당도했을 때엔 큰 영채 세 곳에 군사들은 하나도 없고 그 안에는 내버려두고 간 군량과 마초와 수레 수백여 량이 보일 뿐이었다.

맹우가 말했다: "제갈량이 영채를 버리고 달아났는데, 무슨 계략이 있는 것은 아닐까요?"

맹획曰: "내 생각에는 제갈량이 군수품을 실은 수레(輜重)들을 버리고 간 것은 틀림없이 나라 안에 긴급한 일이 생겼기 때문일 것이다. 동오가 침범해 오지 않았으면 틀림없이 위魏가 쳐들어왔을 것이다. 그래서 일부러 등불을 밝혀놓아 마치 군사들이 있는 것처럼 해놓고는 수레까지 내버리고 떠나간 것이다. (*이런 광경을 보게 되면 틀림없이 이렇게 짐작할 것이다. 오랑캐도 원래는 바보가 아니다.) 빨리 추격해야지 놓쳐서는 안 된다."

이리하여 맹획은 자신이 직접 선두부대를 휘몰아 곧바로 서이하 강변까지 가서 강의 북쪽 기슭을 바라보니 영채 안에는 기치들이 여전히 가지런하여 그 찬란하기가 마치 구름무늬를 수놓은 비단 같았고, 강변 일대에도 또한 비단으로 성을 둘러쳐 놓은 듯했다. 만병은 몰래 정탐해 보고는 다들 감히 앞으로 나아가지 못했다.

맹획이 맹우에게 말했다: "이것은 제갈량이 우리의 추격을 겁내서 강의 북쪽 기슭에 잠시 머물러 있는 것이다. 이틀이 못 돼서 반드시 달아날 것이다."

그리고는 만병을 강기슭에 주둔시켜 놓고, 또 사람을 시켜서 산 위로 가서 대나무를 찍어 와서 뗏목을 엮어 강을 건널 준비를 하도록 했다. 그런 다음 감히 싸우고자 하는 군사들을 모두 영채 전면으로 이동시켰다. 그러나 이때 촉병들이 벌써 자기들의 지경 안으로 들어와 있음을 알지 못했다.

〖4〗 이날 광풍이 크게 일며 사방에서 불빛이 환히 비치더니 북소리가 울리며 촉병들이 쳐들어왔다. 만병 오랑캐들은 저희들끼리 서로 부딪쳤다.

맹획은 크게 놀라서 급히 자기 종족 동네 장정들을 이끌고 길을 뚫고 곧장 이전의 영채로 달아났다. 그때 갑자기 한 떼의 군사들이 영채 안으로부터 쳐나왔는데, 그는 바로 조운이었다. 맹획은 황망히 서이하西洱河를 돌아 산속으로 달아났다. 그때 또 한 떼의 군사들이 쳐나왔는데, 그는 바로 마대였다. (*여기에서 비로소 공명이 마대에게 준 계책을 알 게 된다.)

그때 맹획의 수하에는 겨우 수십 명의 패잔병밖에 남아 있지 않았다. 그가 산골짜기 안으로 도망치고 있는데 남쪽과 북쪽, 서쪽 세 곳에서 먼지가 일어나고 불빛이 보였으므로 감히 계속 앞으로 나아가지 못하고, (*여기서 보인 불빛은 왕평王平과 마충馬忠의 것이었다. 묘한 것은 이를 허사虛寫로 서술하여 독자들이 스스로 알아내도록 한 것이다.) 동쪽으로 달아날 수밖에 없었다.

산 어귀를 막 돌아 나갔을 때 큰 숲 앞에 수십 명의 종자從者들이 작은 수레 하나를 끌고 나왔다. 수레 위에 단정히 앉아 있던 공명이 껄껄 큰 소리로 웃으며 말했다: "만왕 맹획아! 대패하여 이곳에 이르렀구나! 내 이미 너를 기다리고 있은 지 오래 됐느니라!"

맹획은 크게 화가 나서 좌우를 돌아보며 말했다: "내 저놈의 속임수에 속아서 세 번이나 욕을 보았는데, 지금 다행히 여기서 저놈을 만났구나. 너희들은 힘을 다해 앞으로 나아가 저놈을 말과 함께 찍어서 아주 가루로 만들어버려라!"

여러 기騎의 만병들이 맹렬한 기세로 앞으로 달려갔다. 맹획은 앞장서서 고함을 지르며 급히 큰 숲 앞까지 쫓아갔는데, 바로 그때 "콰당!" 하는 소리와 함께 함정을 딛고 일제히 그 속으로 떨어져버렸다. 그때 큰 숲 속에서 위연이 돌아 나오며 수백 명의 군사들을 이끌고 와서 하나하나씩 다 끌어내어 밧줄로 단단히 묶어버렸다. (*이것이 네 번째로 사로잡은(四擒) 것이다.)

공명은 먼저 영채로 가서 만병들과 또 여러 전(甸: 운남성 일부 현 및 현 이하의 일부 지방)의 추장과 동洞의 장정들에게 — 이때 그들의 태반은 모두 저희 고향으로 돌아가 버렸다.— 항복을 권했는데, 죽고 다친 자들을 제외하고 그 나머지는 전부 항복했다. 공명은 술과 고기로 그들을 대접하고 좋은 말로 위무慰撫해 준 다음 모두 다 풀어서 돌려보내 주었다. (*끝까지 이런 방법만 쓴다.) 만병들은 모두 감탄하며 돌아갔다.

조금 후 장익이 맹우를 압송해 왔다. 공명이 그를 타일러 말했다:

"네 형이 어리석고 아둔하여 사리분별을 못 하면 네가 마땅히 그러지 말라고 간했어야지. 이제 나에게 네 번이나 사로잡혔으니 무슨 면목으로 다시 사람들을 보겠느냐?"

맹우는 만면에 부끄러워하는 기색을 띠고 땅에 엎드려 살려달라고 애걸했다.

공명曰: "내 너를 죽이더라도 오늘은 아니다. 내 당분간 네 목숨을 살려줄 테니 네 형을 타일러 항복하도록 권해라."

그리고는 무사에게 그를 묶은 노끈을 풀어 놓아 주도록 했다. 맹우는 울면서 절을 하고 떠나갔다.

〖 5 〗 잠시 후 위연이 맹획을 압송해 왔다. 공명은 크게 화를 내며 말했다: "너는 이번에 또 나에게 사로잡혔다. 무슨 변명할 말이 있느냐!"

맹획曰: "내 이번에도 잘못해서 속임수에 걸려들고 말았으니 죽어도 눈을 감지 못하겠다!"

공명은 무사에게 그를 끌어내서 목을 베라고 호령했다. 그런데 맹획은 전혀 두려워하는 기색도 없이 공명을 돌아보며 말했다: "만약 다시 나를 놓아주어 돌아가게 된다면, 내 반드시 네 번이나 당했던 원한을 갚아주고 말 테다!"

공명은 크게 웃으면서 좌우 사람들에게 그의 결박을 풀어주고 술을 주어 놀란 가슴을 진정시키도록 한 다음, 막사 안으로 들어가서 자리에 앉혔다.

공명이 물었다: "내가 지금까지 네 번이나 예우禮遇해 주었으나 너는 여전히 복종하지 않고 있는데, 그 까닭이 무엇이냐?"

맹획曰: "내 비록 당신네 왕의 교화(王化)가 미치지 않는 곳에 사는 사람이지만, 언제나 속임수만 쓰는 승상과는 다르다. 그러니 내 어찌 당신에게 항복하려 하겠는가?" (*오랑캐 자식이 기어이 강변強辯만 한다.)

공명曰: "내가 너를 다시 놓아 돌려보내 준다면 또 다시 싸울 수 있겠느냐?"

맹획曰: "승상이 만약 다시 나를 붙잡는다면 그때는 마음을 다해 항복할 것이며, 나의 동洞에 있는 물자를 모조리 바쳐서 당신네 군사들을 먹일 것이고, 맹세코 반란을 일으키지 않을 것이오."

공명은 즉시 웃으면서 그를 놓아 보내주었다. 맹획은 흔쾌히 고맙다고 인사를 하고 떠나갔다. (*이번이 네 번째로 놓아준(四縱) 것이다.)

〖 6 〗 이에 맹획은 여러 동洞의 장정들 수천 명을 모아 남쪽으로 갔

는데, 얼마 가지 않아 멀리서 먼지가 일어나면서 한 부대의 군사들이 오고 있는 것이 보였다. 그것은 바로 그의 아우 맹우가 패잔병들을 다시 정돈해 가지고 형의 원수를 갚으러 오고 있는 것이었다.

형제 둘은 서로 목을 껴안고 통곡을 한 후 지난 일을 하소연했다.

맹우가 말했다: "우리 군사들은 여러 차례 패했고 촉병은 여러 차례 이겼으니 더 이상 대적하기 어려워요. 오직 산속의 동洞으로 들어가서 피하고 싸우러 나가지 말아야 해요. 그러면 촉병들은 더위를 못 견디고 자연히 물러가고 말 거예요."

맹획이 물었다: "어디로 피하면 되겠느냐?"

맹우曰: "여기서 서남쪽으로 가면 독룡동禿龍洞이라고 하는 한 동洞이 나오는데, 그곳의 동주洞主 타사대왕朶思大王은 나와 교분이 매우 두터워서 가서 몸을 의탁할 만해요." (*동명洞名과 인명人名이 〈서유기西遊記〉에 나오는 그것들과 흡사하다.)

이에 맹획은 먼저 맹우로 하여금 독룡동으로 가서 타사대왕을 만나보도록 했다. 타사는 황급히 동병洞兵들을 이끌고 나와서 그들을 맞이했다. 맹획은 동 안에 들어가서 서로 인사를 하고 지난 일을 하소연했다.

타사曰: "대왕은 마음 편히 계십시오. 만약 서천의 군사들이 이곳으로 온다면 사람 하나 말 한 마리도 제 고향으로 돌아가지 못하고 제갈량과 함께 모조리 이곳에서 죽고 말 것입니다!" (*말만 들어도 무섭다. 꼭 동중洞中에 있는 요괴가 말하는 것 같다.)

맹획은 크게 기뻐하며 타사에게 계책을 물었다.

타사曰: "이 동중으로 들어오려면 단지 두 길뿐입니다. 동북쪽으로 난 길은 바로 대왕께서 오셨던 길로, 지세가 평탄하며 토양이 두텁고 물맛이 좋아서 사람과 말들이 다닐 만합니다. 그러나 만약 동네 입구를 나무와 돌로 막아놓는다면 비록 백만 대군이 온다고 해도 들어올 수 없습니다.

그리고 서북쪽으로 난 길은 산과 고개가 험악하고 도로가 좁은데, 그 중에 비록 소로小路가 있기는 하나 독사와 무서운 전갈들이 많이 숨어 있고, 황혼녘에는 장기(瘴氣: 악성 말라리아처럼 고열을 일으키는 전염병))가 크게 일어나는데, 그때부터 계속되다가 사시(巳時: 오전 9시~11시)나 오시(午時: 오전 11시~오후 1시)가 되어야만 비로소 걷히므로, 다만 미시(未時: 오후 1시~3시)에서 유시(酉時: 오후 5시~7시) 사이의 3시진(時辰: 즉, 6시간) 동안만 왕래할 수 있습니다. 그러나 물을 마실 수 없기 때문에 사람이나 말들은 다니기 어렵습니다.

더군다나 이곳에는 물에 독이 있는 샘(毒泉)이 네 개 있습니다. 그 하나는 아천啞泉이라고 하는데, 물맛이 상당히 달아서 사람이 만약 그 물을 마시면 말을 할 수 없게 되고 열흘 안으로 반드시 죽게 됩니다.

그 둘은 멸천滅泉이라고 하는데, 이 물은 펄펄 끓는 물과 다를 게 없어서 사람이 만약 이 물에 목욕을 하면 피부와 살이 다 문드러지고 뼈가 드러나서 반드시 죽게 됩니다. 그 셋은 흑천黑泉이라고 하는데, 그 물이 묘하게 맑은데 만약 사람이 그 물을 몸에 끼얹으면 손과 발이 모두 새까맣게 변하여 죽게 됩니다.

그 넷은 유천柔泉이라고 하는데, 그 물은 얼음처럼 차서 사람이 만약 그 물을 마시면 목구멍에 따뜻한 기운이 없어지고 신체가 솜처럼 부드러워져서 죽게 됩니다. 그래서 이곳에는 벌레도 새도 전혀 없습니다. 다만 옛날 한漢의 복파장군(伏波將軍: 동한의 마원馬援)이 이곳에 온 적이 있지만,(*이곳에서 먼저 복파장군을 말해 놓음으로써 다음 글에서 공명이 복파장군에게 기도하는 일의 복선이 되고 있다.) 그 후로는 한 사람도 이곳에 온 적이 없습니다.

지금 동북쪽으로 난 큰길을 막아서 대왕으로 하여금 저희 동洞에서 편안히 쉴 수 있도록 하겠습니다. 만약 촉병들이 동쪽 길이 끊긴 것을 보게 되면 틀림없이 서쪽 길로 들어오려 할 텐데, 오는 길에 물이 없으므로 만약 이 네 개의 샘을 보게 되면 틀림없이 물을 마실 것이며, 그렇게 되면 비록 백만 대군이라 하더라도 전부 다 돌아가지 못하게 될 것입니다. 사정이 이런데 병장기를 쓸 필요가 어디 있습니까!"(*공명은 화공을 잘 썼는데, 타사는 도리어 물로써 이기려고 한다.)

맹획은 크게 기뻐하며 경하의 뜻으로 두 손을 이마에 갖다 대고 말했다: "오늘에야 비로소 몸 둘 곳을 얻었구려!"

그리고는 손가락으로 북쪽을 가리키며 말했다: "제갈량의 재주가 아무리 신기묘산神機妙算이라 해도 이번에는 그것을 써보기 어렵게 되었구나. 이 네 개의 샘물만 있으면 패배의 원한을 갚을 수 있겠구나!"

이로부터 맹획과 맹우는 타사대왕과 같이 하루 종일 연석을 벌여놓고 술을 마시며 보냈다.

〖7〗 한편 공명은 맹획의 군사들이 싸우러 나오는 것이 연일 보이지 않자 마침내 대군에게 서이하西洱河를 떠나 남으로 진격하라고 명을 내렸다. 이때는 바로 6월 염천炎天의 날씨여서 덥기가 마치 불을 피워놓은 것 같았다. (*앞의 글에서 5월에 노수를 건넌 것과 서로 대응한다.)

후세 사람이 남방의 지독한 더위를 읊은 시가 있으니:

산과 못들이 바짝바짝 타들어 가는데	山澤欲焦枯
이글거리는 태양이 하늘을 뒤덮고 있네.	火光覆太虛
모르겠구나, 저 천지 밖에서는	不知天地外
더위가 얼마나 더 심할는지.	暑氣更何如

또 다른 시에서는 이렇게 읊고 있다:

더위 주관하는 신(赤帝)이 권세 떨치니	赤帝施權柄
먹구름은 생겨날 엄두조차 못 낸다.	陰雲不敢生

수증기 피어올라 학은 숨을 헐떡이고 雲蒸孤鶴喘
바닷물도 뜨거워서 거북이들이 놀란다. 海熱巨鼇驚
시원한 시냇가 차마 떠나지 못하고 忍捨溪邊坐
모기 들끓어도 무성한 대나무 그늘 떠나기 싫네. 慵抛竹裏行
이런 더위에 변경 사막에서 싸우는 병사들은 如何沙塞客
어떻게 갑옷 입고 멀리 싸우러 갈 수 있을까. 擐甲復長征

공명이 대군을 거느리고 한창 행군해 가고 있을 때 갑자기 정탐병이 급보를 알려왔다: "맹획은 독룡동禿龍洞으로 물러가서 나오지 않으면서 동구洞口의 주요 도로를 막아놓고 안에서 군사들이 지키고 있습니다. 산과 고개가 험준하여 앞으로 나아갈 수가 없습니다."

공명이 여개를 불러서 물었다.

여개曰: "저도 전에 이 동으로 들어가는 길이 있다는 말은 들어보았으나 사실 자세히는 모릅니다."(*네 개의 샘은 지도에는 상세히 나와 있지 않았던 것 같다.)

장완曰: "맹획이 네 번이나 사로잡혀서 이미 간담이 떨어졌을 텐데 어찌 감히 다시 싸우러 나오겠습니까? 하물며 지금은 날씨가 찌는 듯이 더워서 군사들도 말들도 지칠 대로 지쳐 있으므로 아무래도 그를 치는 것은 무익할 듯합니다. 군사를 돌려 본국으로 되돌아가는 것이 나을 듯합니다."

공명曰: "그렇게 하는 것은 바로 맹획의 계책에 걸려드는 것이다. 우리 군사가 일단 물러나면 그는 틀림없이 그 틈을 타서 우리를 추격해 올 것이다. 이왕 여기까지 와놓고 어찌 다시 돌아간단 말이냐!"(*이 때의 형세는 마치 호랑이 등에 탔으나 내려오기 힘든(騎虎難下) 형국이다. 들어갈 수는 있어도 나올 수는 없다.)

그리고는 왕평으로 하여금 수백 명의 군사들을 거느리고 선두부대가 되어 새로 항복한 만병들에게 길을 인도하도록 해서 서북편의 작은 길을 찾아 들어가 보도록 했다. 왕평 일행이 앞으로 나아가 한 샘에 이르렀는데, 군사들은 모두 목이 말라서 앞 다투어 그 물을 마셨다.

왕평은 이 길을 알아내어 공명에게 보고하려고 돌아갔다. 그런데 대채에 이르렀을 때엔 모두 말을 할 수 없어서 손가락으로 입을 가리킬 따름이었다. (*맹우 등이 독이 든 술을 마시고 손가락으로 입을 가리켰던 것과 전후로 서로 대對가 되고 있다.)

〖 8 〗 공명은 크게 놀랐으나 이는 독을 마신 증상(中毒)임을 알고 곧바로 직접 작은 수레에 올라 수십 명을 이끌고 앞으로 가서 살펴보니 맑은 샘물이 하나 보였는데, 깊어서 밑바닥은 보이지 않고 물 기운이 몹시 차가워서 군사들은 감히 시험 삼아 마셔볼 수도 없었다.

공명이 수레에서 내려 높은 데로 올라가서 멀리 둘러보니 사방으로 산봉우리들이 우뚝 솟아 있는데 새소리도 들리지 않아 마음속으로 크게 의아해 했다. 그때 문득 보니 멀리 산언덕 위에 오래 된 사당(廟) 하나가 있었다. 공명이 등나무와 칡넝쿨을 휘어잡으면서 그곳으로 올라가 보니 돌집이 하나 있고, 그 안에는 단정히 앉아 있는 장군의 소상塑像 하나가 있었으며, 그 옆에는 비석이 세워져 있었는데 거기에는 "漢伏波將軍馬援之廟(한 복파장군 마원지묘)"라고 새겨져 있었다. 마원이 남만 지방을 평정할 때 이곳에 왔었기 때문에 이곳 사람들이 사당(廟)을 세워 놓고 그를 제사지낸 것이다. (*이곳에서 갑자기 마초, 마대의 조상을 만나게 된다.)

공명은 재배再拜하고 기도했다: "이 량亮은 선제로부터 후사를 돌봐 달라는 중책을 부탁받았사온데, 지금 성지聖旨를 받들어 남만 지방을 평정하려고 이곳에 왔나이다. 남만 지방을 평정한 후에는 위魏를 치고 동오를 병탄하여 한漢 황실을 다시 편안케 하려고 하옵니다. 지금 군사들이 지리를 알지 못하여 독이 든 물을 잘못 마시어 말을 할 수 없나이다. 천만 바라옵건대 존신尊神께서는 한 왕조(漢朝)의 은혜와 의리(恩義)를 생각하시어 영령英靈께서 강림하시어 저희 전군을 보우保佑해 주시옵소서!"

〖9〗 기도를 마치고 사당에서 나와 그 고장 사람을 찾아 물어보려고 했다. 그때 맞은 편 산에서 한 노인이 막대를 짚고 오는 것이 은은히 보였는데 그의 얼굴 모습이 매우 특이했다. (*육손이 황승언을 만난 것과 비슷하다.) 공명은 그 노인을 청하여 사당 안으로 들어가서 인사를 한 다음 돌 위에 마주 앉았다.

공명이 물었다: "어르신의 존함은 어찌 되십니까?"

노인曰: "이 늙은이는 큰 나라 승상丞相의 높으신 이름을 들은 지 오래 되었는데, 이처럼 뵙게 되어 다행이오. 남만 지방에는 승상께서 목숨을 살려준 은혜를 입은 사람들이 많은데, 다들 그 은혜에 크게 감사해 하고 있소."

공명은 샘물을 먹고 말을 할 수 없게 된 까닭을 물어보았다.

노인이 대답했다: "군사들이 마신 물은 바로 아천啞泉의 물이오. 그 물을 마시면 말을 하기 어렵다가 수일 후에는 죽게 되오. 이 샘 외에도 또 샘이 세 개 있는데, 동남에 있는 샘은 그 물이 지극히 찬데 사람이 만약 그 물을 마시게 되면 목구멍(咽喉)에 따뜻한 기운이 없어지고 몸이 흐물흐물 해져서 죽게 되므로 그 이름을 유천柔泉이라고 하오. 정남쪽에도 샘이 있는데, 사람이 만약 그 물을 몸에 끼얹으면 손발이 다 시꺼멓게 변하여 죽게 되므로 그 이름을 흑천黑泉이라고 하오. 그리고 서남쪽에도 샘이 하나 있는데, 마치 열탕처럼 펄펄 끓어서 사람이 만약 그 물에 목욕을 하면 피부와 살이 모조리 벗겨져서 죽게 되므로 그 이름을 멸천滅泉이라고 하오. (*또 네 개 샘을 한 차례 죽 설명하고 있는데

타사대왕이 말한 것과는 앞뒤 순서만 차이가 난다.)

이곳에 있는 4개 샘에는 독기가 모여 있어서 고칠 수 있는 약이 없소. 또 이곳에는 장기瘴氣가 심하게 생겨나서 오직 미未, 신申, 유酉 이 세 시진(時辰: 1시진은 약 2시간) 동안에만 왕래할 수 있고 그 나머지 시간에는 모두 장기가 빽빽하게 퍼져 있어서 사람의 몸에 닿으면 곧바로 죽게 된다오."

공명이 말했다: "만약 그렇다면 남만 지방은 평정할 수가 없겠군요. 남만 지방을 평정하지 못하고 어떻게 동오와 위魏를 병탄하여 한 황실을 다시 일으킬 수 있겠습니까? 선제께서 제게 후사를 맡기신 중책을 저버리게 된다면 살아도 죽는 것만 못합니다!"

노인曰: "승상께선 걱정하지 마시오. 이 늙은이가 가르쳐 주는 한 곳으로 가면 이 문제를 해결할 수 있소."

공명曰: "노인장께 무슨 고견이 있으시면 부디 가르쳐 주십시오."

노인曰: "여기서 정서 쪽으로 몇 마장(里) 가면 산골짜기가 하나 나오는데 그 안으로 들어가서 이십 리(里)를 가면 만안계萬安溪라는 시내가 하나 있소. (* '만안萬安' 이란 두 글자만 가지고도 4개 샘의 문제를 해결할 수 있다.) 그 시냇가 위쪽에 호號를 만안은자萬安隱者라고 하는 고사高士 한 분이 살고 있소. (*사람 이름이 이 시내 이름에서 따온 것인가, 아니면 시내 이름이 이 사람의 이름에서 따온 것인가?) 그 사람은 시내 밖으로 나오지 않은 지가 수십여 년 되었소.

그의 초가 암자(草庵) 뒤쪽에 안락천安樂泉이라고 하는 샘이 하나 있는데, 사람이 만약 중독되었을 때 그 물을 퍼서 마시면 즉시 낫소. 혹시 옴이나 문둥병에 걸리거나 혹은 장기에 걸린 사람이 만안계 안에 들어가서 목욕을 하면 저절로 무사해진다오. (*물로 물을 다스리는데, 한 가지 물로 네 가지 물을 다스린다.) 게다가 초가암자 앞에는 해엽운향(薤葉芸香: 향기 나는 부추의 일종)이라는 일종의 향초香草가 있소. 그 잎을 하나 따서 입에 물고 있으면 장기에 걸리지 않게 되오. 승상은 속히 가서 그것을 구하시오."

공명은 고맙다고 인사를 하고 물었다: "이처럼 노인장께서 목숨을 살려주시는 은덕을 베풀어주시어 이루 말할 수 없는 큰 감명을 받았습니다. 성함이 어떻게 되시는지 부디 말씀해 주십시오."

노인은 사당 안으로 들어가며 말했다: "나는 이곳 산신山神이오. 복파장군의 명을 받들고 일부러 와서 가르쳐준 것이오."

말을 마치고는 사당 뒤에 있는 석벽石壁을 향해 큰 소리로 외치니 그것이 갈라져서 그 속으로 들어가 버렸다. (*앞에서는 관공關公의 신령이 나타났는데 이곳에서는 복파장군의 신령이 나타났다. 관공의 신령은 친히 나타났지만, 복파장군의 신령은 산신으로 하여금 대신 나타나도록 한다.)

공명은 깜짝 놀라서 멍해 있다가 사당의 신에게 두 번 절을 하고 왔던 길을 찾아 내려와서 수레에 올라 본채로 돌아왔다.

〖 10 〗 다음날, 공명은 향과 예물을 준비하여 그날 밤으로 왕평과 벙어리가 된 군사들을 이끌고 산신이 말해준 곳을 향해 천천히 나아갔다. 산골짜기 속의 오솔길로 들어가서 약 20여 리쯤 가니 큰 소나무와 잣나무, 무성한 대나무와 기이한 화초들이 집 한 채를 빙 둘러싸고 있는 것이 보였다. 그 울타리 안에는 몇 칸짜리 초가집이 있었는데 그윽한 향기가 코를 찔렀다. (*이 또한 하나의 수경장水鏡莊, 와룡강臥龍崗이다.)

공명이 크게 기뻐하며 집 앞에 가서 문을 두드리자 어린 동자 하나가 나왔다. 공명이 막 통성명을 하려고 하는데 진즉에 대나무 관을 쓰고 짚신을 신고, 흰 도포에 검은 띠를 두르고, 푸른 눈(碧眼)에 누런 머리카락(黃髮)을 한 사람이 반가워하면서 나와 말했다: "찾아오신 분은 혹시 한漢 승상이 아니십니까?"(*이 또한 자허상인紫虛上人 · 청성산靑城山

의 노인과 같은 모습이다.)

공명이 웃으면서 말했다: "고사高士께서는 어떻게 아셨습니까?"

은자曰: "승상께서 거느리신 대군의 남정南征 소식을 들은 지 오래 되었는데 어찌 모를 수 있습니까?"

그리고는 공명을 맞이하여 초당 안으로 들어갔다. 인사를 하고 나서 손님과 주인으로 자리를 나누어 앉았다.

공명이 그에게 이야기했다: "저는 소열황제昭烈皇帝로부터 후사를 잘 보필하라는 무거운 부탁을 받았습니다. 이번에 사군嗣君의 성지聖旨를 받들고 대군을 거느리고 이곳에 온 것은 남만 지방을 복종시켜 왕의 교화(王化)를 받도록 하기 위해서입니다.

그런데 뜻밖에도 맹획이 동중洞中으로 몰래 달아나는 바람에 이곳까지 오게 되었는데, 오는 도중에 군사들이 잘 모르고 그만 아천啞泉의 물을 마시고 말았습니다. 지난밤에 복파장군의 신령이 나타나서 고사高士께 이를 고칠 수 있는 약샘(藥泉)이 있다고 말해 주었습니다. 부디 불쌍히 여기시어 신령한 물(神水)을 주시어 많은 군사들의 남은 목숨(殘命)을 구해 주십시오."

은자曰: "이 늙은이는 한낱 산야에 처박혀 있는 사람에 불과한데 승상께서 어찌 이런 곳까지 왕림하셨습니까. 그 샘은 바로 암자 뒤에 있으니 가서 떠 마시라고 하십시오."

이에 동자가 왕평 등과 벙어리 군사들을 데리고 샘가로 가서 물을 길어 마시도록 했다. 그러자 즉시 위 속의 나쁜 액체들을 토해내더니 곧바로 말을 할 수 있게 되었다. (*마치 오늘날 구토제로 생강탕을 마시게 하는 것과 같다.) 동자는 또 군사들을 이끌고 만안계로 가서 목욕을 하도록 했다.

〖 11 〗 은자는 암자 안에서 잣 차(柏子茶)와 송화 요리(松花菜)를 내와

서 공명을 대접했다.

은자가 일러주었다: "이곳 만동蠻洞에는 독사와 무서운 전갈들이 많습니다. 버들개지(柳花)가 날려 와서 시내와 샘에 떨어지는 경우 그 물은 마셔서는 안 됩니다. 그러나 땅을 파서 샘을 만들어 그 물을 떠서 마시면 괜찮습니다."

공명은 해엽운향도 얻고자 했다.

은자는 군사들에게 마음대로 채취해 가도록 하라면서 말했다: "사람들마다 각기 잎사귀 한 개씩만 입에 물고 있으면 자연히 장기가 침범하지 못합니다."

공명은 절을 하고 은자의 성명을 물었다. 은자는 웃으며 말했다: "저는 바로 맹획의 형, 맹절孟節입니다."

공명은 깜짝 놀랐다.

은자가 또 말했다: "승상께서는 의심하지 마시고 제 말씀 몇 마디만 들어주십시오. 제 부모님께서는 삼형제를 낳으셨는데, 그 맏이가 바로 이 늙은이 맹절이고, 둘째가 맹획이며, 셋째가 맹우입니다. 부모님들께서는 다 세상을 떠나셨습니다. 둘째 아우는 고집불통이어서 왕화王化를 거부하고 있습니다. 제가 누차 타일러 보았으나 듣지 않습니다. 그래서 저는 성과 이름을 바꾸고 이곳에 숨어 지내고 있습니다.

이번에 못난 아우가 배반을 하여 승상으로 하여금 이렇듯 불모의 땅 깊숙이 들어오는 수고를 하시게 했습니다. 이처럼 폐를 끼치게 되었으니 이 맹절은 만 번 죽어도 마땅합니다. 그래서 먼저 승상 앞에 죄를 청하는 바입니다."

공명이 탄식하여 말했다: "이제야 비로소 한 부모에게서 도척(盜跖: 옛날의 이름난 큰 도적)과 유하혜(柳下惠: 옛날의 현인)가 형제로 태어난 옛날 일이 지금도 역시 있음을 믿게 되었습니다."

그리고는 맹절에게 말했다: "제가 천자께 아뢰어 공을 이곳 왕으로 세워도 되겠습니까?

맹절曰: "공명功名을 싫어해서 이곳으로 도망쳐 와있는데 어찌 다시 부귀를 탐하는 마음이 있겠습니까!" (*태백(泰伯: 주周의 시조 고공단보의 장자)은 천하를 사양하고 만방蠻邦으로 도망을 갔는데,(*〈논어·태백편〉) 이 만인蠻人 또한 만왕蠻王의 지위를 사양하고 깊은 산속에 숨어 지낸다. 그의 사양함은 태백의 사양함보다 더 심하구나. 그의 이름을 "절節"이라 하는 것은 참으로 그 이름에 부끄럽지 않다.)

공명이 이에 또 황금과 비단을 주었으나 맹절은 한사코 사양하고 받지 않았다. 공명은 감탄하기를 마지않으며 그와 작별하고 돌아갔다. 후세 사람이 이 일에 대해 읊은 시가 있으니:

고사高士는 문 닫아걸고 홀로 숨어 살았는데	高士幽棲獨閉關
무후는 이분 덕에 남만을 깨뜨렸지.	武侯曾此破諸蠻
지금은 고목만 있고 사람 흔적 없는데	至今古木無人境
차가운 연무煙霧만 여전히 옛 산에 자욱하다.	猶有寒煙鎖舊山

〖 12 〗 공명은 본채로 돌아와서 군사들에게 땅을 파서 물을 얻도록 명했다. 땅 밑을 20여 장이나 파내려 갔으나 물은 한 방울도 나오지 않았다. 십여 군데나 파보았으나 모두 마찬가지였다. 군사들은 마음속으로 놀라서 어쩔 줄 몰랐다.

공명은 한밤중에 향을 피워놓고 하늘에 빌었다: "신臣 량亮은 재주도 없으면서 대한大漢의 복을 우러러 받아 만방蠻邦을 평정하라는 명을 받았나이다. 그런데 지금 도중에 물이 떨어져서 군사들과 말들은 바짝바짝 말라 가고 있사옵니다. 만약 하늘님(上天)께서 저희 대한을 멸하려 하지 않으신다면 감천甘泉을 내려주시고, 만약 대한의 운수가 이미 끝났다면 신 량 등은 이곳에서 죽기를 원하나이다."

이날 밤 축원을 마치고 날이 밝았을 때 보니 우물마다 마실 물이 가득 차 있었다. (*뒤에 가서 사마소司馬昭가 우물에 축원한 것과 서로 멀리 떨어져서 대응한다.) 후세 사람이 이 일을 읊은 시가 있으니:

나라 위해 남만 치러 대군 거느리고 갔는데	爲國平蠻統大兵
마음속에 정도正道 품어 신명과 통했도다.	心存正道合神明
경공耿恭이 우물에 절하자 샘물 솟았듯이	耿恭拜井甘泉出
공명이 경건히 치성드리자 밤새 물이 나왔네.	諸葛虔誠水夜生

공명의 군사들은 먹을 물이 솟아나는 감천甘泉을 얻고 나서 마침내 안심하고 작은 길로 곧장 독룡동으로 들어가서 그 앞에 영채를 세웠다.

〖 13 〗 만병蠻兵이 이 일을 알아내어 맹획에게 알렸다: "촉병들은 장역(瘴疫: 일종의 말라리아)에도 걸리지 않고 또 목이 마를 걱정도 없습니다. 여러 샘들은 다 효과가 없었습니다."(*맹획은 지리地利를 잃은 것이 아니라 인화人和를 잃은 것이다.)

타사대왕은 그 말을 듣고 믿어지지 않아서 직접 맹획과 같이 높은 산으로 올라가 멀리 바라보니, 과연 촉병들은 안전 무사했고 큰 통 작은 들통으로 물을 길어다가 말도 먹이고 밥도 짓는 것이 보였다. 타사는 그것을 보고 머리털이 쭈뼛 섰다.

그는 맹획을 돌아보고 말했다: "저들은 신병神兵들입니다!"

맹획曰: "우리 형제 둘은 촉병들과 사생결단하고 싸우겠소. 싸우다가 죽을지언정 어찌 두 손이 묶이고 결박을 당할 수 있겠소!"

타사曰: "만약 대왕의 군사들이 패한다면 내 처자들 역시 끝장이오. 마땅히 소와 말을 잡아 동洞의 장정들을 먹이고 크게 상을 준 다음 물불 가리지 말고 촉의 영채를 곧장 들이치도록 해야만 비로소 이길 수 있을 것이오."

이리하여 만병들에게 크게 상을 주었다.

막 출전하려고 할 때 갑자기 보고해 오기를, 동洞 뒤의 서쪽에서 은야동銀冶洞의 이십일동주二十一洞主 양봉楊鋒이 군사 3만 명을 이끌고 싸움을 도우러 오고 있다고 했다.

맹획은 크게 기뻐하며 말했다: "이웃 동의 군사들이 나를 도와준다면 나는 반드시 이길 것이다!"

그는 즉시 타사대왕과 같이 동구 밖으로 나가서 그들을 영접했다.

양봉이 군사들을 이끌고 들어와서 말했다: "내가 거느리고 있는 정예병 삼만 명은 모두 철갑鐵甲을 입고 산과 고개를 날듯이 넘어갈 수 있는데, 촉병 1백만 명은 충분히 대적할 수 있습니다. 나의 다섯 아들들도 모두 뛰어난 무예를 갖추고 있는데, 그들 또한 대왕을 도와드리려고 합니다."

양봉은 다섯 아들들에게 들어와서 절을 하라고 했는데, 모두 표범과 호랑이처럼 우람한 체구에 위풍이 당당했다. 맹획은 크게 기뻐서 곧바로 연석을 베풀어 양봉 부자들을 대접했다.

술이 거나하게 취하자 양봉이 말했다: "군중에 풍악이 없는데, 내가 데려온 군사들 중에 칼춤과 방패춤에 능한 여자들이 있으니 그들의 춤을 구경하면서 한바탕 웃고 즐기도록 합시다."(선주가 유장劉璋과 술을 마실 때에는 여러 장수들이 검무劍舞를 췄다. 지금 양봉과 맹획이 술을 마실 때에는 여러 만족蠻族 여자들이 칼춤을 추는데, 매우 비슷하다.)

맹획은 흔쾌히 그렇게 하라고 했다.

잠시 후 수십 명의 남만 여자들이 다들 머리를 풀어헤치고 맨발로 막사 밖으로부터 춤을 추면서 들어왔다. 만병들은 손뼉을 치면서 노래를 불러 장단을 맞추었다.

그때 양봉이 두 아들에게 술을 권하라고 하자, 두 아들은 술잔을 들고 맹획과 맹우 앞으로 갔다. 두 사람이 잔을 받아서 막 술을 마시려

하는데 양봉이 큰 소리로 호통을 치자 두 아들은 어느 틈에 벌써 맹획과 맹우를 붙잡아 자리에서 끌어내렸다. (*앞에서 동도나董荼那가 맹획을 사로잡는 것은 독자들도 미리 짐작을 했었으나, 양봉이 맹획을 사로잡는 것은 독자들이 미리 짐작할 수 있는 바가 아니었다.) 타사대왕은 달아나려고 했지만 진즉에 양봉에게 사로잡히고 말았다. 만족 여자들이 막사 앞을 가로막고 있었으므로 어느 누구도 감히 가까이 갈 수가 없었다.

맹획曰: "'토끼가 죽으면 여우가 슬퍼하고, 만물은 동류가 불행을 당하면 함께 슬퍼한다(兎死狐悲, 物傷其類)' 고 했다. 나와 너는 모두 각 동의 주인으로 지난날에 서로 원수진 일이 없는데 무슨 이유로 나를 해치려 하느냐?"

양봉曰: "나의 형제와 아들, 조카들 모두 제갈승상께서 목숨을 살려주신 은혜를 입고 감격해 하고 있었으나 갚을 길이 없었다. 이제 네가 배반을 하였으니 어찌 사로잡아 갖다 바치지 않을 수 있겠느냐!"

〖 14 〗 이리하여 각 동의 만병들은 전부 달아나서 고향으로 돌아갔다. 양봉은 맹획·맹우·타사 등을 공명의 영채로 압송해 갔다. (*이는 다섯 번째 사로잡힌(五擒) 것이다.) 공명이 들어오라고 했다.

양봉 등은 막사 안으로 들어가 절을 하고 말했다: "저희 자식들과 조카들은 모두 승상의 은덕에 감사하고 있기 때문에 맹획과 맹우 등을 사로잡아 와서 바치는 것입니다."

공명은 그에게 후하게 상을 내리고 맹획을 끌고 들어오라고 했다.

공명이 웃으면서 말했다: "네가 이번엔 마음으로 복종하겠느냐?"

맹획曰: "당신의 능력이 아니라 우리 동중洞中 사람들이 서로 해치려 해서 이렇게 된 것이다. 죽이려면 빨리 죽여라. 나는 항복하지 않겠다!" (*심하구나, 마음 공략하기의 어려움이!)

공명曰: "너는 나를 속여서 물도 없는 땅으로 들어오게 했고, 게다가 아천啞泉·멸천滅泉·흑천黑泉·유천柔泉과 같은 독물로 우리를 해치려 했지만 우리 군사들은 아무 탈이 없다. 이 어찌 하늘의 뜻이 아니겠느냐? 너는 어찌 이다지도 네 잘못을 깨닫지 못하고 고집만 부리느냐?"

맹획이 또 말했다: "우리 조상들은 은갱산銀坑山 속에서 살아왔는데 그곳은 험한 삼강三江이 있고 견고한 관문이 첩첩으로 있는 곳이다. 당신이 만약 그곳으로 와서 나를 사로잡는다면 그때는 내가 자손 대대로 마음을 다해 진심으로 복종하겠다."(*잡힌 범을 풀어주어 굴속으로 들어가도록 한 후, 그 굴속으로 들어가서 범을 잡는 것은 더욱 쉽지 않다.)

공명曰: "내 또다시 너를 풀어주어 돌아가도록 해줄 테니 다시 군사들을 정돈하여 나와 승부를 결판내 보도록 하자. 만약 그때 사로잡혀 놓고 다시 복종하지 않는다면, 그때에는 네 구족九族을 멸해 버리고 말 테다!"

공명은 좌우 사람들에게 그의 결박을 풀어주도록 하여 맹획을 놓아 주었다. 맹획은 두 번 절을 하고 떠나갔다. (*이것이 다섯 번째 놓아준(五縱) 것이다.) 공명은 또 맹우와 타사대왕도 모두 그 결박을 풀어주고 술과 음식을 주어 놀란 가슴을 진정시켜 주었다. 두 사람은 송구해서 감히 똑바로 쳐다보지도 못했다.

공명은 말에 안장을 갖춰 그들을 돌려보내 주도록 했다. (*전번에는 먼저 맹우부터 풀어주고 다음으로 맹획을 풀어주었는데, 이번에는 먼저 맹획을 풀어주고 다음으로 맹우를 풀어주고 있다.) 이야말로:

험지 깊숙이 들어가기도 쉬운 일 아니거늘　　深臨險地非容易
기이한 꾀까지 쓴 것이 어찌 우연이겠는가?　　更展奇謀豈偶然

맹획이 군사를 정돈해 가지고 다시 왔을 때 그 승부가 어찌될지 모르겠거든 다음 회를 읽어보기 바란다.

第89회 모종강 서시평序始評

(1). 노수瀘水는 험하여 걸어서 건널 수 없고, 서이하西洱河는 험하여 작은 배로 건널 수 없으니, 둘 다 극히 험하다고 할 수 있다. 그런데 뜻밖에 또 아천啞泉, 유천柔泉, 흑천黑泉, 멸천滅泉의 위험은 그들보다 더욱 심하다. 남방은 불(火)에 속하여 뜨거운 날씨가 마치 불구덩이 속에 있는 듯한데, 촉병들은 바야흐로 불에 고생하고 있을 때 또 갑자기 물 때문에 고생을 하게 되니 참으로 뜻밖의 고생이다. 남방의 험하고 막힘(險阻)이 예상을 벗어나므로 이에 승상의 공적이 더욱 드러나게 되는데, 이 또한 뜻밖의 일이다.

(2). 맹획을 네 번째 사로잡을 때에는 거짓으로 영채를 버리고 물러가는 형세를 취함으로써 그를 사로잡았는데, 이는 물러남을 나아감으로 삼은 것이다(以退爲進). 맹획을 다섯 번째 사로잡을 때에는 적진 깊숙이 들어가서 물러날 수 없는 형세를 취함으로써 그를 사로잡았는데, 이는 나아감을 나아감으로 삼은 것이다(以進爲進). 다섯 번째 사로잡기는 네 번째 사로잡기보다 두 배나 어려웠으므로 다섯 번째 놓아주기도 네 번째 놓아주기보다 두 배나 어려웠다. 네 번째 사로잡는 것에서 공명의 지혜(智)를 보게 되고, 다섯 번째 사로잡는 것에서 공명의 용기(勇)를 보게 된다. 그리고 네 번째 놓아주는 것과 다섯 번째 놓아주는 것에서 공명의 어진 마음(仁)을 보게 된다.

(3). 〈봉신연의封神演義〉란 책을 읽어보면 책 전체가 신선들의 이야기(仙道)로 채워져 있고, 눈에 가득 들어오는 것은 귀신들뿐이어서 지모가 뛰어나기로 유명한 강태공 같은 사람조차 아무 쓸모가

없어 보이는데, 이는 〈삼국지〉 중에서처럼 우연히 한 번 보게 되는 것보다 못하다.

예컨대 복파장군의 신령이 나타나고, 산신이 방법을 가르쳐주고, 산에 들어가서 약초를 구하고, 우물에 축원하여 샘물을 얻는 것들은 모두 신의 도움을 요청하여 홀연히 선옹仙翁을 만나게 된 것들이다. 이러한 것들은 하나도 없어서는 안 되지만 그렇다고 둘이 있어서도 안 된다. 만약 모조리 귀신의 힘에 의지한다면 어떻게 인간의 지모가 뛰어남(人謀之善)을 드러낼 수 있겠으며, 만약 모조리 신선의 힘에 의지한다면 어떻게 사람의 힘이 기이함(人力之奇)을 드러낼 수 있겠는가?

(4). 문장의 묘미는 한쪽은 속이 극도로 달아올라 있을 때 한쪽에는 차분한 사람 하나를 그려 넣고, 한쪽은 극히 황망해 할 때 한쪽에는 한가한 풍경 하나를 그려 넣는 것에 있다.

만안계곡萬安溪谷의 은자隱者는 표연히 세상 밖에서 살아가고 있으며, 그가 사는 땅은 잣나무와 맑은 개울이 있고, 소나무와 암석이 있고, 그 사람은 대나무 관에 명아주 지팡이를 짚고 다니는 한가한 풍경이다. 공명이 그를 만난 것은 흡사 현덕이 수경水鏡 선생을 만나고 유괴劉璝가 자허선사紫虛仙士를 방문하고, 진진陳震이 청성산青城山의 노인을 찾아간 것과 흡사하다. 그러나 현덕이 수경을 만난 시점은 어려움을 겪고 난 다음이었지만, 공명은 한창 어려움에 처해 있을 때 만안계곡의 은자를 찾아갔던 것이다.

자허紫虛와 청성산의 노인은 찾아간 사람으로 하여금 낭패를 면하도록 도와준 적이 없으나, 만안계곡의 은자는 찾아간 사람을 죽음에서 구해 주었다. 이것은 한쪽은 비록 극히 한가롭지만 그를 만나러 간 다른 쪽의 마음은 극히 다급했으며, 저쪽은 비록 극히 차

분했으나 찾아간 사람의 속은 바짝 달아올라 있었으며, 또한 이전의 세 사람이 만나볼 뜻이 있는 듯 없는 듯하거나 만나도 그만 못 만나도 그만이었던 것과는 달랐다.

이처럼 서로 매우 같아 보이면서도 또한 서로 매우 달랐으니, 이 어찌 절세의 기이한 일(奇事)이 아니며 절세의 기이한 글(奇文)이 아니겠는가? 공명이 은자를 만나본 것은 족히 기이하다고 할 수 없다. 가장 기이한 것은 그가 바로 맹획의 형이라는 것이다.

4개 샘(泉)의 악惡이 있으면 곧 2개 시내(溪)의 미美를 두어서 그것의 반대로 삼고, 악을 돕는 맹우孟優가 있으면 곧 선을 돕는 맹절孟節을 두어 그 반대로 삼고 있다. 땅도 이미 이와 같다면 사람 역시 마땅히 그래야 한다. 그래서 나는 맹획이 다섯 번이나 사로잡히고도 복종하지 않은 것은 바로 이와 같은 데 있다고 말하는 것이다.

이는 무슨 말인가? 맹획의 아우 맹우의 거짓 항복을 받아들임으로써 맹획을 유인한 것은 맹획으로써 맹획을 유인한 것과 다를 바 없고, 맹획의 형이 구해준 덕분에 맹획을 제압하게 된 것은 맹획으로써 맹획을 제압한 것과 다를 바 없다. 이처럼 맹획으로써 맹획을 유인했으므로 맹획이 복종하지 않았고, 맹획으로써 맹획을 제압했으므로 맹획은 더욱 복종하지 않았던 것이다.

오직 공명으로써 맹획을 이기자 비로소 맹획이 복종했던 것이다. 이리하여 우리는 다시 다섯 번 놓아준 이후의 일들을 구경할 수 있게 되는 것이다.

제90회

공명, 거수 몰아 만병 여섯 번째 깨뜨리고
등갑 태워서 맹획을 일곱 번째 사로잡다

〖 1 〗 한편 공명은 맹획 등 그의 무리들을 놓아 보낸 후 양봉楊鋒 부자에게 관작을 봉해주고 그 동洞의 병사들에게 크게 상을 주었다. 양봉 등은 고맙다고 인사를 하고 갔다.

맹획 등은 밤낮 없이 달아나서 은갱동銀坑洞으로 돌아갔다. 그 동 밖에는 세 개의 강이 있는데 노수瀘水·감남수甘南水·서성수西城水가 그것으로, 세 줄기의 물들이 만나므로 삼강三江이라고 한다.

그 동洞의 북쪽 가까운 곳은 3백여 리에 걸쳐 평탄한 땅으로, 그곳에서는 온갖 산물産物들이 많이 산출되었다. 그 동의 서쪽으로 2백여 리 되는 곳에는 소금우물(鹽井)이 있고, 그 동洞의 서남으로 2백 리를 가면 곧바로 노수와 감남수에 이른다. 정남으로 3백 리 되는 곳에는 바로 양도동梁都洞이 있는데, 이 동洞에는 산이 있어서 그 동을 빙 둘러싸고 있었고, 그 산 위에 은이 나는 광산이 있으므로 그 산을 은갱산銀坑山이라고 불렀다. (*은이 나는 산을 갱坑이라 부른다. 이로써 그들은 돈과 거름 흙을 똑같이 보았음을 알 수 있다. 오늘날 사람들은 그 구덩이(돈) 속에 빠져 있으면서도 깨닫지 못하니 이를 어찌하랴.) 산 속에 궁전과 누대를 만들어 놓고 만왕蠻王의 소굴로 삼고 있었다.

그 안에 조상을 모신 사당을 지어놓고 그것을 '가귀家鬼' 라고 불렀다. (*늙은 오랑캐는 조상(祖), 죽은 오랑캐는 귀신(鬼)이라고 불렀다.) 그리고 춘하추동 사철마다 소와 말을 잡아 제사를 지냈는데, 그 제사를 '복귀卜鬼' 라고 불렀다. (*제사지내는 것을 '卜복' 이라고 한 것을 보면 그들의 풍습에는 점을 치는 일이 없었음을 알 수 있다. 따라서 관로管輅와 여범呂範 같은 점쟁이는 전혀 쓸모가 없다.)

그리고 해마다 촉蜀 사람과 다른 고장 사람들을 잡아서 제물로 바치고 제사를 지냈다. (*남만 지방을 평정한 후 이런 풍속이 혁파되었으니 무후武侯의 공로가 작지 않다.)

사람이 병이 들면 약을 먹으려 하지 않고 다만 무당에게 비는데, 이것을 '약귀藥鬼' 라고 한다. (*귀신에게 비는 것을 '藥약' 으로 생각한 것을 보면 그들의 풍속에는 의원이 없었음을 알 수 있다. 그러므로 화타華佗나 길평吉平 같은 명의도 그곳에서는 전혀 쓸모가 없다.)

그곳에는 형법刑法이라는 것이 없는데, 일단 죄를 범하면 곧바로 목을 베어 버린다.

여자 애가 장성한 후에는 냇가에 나가 목욕을 하는데 남녀가 함께 뒤섞여서 하다가 저희들끼리 짝을 짓도록 내버려 두고 부모는 이를 금하지 않는데, 이것을 '학예學藝' 라고 한다. (*그들에게 "무슨 기예(藝)를 배우느냐고(學)?" 고 한번 물어보라. 가소롭다.)

비가 고르게 내리는 해에는 벼를 심는데, 만약 곡식이 익지 않을 때에는 뱀을 잡아서 국을 끓이고, 코끼리를 삶아서 밥 대신 먹는다.

매 부락 중에서 제일 부잣집을 '동주洞主' 라고 부르고, 그 다음 가는 자를 '추장酋長' 이라고 부른다.

매월 초하루와 보름 양일에는 모두들 삼강성(三江城: 삼국시에는 이런 지명이 없었다.) 안에 모여서 물건을 사고파는데 (돈을 사용하지 않고) 물물교환物物交換을 한다.

그곳의 풍속은 이러했다. (*이런 풍속인데 관리를 둘 필요가 어디 있겠는가. 그래서 공명은 남만 사람들을 복종시킨 후에 다시 관리를 두지 않았던 것이다.)

〖 2 〗 한편 맹획은 동중洞中에서 종족宗族 무리들을 천여 명 모아놓고 말했다: "나는 여러 차례 촉병들에게 욕을 봤는데 그때마다 즉시 이를 갚아주려고 맹세했다. 너희들에게 무슨 좋은 생각이 있느냐?"

말이 끝나기도 전에 한 사람이 나서며 말했다: "제가 제갈량을 쳐부술 수 있는 사람 하나를 천거하겠습니다."

모두들 보니 맹획의 처남이자 현재 팔번八番의 부장部長으로 있는 "대래동주帶來洞主"였다. 맹획은 크게 기뻐하며 그게 누구냐고 물었다.

대래동주曰: "여기서 서남쪽으로 가면 팔납동八納洞이 있습니다. 그곳 동주洞主는 목록대왕木鹿大王인데, 그는 도술道術을 아주 잘 부립니다. 그는 밖으로 나갈 때에는 코끼리를 타고, 비와 바람을 마음대로 불러올 수 있고, 늘 호랑이와 표범, 승냥이와 이리떼, 독사와 전갈들이 그의 뒤를 따라다니는데, 수하에는 또 아주 용맹한 3만 명의 신병神兵들까지 있습니다. (*마치 〈서유기〉에 나오는 금각金角, 은각銀角, 호력虎力, 녹력鹿力 등과 같은 부류로서 정말로 한 동洞의 요마妖魔들이다.) 대왕께서 편지를 쓰시고 예물을 갖춰 주시면 제가 직접 가서 도움을 청해 보겠습니다. 이 사람이 만약 승낙해 준다면 어찌 촉병 따위를 무서워하겠습니까!"

맹획은 기뻐하며 처남에게 편지를 가지고 가도록 한 후, 타사대왕에게 삼강성三江城을 지키도록 해서 전면을 막아 지키는 장벽障壁으로 삼았다.

한편 공명이 군사들을 데리고 곧장 삼강성으로 가서 멀리서 바라보니 성은 삼면으로 강을 끼고 있고 한 면만 뭍으로 통하게 되어 있었다. 그는 즉시 위연과 조운에게 같이 일군을 거느리고 육로로 해서 성을 치도록 했다. 군사들이 성 아래에 이르렀을 때 성 위에서 활과 쇠뇌를 일제히 쏘아댔다.

원래 동중 사람들은 활과 쇠뇌를 많이 익혀서 쇠뇌의 경우 한꺼번에 화살 열 개를 쏘았으며, 화살촉에는 전부 독약을 발라서 일단 화살에 맞기만 하면 피부와 살이 다 문드러져 오장육부를 드러내고 죽었다. (*이 독약은 네 개 샘물 못지않다.) 조운과 위연은 이길 수가 없어서 돌아와 공명을 보고 독화살 이야기를 했다. 공명은 직접 작은 수레를 타고 군사들 앞으로 가서 적의 허실虛實을 살펴본 다음 영채로 돌아와서 군사를 몇 마장(里) 뒤로 물려서 영채를 세우도록 했다.

만병들은 촉병이 멀찍이 물러가는 것을 바라보고는 모두들 큰 소리로 웃으면서 저희들끼리 축하를 했다. 그들은 다만 촉병들이 겁을 먹고 물러가는 것이라고만 생각하고 밤에는 안심하고 푹 잠을 자면서 정탐병도 내보내지 않았다. (*공명은 이것을 다 예상하고 있었다.)

〖 3 〗 한편 공명은 군사들을 뒤로 물리도록 조치해 놓고는 즉시 영채를 닫아놓고 싸우러 나가지 않았으며, 연달아 닷새 동안 아무런 호령도 내리지 않았다.

황혼 무렵, 갑자기 미풍微風이 불자 공명이 명을 내렸다: "모든 군사들은 각자 옷깃 한 폭씩 준비하라. 초경에 점검해서 없는 자는 그 자리에서 목을 벨 것이다."

여러 장수들은 모두 그 의도를 알지 못했다. 모든 군사들은 명령대로 준비를 했다. 초경 무렵이 되자 또 명을 내렸다: "모든 군사들은 준비한 옷깃으로 흙을 한 보자기씩 싸도록 하라. 없는 자는 그 자리에서 목을 벨 것이다."

모든 군사들은 역시 그 의도를 알지 못했으나 명령대로 준비하는 수밖에 없었다.

공명이 또 명을 내렸다: "모든 군사들은 흙 보자기를 가지고 다들 삼강성 아래로 가서 일제히 버리도록 하라. 먼저 당도한 자에게는 상이 있을 것이다."

모든 군사들은 명을 듣자 다들 깨끗한 흙을 싸가지고 나는 듯이 성城 아래로 달려갔다. 공명은 흙을 쌓아서 계단이 있는 비탈길을 만들도록 하고, 먼저 성 위로 올라가는 자에게 가장 큰 공을 인정해 주겠다고 했다.

이리하여 촉병 10여만 명과 항복해온 군사 1만여 명은 옷깃으로 싼 흙을 일제히 성 아래에 쏟아 부었다. 삽시간에 흙이 쌓여 산을 이루어 성 위로 이어졌다. 암호 소리가 울리자 촉병들은 모두 성 위로 올라갔다. (*전에 물러났기 때문에 이처럼 빨리 올라갈 수 있었다.) 만병들이 급히 쇠뇌를 쏘려고 했을 때에는 그 태반은 진즉 붙잡혀 버렸고 나머지는 성을 버리고 달아났다. 타사대왕은 혼전을 벌이던 중에 죽었다. 촉의 장수들은 군사들에게 길을 나누어 가서 만병들을 무찌르라고 독려했다.

공명은 삼강성을 취하고 나서 노획한 보물들을 전부 전군에게 상으로 나눠주었다.

만병들 중 패잔병들이 달아나서 맹획을 보고 말했다: "타사대왕은 돌아가셨고, 삼강성은 빼앗겨 버렸습니다."

맹획이 크게 놀라서 한창 걱정하고 있을 때 한 사람이 보고하기를, 촉병들은 이미 강을 건너와서 현재 본동本洞 앞에 영채를 세우고 있다고 했다.

맹획은 완전히 넋이 나가 안절부절못했다.

〖 4 〗 그때 갑자기 병풍 뒤에서 한 사람이 큰 소리로 웃으며 나오더니 말했다: "사내가 되어서 어찌 그리도 지혜가 없소? 내 비록 일개 아녀자에 불과하지만 당신을 위해 싸우러 나가겠소."

맹획이 보니 그의 처 축융부인祝融夫人이었다. 부인은 대대로 남만에서 살아온 축융씨(祝融氏: 전설에 나오는 고대의 제왕)의 후손으로, 비도飛刀를 잘 사용했는데 백 번 던지면 백 번 다 맞추었다. 맹획이 일어나서 고맙다고 말했다.

부인은 흔쾌히 말에 올라 동종同宗의 맹장들 수백 명과 새로 동원된 병사 5만 명을 이끌고 촉병과 대적하기 위해 은갱산 속의 궁궐을 나갔다. (*초선貂蟬은 여장군이라고 할 수도 있지만 일찍이 병장기를 사용해 본 적은 없었다. 손부인孫夫人은 비록 병장기를 좋아했으나 병장기를 들고 싸워 본 적은 없었다. 여기서 도리어 진정한 여장군 하나가 나온다. 〈삼국지〉 중에는 참으로 없는 것이 없다.)

그녀가 막 동洞 입구를 돌아 나가자 한 떼의 군사들이 앞을 가로막았는데, 그 우두머리 촉장蜀將은 장억張嶷이었다. 만병들은 그를 보고는 재빨리 양쪽으로 갈라섰다.

축융부인이 등에는 다섯 자루의 비도를 꽂고, 손에는 열여덟 자나 되는 긴 표창標槍을 들고 (*부인 역시 긴 표창 쓰기를 좋아하는가?) 털이 곱슬곱슬한 적토마를 타고 나왔다. 장억은 그녀를 보고 속으로 기이한 여자라고 생각했다.

두 사람은 말을 달려가서 서로 어우러져 싸웠다. 그러나 몇 합 싸우지도 않아서 부인은 말머리를 돌려 곧바로 달아났다. 장억이 그 뒤를 쫓아가는데 그때 공중에서 비도 한 자루가 떨어졌다. 장억이 급히 손으로 그것을 쳐냈으나 그만 왼팔에 꽂혀서 몸이 벌렁 뒤집혀지면서 말에서 떨어졌다. 만병들이 고함을 치면서 달려들어 장억을 묶어가지고 가버렸다.

마충은 장억이 적에게 붙잡혔다는 말을 듣고 급히 그를 구하려고 나갔으나, 그 역시 그만 만병들에게 포위되고 말았다.

마충이 고개를 들어보니 축융부인이 표창을 꼬나 잡고서 말을 탄 채 서 있었다. 마충은 화가 잔뜩 나서 그와 싸우러 앞으로 나아갔다. 바로 그때 그가 탄 말이 올가미에 걸려 쓰러져서 그 역시 사로잡히고 말았다.

모두들 장억과 마충을 압송하여 동洞 안으로 들어가서 맹획을 보았다. 맹획은 연석을 베풀어 승리를 축하했다. 부인은 도부수에게 장억과 마충을 끌고 나가 목을 베라고 호령했다.

맹획이 제지하며 말했다: "제갈량은 나를 다섯 번이나 놓아주었는데 이번에 만약 그의 장수를 죽인다면, 이는 의롭지 못한 일이오. (*결국 오랑캐 부인은 마음이 잔인해도 오랑캐 남편의 마음은 부드러웠다.) 우선 동洞 안에 가둬놓고 제갈량을 사로잡은 다음에 죽이더라도 늦지 않소."

부인은 그의 말에 따르고, 웃고 마시며 즐겼다.

〖 5 〗 한편 패잔병들이 공명에게 가서 이 일을 아뢰었다. 공명은 즉시 마대·조운·위연 세 사람을 불러와서 계책을 준 다음 각자 군사를 거느리고 앞으로 가도록 했다. (*둘이 싸우다 졌으므로 셋을 보낸 것이다.)

다음날, 조운이 싸움을 걸어왔다고 만병蠻兵이 동중에 보고했다. 축융부인은 즉시 말을 타고 맞이해 싸우러 나갔다. 두 사람이 싸우기를 몇 합 못 되어 조운은 말머리를 돌려 달아났다. 부인은 매복이 있을까 봐 두려워서 군사들에게 추격을 멈추도록 하여 돌아갔다. (*맹획의 부인은 매우 영리하다.)

위연이 또 군사를 이끌고 나가서 싸움을 걸었다. 부인이 그를 맞이하여 싸우러 말을 달려 나갔다. 둘이 한창 정신없이 싸우고 있을 때 위연이 짐짓 패한 척하고 도망쳤다. 그러나 부인은 그 뒤를 추격하지 않았다. (*또 추격하지 않는데, 결국 맹획의 부인도 맹획만큼 영리하다.)

다음날, 조운이 또 군사를 이끌고 가서 싸움을 걸자, 부인은 동병洞兵들을 거느리고 그를 맞이해 싸우러 나갔다. 두 사람이 서로 몇 합 못 싸웠을 때 조운은 짐짓 패한 척하고 달아났다. 부인은 표창을 세워들더니 그 뒤를 쫓아가지 않았다. 부인이 군사를 수습해서 동중으로 돌아가려고 할 때 위연이 군사들을 이끌고 나와서 일제히 큰 소리로 욕설을 퍼부었다. 부인은 급히 창을 꼬나들고 위연에게 덤벼들었다. 위연은 말머리를 돌려 곧바로 달아났다. 부인은 화가 잔뜩 나서 그 뒤를 쫓아갔다.

위연이 급히 말을 달려 산속 작은 길로 들어갔을 때 갑자기 등 뒤에서 콰당! 하는 소리가 나서 위연이 고개를 돌려 보니, 부인이 안장 위로 몸이 번쩍 쳐들리면서 말에서 떨어지고 있었다.

이 어찌된 일인고 하니, 마대가 이곳에 매복해 있다가 올가미로 부인이 타고 있는 말의 다리를 걸어 잡아당겨서 쓰러뜨린 것이다. 그 자리에서 마대는 부인을 사로잡아 결박해 가지고 대채로 압송해 갔다. (*전에 공명이 준 계책이 여기 와서 비로소 분명히 서술된다.)

만병 장수들과 군사들이 모두 부인을 구하기 위해 달려왔으나, 조운이 한바탕 쳐서 쫓아버렸다.

공명이 막사 안에 단정히 앉아 있는데, 마대가 축융부인을 압송해 왔다. 공명은 급히 무사에게 그 결박을 풀어주도록 했다. 그리고는 다른 막사로 데리고 가서 술을 주어 놀란 가슴을 진정시키도록 한 다음, 사자를 맹획에게 보내서 부인을 돌려보내 줄 테니 장억과 마충 두 장수와 바꾸자고 제안하도록 했다.

맹획은 그 제안을 승낙하고 즉시 장억과 마충을 풀어주어 공명에게 돌아가도록 했다. 공명도 곧바로 부인을 동洞으로 돌려보내 주었다. 맹획은 부인을 맞이해 들이면서 한편으로는 기뻐하고 한편으로는 화가 났다.

〖 6 〗 그때 갑자기 팔납동八納洞의 동주洞主가 당도했다고 알려왔다. 맹획이 그를 영접하러 동洞 밖으로 나가서 보니, 그 사람은 흰 코끼리(白象)를 타고, 몸에는 금은주옥이 주렁주렁 달린 목걸이를 하고, 허리에는 큰 칼 두 자루를 차고, 호랑이와 표범과 승냥이와 이리를 기르는 한 무리의 사람들을 거느리고 무리를 지어 동 안으로 들어오고 있었다.

맹획은 그에게 재배를 하고 애원하면서 이제까지의 일을 하소연했다. 목록대왕木鹿大王이 원수를 갚아주겠다고 말하자 맹획은 크게 기뻐하면서 연석을 베풀어 그를 대접했다.

다음날, 목록대왕은 본동의 병사들과 맹수를 이끌고 싸우러 나갔다. 조운과 위연은 만병들이 싸우러 온다는 말을 듣고 군사들로 진형을 펼쳤다. 두 장수가 말고삐를 나란히 하여 진 앞에 서서 보았더니 만병의 기치와 병장기들은 전부 다 제각각이었다. 사람들은 대부분 옷도 갑옷도 입지 않은 완전히 발가벗은 알몸이었으며, 얼굴은 추하게 생겼고, 몸에는 끝이 뾰족한 첨도尖刀를 네 자루씩 차고 있었다. 군중에서는 북을 치거나 나팔을 불지 않고 다만 병장기를 두드리는 것으로 신호를 삼고 있었다.

허리에는 보도寶刀 두 자루를 차고, 손에는 과일꼭지 모양의 체종(蒂鍾)을 들고, 흰 코끼리를 타고 있는 목록대왕이 큰 깃발들 사이로 나왔다. (*촉의 장수의 눈에 비친 모습으로 목록대왕의 위세를 그리고 있다.) 조운이 그것을 보고 위연에게 말했다: "우리가 싸움터에서 한평생을 보냈지만 이런 인물은 여태 본 적이 없소."

두 사람이 한창 주저하고 있을 때, 목록대왕은 입으로 무슨 소린지 알 수 없는 주문을 외우면서 손으로 체종을 흔들었다. (*주문을 외우고 체종을 흔드는 것이 오늘날의 중이나 도사들과 극히 닮았다. 내가 두려워하는 것은 중이나 도사들의 해독 역시 목록대왕보다 못하지 않다는 것이다.)

그러자 갑자기 광풍이 크게 일면서 모래가 날아가고 돌멩이가 구르는 것이 마치 소낙비가 쏟아지는 듯했다. 그때 대나무 나팔소리가 울리더니 호랑이와 표범, 승냥이와 이리, 독사와 맹수들이 바람을 타고 뛰쳐나왔는데, 모두 입을 쩍 벌려 이빨을 드러내고 앞발톱을 마구 흔들면서(張牙舞爪) 돌진해 왔다.

촉의 군사들이 그들을 무슨 수로 당해낼 수 있겠는가. 곧바로 뒤로 물러나자 만병들이 그 뒤를 따라서 쳐들어왔는데, 곧장 삼강 지경까지 쫓아왔다가 비로소 돌아갔다.

〖 7 〗 조운과 위연은 패잔병을 수습하여 공명의 막사 앞으로 가서 죄를 청하면서 이 일을 자세히 보고했다.

공명이 웃으면서 말했다: "이것은 그대 두 사람의 죄가 아니오. 나는 초려草廬에서 나오기 전에 이미 남만에는 호랑이와 표범을 부리는 법이 있다는 것을 알고 촉에 있을 때 이미 그 진세陣勢를 깨뜨릴 물건을 준비해 두었소. 우리 군사들의 뒤를 따라온 수레 20량이 있는데 그것들을 모두 봉해서 이곳에 갖다 놓았소. (*수레 안에 무슨 물건이 있는지 짐작도 할 수 없도록 한다.) 오늘은 우선 그 반만 쓰고 반은 남겨 두었다가 후일에 따로 쓸데가 있소."(*일찌감치 일곱 번 사로잡을(七擒) 복선을 깔아 놓는다.)

그리고는 좌우에 붉은 칠을 한 궤짝이 실린 수레 10량을 막사 앞으로 끌어오라고 명하고, 검은 칠을 한 궤짝이 실린 수레 10량은 뒤에 남겨두라고 명했다. 사람들은 모두 그 말하는 뜻을 이해하지 못했다.

공명이 궤짝을 여는데 보니, 그 안에 들어 있는 것은 모두 나무를 깎아 그림을 그려 넣은 거대한 짐승들로, 전부 오색 털실로 털옷을 만들어 입히고 강철로 이빨과 발톱을 만들어 붙였는데, 나무 짐승 한 개마다 열 사람이 탈 수 있었다. (*나중의 목우木牛, 유마流馬와 흡사하다.) 공명은 건장한 군사 1천여 명을 뽑아서 나무로 만든 짐승 1백 개를 받아 그 안에다 연화煙火 물질을 넣어서 군중에 숨겨놓도록 했다.

다음날, 공명이 군사들을 휘몰고 나아가 동구 앞에 벌려 섰다. 만병이 이 사실을 탐지하여 동중으로 들어가서 만왕에게 보고했다. 목록대왕은 자신에게 대적할 자는 없다고 큰소리치면서 즉시 맹획과 같이 동병洞兵들을 이끌고 나갔다.

공명은 윤건綸巾을 쓰고 우선羽扇을 들고 몸에는 도포를 입고 수레 위에 단정히 앉아 있었다.

맹획이 손가락으로 가리키며 말했다: "저 수레 위에 앉아 있는 자가 바로 제갈량입니다! 저 사람만 사로잡으면 대사는 끝납니다!"

목록대왕이 입으로는 주문을 외우고 손으로는 체종을 흔들었다. 순식간에 광풍이 크게 일더니 맹수들이 뛰쳐나왔다. 그러나 공명이 우선羽扇을 한 번 흔들자 그 바람은 곧바로 방향을 돌려 상대편 진중으로 불었다. (*공명은 바람을 빌릴 수도 있고 물리칠 수도 있다.) 촉의 진영에서 가짜 짐승들이 무더기로 쏟아져 나가자 만동蠻洞의 진짜 짐승들은, 촉 진영의 거대한 짐승들이 입으로는 화염을 토하고 코로는 시커먼 연기를 뿜고, 몸으로는 구리 방울을 흔들면서 이빨을 드러내고 발톱을 흔들면서 흉측한 모습으로 오는 것을 보고는 모든 악수惡獸들이 감히 앞으로 나아가지 못하고 전부 방향을 돌려 만동 쪽으로 달아나면서 반대로 만병들을 들이받아, 무수히 많은 자들을 쓰러뜨렸다. (*진짜가 가짜를 깨뜨리는 것이 아니라, 반대로 가짜가 진짜를 깨뜨린다.)

공명은 군사들을 휘몰아 기세 좋게 나아가면서 일제히 북을 치고 나팔을 불며 앞으로 추격해 갔다. 목록대왕은 어지러이 싸우는 중에 목숨을 잃고 말았다. 동洞 안에 있던 맹획의 종족 무리들은 모두 궁궐을 버리고 산을 기어올라 고개를 넘어 달아나버렸다. 공명의 대군이 은갱동銀坑洞을 점령했다.

〖 8 〗 다음날, 공명이 맹획을 잡으러 군사를 나누어 보내려고 하고 있을 때 갑자기 보고해 왔다: "만왕 맹획의 처남 대래동주帶來洞主가 맹획에게 항복을 권했으나 맹획이 듣지 않자 지금 맹획과 축융부인 및 그 족당 수백여 명을 모조리 사로잡아 승상께 바치러 왔습니다."

공명은 보고를 듣고 즉시 장억과 마충을 불러서 여차여차하게 하라고 분부했다.

두 장수가 계책을 받고 2천 명의 정예병들을 이끌고 가서 낭하 양편에 매복시켜 놓았다. 공명은 즉시 수문장에게 그들을 모두 들여보내라고 했다. 대래동주는 도부수들을 이끌고 맹획 등 수백 명을 압송해 들어와서 대전 아래에서 절을 했다.

공명이 큰 소리로 호통을 쳤다: "저놈들을 다 사로잡아라!"

그러자 낭하 양편에 매복해 있던 군사들이 일제히 뛰어나와서 두 사람이 한 사람씩 붙잡아 모조리 단단히 결박을 지었다. (*이번으로 여섯 번째 사로잡은(六擒) 것이다.)

공명이 크게 웃으며 말했다: "네 따위 놈의 하찮은 속임수로 어찌 나를 속일 수 있겠느냐! 너희 본동 사람들이 두 차례나 너를 붙잡아

와서 항복했을 때, 나는 너를 해치지 않고 살려주었다. 그러자 네 놈은 내가 너를 깊이 믿어주는 줄로 생각하고 거짓으로 항복해 와서 동중洞中에서 나를 죽이려고 한 것이다!" (*맹획 쪽의 계책을 공명 쪽에서 설명하고 있다.)

공명은 무사들에게 그들의 몸을 뒤져 보라고 했다. 과연 그들은 각각 날카로운 칼들을 차고 있었다.

공명이 맹획에게 물었다: "너는 전번에 말하기를, 너희 동네에서 사로잡혀야만 비로소 마음으로 복종하겠다고 했다. 오늘은 어떠냐?"

맹획曰: "이번 일은 우리가 제 발로 죽으러 온 것이지 당신의 능력이 아니다. 나는 마음으로 복종할 수 없다." (*남만인의 교설巧舌이다.)

공명曰: "내가 너를 여섯 번이나 사로잡았는데도 여전히 복종하지 않는다면, 도대체 언제까지 기다리라는 말이냐?"

맹획曰: "당신이 나를 일곱 번째 사로잡는다면 내 그때는 마음을 다해 진심으로 항복하고 맹세코 다시는 배반하지 않겠소."

공명曰: "너희 소굴巢窟이 이미 깨졌는데 내가 무엇을 우려하겠는가!"

공명은 무사들에게 전부 결박을 풀어주도록 하고 그들을 야단쳤다: "다음번에 사로잡히고도 다시 만약 딴소리를 한다면 결코 가벼이 용서하지 않을 것이다!"

맹획 등은 머리를 감싸 쥐고 달아나는 쥐새끼들처럼 떠나갔다. (*이번으로 여섯 번째 놓아준(六縱) 것이다. 놓아준 방법이 이전과는 다르다.)

〖 9 〗 한편 만병 패잔병들이 1천여 명 있었는데, 그들 중 태반은 부상을 입고 도망가다가 마침 만왕 맹획을 만났다. 맹획은 패한 군사들이나마 거두고 나니 마음속으로 적이 기뻐서 대래동주와 상의했다: "나는 지금 동부洞府까지 촉병들에게 점령당하고 말았는데, 이제 어

디로 가서 몸을 붙여야 하나?"

대래동주曰: "촉병을 깨뜨릴 수 있는 나라는 단 하나밖에 없습니다."

맹획이 기뻐하며 말했다: "어디로 가면 되느냐?"

대래동주曰: "여기서 동남쪽으로 7백 리 가면 오과국烏戈國이라고 하는 나라가 있습니다. 그 나라 임금 이름은 올돌골兀突骨인데, 키가 2장(丈: 一장은 10자)이나 되고 오곡五穀은 먹지 않고 밥 대신에 살아있는 뱀과 무서운 짐승을 잡아먹으며,(*뱀으로 국을 끓여 먹고 밥 대신 코끼리 고기를 삶아 먹는 것과 별로 다를 게 없다.) 몸에는 비늘이 있어서 칼이나 화살이 들어갈 수 없습니다.

그의 수하 군사들은 전부 등나무를 말려서 만든 갑옷, 즉 등갑藤甲을 입습니다. (*목록대왕의 군사들은 갑옷을 입지 않았는데, 오과국의 병사들은 등갑을 입는다. 갈수록 기이하다. 그 군사들이 등나무로 갑옷을 만들어 입는 것은 그 대왕의 몸에 두꺼운 비늘이 있는 것보다 못하다.)

그 등나무는 산골짜기 개울 가운데 있는 암벽 안에서 뒤엉켜 자라는데, 그곳 사람들은 그것을 채취해서 기름에 담가두었다가 반년이 지나서야 꺼내어 볕에 말리고, 다 마르면 다시 담그기를 10여 차례나 반복한 후에야 비로소 갑옷을 만듭니다. (*훌륭한 인화引火 물질이다.) 그것을 몸에 걸치면 강을 건너도 가라앉지 않고, 물이 묻어도 젖지 않으며, 칼이나 화살도 뚫고 들어갈 수 없습니다. 그래서 그들을 '등갑군藤甲軍' 이라고 부릅니다. (*물도 겁 안 나고 쇠도 겁 안 나는데, 다만 불은 막을 수가 없다.)

지금 대왕께서 직접 가서 도움을 청해 보시지요. 만약 그의 도움만 얻게 된다면 제갈량을 사로잡는 일은 마치 예리한 칼로 대나무를 쪼개는 것처럼 쉽습니다."

맹획은 크게 기뻐하면서 곧바로 오과국으로 올돌골兀突骨을 만나보러 갔다. 가서 보니 그곳 동중에는 집이라고는 없고 모두들 토굴 속에서 살고 있었다. 맹획은 동중으로 들어가서 올돌골에게 재배하고 지난 일을 애처롭게 호소했다.

올돌골이 말했다: "내 본동本洞의 군사들을 일으켜 당신의 원수를 갚아주겠다."

맹획은 기뻐서 고맙다고 절을 했다.

이에 올돌골은 군사들을 지휘하는 두 명의 부장(俘長: 대장에 해당함)인 토안土安과 해니奚泥를 불러서 모두 등갑을 입은 군사 3만 명을 동원하여 오과국을 떠나 동북쪽을 향해 나아가도록 했다.

행군해 가다가 도화수桃花水라고 하는 강에 이르렀다. 강 양쪽 기슭에는 복숭아나무들이 있는데 해마다 그 잎들이 강물 속에 떨어진다. 그 물은 다른 나라 사람이 마시면 모두 다 죽지만 오과국 사람이 마시면 도리어 원기가 갑절이나 솟아나는 물이었다. 올돌골의 군사들은 도화강 나루터(桃花津)에 이르러 영채를 세우고 촉병들을 기다렸다.

〖 10 〗 한편 공명이 남만 사람을 시켜서 맹획의 소식을 알아보도록 했더니, 그가 돌아와서 보고했다: "맹획이 오과국 임금에게 지원을 요청하여, 오과국에서 3만 명의 등갑군을 이끌고 와서 현재 도화강 나루터에 주둔해 있습니다. 맹획은 또 각 번番에서 만병들을 불러 모아 힘을 합쳐서 항전하려 하고 있습니다."(*장차 항복하기 위해서는 이때 반드시 한판 크게 싸워서 결말을 내야 했다.)

공명은 그 말을 듣고 군사들을 데리고 대거 나아가 곧바로 도화강 나루터에 이르렀다. 건너편 강기슭에는 만병들이 보였는데, 몹시 추악하게 생겨 사람 같지 않았다. 또 그 고장 사람에게 물어보니 바로 그날 복숭아나무 잎이 한창 떨어지고 있어서 물을 마셔서는 안 된다고 했다. 공명은 다섯 마장(里) 뒤로 물리어 영채를 세우고 위연을 남겨두어 지키도록 했다.

다음날, 오과국 임금이 한 떼의 등갑군을 이끌고 징과 북을 크게 울리며 강을 건너왔다. 위연이 맞이해 싸우러 군사들을 이끌고 나갔다. 만병들은 땅을 뒤덮으며 몰려왔다. 촉병들이 쇠뇌 살(弩箭)로 등갑 위를 쏘아 맞혔으나 하나도 뚫지 못하고 전부 땅에 떨어졌다. 칼로 찍고 창으로 찔렀으나 역시 들어가지 않았다. 만병들은 모두 예리한 칼과 쇠스랑(鋼叉)을 사용하니 촉병들이 어떻게 당해 낼 수 있겠는가? 모두 패해서 달아났다. 만병은 쫓아오지 않고 돌아갔다.

위연이 다시 돌아서서 만병의 뒤를 쫓아 도화강 나루터에 이르러 보니 만병들은 갑옷을 입은 채로 물을 건너가는데, 그 중에는 지치고 피곤한 자들이 갑옷을 벗어 물 위에 띄워놓고 그 위에 앉아서 건너가는 자들도 있었다. (*갑옷을 가지고 배를 대신하다니, 더욱 기이하고 환상적이다.)

위연은 급히 본채로 돌아가서 공명에게 그 이야기를 자세히 아뢰었다.

공명은 여개呂凱와 그 고장 사람을 불러와서 물어보았다.

여개曰: "저는 일찍이 남만 지방에는 오과국이란 나라가 있는데, 그들에게는 인륜人倫이라는 게 없다고 들었습니다. 게다가 그들은 등갑藤甲으로 몸을 보호하고 있어서 급히 그들을 죽이기는 어렵다고 했습니다. 또 복숭아나무 잎이 떨어지면 독물로 변하는 나쁜 물이 있는데, 본국 사람들이 마시면 도리어 원기가 배나 왕성해지지만 다른 나라 사람이 그것을 마시면 즉사한다고 합니다. 이러한 남만 지방을 설령 완전히 평정한다고 하더라도 유익할 게 뭐 있습니까? 차라리 군사를 되돌려 빨리 돌아가는 게 나을 것 같습니다."

공명이 웃으며 말했다: "우리가 여기까지 오기가 얼마나 어려웠는데 어찌 곧바로 돌아간단 말인가! 내 내일에는 따로 만병을 평정할 계책을 마련할 것이다."(*아직도 열어서 사용하지 않은 수레 열 대 분량의 기름칠한 궤짝이 있다.)

이리하여 조운에게 위연을 도와 영채를 지키도록 하되 당분간 가벼이 싸우러 나가지 말라고 했다.

〖 11 〗 다음날, 공명은 그 고장 사람에게 길을 안내하도록 하여 직접 작은 수레를 타고 도화 나루터 북쪽 기슭의 산속으로 가서 그곳 지리를 두루 살펴보았다. 산이 험하고 고개가 가파른 곳에서는 수레가 더 이상 갈 수 없어서 공명은 수레를 버리고 걸어갔다. 문득 어느 한 산에 이르러서 골짜기를 바라보니 생긴 모양이 마치 긴 뱀과 같은데, 전부 높고 가파른 암벽으로 되어 있는데다 나무라고는 전혀 없었고, 그 가운데로 큰길이 나 있었다.

공명이 그 고장 사람에게 물었다: "이 골짜기 이름이 무엇이냐?"

그 고장 사람이 대답했다: "이곳은 반사곡盤蛇谷이라고 합니다. (*후에 화룡동火龍洞으로 바뀐다.) 골짜기를 나가면 바로 삼강성三江城으로 통하는 큰길이 나오고, 골짜기 앞은 탑랑전塔郎甸이라고 하는 곳입니다."

공명이 크게 기뻐하며 말했다: "이곳은 바로 하늘이 나에게 성공을 내려주시려는 곳이다."

그리고는 곧바로 왔던 길로 되돌아가서 수레에 올라 영채로 돌아와서 마대를 불러 분부했다: "네게 검은 칠을 한 궤짝을 실은 수레 열 대를 줄 테니 대나무 장대 일천 개를 사용하여 (*대나무 장대로 등갑을 상대하니, 양쪽 다 초목문草木門이다.) 궤 안에 들어 있는 물건을 여차여차하게 하라. 그리고 휘하 군사들을 데리고 가서 반사곡 양쪽 어귀를 지키고 있다가 시킨 대로 하도록 하라. 네게 반 달 기한을 줄 테니 모든 것을 완벽하게 준비해서 기일이 되거든 여차여차하게 해놓도록 하되 만약 비밀이 새나가는 경우에는 반드시 군법대로 다스릴 것이다."

마대가 계책을 받아 떠나갔다.

또 조운을 불러서 분부했다: "장군은 반사곡 뒤로 가서 삼강성으로 통하는 큰길 어귀를 여차여차하게 지키도록 하되, 소용所用되는 물건들은 그날까지 완비하도록 하시오."

조운이 계책을 받아 떠나갔다.

또 위연을 불러서 분부했다: "장군은 휘하 군사들을 이끌고 도화 나루터로 가서 영채를 세우도록 하시오. 만약 만병들이 물을 건너서 싸우러 오거든 곧바로 영채를 버리고 흰 기가 꽂혀 있는 곳을 향해 달아나시오. 반 달 이내에 연달아 열다섯 번 싸움에 패해야만 하고, 일곱 개 영채를 버려야만 하오. 만약 싸움에서 열네 번까지 패하더라도 나를 보러 오지 마시오."(*적의 마음을 교만하게 만들려는 계책인데, 참으로 기묘하다.)

위연은 명을 받았으나 속으로는 기분이 나빠서 불만을 품고 떠나갔다. (*지금 싸우기를 겁내는 자가 만약 이런 군령을 받았다면 어찌 기뻐하지 않겠는가?)

공명은 또 장익張翼을 불러서 따로 일군을 이끌고 지시해준 곳에다가 영채와 울타리를 세우러 가도록 했다. 그런 다음 장억과 마충으로 하여금 항복해온 남만 병사 일천 명을 이끌고 가서 여차여차하게 하도록 했다. (*이는 항병降兵을 이용하여 맹획을 속이려는 것이다. 묘한 것은 곧바로 설명하지 않는 것에 있다.) 각자 모두 계책대로 하기 위해 떠나갔다.

〖 12 〗 한편 맹획은 오과국 임금 올돌골에게 말했다: "제갈량은 교묘한 계교가 많은데, 그것은 오로지 매복을 이용하는 것이오. 앞으로 싸울 때에는 삼군에 지시하여 산 계곡 안에 나무가 많은 곳을 보거든 절대로 가벼이 나아가서는 안 된다고 하시오."

올돌골曰: "대왕의 말씀에 일리가 있소. 나도 이미 중국 사람들은 간교한 계책을 많이 쓴다는 것을 알고 있소. 이후로는 말해 준 대로 할 것이오. 나는 전면에서 싸울 테니 당신은 배후에서 지도해 주시오."

두 사람은 의논을 마쳤다.

그때 갑자기 보고해 오기를, 촉병들이 도화 나루터 북쪽 강기슭에 영채를 세우고 있다고 했다.

올돌골은 즉시 두 대장(俘長)을 보내서 등갑군을 이끌고 강을 건너가 촉병과 싸우도록 했다. 몇 합 싸우지도 않아 위연은 패해서 달아났다. (*이것이 첫째 날의 패배이다.) 만병들은 매복이 있을까봐 두려워서 쫓지 않고 스스로 돌아갔다.

다음날 위연이 또 가서 영채를 세웠다. 만병 쪽에서 이를 탐지해 내서는 또 많은 군사들이 강을 건너 싸우러 왔다. 위연은 맞이해 싸우러 나갔으나 몇 합 싸우지 않고 패하여 달아났다. (*이것이 두 번째 날의 패배이다.) 만병들은 그 뒤를 몰아쳐서 10여 리나 쫓아갔는데, 사방을 살펴보아도 아무런 동정이 없으므로 곧바로 촉의 영채 안으로 들어가서 주둔했다. (*첫 번째로 영채를 버린 것이다.)

다음날, 두 대장(俘長)이 올돌골을 영채로 청해 와서 이 일을 이야기해 주었다. 올돌골은 즉시 군사들을 이끌고 대거 나아가 위연을 쫓아가며 한바탕 싸웠다. 촉병들은 모두 갑옷을 벗어버리고 창을 내던지고 달아났다. (*버린 갑옷을 만병들은 쓸 줄 몰랐다. 이것이 제3일 째의 패배이다.) 그러다가 앞에 백기白旗가 있는 것을 보고 위연은 패한 군사들을 이끌고 급히 백기가 있는 곳으로 달려가 보니, 일찌감치 영채 하나가 세워져 있어서 곧바로 그 영채 안으로 들어가서 주둔했다. 올돌골이 군사를 몰고 쫓아왔고, 위연은 군사를 이끌고 영채를 버리고 달아났다. (*두 번째로 영채를 버린 것이다.) 만병들은 촉병의 영채를 차지했다.

다음날, 또 올돌골이 앞을 향해 쳐들어갔다. 위연은 군사를 돌려서 싸우다가 미처 세 합도 싸우지 못하고 또 패하여 (*이것이 제4일 째의 패배이다.) 백기가 꽂혀 있는 곳을 바라보고 달려가니, 또 영채가 하나 서 있어서 위연은 그 영채 안으로 들어가서 군사를 주둔시켰다.

다음날 만병들이 또 추격해 왔다. 위연은 대충 싸우다가 또 달아났다. (*이것이 제5일 째의 패배이다.) 만병은 촉병의 영채를 점거했다. (*세 번째로 영채를 버린 것이다.)

〖 13 〗 장황한 이야기는 그만하기로 한다. 위연은 잠시 싸우다가 달아나고 또 잠시 싸우다가 달아나는 식으로 이미 열다섯 번이나 싸움에 지고 연달아 영채 일곱 개를 버렸다. (*앞에서는 싸움에 진 것도 날마다 얘기하고 영채 버린 것도 날마다 얘기하다가 여기에 이르러서는 뭉뚱그려서 한꺼번에 얘기하는데, 이는 생필법省筆法이다.) 만병들은 기세 좋게 추격해 왔다. 올돌골은 직접 선두에서 적을 깨뜨렸으나, 도중에 수목이 무성한 곳만 보면 곧바로 감히 나아가지 못하고 사람을 시켜서 멀리 살펴보도록 했는데, 과연 나무 그늘 속에 깃발들이 바람에 펄럭이고 있는 것이 보였다. (*공명의 의병계疑兵計가 올돌골의 눈을 통해 지적되고 있다.)

올돌골이 맹획에게 말했다: "과연 대왕의 예상과 다르지 않소."

맹획이 크게 웃으며 말했다: "제갈량의 계략이 이번에는 나에게 들켜 버렸소. 대왕은 그를 연일 열다섯 번이나 이기고 영채도 일곱 개나 빼앗았소. 촉병들은 이제 소문만 듣고도 달아나는 형편이오. 제갈량은 이미 더 써 볼 계책도 없어졌으므로, 이번에 한 번만 더 밀고 나가면 대사는 결판나고 말 것이오." (*저들은 이미 간담이 떨어진 후이므로 저들이 교만한 마음을 갖도록 하기가 몹시 어려웠다. 이미 여섯 번이나 사로잡혀서 좌절을 겪은 후이므로 반드시 이번에는 열다섯 번이나 되는 승리를 맛보임으로써 저들이 교만해지도록 해야 했다.)

올돌골은 크게 기뻐하며 마침내 더 이상 촉병을 신경 쓰지 않았다.

〖 14 〗 열엿새 째 되는 날, 위연은 패잔병들을 이끌고 가서 등갑군과 대적했다. 올돌골이 코끼리를 타고 앞장을 섰는데 머리에는 해와 달을 수놓은, 이리 수염으로 짜서 만든 모자(日月狼鬚帽)를 쓰고, 몸에는 금은주옥이 주렁주렁 달린 목걸이를 걸고, 양편 갈빗대 아래로 비늘을 드러내고, 눈에서는 가느다란 빛을 뿜으면서, (*위연의 눈에 비친 올돌골의 위세를 묘사함으로써 공명의 승리가 어려운 것이었음을 드러내 보이고 있다.) 손으로 위연을 가리키며 크게 꾸짖었다. 위연은 말머리를 돌려 곧바로 달아났다. 뒤에서는 만병들이 대거 쫓아왔다.

위연은 군사들을 이끌고 반사곡을 돌아 지나서 백기를 바라보고 달아났다. 올돌골은 만병들을 거느리고 그 뒤를 추격해 갔다. 올돌골은 산 위에 초목이 전혀 없는 것을 보고 매복이 없다고 생각하여 마음 놓고 추격해 갔다.

반사곡 안으로 쫓아 들어가니, 검은 칠을 한 궤짝이 실린 수레 수십 대가 길에 놓여 있었다. 만병이 보고했다: "여기는 촉병들이 군량을 운반하는 길인데, 대왕의 군사가 이르자 군량을 실은 수레들을 내버리고 달아난 것입니다."

올돌골은 크게 기뻐하며 군사들을 재촉하여 계속 추격하도록 했다. 장차 계곡 어귀를 나가려고 할 때까지 촉병들은 보이지 않았다. 그때 갑자기 통나무(橫木)들과 돌들이 어지럽게 굴러 떨어지면서 계곡 어귀를 막아버렸다. 올돌골은 군사들에게 길을 열어 나아가라고 했다.

그때 문득 보니 전면에 크고 작은 수레들에 실려 있는 마른 나무들에 모조리 불이 붙어 타기 시작하는 것이었다. 올돌골은 급히 군사들에게 뒤로 물러나라고 명했다. 바로 그때 후군에서 함성이 일어나면서 보고해 오기를, 계곡 입구는 이미 마른 나무들을 쌓아 길을 막아 놓았으며, 수레 안에 있는 물건들은 원래 모두 화약인데 일제히 불이 붙었다고 했다. (*등갑군의 몸에도 이미 따로 각자가 화약을 갖고 있는 것과 같았다.)

올돌골은 주위에 초목이 전혀 없는 것을 보고 속으로는 여전히 느긋해 하면서, (*등갑군의 몸에도 이미 따로 각자가 초목을 갖고 있는 것과 같았는데 말이다.) 군사들에게 길을 찾아 달아나라고 지시했다.

바로 그때 산 위 양편에서 횃불이 마구 내던져졌는데,(*불이 위에서 아래로 떨어졌다.) 횃불이 떨어지는 곳에서는 땅속에 묻어놓은 화약 도화선에 불이 붙어 땅에서 철포鐵砲가 날아올랐다. (*불이 아래에서 위로 올라갔다.) 온 계곡 안은 화광火光이 난무했다. 불이 등갑藤甲에 떨어지기만 하면 불붙지 않는 게 없어서 올돌골과 그 수하 3만 명의 등갑군은 반사곡 안에서 서로 꼭 껴안고 불에 타 죽었다. (*공명이 이전에 몇 번 쓴 화공은 모두 옆으로 번져가는 불이었다. 그러나 이번에는 위에서 아래로 떨어지는 불이었다.)

공명이 산 위에서 아래로 내려다보니, 만병들은 계곡 안에서 불에 타 죽어가면서 주먹을 펴고 다리를 뻗었으며, 태반은 계곡 안에서 철포에 맞아 머리와 얼굴이 산산조각 나서 죽었으며, 시신이 타는 악취는 도저히 맡을 수가 없었다.

공명은 눈물을 흘리며 탄식했다: "내 비록 사직社稷에는 공을 세웠으나 틀림없이 내 명命은 줄어들 것이다!"(*이는 후세에 사람 죽이기를 좋아하는 자를 위한 설교일 뿐이다. 오장원五丈原에서 별이 떨어진 것이 어찌 이것 때문이겠는가? 만약 정말로 그렇다면, 신야新野와 박망博望 전투 전후의 20만 병사들과 적벽대전에서의 83만 병사들 가운데 살아서 돌아간 자들은 거의 없었는데, 그들은 이때 죽은 등갑군보다 훨씬 더 많았다.)

좌우의 장수와 군사들로 그 말을 듣고 비감해져 탄식하지 않는 자가 없었다.

〖 15 〗 한편 맹획이 영채 안에서 만병들의 회보回報를 기다리고 있는데, 그때 갑자기 1천여 명의 사람들이 영채 앞에서 웃으며 절을 하고 말했다: "오과국 군사들이 촉병과 대판 싸워 제갈량을 반사곡 안에 포위하고 있습니다. 그래서 특히 대왕께 그리로 오셔서 지원해 달라고 청하도록 하셨습니다. 저희는 모두 본동本洞 사람들인데, 부득이하여 촉에 항복을 했었으나 지금 대왕께서 여기 오신 것을 알고 일부러 싸움을 도우러 왔습니다."(*전번에 계책을 받았던 항졸들의 역할이 이때 비로소 밝혀진다.)

맹획은 크게 기뻐하면서 즉시 종족 무리들과 불러 모은 각 번番의 사람들을 이끌고 그날 밤 말에 올라 만병으로 하여금 길을 안내하도록 했다. 반사곡에 막 당도해 보니 화광이 크게 일어나고 악취가 코를 찔렀다.

맹획이 계략에 걸려든 것임을 알고 급히 군사를 물리려 할 때 왼편에서는 장억張嶷이, 오른편에서는 마충이 두 방면으로 쳐들어왔다. 맹획이 막 대항하려고 하는데 와! 하는 함성이 일어나서 보니, 만병들 중에 태반이 촉병이었다. 그들은 만왕의 종족 무리들과 불러 모은 번番의 사람들을 모조리 사로잡아버렸다. 맹획은 필마단기로 겹겹이 에워싸고 있는 포위망을 뚫고 산길을 향해 달아났다. (*맹획이 이때 즉시 사로잡히지 않은 것이 묘하고 곡절曲折도 있다.)

한창 달아나고 있을 때 산굽이에서 한 떼의 군사들이 작은 수레 한 대를 에워싸고 나오는 것이 보였다. 그 수레 안에는 머리에는 윤건을 쓰고 손에는 우선羽扇을 들고 몸에는 도포를 입은 한 사람이 단정하게 앉아 있었는데, 그는 바로 공명이었다.

공명이 큰소리로 호통을 쳤다: "맹획 이 역적 놈아! 이번에는 어찌할 테냐!"

맹획이 급히 말을 돌려서 달아나는데 옆에서 한 장수가 선뜻 내달아

앞길을 가로막았다. 바로 마대였다. 맹획은 미처 손을 써볼 새도 없이 마대에게 산 채로 사로잡히고 말았다. (*이것이 일곱 번째 사로잡힌(七擒) 것이다.) 이때 왕평과 장익은 이미 일군을 이끌고 만병의 영채로 쫓아가서 축융祝融 부인과 늙은이와 어린애들을 모조리 다 사로잡아 가지고 왔다. (*맹획은 일곱 번째로 망신을 당하고, 그의 아내는 두 번째로 망신을 당한다.)

〖 16 〗 공명은 영채로 돌아오자 막사에 들어가 앉아 여러 장수들에게 말했다: "내 이번의 계책은 부득이해서 썼지만 음덕陰德을 크게 손상시킨 것이었다. 나는 예상하기를, 적들은 틀림없이 내가 수목이 무성한 곳에 매복시켜 놓았을 것으로 생각할 것이므로, 나는 반대로 그곳에다 정기들만 세워놓고 실제로는 군사들을 매복시켜 놓지 않았다. 그렇게 해서 저들이 의심을 품도록 하려는 것이었다. (*그 마음에 의심을 품음으로써 다른 곳으로 나아가지 못하도록 하려는 것이었다.)

내가 위연으로 하여금 연달아 열다섯 번이나 싸움에서 패하라고 했던 것은 추격하려는 그들의 마음을 굳혀주기 위해서였다. (*그 마음을 굳혀 줌으로써 한 곳으로 계속 추격해 가도록 한 것이다.)

나는 반사곡에는 길이 하나뿐이고 양쪽으로는 전부 돌뿐이며 나무라고는 전혀 없고 바닥에는 전부 모래만 있는 것을 보고는 마대로 하여금 검은 칠을 한 궤짝을 골짜기 안에다 늘어놓도록 했다.

수레 안의 검은 칠을 한 궤짝 속에는 모두 내가 미리 만들어 두었던 대포大砲가 들어 있었는데, 그것을 '지뢰地雷'라고 부른다. (*선생은 바람도 쓸 줄 알았고 지뢰도 쓸 줄 알았다.) 대포 하나에는 작은 포환砲丸이 아홉 개씩 들어 있는데, 그것을 삼십 보步마다 하나씩 묻어 놓고, 그 사이는 긴 대나무의 마디를 뚫어 도화선導火線을 연결했다. 그러자 비로소 한 번 터지면 산이 무너지고 돌이 갈라지게 되었던 것이다.

나는 또 조자룡으로 하여금 마른 풀을 실은 수레들을 준비해서 그것들을 골짜기 안에 늘어놓도록 했고, 산 위에다 통나무와 돌덩이들을 준비해 두도록 했다. 그런 후에 위연으로 하여금 올돌골과 등갑군들을 속여서 골짜기 안으로 들어오게 하고는 위연이 빠져나간 후 즉시 그 길을 끊고나서 그들을 불태우도록 한 것이다. (*여기서 비로소 앞에서 있었던 일들을 하나하나 설명해주고 있다.)

내가 듣기로는, '물에 유리한 것은 반드시 불에는 불리하다(利於水者, 必不利於火)' 고 했다. 등나무로 만든 갑옷은 비록 칼과 화살은 뚫고 들어갈 수 없어도, 기름에 담가놓았던 물건이므로, 불이 닿기만 하면 반드시 불이 붙는다. 만병들이 이처럼 단단한 갑옷을 입고 있으니 화공을 쓰지 않고서야 어찌 이길 수 있겠느냐? (*또 이번의 계략을 쓴 의도를 설명한다.) 그러나 오과국 사람들을 모조리 죽여서 그 씨도 남겨놓지 않은 것은 나의 큰 죄이다." (*큰 죄가 곧 큰 공이다.)

모든 장수들은 엎드려 감복하여 말했다: "승상의 기지機智는 귀신들조차 헤아리지 못할 것입니다!"

공명은 맹획을 끌고 오라고 했다. 맹획이 막사 안에서 무릎을 꿇었다. 공명은 그 결박을 풀어주라고 명하고, 그리고 우선 다른 막사로 데려가서 술과 음식을 주어 놀란 가슴을 진정시켜 주도록 했다.

공명은 술과 음식을 관장하는 관원을 앉는 침상 앞으로 불러와서 여차여차하게 하라고 분부하여 내보냈다. (*이미 일곱 번 사로잡았는데 또 무슨 계책을 쓰려고 하나? 일단 보도록 하자.)

〖 17 〗 한편 맹획과 축융부인은 맹우와 대래동주와 모든 종족 무리들과 함께 다른 막사에서 술을 마시고 있었다.

그때 갑자기 한 사람이 막사로 들어오더니 맹획에게 말했다: "승상께서는 공의 얼굴 보기조차 창피하다고 하시면서 공을 만나보려 하지 않으십니다. (*맹획이 창피해 했다고 말하지 않고 반대로 공명이 창피해 한다고 말하는데, 그 말이 맹획을 심히 창피스럽게 했다.) 그래서 일부러 저에게 가서 공을 놓아 보내주라고 하시면서, 다시 군사들을 불러 모아 와서 승부를 결판내자고 하셨소이다. 공은 지금 속히 떠나가도록 하시오."(*참으로 절묘하다. 때리는 것보다 나은 것 같고 죽이는 것보다 나은 것 같다.)

맹획이 눈물을 흘리며 말했다: "일곱 번 사로잡아 일곱 번 놓아주는 일(七擒七縱)은 자고로 있어본 적이 없소. 내 비록 천자의 교화(王化)를 입어보지 못한 사람이지만 약간의 예의는 알고 있는데, 실로 그토록 수치심이 없겠습니까?"

그리고는 형제와 처자, 종족 무리들과 함께 전부 기어서 공명의 막사로 가서 무릎을 꿇고 웃통을 벗고 사죄했다: "승상의 하늘같은 위엄에 저희 남방 사람들은 다시는 배반하지 않겠습니다!"(*마음을 공략하는 방법으로 이때 이르러 비로소 승전을 축하하게 된다.)

공명曰: "공은 이제는 복종하겠소?"

맹획이 눈물을 흘리며 사죄하여 말했다: "저와 제 자자손손 모두 승상께서 다시 살려주신 이 은혜에 감격하고 있는데, 어찌 복종하지 않을 수 있겠습니까!"

공명은 이에 맹획을 막사 안으로 들어오도록 청하여 연석을 베풀어 축하한 다음, 맹획을 영구히 동주洞主로 삼고, 빼앗았던 땅들을 전부 다 돌려주었다. 맹획의 종족 무리들과 모든 남만의 병사들은 감격하여 받들지 않는 자가 없었고, 다들 좋아서 펄쩍펄쩍 뛰면서 돌아갔다. (*이것이 일곱 번째 풀어준(七縱) 것이다.)

후세 사람이 공명을 칭찬해서 지은 시가 있으니:

우선羽扇 들고 윤건 쓰고 사륜거 안에 앉아 羽扇綸巾擁碧幢
칠금칠종 묘한 계책으로 만왕 항복받았네. 七擒妙策制蠻王

지금까지 계동에선 그의 위력과 은덕 전하며 至今溪洞傳威德
높은 언덕 위에 사당 세워 그를 모신다네. 爲選高原立廟堂

〖 18 〗 이때 장사長史 비의費禕가 들어와서 간했다: "이번에 승상께서는 친히 병사들을 데리고 불모의 땅 깊숙이 들어오셔서 남만 지방을 수복하셨습니다. 현재 만왕은 이미 귀순해 왔는데, 어찌하여 관리를 두어 맹획과 같이 지키도록 하지 않습니까?"

공명曰: "그렇게 하는 데는 세 가지 어려움이 있다. 외방外邦 사람을 남아있도록 하려면 마땅히 군사도 남겨두어야 하는데, 군사들이 먹을 것이 없다는 것이 첫째 어려움이며,(*이는 군사들을 남겨두려 할 때의 어려움을 말한다.) 만인들은 이번 싸움에서 다치고 깨졌으며 그 부형들도 죽었는데 외방 사람을 남아있도록 하면서 군사를 남겨두지 않으면 틀림없이 재앙과 우환(禍患)이 생길 것이니, 이것이 둘째 어려움이며,(*이는 군사들을 남겨두지 않았을 때의 어려움을 말한다.) 만인들은 여러 차례 서로 죽였기 때문에 그들 스스로 남을 미워하고 의심하는 마음이 있는데, 만약 외방 사람을 남아있도록 하면 끝내 서로 믿지 않을 것이니 이것이 셋째 어려움이다. (*이는 관원들을 두는 경우의 어려움을 말한다.)

이제 내가 사람도 남겨두지 않고 양식도 운반해 오지 않으면 무사한 가운데 서로 안심할 수 있을 것이다."(*뱀으로 국을 끓여먹고 코끼리를 잡아서 밥 대신 먹는 사람들을 중국인들의 음식 먹는 방식(飮食之道)으로 다스릴 수는 없으며; 강물에서 남녀가 혼욕混浴을 하면서 이를 '학예學藝' 라고 부르는 사람들을 중국인들의 남녀 관계를 규정하는 윤리로 다스릴 수는 없으며; 조상에게 제사지내는 것을 '복귀卜鬼' 라고 부르고 아플 때 무당에게 푸닥거리하면서 이를 '약귀藥鬼' 라고 부르는 사람들을 중국인들이 제사지내는 예禮로 다스릴 수는 없는 것이다. 다스릴 수 없으므로 다스리지 않는 것(不可治而不治), 이것이 바로 '다스리지 않음으로써 다스리는 것(治之以不治)' 이다.)

모든 사람들은 다 그 말에 승복했다.

이리하여 남만 지방 사람들은 모두 공명의 은덕에 감격하여 공명을 위해 살아 있는 사람을 위한 사당, 즉 생사당生祠堂을 지어 놓고 춘하추동 사철마다 제사를 지냈다. (*이러한 사람에게 생사당은 부끄러운 일이 아니다. 앞 회에서의 복파장군 마원의 사당과 서로 대비되고 있다.) 모두들 그를 "자부慈父", 즉 "자비로운 아버지"라 불렀고, 각 동주洞主마다 진주와 금은보화, 붉은색 옻과 약재, 농우農牛와 전마戰馬 등을 보내와서 군용에 보태 쓰도록 하고 다시는 배반하지 않겠다고 맹세했다. 이로써 남방은 이미 평정되었다.

한편 공명은 전군에게 음식을 푸짐하게 내려 배불리 먹인 다음 군사를 되돌려 촉으로 돌아가기로 결정하고는 위연에게 휘하 병사들을 이끌고 선두에 서도록 했다.

위연이 군사들을 이끌고 노수瀘水 가에 이르자, 갑자기 시커먼 구름이 사방에서 모여들며 수면 위로 광풍이 한바탕 크게 일더니 모래가 날고 돌이 굴러서 군사들은 앞으로 나아갈 수가 없었다. 위연은 군사를 뒤로 물리고 공명에게 이 일을 보고했다. 공명은 곧바로 맹획을 불러와서 물어보았다. 이야말로:

변경 밖의 남만 사람들 복종해오자	塞外蠻人方帖服
물가의 귀신들이 또 미쳐 날뛰네.	水邊鬼卒又倡狂

맹획이 어떤 말을 하게 될지 모르겠거든 다음 회를 읽어보기 바란다.

제 90 회 모종강 서시평序始評

(1). 공명의 박망博望에서의 화공과 신야新野에서의 화공, 그리고 주유를 도와서 치른 적벽대전에서의 화공은 모두 불로 태우되 완

전하고 철저하게 불태우지는 않았는데 유독 등갑군藤甲軍만은 모조리 불태워 죽였으니, 이는 너무 가혹한 게 아닌가?

나는 말한다: 이는 등갑군이 스스로 취한(自取) 일이다. 그들은 쇠도 다룰 줄 알았고 물도 다룰 줄 알았으나 유독 불만은 다룰 줄 몰랐다. 불을 다룰 줄 몰랐을 뿐만 아니라 특별히 불을 끌어당겼는데, 이는 마치 몸에 유황과 염초를 지고 다니는 것과 같았으니 어찌 남을 탓할 수 있겠는가? 그리고 이미 네 개의 독이 있는 샘을 가지고 있었고, 또 도화桃花가 떨어지면 독물이 되는 냇가를 가지고 있었는데도 공명이 그것을 불로 다스렸으니, 이는 불로써 물을 이긴 것이다. 저 남방은 불에 속하는데 남방에다 불을 사용했으니 이는 또한 불로써 불을 이긴 것이다. 불과 불이 만났으니 불의 위세가 어찌 맹렬하지 않을 수 있겠는가?

(2). 공명이 남만을 위무하려고 하면서 맹획을 이용한 것은 참으로 남만 지방을 안정시키는 좋은 방도를 얻은 것이다. 그 땅을 얻은 후 그것을 지키려고 하면 군사를 나누어 보내지 않을 수 없으며, 군사를 나누어 보내려면 식량을 보내주지 않을 수 없는데, 식량을 끌고 운반해 가는 일은 쓸데없는 수고에 속한다. 그러므로 그들로 하여금 스스로 지키도록 하면서 나의 비호 하에 있도록 하는 것만 못하다. 그렇게 하면 결국 전부 나의 땅인 것이다.

그 지방 사람들을 얻어 그들을 다스리려고 한다면 관리를 두지 않을 수 없고, 관리를 둔다면 법을 이용하지 않을 수 없는데, 법을 이용한다면 형벌은 더욱 복잡하고 어지러워질 것이다. 그러므로 그들로 하여금 스스로 다스리도록 하면서 우리 편이 되도록 하는 것만 못하다. 그렇게 한다면 모두가 나의 백성이 되는 것이다.

이뿐만이 아니다. 그 몸을 죽이더라도 그 마음을 바꾸도록 할 수는 없는데, 그렇다고 그를 죽이는 것은 참된 무武가 아니다. 그렇다고 그 몸은 살려주고 그 땅을 빼앗는다면, 그를 살려주는 것 역시 은혜가 되지 못한다. 그 사람을 죽이지 않았으므로 남인들이 배반하지 않았고, 그 땅을 빼앗지 않았으므로 남인들은 더욱 배반하지 않게 된 것이다.

(3). 어떤 사람이 말하기를, 공명은 여전히 맹획을 남만의 왕으로 삼았는데, 그보다는 그의 형 맹절孟節을 남만의 왕으로 세웠더라면 어땠을까?

나는 말한다: 맹절은 남만에 있으면서도 남만을 초월했던 사람이다. 남만 땅에 있으면서 남만을 초월했다면 그는 더 이상 남만 사람이 아니다. 남만 사람이 아닌 자가 남만 사람들을 다스리는 것이 어찌 남만 사람이 남만 사람들을 다스리는 것보다 낫겠는가? 그러므로 설령 맹절이 벼슬을 받아들이려고 했더라도 맹절을 이용하는 것은 맹획을 이용하는 것만 못하다.

그렇다면 주周 나라 시조 고공단보古公亶父의 장자 태백泰伯은 어떻게 형만荊蠻의 땅에 살 수 있었는가?

나는 말한다: 태백은 성인聖人이었고 맹절은 현인賢人이었다. 현인이어야 절조를 지킬 수 있고, 성인이어야 달권達權, 즉 정세의 변화를 잘 내다보고 거기에 적응할 수 있는(通權達變) 것이다. 성인은 남만 지방을 다스릴 수 있지만 현인은 남만 지방을 다스릴 수 없다. 현인은 남만 지방을 다스릴 수 없으므로 만인蠻人들로 하여금 스스로 다스리도록(自相治) 했던 것이다.